Stefanie Gerstenberger
Marta Martin
Ava und der Junge in Schwarz-Weiß

© Marion Koell

Stefanie Gerstenberger und *Marta Martin*
sind Mutter und Tochter und legen mit *Ava und der Junge in Schwarz-Weiß*
ihren vierten gemeinsamen Roman vor.
Stefanie Gerstenberger wurde 1965 in Osnabrück geboren und studierte
Deutsch und Sport. Nach Stationen in der Hotelbranche und bei
Film und Fernsehen begann sie, selbst zu schreiben.
Ihre Italienromane sind hocherfolgreich.
Marta Martin, geboren 1999 in Köln, ist eine junge Nachwuchsschauspielerin
und wurde durch ihre Rolle in *Die Vampirschwestern* bekannt.
Die beiden leben in Köln.

Stefanie Gerstenberger
Marta Martin

Ava & der Junge in Schwarz-Weiss

Arena

1. Auflage 2018

Dieses Werke wurde vermittelt durch die Literarische Agentur
Thomas Schlück GmbH, 30827 Garbsen
Umschlaggestaltung: Maria Seidel, atelier-seidel.de, unter Verwendung von
Bildern von © istockphoto/lolostock und Oksana Telesheva
Gesamtherstellung: Westermann Druck Zwickau GmbH
ISBN 978-3-401-60411-4

Besuche uns unter:
www.arena-verlag.de
www.twitter.com/arenaverlag
www.facebook.com/arenaverlagfans

1

»Ach, echt?«

Meine Mutter nahm den Blick von der Fahrbahn und schaute mich mit diesem speziellen Glanz in den Augen an, den sie immer draufhat, wenn sie stolz auf mich ist oder sich für mich freut.

»Wie schön, meine Süße …!«

Natürlich dachte sie jetzt, ich wäre verliebt. Dabei hatte ich doch nur gefragt, woran man eigentlich genau merken würde, *dass* man verliebt ist. Denn ich wusste eben nicht, wie das eigentlich ging und ob man es wirklich war, wenn man vielleicht dachte, man wäre es … Ich war seit zwei Wochen sechzehn und wollte mich verlieben. Unbedingt. Noch in diesen Sommerferien! Aber wie passierte so was und wo sollte derjenige herkommen?

Schon seit Tagen machte ich mir über dieses Thema Gedanken – und natürlich darüber, wie es wohl mit Amanda in der neuen Staffel von *Guy next door* weitergehen würde.

»Nein, ich doch nicht! Als ob ich …« Ich brach ab. Als ob ich dann ausgerechnet dir davon erzählen würde.

»Moment! Sorry, Ava, das ist die Kanzlei.« Meine Mutter schaltete die Freisprechanlage des Handys ein und ich seufzte. Wäre ja auch ein Wunder, wenn auf der Fahrt, die vor uns lag, nicht mindestens dreimal ihre Assistentin anrufen würde. Meine Mutter ist Anwältin für Musikbands und Künstler, die mir zu peinlich sind, um in der Schule über sie zu erzählen. Ihr wisst schon, Schlagersänger in Lederhosen und dauerlächelnde, uralte Geiger und ähnlich komische Leute.

Wir rauschten über die Schnellstraße an hässlichen Industriehallen und hohen Windrädern vorbei und Mama diktierte der Assistentin etwas über ganz bestimmte geruchlose Blumensträuße für die Garderobe des Lederhosensängers, und dass das unbedingt auch noch in den Vertrag aufgenommen werden müsste. Sehr fürsorglich, oder? Und falls ihr euch jetzt wundert: Ja, Anwälte machen so was …

Ich seufzte. Warum war ich nicht doch mit Papa und meinem kleinen Bruder Max mitgefahren? Die beiden waren jetzt bestimmt schon auf der Fähre nach Schweden. Ich hätte auch mit Jana nach Italien fliegen können. Janas Eltern sind getrennt und wenn Jana mit ihrer Mutter verreist, darf sie sich immer jemanden mitnehmen. Ich hatte nicht sofort geantwortet, als sie mich fragte. Und dann, als ich endlich wusste, dass ich mitfahren wollte, hatte Jana schon Elena gefragt. Ich hatte nur gelächelt und gesagt, dass es völlig in Ordnung sei. Das war bei mir oft so: Ich konnte mich einfach nicht entscheiden. Also entschieden andere für mich, damit mein Leben weiterging.

»So, wo waren wir gerade stehen geblieben?« Wow, meine Mutter hatte nach nur fünf Minuten aufgelegt. Das war ein Rekord.

»Vergiss es«, murmelte ich und weil es sich viel bissiger anhörte, als ich beabsichtigt hatte, sagte ich noch: »Nicht so wichtig. Ich freu mich echt auf Oma Luise.« Aber es klang lahm. *Lame,* wie man in meiner Klasse gerade zu allem, was eben *lame* war, sagte. Ich hörte es selbst.

Meine Oma hatte ein uraltes Kino in der Nähe von Hamburg. Sie kam sonst prima alleine zurecht, aber nun hatte sie sich den Arm gebrochen und wir waren auf dem Weg zu ihr. Klar würde ich ihr helfen. Wie im letzten Sommer würde ich ein paar Tage hinter der Kasse stehen und die kleinen blauen Tickets von der Rolle reißen. Ich schloss die Augen, um mir das warme, nach Zucker duftende Popcorn besser vorstellen zu können, das ich für die Zuschauer in Tüten schaufelte. Dann, nachdem ich oben im Vorführraum unter Omas Aufsicht den Projektor bedient hatte, würde ich hinunterlaufen, das Saallicht löschen und mich selbst auf einen der Sitze schmuggeln.

Das mag sich zwar alles sehr aufregend anhören, aber ich wusste, dass es megalangweilig werden würde. Ich kannte dort niemanden, der nicht mindestens siebzig Jahre alt war, und einen interessanten Jungen hatte ich noch nicht mal gesichtet. Mein Plan, mich in den nächsten sechs Wochen zu verlieben, war also ziemlich bescheuert, fiel mir auf. In Schwedens Wäldern würde bestimmt kein toller Junge herumstreifen und in Omas Kuhdorf erst recht nicht!

Ich seufzte und auch Mama atmete jetzt laut aus und schnalzte mit der Zunge. »Mann, Mann, Mann. Muss sie sich denn unbedingt jetzt den Arm brechen? Und warum schließt sie den Laden nicht? Mit einer Hand kann man doch kein Kino führen!«

Das stimmte. Allein die Filmrollen waren tierisch schwer, es war unmöglich, sie mit einer Hand hochzuheben. »Wieso heißt der *Titania Palast* eigentlich *Titania Palast?«*, fragte ich, um Mama ein bisschen abzulenken.

»Keine Ahnung. Den Namen hat sich dein Uropa ausgedacht.«

Ich schnaubte leise. »Ziemlich unbescheiden für das Ding!«

»Damals in den Zwanzigerjahren hießen die alle so, je großartiger, desto besser.«

Titania Palast! Das völlig verwinkelte Gebäude war vor hundert Jahren eine Gaststätte mit einem Tanzsaal gewesen. Nach dem Ersten Weltkrieg hatte Uropa Wilhelm dann das Kino darin untergebracht. Es war ein düsterer Kasten, aus dem kleine und große Anbauten hervorwuchsen, mit Treppen und

Durchgängen an den seltsamsten Stellen. Im Laufe der Jahre wurde das Kino immer mal wieder umgebaut, an der Seite kauerte irgendwann ein komplettes Einfamilienhaus, ebenfalls aus inzwischen schwarz angelaufenen Backsteinen, und im Zweiten Weltkrieg war es sogar von einer verirrten Fliegerbombe getroffen worden, die eigentlich für den Hamburger Hafen bestimmt war. Der *Titania Palast* war toll und obwohl alles ein bisschen dunkel und spooky war, hatten Max und ich keine Angst, ihn bei jedem Besuch bis in den hintersten Winkel zu durchforschen. Aber ich kannte ihn schon. Warum also hatte ich mich nicht schneller für Italien entschieden? Oder doch für Schweden?

Plötzlich hasste ich diese Sommerferien! Mit Sommer hat das ja auch nichts zu tun, schimpfte ich still vor mich hin, denn es regnete schon seit Tagen und war so kalt, dass ich vor der Abfahrt gleich zwei Kapuzenpullover übereinander angezogen hatte. Dazu dunkle Jeans und meine abgewetzten schwarzen Schnürstiefel, die ich fast immer anhabe. So konnten meine Füße wenigstens nicht nass werden oder erfrieren.

Wie sollte ich bloß die Zeit herumkriegen? Ich würde jede Menge Serien auf meinem Laptop schauen und am späten Nachmittag einen Film vorführen und ihn mir selbst angucken … Na toll! Das einzig Gute an der Rumhängerei war, dass es echt nichts anderes zu tun gab. Niemand würde mich zwingen, irgendwohin rauszugehen, und keiner konnte mich Couch-Potato nennen, wie Papa das manchmal tat.

Mein Vater heißt Jan und ist Architekt. Er liebte Mama noch, obwohl sie viel zu viel arbeitete, und sie ihn, darüber war ich ziemlich happy. In meiner Klasse war ich fast die Einzige, deren Eltern nicht geschieden waren. Mein Bruder Max ist zehn und ein bisschen nervig, weil es für ihn eigentlich nur Fußballspielen und Angeln gibt. Er ist Spezialist im Ecken- und Elfmeterschießen und im Heuschreckenmaden züchten, diese ekeligen Dinger, die man für die Köder braucht.

Und ich? Falls ich Spezialistin in irgendetwas sein sollte, hatte ich es jedenfalls noch nicht bemerkt. Zwar hatte ich die zehnte Klasse locker geschafft und würde nach dem Sommer in die elfte kommen. Meine Eltern waren stolz auf mein Zeugnis, doch ich wusste, warum ich so gut in der Schule war. Es gab ja nichts, was mich vom Lernen hätte abhalten können, außer den amerikanischen Serien natürlich. Ich war also doch eine Spezialistin! Im Zu-Hause-Rumsitzen. Im Serien-Schauen. Im Nicht-dabei-Sein … Ich kannte nun mal keine interessanten Jungs und ging auf keine Partys und das war ganz allein meine Schuld. Ich fand niemanden gut und auf Partys wurden meine Freundinnen und ich nicht eingeladen. Also nicht auf die von den Leuten aus der Stufe über uns, auf denen wirklich was passierte … Aber es war okay. Wenn ich ehrlich war, hatte ich es ja auch am liebsten, wenn man mich in Ruhe ließ.

Wir hatten die hässlichen grauen Industriehallen hinter uns gelassen, rechts und links sah man nun kleine Apfelbäume, die ordentlich aufgereiht riesige Flächen bedeckten. Achtzehn Millionen Obstbäume standen angeblich im Alten Land herum, hatte ich mal gelesen.

»Kann sie den ollen Kasten nicht einfach mal zusperren, wie das ein vernünftiger Mensch tun würde?«, sagte Mama. »Aber nein, da ruft sie lieber an und verdirbt der ganzen Familie den Sommerurlaub.«

»Seit wann ist Oma vernünftig?«

»Ja, du hast recht.« Meine Mutter seufzte. »Das war sie noch nie!«

»Oma Luise kann auf ihr Kino eben nicht verzichten.« Ich

kannte keinen Menschen, der so in der Filmwelt lebte wie meine Oma. Ihr Kino war das einzige weit und breit, das noch mit echten Filmrollen lief. Also noch nicht auf digitale Technik umgestellt war. Sie wusste so viel über Filme, natürlich auch, wer Regie geführt hatte und wer die Schauspieler waren. Sie war ein absolutes Filmlexikon, allerdings nur bis zum Jahr 1990. Dann hatte sie aufgegeben.

»Mehr passt in meinen Schädel nicht rein«, sagte sie oft.

Oma Luise schwärmte so sehr für die alten Filme, dass sie ihre einzige Tochter sogar Marlene genannt hatte, nach dem großen Star Marlene Dietrich. Als ich geboren wurde, hatte sie Mama überreden wollen, mir den Namen Ava zu verpassen. Nach Ava Gardner, einer dieser berühmten Filmdiven, die heutzutage kaum mehr einer kennt. Wie ihr bereits mitbekommen haben solltet, hat sie sich mit diesem Namen durchsetzen können. Nur als aus meinem Bruder dann ein Humphrey (wie Humphrey Bogart aus *Casablanca)* werden sollte, hat Mama sich gewehrt. Und Papa redete dann auch mal ein Wörtchen mit. Auch Rhett (wie Rhett Butler in *Vom Winde verweht)* wurde abgelehnt. Also ist aus der kleinen Nervensäge ein Maximilian geworden, den wir auf Max abkürzen.

Oma war dennoch zufrieden, denn es gibt natürlich auch irgendeinen Schauspieler mit diesem Vornamen, den sie vergöttert.

Ich habe nichts gegen meinen Namen, er ist selten und Ava Gardner war ziemlich hübsch. Oma behauptet, sie sähe mir ähnlich. Okay, sie war exakt so groß wie ich, nämlich ein Meter siebenundsechzig, hatte kastanienbraune, leicht gewellte Haare und helle graugrüne Augen, auch so wie ich, aber das war's dann auch. Meine Namensgeberin war dreimal verheiratet, unter anderem mit Frank Sinatra, einem berühmten Typ, der Sänger war. Und ich? Hätte auch gerne einen berühmten

Typ, der meinetwegen auch Sänger sein könnte, doch ich hatte ja noch nicht mal einen einzigen Freund gehabt.

»Ach, Mama. Eigentlich bist du doch ganz froh, hier zu sein und nicht in Bergvik, gib's zu!«

»Stimmt, die paar Tage kommen mir ganz gut gelegen. Ich mache den Tourvertrag für die *Tiroler Buben* fertig, wir greifen Oma unter die Arme, also unter den, der nicht gebrochen ist, und dann fahren wir unseren Männern hinterher, nach Schweden!«

Wir bogen von der ausgebauten Schnellstraße ab, Richtung Buxtehude, der Regen wurde stärker. Auf der Straße begegnete uns ein Trecker mit leeren Apfelkisten auf einem Anhänger und ich sah ein Pferd einsam auf einer Wiese stehen, das seine Unterlippe vorstülpte und den Regen in diesen kleinen Napf hineinlaufen ließ. Wie traurig war das denn? Viele Bauern hatten ihre Kirschbäume unter Plastikplanen versteckt, damit der Regen die reifen Kirschen nicht zerstörte. Es sah aus, als hätte jemand vergessen, seine Geschenke auszupacken.

Wir fuhren an noch mehr Apfelbäumen vorbei, immer wieder Apfelbäume, und an Deichen, auf denen nasse Schafe weideten. Die Elbe zieht sich nämlich mit ihren unzähligen Armen und Verzweigungen durch das ganze Gebiet und überschwemmte es früher gerne mal. Selbst heute schafft sie das noch, trotz der Deiche. Endlich erreichten wir Omas Dorf. Es heißt Kloppenbostel und ist übrigens genauso abgelegen und klein, wie es sich anhört. Auch hier gibt es jede Menge Kanäle und Gräben, die alle irgendwie mit der Elbe zu tun haben. Das Kino lag etwas außerhalb vom Dorf. Der Parkplatz davor war leer und stand voller schlammiger Pfützen.

Von vorne sah das Ding aus wie ein Eiscafé aus den Fünfzigerjahren, weiter hinten wie eine alte Bahnhofshalle mit gewölbtem Dach und von der Rückseite wie ein Bauernhof, denn es gab sogar noch eine alte Scheune mit jeder Menge Gerümpel darin. Die paar Kirschbäume, die dahinter wuchsen, waren uralt und an den Stämmen wuchs Efeu. Ich würde für Oma in diesem Jahr die Kirschen pflücken, wenn sie durch den Dauerregen nicht schon aufgeplatzt und faulig waren. Sonst machte Oma das selbst. Mit ihren siebzig Jahren kletterte sie immer noch mit einer Leiter in die Bäume und Mama bekam einen Anfall, wenn sie davon hörte.

Siebzehn Uhr. Zeit für die Nachmittagsvorstellung. Oma würde also nicht in ihrer Wohnung, sondern hier unten im Kino sein. Mama fuhr langsam durch die Parkplatzpfützen, bis sie direkt vor den drei Stufen hielt.

Ich sprang aus dem Wagen. »Oma«, rief ich, »wir sind da!«

Der Eingang des Kinos war ziemlich zugewachsen, von rechts und links wucherten Büsche und hingen Äste herab, was richtig schön verwunschen aussah. Aber Mama schien anders darüber zu denken: »Meine Güte, es scheint nicht so, als ob viele Leute in letzter Zeit den Weg hierhergefunden hätten. Wie denn auch? Man sieht noch nicht mal, dass es ein Kino ist!«

Mama regte sich gerne mal auf, das kannte ich schon. Aber diesmal musste ich ihr recht geben. Der Schriftzug *Titania Palast* leuchtete bläulich in den trüben Nachmittag, war aber größtenteils kaputt, sodass nur noch *Tit…i….last* über dem Eingang zu lesen war. *Titilast*. Echt peinlich, oder?

Aber nun freute ich mich erst einmal so sehr darauf, in Omas Arme zu fallen, dass ich hastig die Stufen emporsprang, eine der beiden Glastüren aufriss und ein paar Schritte in die Eingangshalle lief. Doch dann erstarrte ich mitten in der Bewegung. Was war hier los? Verdammt. Was war mit unserem schönen alten *Titania Palast* geschehen?

2

Moin, Moin. Ja, ihr seht ja selbst!« Oma Luise kam uns mit dem typisch norddeutschen Gruß entgegen. *Moin, Moin* konnte man auch noch nachmittags um fünf sagen, man konnte es *immer* sagen ... und das tat Oma auch. Sie wirkte etwas wackelig auf den Beinen, ihr graues Haar war zerzaust – und war sie nicht auch kleiner geworden? Früher war sie mal genauso groß wie ich gewesen. Das mit dem In-die-Arme-Werfen konnte ich jedenfalls vergessen, denn eine Schlinge umwickelte ihren Körper mehrfach wie eine Zwangsjacke und machte ihren eingegipsten linken Unterarm inklusive Hand unbrauchbar. Ich umarmte sie vorsichtig und gab ihr einen Kuss auf die blasse Wange.

»Ach Mama, was machst du denn für Sachen?« Auch meine Mutter begrüßte Oma mit einer zarten Umarmung und hielt sie dann von sich ab, um sie besser betrachten zu können. »Und was trägst du für Klamotten?«

Ja, die waren allerdings schräg. Sie trug eine bollerige Trainingshose und hatte sich eine viel zu große Strickjacke umgehängt. Sie sah aus wie die Frau vor unserem Supermarkt, der ich manchmal ein bisschen Kleingeld in ihren Pappbecher warf, wenn ich dort etwas kaufte.

»In was anderes komme ich mit einer Hand nicht mehr rein! Kann dieses Schlingengewirr ja nicht mal selber anlegen ...«

Während Mama ihre eigene Mutter mit besorgter Stimme interviewte, wie es ihr ginge und wer ihr bis jetzt geholfen hätte, schaute ich mich um. Seit dem letzten Sommer hatte sich wirklich eine Menge verändert. Irgendwer war auf die Idee gekommen, die beiden großen Fenster mit Plakaten zuzukleben und teilweise sogar zu überstreichen. Mit schwarzer Farbe! So war der vorher schon nicht besonders helle Eingangsbereich noch dunkler geworden. Der Tresen war nur mit wenigen schwachen Lampen erleuchtet, die Vitrinen mit den Süßigkeiten dahinter leer, die Popcornmaschine kalt.

»Was ist los? Welcher Film läuft gerade? Wie viel Zuschauer sind drin?«

»Wer hilft dir? Was sagt der Arzt? Ist denn jemand aus deinem Club hier gewesen, um dich zu unterstützen?«, setzte Mama meine Frageliste fort. Oma hielt mit ihrer gesunden Hand den gebrochenen Arm fest.

»Der Club, der Club ...«, sagte sie leise, »das ist es ja gerade.«

Der *Club der ooln Lüüd,* so hieß der Club richtig, hing dauernd mit ihr im *Titania Palast* herum. Die »alten Leute« sahen schon ab morgens um neun uralte Schwarz-Weiß-Filme, die Oma in ihrem Keller in rostigen Filmdosen gebunkert hatte, tranken fröhlich Kaffee zusammen oder spielten auch mal Doppelkopf.

»Sind seit zwei Tagen alle *wech.«* Oma Luise verdrehte die Augen zur Decke und ließ sie so lange dort, bis ich ebenfalls hochschaute. Über uns prangte ein großer brauner Fleck, der ziemlich genau die Form von Grönland hatte und letzten Sommer noch nicht da gewesen war.

»Das sind die verdammten Sommerferien. Meine Freunde werden gezwungen, mit ihren Enkeln und Kindern in Urlaub zu fahren oder deren Häuser, Katzen, Hunde zu hüten ...«

»Oh, mit der eigenen Tochter in Urlaub zu fahren, muss ja nicht unbedingt eine Strafe sein«, sagte Mama lachend, doch an ihrem Gesichtsausdruck sah ich, dass sie sich Sorgen um Oma machte.

»Agate hat mich ins Krankenhaus gebracht und versorgt,

aber sie geht mit Mimi ab morgen auf Kreuzfahrt. Sie und alle anderen sind erst in zwei Wochen wieder da.«

»Deswegen sind wir ja gekommen«, beruhigte ich sie, während ich die Luft stoßweise durch die Nase einsog und ausgiebig schnupperte. Es roch ganz anders als sonst. Früher war die Luft im *Titania Palast* von Popcornduft und frischem Kaffee erfüllt gewesen und die Sessel im Saal hatten immer leicht nach Veilchen geduftet. Jetzt roch es durchdringend nach feuchtem Teppich und Toiletten.

»Es ist nach siebzehn Uhr und es läuft kein Film?«, murmelte ich verwundert, denn ich hatte entdeckt, dass die Flügeltür des Saals aufstand.

»Aber es ist doch niemand da, *min Deern!*«

Ich grinste. Nur bei Oma Luise war ich eine *Deern*, ein Mädchen.

Ihre Stimme klang plötzlich sanft. »Für wen soll ich also einen Film vorführen?« Sie kicherte. »Wenn jemand kommt, zeige ich seit Tagen *Der Herzensbrecher*. Der Film ist auf der Spule aufgebaut, was anderes geht einhändig nich' …« Sie betrachtete ihre Hand in der Schlinge, auf der eine Menge hellbrauner Flecken wie Sommersprossen verteilt waren. »Ich lasse ihn laufen, spule ihn zurück, ich lasse ihn laufen, spule ihn zurück …« Sie starrte mit sehnsüchtigem Blick in die Ferne, also ungefähr bis zu den beiden Toilettentüren mit der Aufschrift *Damen* beziehungsweise *Herren* am Ende des weitläufigen Foyers.

»Jetzt gehen wir erst einmal rauf und dann erzählst du uns alles in Ruhe«, sagte Mama und warf mir einen Blick zu. Ich zog die Augenbrauen hoch, um zu zeigen, dass ich verstanden hatte. Irgendetwas war mit ihr und auch mit dem *Titania Palast* passiert. Wir wussten nur noch nicht, was.

»Na komm, holen wir unser Gepäck aus dem Auto und dann …«

»Hat die Vorführung schon angefangen?«, rief plötzlich jemand, während er durch die Tür gelaufen kam. »Bin ich zu spät? Sorry!«

Wir schraken alle drei zusammen und fuhren herum. Vor uns stand ein Junge, ziemlich außer Atem, ungefähr in meinem Alter. O Gott, das ist eine Hauptrolle, dachte ich sofort. Einer, bei dessen erstem Auftritt in der Serie du hoffst, dass er sich in deine Lieblingsheldin verliebt und sie sich in ihn und du ihn ganz oft wiedersiehst, weil er so wunderschön ist und dieses tolle freche Lächeln besitzt und …

»Kein Film, junger Mann!«, unterbrach Oma meine Gedanken. »Hier *löppt* heut nichts!«

»Ja, das Kino ist geschlossen.« Mamas Stimme klang ärgerlich.

»Äh, geschlossen? Für immer? Oder nur heute?« Er schaute sich um und erlaubte mir damit, ihn ein, zwei Sekunden unauffällig abzuscannen. Er hatte hellbraune Augenbrauen und dunkelblonde Haare, war größer als ich und schien ziemlich durchtrainiert. Er konnte bestimmt surfen. Jungs, die so aussahen wie er, waren zum Surfen geboren.

»Nur heute!« Das war Oma.

»Vorläufig! Auf unbestimmte Zeit«, berichtigte Mama.

»Ach, echt? Schade!«

»Ja, schade!« Mama machte eine kleine, fast unsichtbare Handbewegung, die ihn hinausschicken sollte. Es funktionierte. Doch bevor er sich umdrehte, um zu gehen, schaute er mich kurz an. Sag du doch auch mal was, forderten seine Augen. Wunderschöne hellblaue Augen. Aber ich schaffte es gerade nur, ihn eine halbe Sekunde anzulächeln, dann schaute ich sofort auf den Teppichboden. Mein Gott, statt sein Gesicht starrte ich tatsächlich diesen miesen fleckigen Teppichboden an! Ich sackte in mich zusammen und erhaschte gerade noch einen Blick auf seine Jeans, als er durch die Glastür verschwand. Er hat schmale Hüften, sieht aus wie aus einer Serie und geht in diesem Moment aus dem Bild, fasste ich zusammen. Schon war er weg. *Fuck!*

In Omas Wohnung packten wir die Vorräte aus, die wir aus Hamburg mitgenommen hatten. Ich ärgerte mich immer noch über mein blödes Verhalten unten im Kino. Super, Ava, weiter so! So wird das nie etwas mit dir und der Liebe, schimpfte ich in meinem Kopf vor mich hin, während ich Mama beobachtete, die herumwirbelte. Mama konnte es überall mit ein paar Handgriffen gemütlich machen, auch hier oben, in der etwas unordentlichen Wohnküche. Oma schluckte ihre Schmerztabletten, die sie vom Arzt verordnet bekommen hatte, und lächelte vor sich hin, während ich den Tisch deckte und versuchte, den riesigen Stapel von angetrocknetem Geschirr in der Spüle nicht genauer in Augenschein zu nehmen. Mit einer Hand konnte man natürlich auch nicht abwaschen.

»Du bist sicher müde«, sagte Mama nach dem aufgewärmten Gulasch, das wir mitgebracht hatten, und strich über Omas Schultern. Es war erst kurz nach neun, aber ich wusste, sie wollte heute Abend Zeit haben, um sich an ihren Laptop zu setzen und an den Verträgen für ihre Schlagerboys zu schreiben.

»Ach, es ist furchtbar anstrengend, mit nur einer Hand zurechtzukommen. Man fühlt sich wie ein halber Mensch, so unselbstständig! Ich schaffe es gerade eben, in die Trainingshose von Karl-Heinz zu schlüpfen und mit einem Arm in die Strickjacke hier. Der andere muss draußen bleiben.« Karl-Heinz war mein Opa, der die junge Erbin des *Titania Palasts* damals geheiratet hatte. Er war einer der nettesten Menschen gewesen, die ich kannte, und wir alle waren immer noch sehr traurig, dass er vor zwei Jahren gestorben war. Und wie man jetzt sah, hatte er auch früher schon sehr coole Trainingshosen gehabt, die heute wieder modern waren!

Mama und ich lachten, als Oma aufstand und sich für uns wie ein Model in der unförmigen Hose drehte. Meine Oma, die immer altmodisch-schick durch die Gegend lief wie aus einem Schneiderheft der Fünfzigerjahre entsprungen! Das mit den Schneiderheften wusste ich, weil eine Menge davon bei ihr herumlagen. Meine Oma liebt auch sonst alles aus den Fünfzigern. Klar, sie ist 1947 geboren, die Fünfzigerjahre sind also ihre Kindheit und Jugend gewesen.

Der Regen pladderte von außen gegen die Fensterscheiben.

»Wie wäre es, wenn wir den *Palast* wegen Krankheit für einige Tage schließen und du mit uns nach Hamburg kommst? Da haben wir es dann bei dem Schmuddelwetter doch etwas gemütlicher ...« Mama schaute besorgt an die Decke, als ob es gleich durchregnen würde.

»Nein! Kommt nich' infrage!«, rief Oma Luise so laut, dass ich zusammenzuckte. »Ich muss hierbleiben!«

»Aber Mutter!«, sagte meine Mutter und ich überlegte, ob ich in dreißig Jahren auch irgendwo mit ihr am Tisch sitzen würde und »Aber Mutter!« sagen würde, um sie zu irgendetwas zu überreden.

Ich wusste, was Mama im Sinn hatte. Von zu Hause aus konnte sie viel besser arbeiten und ab und zu auf einen Sprung in ihre Kanzlei verschwinden.

»Nur zwei Wochen. Sobald jemand aus dem Alte-Leute-Club zurückkommt, bist du ja auch wieder in deinem geliebten *Palast.*«

»Nichts da!«, sagte meine Großmutter bestimmt. »Ich bleibe hier, da musst du mich schon mit den Füßen voran aus der Tür tragen!«

Mama seufzte. »Wie sehen denn die Zahlen aus? Lohnt sich das denn überhaupt? Wie viele Besucher hast du letzte Woche beim Verleih gemeldet?«

»Keinen einzigen!«

»Bitte?«

»Mit dem Filminstitut habe ich mich verkracht und sonst verleiht ja keiner mehr anständige 35-Millimeter-Filme, nur noch das digitale Zeug! Sie schicken dir *Festplatten!«* Sie spuckte das Wort aus, als wäre es eine vergiftete Praline. »Wenn ich das schon höre. Und dafür müsste ich umrüsten auf diese moderne Technik, aber das will ich nicht. Niemals!«

»Mach keine Witze«, sagte Mama und klang jetzt wirklich entsetzt. »Du hast keinen Verleih mehr? Aber was für Filme zeigst du denn dann? Doch nicht etwa ...«

»... die ollen Kamellen in Schwarz-Weiß aus meinem Keller? Doch, genau die!« Oma strich fasziniert über den Gipspanzer in der Schlinge, als ob sie ihn zum ersten Mal sähe. *»Jau, 'n büschen oll* mögen die euch vorkommen. Aber ich habe auch so berühmte Klassiker wie *Der dritte Mann* und *Rosen für den Staatsanwalt* in meinem Besitz. Als ich mir den Arm brach, war nun gerade *Der Herzensbrecher* von 1956 auf der Spule. Ein Glücksfall, denn das ist mein Lieblingsfilm! Den habe ich Ende '99 aufwendig umkopieren lassen, seitdem hat er eine bessere Qualität, habe ich euch das eigentlich erzählt?« Wieder brach ein kleines Kichern aus ihr heraus, als ob der Film das Großartigste und Lustigste wäre, was die Filmwelt zu bieten hätte.

Mama raufte ihre blonden Locken, die ihr danach gleich wieder ins Gesicht fielen. Wenn sie ihre Haare frisch gewaschen hat, sieht sie aus wie ein Engel. Allerdings einer mit einem vernünftigen Anwaltsgesicht. Max hat genau solche Locken, ich dagegen habe Papas dunklere Haare geerbt, die ich meistens zurückgebunden, in einem Zopf trage.

»Wie geht es *dir* denn, Ava?«, durchbrach Oma plötzlich die Stille und wandte sich an mich. »Hast du jetzt mal 'nen Freund?«

»Äh? Nein?« Ich spielte verlegen mit meiner Gabel. Oma Luise war immer so direkt. »Ich ... ich entscheide mich gerade.« Pff, ich wusste nicht, woher dieser Satz kam. Wie sollte das bei mir gehen? Wo ich doch nicht mal in der Lage war, jemanden länger als eine Sekunde anzuschauen. Und gerade erst dabei war, herauszufinden, was es mit diesem Verliebtsein auf sich hatte. Das musste doch irgendwie mehr sein, als jemanden nett zu finden. Oder fing es damit an? Und dann?

»Aha. Nun ja. Mehrere Wahlmöglichkeiten zu haben, ist sicher nicht schlecht, aber eigentlich wählt dein Herz, da hat der Kopf gar nicht mitzuschnacken ...«

Ich warf Mama einen schnellen Blick zu, aber die lächelte nur etwas gequält. »Ja, ich muss das wissen! Ich bin ja nun auch wieder Single«, sagte Oma Luise triumphierend.

Oma war siebzig! Und nannte sich selbst »Single«. Sie war echt cool.

»Das hört sich doch attraktiver an als ›Witwe‹ oder ›alleinstehend‹, nicht wahr?«

Ich nickte, presste die Lippen zusammen und vermied es tunlichst, Mama anzuschauen, um nicht in lautes Lachen auszubrechen.

»Und ich habe Verehrer, ich *sach'* euch! Den Deneke von nebenan ja sowieso, mein Leben lang schon, doch der hat es nur auf meinen Grund und Boden abgesehen, das weiß ich, und ein gewisser Norbert vom Heimatverein, der wollte mich mit seiner hohen Rente locken, dann wäre ich die Geldsorgen los, meinte er. Was für Geldsorgen?, habe ich ihn gefragt. Geh mir doch *wech* mit deiner Rente!«

»Hat der Deneke dich wirklich verklagt?« Ich hatte so was von Mama gehört.

»Ich muss mich doch schützen!«

»Aber doch nicht gleich mit einem Gewehr, Mutter!«

»Mein Grundstück ist mein Grundstück! Er hat kein Recht, mir da einen fremden Baum reinzupflanzen!«

»Es war ein Maibaum! Das machen Männer, wenn sie ihre Zuneigung zu einer Frau ausdrücken wollen.«

»Nee, nee! Der wollte *Land* besetzen. Heute der Maibaum, morgen mein Kirschgarten!«

»Was ist eigentlich im Wohnzimmer passiert, Mutter?« Mama versuchte gelassen zu klingen, obwohl ich hörte, dass sie innerlich alles andere als ruhig war.

»Nichts. Wieso?« Oma verzog keine Miene.

»Du hast alle Möbel an die Wand geschoben! Aber warum? Und wer hat dir dabei geholfen?«

Meine Oma schüttelte den Kopf und beantwortete nur eine der beiden Fragen: »Ich brauchte Platz! Manchmal fühlt man sich regelrecht beklemmt in den alten ausgelatschten Pfaden, oder?«

Mama nickte nur und seufzte. »So, Leute, jetzt gehen wir erst einmal alle schlafen. Morgen ist auch noch ein Tag.« Das war ein typischer Mama-Spruch. Natürlich nur, um Oma ins Bett zu lotsen.

»Morgen fahren wir«, flüsterte sie mir zu, bevor sie die Küche verließ. In ihren Augen sah ich die wilde Entschlossenheit, ihre Mutter Luise einfach ins Auto zu packen und nach Hamburg zu verfrachten. »Und du kümmerst dich bitte um den Abwasch, sei so lieb!«

Och, nööö! Das war nun echt blöd von Mama. Nur weil sie nicht wusste, was mit Oma los war, wurde sie nervös und schon hatte sie irgendeine fiese Arbeit für mich. Wie gemein! Ich schaute mich um. Eigentlich hatte ich mich mit meinem Laptop sofort in Omas Gästezimmer zurückziehen wollen, um meine Serie weiterzuschauen. Aber ich hatte ja gesagt, ich würde helfen. So ein Mist! Nun musste ich wohl oder übel das gammelige Zeug abwaschen, das sich in Omas Spüle türmte.

Ich hörte, wie Oma sich im Badezimmer beschwerte, dass sie sich zwar unbeholfen fühlte, aber eigentlich keine Hilfe wollte. Mama befahl ihrer Mutter sanft, aber bestimmt, sich nun bitte beim Waschen helfen zu lassen und in ihr Nachthemd zu schlüpfen.

Ich fand unter der Spüle ein Paar Gummihandschuhe und machte mich leise schimpfend ans Werk. Nach endloser Zeit kam Mama zu mir.

»Ooln Vadder.« Sie ließ sich auf einen der altmodischen Küchenstühle fallen. Manchmal verfiel auch sie wieder ins Plattdeutsche, das sie als Kind in Kloppenbostel gesprochen hatte. »Das nennt man wohl Altersstarrsinn. Sie will partout nicht weg.«

Wir sahen uns einen langen Moment wortlos an.

»Oder ist das vielleicht diese Krankheit, wo man so langsam alles vergisst?«, fragte ich und man hörte, dass ich Angst vor Mamas Antwort hatte.

»Oh nein! Dafür ist sie viel zu klar und dickköpfig!« Mama zwang sich zu einem Lächeln. »Alles in Ordnung bei dir, Süße? Ist es okay, wenn wir vielleicht doch ein paar Tage hierbleiben? Sie flippt ja sonst total aus … weiß der Teufel, warum … Muss an den Tabletten liegen.« Erst jetzt entdeckte sie die blank polierte Spüle.

»Oh, du hast sogar alles abgetrocknet!« Sie strahlte mich an, sah dabei aber ziemlich müde aus. »Zu Hause …«

Jaja. Zu Hause war ich eher faul, wie Mama immer sagte. Aber hallo? Welche gerade mal Sechzehnjährige hatte denn schon Lust, im Haushalt mitzumachen?

»Klar. Ich habe mich doch darauf gefreut, Oma zu helfen«,

sagte ich leise, aber das war gelogen. Ich wusste nicht, was ich wirklich wollte, aber Geschirr spülen und unten in dem abgeranzten, nach Toiletten stinkenden Kino an der Kasse sitzen, wollte ich auf keinen Fall. Und der Surferjunge von vorhin würde sich auch nicht mehr blicken lassen, so dämlich, wie ich mich benommen hatte. Ich hätte heulen können.

Mama schien meine Gedanken lesen zu können. »Hast du gesehen, wie es da unten aussah? Sie hat keinen einzigen Verleih mehr! Wie stellt sie sich das vor?«

Ich nickte. Ohne Verleiher war ein Kino nichts! Oma hatte zwar ihren geheimnisvollen Kellerraum mit den alten Filmrollen, doch um viele Leute anzulocken, brauchte sie die neusten und coolsten Filme. Und die bekam sie nur bei einem Filmverleih.

Ich beschloss, erst einmal nicht zu heulen, sondern mich auszuschlafen. Ohne zehn Stunden Schlaf war ich zu nichts zu gebrauchen. Morgen würde ich unten im Kino die Lage checken und meine kleine Luise-Oma dann mit den allerbesten Argumenten überzeugen, den *Titania Palast* zu verlassen und mit uns nach Hamburg zu kommen. Wenigstens so lange, bis Agate, Hilde, Kurt und wie die alle hießen von ihrem Club wieder da waren. Denn eins stand für mich fest: Hier würde ich nicht bleiben!

3

Mit dem Ausschlafen war das so eine Sache. Ich war während der Nacht ein paarmal wach geworden, weil ich Oma in der Wohnung umhertrapsen hörte. Irgendwann gab es einen Knall, sodass ich mich vor Schreck aufsetzte und auf mein Handy schaute. Halb drei! Etwas schlug klirrend aneinander und ich hörte Oma leise auflachen.

Na gut, wenn sie lacht, ist nichts passiert, hatte ich gedacht. Sie kichert seit unserer Ankunft sowieso ungewöhnlich oft. Ob die Schmerzmittel sie so lustig machen? Sie war seltsam, aber nicht etwa verwirrt, sondern viel bestimmter als früher. Nachdenklich hatte ich mich wieder in die Kissen fallen lassen, doch lange Zeit nicht einschlafen können.

Am nächsten Morgen saß ich wie betäubt am Frühstückstisch. Ich brauchte eben meine zehn Stunden Schlaf. Ohne Unterbrechungen! Mama war schon auf und hatte Brötchen im Dorf geholt. Der Laptop stand aufgeklappt neben ihr auf dem Tisch, sicher hatte sie schon wieder etliche Vertragsseiten für diesen Schlagertypen fertiggestellt, der ohne die richtigen Blumen in der Garderobe nicht überleben konnte.

»Oma schläft noch!«, sagte sie und schüttelte den Kopf. »Ungewöhnlich. Wirklich ungewöhnlich.« Dabei scrollte sie sich durch ihre E-Mails und biss gleichzeitig in ein Marmeladenbrötchen. Sonst meckerte sie schon rum, wenn Max und ich während des Essens unsere Handys nur auf dem Tisch liegen hatten, obwohl wir kein einziges Mal draufschauten!

»Sie konnte nicht schlafen, ich habe sie heute Nacht gehört.«

Mama antwortete nicht. Ich pustete in meinen viel zu heißen Tee. Stille. Nur die alte Küchenuhr tickte. Draußen regnete es.

Verdammt. Trotz meines hochtrabenden Ich-verliebe-mich-Plans hatte ich mir meine Ferien nicht besonders toll vorgestellt, aber so öde nun auch wieder nicht.

»Papa und Max haben gestern noch eine SMS geschickt. Es hat dort oben fünfundzwanzig Grad und es gibt dieses Jahr anscheinend kaum Mücken!«, sagte Mama beiläufig und ließ den Bildschirm dabei nicht aus den Augen. Na super! Ich hätte doch mit nach Schweden fahren sollen, dachte ich. Ich könnte jetzt im morgendlichen Sonnenschein auf den Steg hinauslaufen und in den See springen. Verdammt. Es fühlte sich an, als hätte ich einen riesigen Fehler gemacht.

»Ich mache das hier eben fertig, dann bringe ich das Wohnzimmer wieder in Ordnung und danach schaue ich mir unten im Büro die Zahlen an«, sagte Mama nach exakt drei Minuten. Ich hatte den Zeiger der Uhr beobachtet.

»Wenn es wirklich stimmt, was sie erzählt, wie muss es dann um ihre Finanzen bestellt sein? Ich werde das prüfen, so geht es ja nicht weiter!«

Vielleicht konnte ich schon vor Mama herausfinden, was mit Oma los war. Ich ging hinunter in das Foyer des Kinos. Der Geruch, der mir entgegenwaberte, war alles andere als lecker. Ich schloss die Glastür nach draußen auf und ließ Luft ins Foyer, dann knipste ich die Lichter an. In den altmodischen Hängelampen an der Decke funktionierte nur noch jede zweite Glühbirne. Der Klang meiner Schritte wurde von dem Teppichboden verschluckt. Ungefähr so musste es sich auch in einem Beerdigungsinstitut anfühlen.

Ich ging hinter den Tresen, hier war früher mein Lieblingsplatz, weil man alles so schön überblicken und sich wichtig vorkommen konnte. Doch jetzt? War alles nur einsam und verlassen. Wo waren eigentlich die beiden Sessel und der kleine Tisch geblieben, die im Vorraum gestanden hatten? Ohne sie wirkte alles noch kahler. Ich inspizierte die Kühlschränke unter der Abstellfläche. Sie waren leer und rochen ekelhaft muffig, nur eine Flasche Wermut fand ich. Wermut? Ich drehte den Verschluss auf und schnupperte daran. Na ja. Schien ziemlich süß zu sein. Wer trank denn so ein Zeug? Ich ließ die Kassenschublade mit dem vertrauten Klingeln aufspringen. In den Fächern lag noch nicht mal Wechselgeld, da waren nur zwei Cent und ein paar der schmalen blauen Ticketrollen. Die Nummern, die auf ihnen gedruckt waren, musste man bei jeder Vorstellung in ein großformatiges altes Buch notieren. Wie viele Tickets waren für die Nachmittagsvorstellung verkauft worden, wie viele am Abend? Der Verleih wollte das gerne wissen, denn es wurde gerecht geteilt. Die Hälfte des Gewinns war für Oma, die Hälfte für ihn. Doch wenn Oma jetzt keine Verleiher mehr hatte? Ich zuckte mit den Schultern. Dann musste sie auch nicht mehr teilen.

Ich machte mich auf den Weg in den Saal. Er wurde »Großer Saal« genannt, obwohl es gar keinen kleineren Saal gab. Auch hier waren die meisten der Glühbirnen in den Wandlampen kaputt. Die Sitzreihen lagen im Halbdunkeln und schienen auf irgendetwas zu warten. Der rote Vorhang vor der Leinwand war halb zugezogen, die Bühne davor mit Staubflusen, so groß wie Kinderfäuste, übersät. Die Wände des Saals waren mit orangem Stoff bespannt. Früher hatte er in unzähligen akkuraten Falten gelegen, heute sah die Wandbespannung wie ein verknitterter Plisseerock aus, war ausgeblichen und hing an mehreren Stellen hinunter. Mir stiegen plötzlich Tränen in die Augen. Was war los, ich war doch sonst nicht so sentimental? Ich wischte die Feuchtigkeit aus meinem Gesicht und zog die Nase hoch. Mensch, Oma, dachte ich und schniefte wieder. Wie kannst du den *Palast* so verkommen lassen?

Rechts von der Bühne entdeckte ich die beiden Sessel aus dem Foyer wieder. Sie standen dicht beieinander, berührten sich fast. Auf dem einen lag eine ordentlich zusammengelegte Wolldecke. Wie hatte sie die schweren Möbel mit nur einem Arm hier hereinschieben können? Ich roch an den beiden Cocktailgläsern, die auf dem Tischchen neben den Sesseln standen. Wermut! Ganz frisch. Eine kleine helle Pfütze stand noch in einem der Gläser … Aha, dafür fand Oma also noch Zeit!

Ich machte mich auf den Weg in den Vorführraum. Das war gar nicht so einfach, denn ich musste dazu hinausgehen und erst eine steile Treppe und dann eine Art Vordach überwinden. Ich zog mit voller Kraft an der schweren Eisentür. Früher, als die Filme noch leicht Feuer fingen, hatten diese Metalltüren den Zuschauerraum vor dem Abbrennen bewahrt. Ich ließ die Tür hinter mir zudonnern und gelangte so in den Raum, in dem die beiden großen Vorführmaschinen standen. Oma hatte mir genau erklärt, wie man die Dinger bediente. Die Lampen darin wurden superheiß. »Dadrauf kannste dir 'n Ei braten«, sagte Oma jedes Mal, wenn sie die Klappe des Projektors schloss.

Ich schaute mich um. Hier oben war alles wie immer … Mit einer Hand strich ich über die hölzernen Fächer für die Filmrollen. Dann blätterte ich in ein paar uralten Filmzeitschriften und verlor mich in den Schwarz-Weiß-Fotos von brav aussehenden Jungschauspielern und glamourösen Schauspielerinnen mit weißen Pelzen um den Hals. Plötzlich öffnete sich die schwere Metalltür. Ich zuckte zusammen, aber es war nur Oma, wer sonst?

»Na, *min Deern,* wen hast du denn da? Ach, die Sonja Ziemann, ja! Das waren *wunnerbaare* Filme mit ihr, weißt du?«

Ich ließ die Zeitschrift auf den Tisch fallen. »Ja, klar!« Aber damit kannst du heute kein Kino mehr füllen, hätte ich am liebsten gesagt, doch stattdessen stand ich auf und schaute durch eine der vier kleinen Öffnungen in der Wand in den Saal hinunter. Zwei davon waren für die Linsen der Projektoren. Durch die beiden anderen konnte der Filmvorführer kontrollieren, ob der Film auf der Leinwand auch scharf war, und den Fokus gegebenenfalls an der Maschine korrigieren. Und man konnte natürlich auch das Publikum beobachten. Max und ich hatten das früher oft getan und darauf gewartet, dass zwei sich küssten. Wir hatten leider nie welche dabei erwischt, denn die, die wirklich knutschen wollten, saßen in der letzten Reihe, direkt an der Wand. Und die sah man von hier oben nicht.

»Du hast es dir ja dort unten vor der Bühne richtig gemütlich gemacht!«

»Ach ja, nun ja.«

»Aber von so nah sieht man ja nicht wirklich gut.«

Keine Antwort, auch nichts zu den beiden Gläsern. Sehr verdächtig für Oma! Sonst ließ sie doch keine Gelegenheit aus, mir ausführlich zu erzählen, was sie mit ihren Agates und Kurtis vom Club der uralten Leute unternommen und erlebt hatte!

Ich wandte mich von dem rechteckigen Guckloch ab und betrachtete die große Filmspule, die auf dem linken Projektor steckte, und las den Titel auf dem kleinen Aufkleber. *»Der Herzensbrecher* … Und den spielst du jeden Tag?«

»Wenn Leute da sind.«

»Wir könnten im Keller nach einem andern Film suchen und ich baue ihn auf. Ich kann das noch!«

Oma Luise hatte mir gezeigt, wie man Filme »aufbaute«. Ein Film wurde nämlich auf mehreren kleinen Spulen geliefert, auf jeder dieser Spulen waren nur zwanzig Minuten. Ein Film von hundertzwanzig Minuten kam also als Paket von sechs Spulen.

Die mussten dann vom Vorführer in der richtigen Reihenfolge zusammengeklebt und auf eine große Spule gewickelt werden. Spielerisch tippte ich einmal auf den Hebel des Klebegeräts, das man dafür benutzte. Bevor der Film wieder zurückgegeben werden konnte, musste er an denselben Stellen wieder getrennt und auf die kleineren Spulen umgespult werden.

»Eine ziemliche Arbeit, dieses Filmvorführen!«

»Na ja, aber wenn man zwei Vorführgeräte hat, wie wir, kann man auch abwechseln.«

Ich nickte. Natürlich konnte man auch die erste der kleinen Spulen auf dem linken Gerät und die zweite auf dem rechten zeigen, die dritten zwanzig Minuten dann wieder auf dem linken und so weiter ... aber das war stressig, weil man aufpassen musste, rechtzeitig umzuschalten und die Übergänge nicht zu verpassen. »Opa Karl-Heinz war ein Spezialist darin gewesen!«, sagte ich, weil ich wusste, wie gerne Oma über ihn sprach.

»Jau, er war 'n *büschen* bequem und ist bei Vorstellungen *vör Kinners* in dem warmen Raum *inschlopen.«*

»Und erst aufgewacht, als alle Kinder schrien und pfiffen, weil wir mitten in der hochspannenden Geschichte vor einer weiß flimmernden Leinwand saßen ...«, sagte ich und lachte. »Komm, wir gehen nach unten und suchen einen aus!«, versuchte ich Oma zu überreden. Doch die inspizierte stumm und mit zusammengekniffenen Augen die *Herzensbrecher*-Filmrolle, als ob sie nach einem geheimen Zeichen darin suchte.

»Nein!«, sagte sie. »Das lohnt sich nicht, kommt ja eh keiner. *Der Herzensbrecher* bleibt.«

»Aber ich würde gerne ...«

»Nein!«, fiel sie mir ungewohnt heftig ins Wort. »Dieser *wunnerbaare* Streifen muss bleiben! Ich habe *din Grootvad-*

der dabei kennengelernt. 1956. Hab mich in die Reihe hinter ihn gesetzt und gewusst: Den wirst du mal heiraten. Und er kam zu jeder Vorstellung. Der Film lief und ich saß hinter ihm!«

Ich rechnete und verzog mein Gesicht: »Ey, Oma, du warst neun!«

»Na und! Wenn du den Richtigen triffst, weißt du es!«

»Ja? Ist das so?« Plötzlich wurde ich aufmerksam. Vielleicht konnte ich von meiner siebzigjährigen Oma tatsächlich noch lernen, wie das mit dem Verlieben ging.

»Aber er war doch viel älter, oder?«

»Ach!« Oma guckte verzückt in die Ferne, die vorne an der Wand mit den Gucklöchern allerdings schon endete. »Er war fünfzehn! Und er tanzte Rock 'n' Roll, mit einem Mädchen. Ich bin ihm mit dem Rad gefolgt und habe ihn heimlich beobachtet.«

Meine Oma, die kindliche Stalkerin! »Wie hast du ihn denn auf dich aufmerksam gemacht?«

»Nun. Hier auf den Dörfern ist das Leben ja überschaubar. Ich habe mir nichts anmerken lassen, *dat Mannsvolk* mag es nicht, wenn man es verfolgt. Ein Mann muss denken, *er* sei derjenige, der dich auserwählt hat. Aber mit fünfzehn habe ich dann gewusst, wie ich das anstellen kann!« Oma lächelte und sah auf einmal unheimlich jung aus. »Da war er schon einundzwanzig und immer noch der beste Rock 'n' Roller, den du dir vorstellen kannst. Bis zu seinem Tod war er mir treu und hat mir immer wieder seine Liebe geschworen!«

»Ja, Opa war total cool. Der tollste Opa *ever.*« Ich beneidete Oma einen Moment lang für ihre große Liebe, die sie in diesem Kino gefunden hatte. Mit neun! Wenn es danach ginge, war ich schon sieben Jahre zu spät dran.

»Wenn du mir helfen möchtest«, sagte sie, »dann …«

Dann gehst du los und kaufst eine neue Flasche Wermut?, dachte ich und prustete beinahe los bei der Vorstellung.

»Dann lässt du alles so, wie es ist.« Oma drehte sich um und wandte sich zur Tür. »Obwohl … vielleicht könntest du hier mal Staub wischen, falls jemand Fremdes reinkommt.«

What the … Wer zum Teufel sollte hier schon reinkommen?

»So, ich muss mich wieder hinlegen, war eine kurze Nacht …« Sie gähnte und blinzelte mir zu, als ob sie heimlich in die Disco abgehauen wäre und deswegen Schlaf nachzuholen hätte. Vielleicht würde sie mich jetzt gleich bitten, meiner Mutter nichts davon zu sagen. Ich hatte Mühe, mir das Lachen zu verkneifen. »Du konntest nicht gut schlafen, oder?« Ich ging vor und öffnete die schwere Tür für sie. »Ich habe dich gehört.«

»Ach, wirklich?« Sie lächelte rätselhaft, bevor ihr scheinbar etwas einfiel. »Na ja. Die Schmerzen, weißt du, und ich muss ja immer auf dem Rücken liegen. Ich schlafe sonst nie auf dem Rücken …« Sie trippelte davon und ich blieb mit dem seltsamen Gefühl zurück, sie verheimliche mir irgendetwas. Aber warum? Das war völlig untypisch für sie. Ich würde es herausfinden, vielleicht schon nächste Nacht!

Um mir die endlosen Stunden zu vertreiben, die vor mir lagen, beschloss ich, den Charme des alten Kinos wenigstens ein bisschen wieder hervorzuholen.

Ja, ihr habt richtig gelesen. Ich, die es in Hamburg schon ziemlich ätzend fand, wenn ich mein Zimmer staubsaugen sollte, würde aufräumen! Ich wischte oben im Vorführraum tatsächlich Staub, stapelte die alten Zeitschriften ordentlich in eine Ecke und warf mindesten dreißig verstreute Snickers-Papierchen in den Mülleimer. Deswegen lagen unten in der Vitrine also nur noch ein paar Staubflusen. Aber seit wann aß Oma

Süßigkeiten? Oder hatte sie Besuch gehabt? Vielleicht war die Snickers-Esserin ja auch die Wermut-Trinkerin? Mittlerweile war ich überzeugt, dass Omas Besucher eine Frau war. Wer das perverse Zeug trank und Süßigkeiten bis zum Abwinken aß, war garantiert weiblich. Wart's ab, Oma, dachte ich. Bevor ich Kloppenbostel und den traurigen Filmpalast verlasse, werde ich dein Geheimnis schon noch lüften!

Der Staubsauger schien noch aus Uropa Wilhelms Zeiten zu sein und wehrte sich, als ich ihn in das Foyer zog. Die Flecken auf dem schwarzen Teppich waren klebrig. Verschüttete Cola vermutlich. Angeekelt verzog ich das Gesicht und hatte nun überhaupt keine Lust mehr zu staubsaugen. Ich stellte das Ding in die Ecke und machte mich widerwillig an den Tresen.

Das heißt, ich guckte ihn erst einmal nur an. Dann fand ich eine Filmzeitschrift aus dem Jahre 1989, setzte mich auf den Barhocker hinter der Kasse und las sie gründlich durch. Als ich wieder auf die Uhr schaute, waren über anderthalb Stunden vergangen.

Da ich sonst nichts zu tun hatte, holte ich die Gummihandschuhe aus der Küche, einen Eimer mit Wasser und einen Schwamm. Ich hockte gerade am Boden und überlegte, ob ich wirklich diese fiesen Fächer dort unten auswischen sollte, als ich jemanden hereinkommen hörte.

»Hallo?«

Oh no, dachte ich und starrte in das unbenutzte Seifenwasser im Eimer, was soll ich bloß sagen? Nur hereinspaziert? Sie haben Glück, wir zeigen heute zum einhundertsten Mal *Der Herzensbrecher*. Der ist zwar von 1956, aber immerhin vor zwanzig Jahren restauriert!

»Hallo? Jemand da?«

Widerstrebend tauchte ich hinter dem Tresen auf und wollte mich im nächsten Moment sofort wieder auf den Boden fallen lassen. *Fuck!* Es war der Junge von gestern ... der Typ aus der Serie, was machte der denn schon wieder hier?

Ich zwang mich, ihn diesmal etwas länger anzuschauen, und versuchte, mir sein Gesicht noch besser einzuprägen: Seine Augen waren von einem noch helleren Blau als in meiner Erinnerung und ich konnte mir gut vorstellen, wie sonnenblond seine Haare nach einem Sommer am Atlantik aussehen würden. Er roch ja auch genauso, ein verdammt leckeres Gemisch aus den hohen Kiefern auf einem französischen Campingplatz, nach warmer, sandiger Erde und ...

Und ich? Ich trug rosa Gummihandschuhe und hatte einen gelben Putzschwamm in der Hand! Mein schwarzes T-Shirt war am Ausschnitt ausgeleiert und ich musste nicht erst mit der Nase unter meine Achsel tauchen, um festzustellen, dass ich nach Schweiß roch, obwohl ich nur die Zeit vertrödelt und mit dem Putzen noch gar nicht richtig angefangen hatte. Schnell versteckte ich meine rosa Gummihände hinter dem Rücken.

Die Hauptrolle grinste mich an. »Hi.«

»Hallo!«, krächzte ich und presste die Arme an meinen Körper.

»Ich komme gerade zufällig vorbei und wollte mal was fragen.«

Zufällig? Na ja, hier auf dem Dorf kamen die Leute tatsächlich noch ab und zu einfach so vorbei, ohne sich groß anzumelden, *büschen schnacken* ... Aber du doch nicht, Surferjunge, dachte ich, du kommst doch garantiert aus Hamburg, was machst du hier im verregneten Kloppenbostel?

»Ist jemand von der Geschäftsführung da?« Er zog seine Stirn in Falten und lächelte mich auf diese gewisse Art von unten an. Keine Ahnung, warum mein Herz das machte, aber es klopfte sofort schneller und ich musste von seinem Gesicht wieder auf den Tresen vor mir schauen, sonst wäre ich vor Verwirrung gestorben.

Ich hörte ein Geräusch. Es war die »Geschäftsführung« in Form von Oma, die jetzt mit Bollerhose und Zwangsjacken-Armschlinge auf uns zukam. Zwischen ihren Lippen hing ein langes Mundstück aus Elfenbein mit einer nicht angezündeten Zigarette. Ja, meine Oma rauchte damals noch manchmal Zigaretten mit Mundstück. Sie fand das vornehm. Ich fand, es sah zur Trainingshose ziemlich komisch aus.

»Oma, das ist ...?« Ich schaute ihn fragend an.

»Frans. Mit s am Ende.« Seine Augen sahen aus, als ob er gleich in Lachen ausbrechen würde, und ich starrte so lange fasziniert in sie hinein, bis ich merkte, dass er wohl doch nicht vorhatte zu lachen.

»Ich wollte Sie gerne sprechen.« Er sah ziemlich erwachsen aus, wie er da so stand.

»Worum handelt es sich?« Obwohl sie längst nicht so schick gekleidet war wie sonst, hatte Oma seit ihrem morgendlichen Zusatzschläfchen wieder zu ihrer alten Form gefunden. Mit einer eleganten Bewegung nahm sie das Mundstück plus Zigarette zwischen die Finger ihrer brauchbaren Hand und spielte damit herum.

»Ich wollte Sie fragen, ob Sie das Kino wirklich schließen. Vielleicht müsste man nur mehr Werbung machen! Und falls Sie an einem Internetauftritt interessiert wären, könnte ich für den *Titania Palast* eine Website einrichten ...«

»Und warum sollte ich das wohl wollen, junger Mann?« Oma zog ihre Augenbrauen in die Höhe und sah Frans von oben bis unten an, ohne den Kopf auch nur ein bisschen zu bewegen. Wenn sie das machte, erinnerte sie mich immer an Professor McGonagall, die strenge Lehrerin aus *Harry Potter*.

»Na ja.« Er strich sich mit den Fingern durch seine Haare.

Sehr schöne Haare übrigens, nicht zu kurz abrasiert, nicht zu lang, gerade richtig. Erst jetzt bemerkte ich den Rucksack auf seinem Rücken, aus einer Seitentasche ragten Schlagzeugstöcke. Der Surfer spielte auch noch Schlagzeug, wie cool war das denn?

»Also, ich beschäftige mich gerne damit und liebe auch alte Filme und dieses Kino ist doch eigentlich so fantastisch. Und … ich glaube, der *Titania Palast* könnte wirklich ein bisschen Aufmerksamkeit gebrauchen.« Er schaute sich um und machte eine Handbewegung, die alles mit einschloss. Das kahle Foyer, die klebrigen Flecken auf dem Teppichboden, die Türen mit den Toiletten dahinter, auf deren Reinigung ich ganz bestimmt keine Lust haben würde. Ich zog die Gummihandschuhe langsam von meinen Händen.

»So. Glauben Sie das?« Oma seufzte theatralisch. »Tja. Und was, wenn Sie sich täuschen? Ich führe dieses Kino seit über fünfzig Jahren und weiß recht genau, was der *Palast* braucht und was nicht! So eine *Wäbsait,* oder wie das heißt, gehört jedenfalls nicht dazu! Entschuldigen Sie mich nun, ich bin beschäftigt!«

Bevor ich meinen Mund öffnen konnte, um gegen Omas unfreundliche Abfuhr zu protestieren, hatte »Frans mit s« schon genickt, sich umgedreht und war mit seinem Rucksack und den Schlagzeugstöcken aus der Tür geschlendert. Am liebsten wäre ich ihm hinterhergelaufen, aber ich konnte mich nicht rühren, es war einfach zu viel in den letzten sechzig Sekunden passiert.

»Oma!«, rief ich, als meine Erstarrung sich endlich gelöst hatte. »Warum schickst du ihn weg?«

Statt einer Antwort explodierte eine der wenigen Glühbirnen an der Decke, die bis eben noch geleuchtet hatten.

»Fuck!«, rief ich und hielt mir reflexartig die Hände über den

Kopf. »Hier funktioniert aber auch gar nichts mehr!« Winzige Glassplitter rieselten aus der alten Hängelampe herab.

»Natürlich funktioniert hier noch alles.« Oma war die Ruhe selbst. »Die anderen habe ich alle nur halb rausgedreht.«

»Ach, und dabei bist du von der Leiter gefallen und hast dir den Arm gebrochen?« Oma war zwar schon immer ein bisschen eigenartig gewesen, doch im Moment übertrieb selbst *sie* es ganz schön!

Sie rümpfte nur wie zur Bestätigung ihre Nase. »War halt ein bisschen wackelig dort oben.«

»Wieso tust du das?« Ich schüttelte den Kopf.

»Strom sparen«, sagte Oma nur und ging erhobenen Hauptes davon.

4

Oma war doch verrückt! Da hockte sie im Halbdunkeln, weil sie Strom sparen wollte! Ich rannte hinter dem Tresen hervor und hinaus. Es regnete leicht, der Parkplatz mit seinen tiefen Schlammpfützen war leer und verlassen. Doch weiter hinten, an der Straße, sah ich Frans und sein Fahrrad noch.

»He!«, rief ich und sprintete los. »Frans!« zu rufen, traute ich mich nicht. Er hörte anscheinend aber auch auf »He!«, denn er drehte sich um und blieb stehen. Verdammt, was wollte ich ihm eigentlich sagen? »Hör mal, ich hatte vor, mich diesen Sommer richtig zu verlieben, und du scheinst mir ein geeigneter Kandidat dafür zu sein«, so was in der Art?

Als ich schnaufend bei ihm ankam, wusste ich überhaupt nichts mehr.

»Du kannst aber ziemlich schnell jemandem hinterherlaufen.« Er grinste.

»Ich laufe dir doch nicht hinterher!«

»Und du kannst sprechen!«

Mist. Er hatte offenbar mitgezählt und wusste, dass ich insgesamt nicht mehr als vier Worte gesagt hatte. »Hallo« und »Oma, das ist …«.

»Ich wollte dir nur sagen, dass ich in ein paar Tagen nach Schweden fahre und leider echt nichts tun kann, damit meine Oma ihre Meinung über angeblich unnötige Werbung ändert.« Weil er so toll aussah, starrte ich auf meine Chucks, die ziemlich schlammig waren.

»Okay. Schade.«

»Ja. Schade.« Wir sahen uns an. Er stand nur einen Meter von mir entfernt. Was soll ich jetzt sagen?, brüllte es in meinem Kopf, als das Handy in meinem Kapuzenpullover klingelte. Es war nur Max, das erkannte ich an dem dramatischen *Star-Wars*-Klingelton, den mein Bruder für sich eingestellt hatte. Aber ich war dankbar für die kurze Pause und zog es mit Schwung hervor. Es rutschte mir aus der Hand, beschrieb eine kümmerliche Flugbahn durch die Luft und landete direkt auf dem rechten Turnschuh von Frans, wo es auch noch liegen blieb. Wie peinlich!

Er bückte sich und hob es auf. »Ist noch heile«, sagte er nach einem Blick auf das Display und gab es mir.

»Danke!«, sagte ich, ohne draufzuschauen, während es weiter klingelte.

»Na dann. Viel Spaß mit den Schweden!« Er grinste mich an, setzte seine Kapuze auf, nahm den Lenker in beide Hände und fuhr davon. Oh nein. Warum haute er so schnell ab? War ich ihm zu stumm? Oder zu unlustig?

Wahrscheinlich beides. Warum war ich auch nur so verbrettert im Kopf, wenn mir ein Junge gegenüberstand, den ich hübsch und interessant fand? Das Klingeln hörte auf. Ich sah auf das Display. Es war tatsächlich ganz geblieben. Mein Bruder hatte sein Profilbild geändert und statt des kleinen Yoda mit den Riesenohren das Foto eines Muskelmannes hochgeladen. Der Typ war blond, grinste unverschämt und hielt sich einen großen Fisch vor die blanke Brust. Um die nackte Schulter hatte er sich die schwedische Fahne gelegt. »Viel Spaß mit den Schweden!« Deswegen war Frans also so schnell abgehauen! Er musste ja denken, dass dieses blonde Muskelmonster mich gerade angerufen hatte.

»Verdammt!«, rief ich laut. »Nichts klappt hier ...«

Langsam ging ich durch den Regen zurück und wusste nicht, ob ich sauer auf mich oder doch lieber auf Oma sein sollte. Ich entschied mich für Oma.

Sie brauchte Hilfe mit dem Kino, doch sie lehnte alles ab und schickte Menschen weg, die ihr helfen wollten!

»Wie zum Beispiel Frans mit s«, murmelte ich. In meinem Magen kribbelte es komisch, wenn ich an ihn dachte. Ich seufzte und ging wieder hinein, bevor der Regen mein Haar völlig durchnässte. Verdammt. Ich hatte es gründlich vermasselt.

In diesem Augenblick sah ich Mama mit wehenden Locken in Omas kleinem Büro verschwinden. Ich biss die Zähne zusammen, denn ich ahnte schon, dass sie mit weniger guten Nachrichten wieder herauskommen würde. Das Gebäude und das Grundstück gehörten Oma zwar, aber wie es aussah, hatte sie absolut kein Geld mehr, um alles in Ordnung zu halten. Oder die Stromrechnung zu bezahlen …

Vor lauter Frust holte ich den Staubsauger nun doch aus der Ecke und entfernte wenigstens die Glassplitter der geplatzten Glühbirne, die immer noch auf dem Teppich verstreut lagen. Warum hatte ich nicht gleich auf das Display geguckt? Dann hätte ich Frans wenigstens sagen können, dass mich kein angelnder Schwede aus dem Fitnessstudio anruft, sondern nur mein kleiner Bruder!

Mir kam eine Idee. Ich stellte den Staubsauger aus und ging in Omas Büro: »Hi, Mama. Soll ich Eier kaufen gehen? Ich könnte Pfannkuchen zum Mittagessen machen.« Pfannkuchen war das Einzige, was ich in der Küche zustande brachte.

»Es ist nicht zu fassen«, hauchte sie nur, als sie aufschaute und mich im Türrahmen stehen sah. Wie gesagt, ich war zu Hause sehr zurückhaltend, was Hausarbeit und alles anging, und bewegte mich am liebsten nicht von meinem Laptop weg, aber dass sie so erstaunt reagieren würde, hätte ich nicht gedacht …

Sie strich ihre blonden Locken ungeduldig zurück. »Sie hat schon seit Monaten kein Geld mehr eingenommen. Ich habe jede Menge Rechnungen gefunden. Ungeöffnet! Und sicher unbezahlt!«

Aha, sie meinte also gar nicht mich und meine Pfannkuchen-Idee …

Mama legte die Hand vor den Mund, was sie nur machte, wenn sie ratlos war. Das kam nicht oft vor, meine Mutter hatte eigentlich immer eine Idee.

Ich zuckte mit den Schultern. »Oma ist echt komisch drauf.«

»Ja, da gebe ich dir recht. Und ich befürchte, da kommt jegliche Hilfe von uns zu spät. Je eher sie den Laden schließt, desto besser. Für das Grundstück kann sie hier im Alten Land eine Menge Geld bekommen. Du weißt, wie wild die reichen Hamburger darauf sind, hier vor der Stadt ein Häuschen zu haben.«

Das Alte Land liegt südwestlich von Hamburg und besteht größtenteils aus Bauernhöfen, Obstbäumen und vielen verstreuten Dörfern. Warum Uropa Wilhelm ausgerechnet hier sein Kino eröffnet hatte, war und blieb ein ewiges Familienrätsel. Aber es hatte ihn und seine Familie über achtzig Jahre ernährt.

»Du meinst, Oma soll wirklich alles verkaufen? Das ist doch auch dein Zuhause!«

»Gewesen, meine Süße, gewesen!« Mama lächelte. Nun glich sie wieder einem Engel. »Weißt du, manchmal ist es besser, einen sauberen Schnitt zu machen, statt in der Vergangenheit zu schwelgen. Was nutzt es Luise, wenn sie hier in diesem dunklen Kasten hockt und sich nicht mal Brötchen zum Frühstück leisten kann?«

Irgendwie hatte Mama recht, obwohl ich das vor ihr nicht zugeben mochte.

Der *Titania Palast* war ein alter, auf eine Sandbank gelaufener Kahn, den wir nie wieder davon herunterkriegen würden.

»Keine Ahnung«, antwortete ich. »Was ist jetzt mit den Pfannkuchen? Soll ich nun Eier holen oder nicht?«

»Ach schön, ja«, sagte Mama zerstreut, denn sie wühlte schon wieder in einem Haufen Papiere auf dem Schreibtisch herum. Dann fiel ihr anscheinend doch auf, dass etwas an meinem Vorschlag ungewöhnlich war: »Aber es regnet doch.« Mama wusste, dass ich bei Regen noch unwilliger als sonst aus dem Haus ging, weil ich es hasste, nass zu werden.

»Egal!«, behauptete ich, ganz begierig darauf, mir Omas altes Rad zu schnappen und die zwei Kilometer bis zum Hühnerhof zu fahren. Warum wohl? Es war albern, aber ich hatte die leise Hoffnung, Frans noch irgendwo zu sehen. Ich würde anhalten und ganz beiläufig sagen: »Übrigens, wer da eben angerufen hat, war nur mein kleiner Bruder. Er liebt es zu angeln.«

»Na gut«, sagte Mama. »Nimm dir Geld aus meinem Portemonnaie und grüß mir die *ool Lieschen* schön!« Ich nickte und beeilte mich loszukommen. Doch als ich eine halbe Stunde später pitschnass mit zehn Eiern und einem abgekauten Ohr zurückkam, war ich nicht mehr so euphorisch. *Ool Lieschen* hatte mich auf Platt vollgetextet und mir muffige Kekse vorgesetzt, von denen ich höflich einen heruntergewürgt hatte. Und das alles nur wegen ein paar Minuten meines Lebens, die ein gewisser Frans vor mir gestanden hatte.

Ich beschloss, ihn aus meinem Kopf zu verbannen, doch es gelang mir nicht. Beim Teigmachen musste ich an seine Augen denken, beim Tischdecken an seine Stimme und beim Essen an beides. Selbst als ich mich nach dem Essen kurz in die Toiletten im Foyer wagte, um dort wenigstens die Fenster zu öffnen, wiederholte ich zum hundertsten Mal Wort für Wort, was er zu mir gesagt hatte. »Hi.« Er sprach so wie ich, ein bisschen Norddeutsch, das bedeutet, er kam aus der Umgebung … »Ich komme gerade zufällig vorbei und wollte mal was fragen.« Damit hatte es angefangen. Seine Stimme war ... Oh verdammt! Ganz in Gedanken hatte ich die Spülung betätigt und nun stieg und stieg das Wasser in der Schüssel und war im Begriff überzulaufen!

Außer Atem kam ich bei Mama an, die schon wieder im Büro saß, und beschrieb ihr, wie oberfies die Klos waren. »Ich glaube, ich habe alles unter Wasser gesetzt ...!«

»Siehst du«, sagte sie nur, »daran sind die völlig veralteten Rohre schuld. Ich bin schon in Verhandlung mit einer Immobilienfirma für einen Besichtigungstermin oder vielleicht finden wir auch einen Investor. Nach einem Verkauf wäre Oma finanziell wieder bestens aufgestellt.«

»Was macht ein Investor?«

»Er investiert! Er gibt Geld, damit andere Leute bauen können.«

Andere Leute? Sofort meldete sich mein schlechtes Gewissen und ich schaute mich besorgt um. Was, wenn Oma uns hörte? Wie sollten wir ihr das mit dem Verkauf nur beibringen? »Wann willst du es ihr sagen?«

»Wenn ich genügend Argumente gesammelt habe, die für den Verkauf sprechen. Sie liegen hier bereits vor mir!« Wieder wühlte sie in den Rechnungen.

»Mama! Willst du hier 'ne Gerichtsverhandlung gegen Oma führen?«

»Natürlich nicht.« Jetzt wurde ihre Stimme ganz sanft. Das konnte sie auch. »Ich sorge mich nur um sie. Und um uns, schließlich muss ich auch an Max und dich und Papa denken! Wir haben zwar Geld auf der Bank, aber nicht so viel, dass wir Oma endlos aushelfen könnten. Sollen wir unsere Eigentumswohnung oder das Häuschen in Schweden verkaufen, um *das* hier zu retten? Ach, das würde wahrscheinlich nicht einmal reichen ...«

Ich zuckte mit den Schultern. Zu viel von diesen Erwachsenenproblemen wollte ich gar nicht wissen. Und um ehrlich zu sein, waren meine Gedanken auch nicht hundertprozentig bei Oma Luise und dem dahinvegetierenden *Titania Palast.* Es war peinlich, aber ich lief hoch in Omas Wohnung, nahm mein Handy und googelte ihn: *Frans – Filmfan – Kloppenbostel. Frans – Schlagzeug – Hamburg. Frans – Webdesign – Altes Land.* Ich fand nichts über ihn.

Enttäuscht machte ich mich auf die Suche nach Oma. Sie saß im Großen Saal in einem der Sessel vor der Bühne, in die Decke gehüllt, als ob sie jemanden erwartete. Na ja, Zuschauer vermutlich. Die Gläser waren vom Tischchen verschwunden. Ich setzte mich und starrte auf die dunkle Leinwand, die vom Vorhang halb verdeckt war. Wie hatte ich dieses Geräusch immer geliebt, wenn der Vorhang sich nach der Werbung surrend ganz öffnete ... Aber diese Zeiten waren anscheinend vorbei. Der Vorhang klemmte offensichtlich mal wieder, denn er war in der Mitte stehen geblieben. Alles ging hier kaputt, es war hoffnungslos, etwas anderes zu glauben. Ich wusste nicht, wie ich beginnen sollte.

»Wenn nicht mehr so viele Leute kommen«, sagte ich zaghaft, »dann ist das ja nicht so gut für die Kasse, oder?«

»Ach, Quark! Dann habe ich meine Ruhe!« Oma lehnte sich an die Sessellehne. Sie wirkte hochzufrieden. »Und es ist Sommer, da laufen die Geschäfte immer etwas schwächer.«

Ich sah sie zweifelnd an. Bei dem Regen und der Kälte müssten die Zuschauer doch eigentlich in Scharen kommen. Wenn ... ja – wenn es coole Filme geben würde. Und seit wann wollte Oma ihre Ruhe? Sie liebte es doch, den ganzen Tag auf den Beinen zu sein, abends an der Kasse zu sitzen und jeden Gast mit einem frechen Spruch zu begrüßen.

Ich stand wieder auf und hoffte, dass dieser seltsame Tag ganz schnell zu Ende gehen würde. Nicht nur, weil ich mich nach meinem Bett sehnte, um Frans noch einmal vor meinen Augen auftreten zu lassen. Diesmal wüsste ich, was ich zu ihm sagen würde. Und vielleicht würde ich mir sogar den Wecker stellen, so gegen eins, um zu kontrollieren, ob Oma in ihrem Bettchen lag oder ob sie wieder Wermut mit unbekannten Gästen trank …

Was für eine bescheuerte Idee, dachte ich, als mein Handy mitten in der Nacht vor sich hin piepte und mich aus dem Schlaf riss. Soll Oma Luise doch trinken, wann und mit wem sie will …! Doch dann schälte ich mich aus meiner Decke und huschte über den Flur. Nur einen Blick, sagte ich mir schlaftrunken, als ich vor ihrem Zimmer stand, wahrscheinlich schläft sie ruhig und fest. Ich klopfte leise an und linste durch den Türspalt. Omas Schlafzimmer war groß und schon immer eher wie eine Garderobe für Künstler eingerichtet und weniger wie ein Raum nur zum Schlafen. Es gab zwei große, frei stehende Ankleidespiegel, jede Menge Schränke bis zur Decke, einen Schminktisch mit Spiegel und diesen typischen Glühbirnen drum herum und sogar einen Paravent, hinter dem man sich umziehen konnte, ohne gesehen zu werden.

Aber mein Gefühl hatte mich nicht betrogen: Omas Nachttischlampe brannte zwar, aber ihr Bett war leer! Ich checkte Küche, Bad und Toilette. Nichts. »Nee, oder? Sag nicht, sie sitzt wirklich da unten …«

In meinem Zimmer zog ich mir einen Pullover über meinen Pyjama und Turnschuhe an die nackten Füße. Leise verließ ich die Wohnung und schlich über die knarzende Treppe hinunter, Richtung Foyer. Ich hörte das Gemurmel schon von Weitem. Hohe Frauenstimmen, die tieferen gehörten den Männern. Krass, so spät ließ Oma also wirklich den alten Film laufen?

Aber saß sie wirklich davor und wenn ja, war wieder jemand bei ihr? Um einen besseren Überblick zu haben, öffnete ich eine unscheinbare Tür nach draußen und stieg die Treppe zum Vorführraum hoch. Erwähnte ich schon, dass der *Titania Palast* aus lauter Türen, verwinkelten Treppen und Anbauten bestand? Dass die Treppen sich nicht noch drehten wie auf Hogwarts bei *Harry Potter*, war alles.

Im Vorführraum war es warm – wie immer wenn der Projektor in Betrieb war –, die Filmspule surrte und es war dunkel. Nur die grelle Lampe, über die der Filmstreifen lief, produzierte ein paar Lichtspiele an den Wänden. Ich warf einen Blick durch eines der viereckigen Löcher in der Wand. Da war Oma! Wie heute Nachmittag saß sie in einem der Sessel. Sie war allein.

Auf der Leinwand war ein Motorroller zu sehen, dahinter eine lange Straße. Alles natürlich in Schwarz-Weiß. Schwarze Staubkörner und Kratzer lagen darüber, so wie es bei Videos von heute, die alt aussehen sollen, absichtlich gemacht wird. Dieses hier war aber original und kam vom häufigen Abspielen des Films. Wie abgewetzt musste er dann erst *vor* dem Restaurieren ausgesehen haben? Es war niemand da, dem der Roller gehören konnte. Und niemand sprach. Was für eine Szene war das denn? In solchen Filmen wurde doch immer viel gelabert, die Schauspieler packten einander an den Händen und zogen sich durchs Bild und alle rollten ganz herrlich das »Rrrrrrr«. Die Sekunden vergingen und immer noch war nur der einsame Roller zu sehen. Seltsam. Sehr seltsam für einen Film aus dieser Zeit.

Plötzlich hörte ich ein Geräusch, es klang nach harten Absätzen, die die Treppe hinaufstürmten und immer näher kamen. Blitzschnell verkroch ich mich unter dem Tisch, an dem die Filmstücke zusammengeklebt wurden, machte mich ganz klein und hielt die Luft an. Oma war das nicht! Jemand kam herein. Ich sah zwei Beine in schmalen Anzughosen vor mir und schwarze Lederschuhe. Er pfiff vor sich hin. Ich wagte immer noch nicht zu atmen. Er hatte ein weißes Hemd an, das konnte ich von meinem Platz unter dem Tisch sehen. Wer war das? Auf jeden Fall kannte er sich mit alten Filmprojektoren nicht besonders gut aus ... denn er schaltete ihn einfach ab. Mitten im Film! Das war gar nicht gut! Er hatte zwar vorher die Lichtklappe geschlossen, sonst wäre der Filmstreifen allein durch die Hitze der Lampe geschmolzen, aber für die Maschine des Vorführgeräts war es trotzdem schlecht! So etwas durfte man nur im äußersten Notfall machen, hatte Oma mir erklärt ... Warum tat er es also? Weil er in Ruhe Wermut mit ihr trinken wollte?

Als der Typ wieder aus der Tür gelaufen war, wartete ich noch einige Sekunden, nachdem sie zugefallen war, dann trat ich vorsichtig an eines der Gucklöcher in der Wand. Die Leinwand war zu einer grauen Fläche geworden. Der Saal lag jetzt im Dunkeln, nur die funktionierenden Lämpchen der Notbeleuchtung brannten noch, wenig später kam er herein. Er war jung, vielleicht zwei Jahre älter als ich. Er hatte etwas Energisches, Tänzelndes und hielt die Arme ein bisschen angewinkelt. Seine Haare waren kurz, nur vorne offenbar etwas länger, aber das trugen alle Jungs heute so. Was zum Teufel hatte er dort unten bei Oma zu suchen? Zunächst mal warf er sich schwungvoll eine schwarze Lederjacke über. Die passte zwar nicht zu seinem restlichen Outfit, sah aber ganz okay an ihm aus. Nun schnappte er sich sein Glas, ja natürlich, sie tranken wahrscheinlich wieder dieses süße Zeug. Mit einer kleinen Verbeugung prostete er Oma zu und schwang sich auf den freien Sessel. Als ob er extra cool sein wollte, setzte er sich quer hinein und ließ die Unterschenkel über die linke Armlehne baumeln.

Oma schien das zu gefallen, sie klopfte auf sein Knie, als ob sie einen Hund streichelte. Ich beschloss, mir das absurde Date der beiden näher anzuschauen, und verließ leise den Raum.

Unten im Saal angekommen, tastete ich mich an der Wand entlang und schlich mich langsam näher. Über was unterhielten sich die beiden so angeregt? Nicht nur die Leinwand war dunkel, auch der Ton war natürlich abgestellt. Umso größer war die Gefahr, dass sie mich entdeckten.

»… ich muss eben ab und zu zurück, aber wer weiß, was ich hier Aufregendes unternehmen könnte«, sagte er gerade. »Lassen Sie es uns versuchen, Mutter Luise!«

Mutter Luise?! Dieser schmale Typ da im Sessel war höchstens siebzehn oder achtzehn und keinesfalls ihr Sohn! Aber warum redete er so seltsam?

»Ach, Horst. Ich würde ja gerne. Aber es wird schwierig, am Tage lebe ich ab jetzt unter Bewachung!«

Aha! Er hieß also Horst! Welche Eltern straften ihr Kind denn mit so einem Namen?! Ich sah bei diesem Namen eher einen Mann mit grauen Haaren und leichtem Bäuchlein von Mitte sechzig vor mir … Und Oma sah Mama und mich als ihre Bewacher. Auch interessant – und vielen Dank!

»Sie und ich, Mutter Luise, wir machen das Lichtspieltheater wieder zu einem Treffpunkt für junge Leute! Für die wilden Rebellen, für uns Halbstarke! Wir zeigen die neusten Filme und spielen das, was unwissende Menschen immer noch als ›Hottentottenmusik‹ bezeichnen! Das wird kolossal!«

»Aber Horst, das geht nicht, du musst doch immer wieder zurück. Wir haben ja gestern Nacht gesehen, was sonst passiert.« Oma schüttelte den Kopf und gähnte hinter vorgehaltener Hand.

»Oh ja. Das war gruselig! Alle drei Stunden muss es also sein. Mensch Meier, sonst ist's vorbei mit mir …«

Ich ging noch näher, um besser zu verstehen. Wovon redeten die beiden da?

Der, den Oma Horst genannt hatte, sprang auf. »Aber Ihr Fräulein Enkelin, die ist ein heißer Feger! Ich würd sagen: 'ne echte Zuckerpuppe!« Er hielt inne. »Entschuldige, Mutter Luise, ich wollte Ihnen nicht zu nahe treten.« *Fräulein Enkelin? Heißer Feger?* Meinte der etwa mich? Musste er wohl, außer mir hatte Oma keine Enkelin. Wie war der denn drauf und wo hatte er mich überhaupt gesehen? Ich reckte mich. Hielt er da etwa ein Foto in der Hand? Oh nein, wie peinlich! Ich wusste ja, dass Oma gerne mit ihren beiden Enkeln angab, aber doch nicht ausgerechnet bei dem komischen Typ da!

»Ich kenne solche Frrräuleins.«

Jetzt rollte er das r auch noch so blöd! Wer redete denn so? Doch da fuhr er schon fort: »Die meisten sind ja nicht besonders helle, gehen nur auf die Hauswirtschaftsschule. Aber die da ...« Ich sah, wie er mit meinem Foto wedelte, bevor er sich wieder in den Sessel warf und aus meinem Blickfeld verschwand. »Eure Enkelin, die ist prima!«

»Nun ja, natürlich ist Ava intelligent und aufgeweckt, aber heute besuchen viele Mädchen die höhere Schule«, sagte Oma, »eigentlich genauso oft wie die Jungs.«

»Ach, wirklich?«, meldete Horst sich, seine Stimme klang spöttisch. »Was soll das bringen? Meistens sind sie ja braver und fleißiger als die Buben, aber am Ende ist es Zeitverschwendung, denn die Mädel wollen ja doch irgendwann nur heiraten!«

Was für ein ...! Ich beschloss, mich zu zeigen, bevor ich vor Wut explodieren und sie meine verstreuten Körperteile sowieso entdecken würden.

»Hallo und guten Abend!«, sagte ich formvollendet, und um Oma vor einem Herzinfarkt zu bewahren, schob ich ein »Nicht erschrecken, ich bin's!« hinterher.

»Ach, *min Deern!*«, sagte sie und schaute sich in ihrem Sessel nach mir um. Doch sie lächelte und das Cocktailglas in ihrer rechten Hand zitterte kein bisschen.

»Na, das ist ja mal ’ne feudale Überraschung. Da ist die junge Dame ja!« Der schräge Horst kam auf mich zu und bevor ich es verhindern konnte, griff er nach meiner Hand und verbeugte sich. »Horst Winterfeld. Habe die Ehre! Wie geht es Ihnen?« Er siezte mich!

»Gut. Ja. Äh. Cool.« Ich musste mir auf die Lippen beißen, um nicht laut loszulachen. Wo hatte Oma diesen Verrückten denn aufgetrieben? Auch aus der Nähe sah er gut aus. Warme, sehr wache dunkle Augen, schöne Lippen und ein rechter Mundwinkel, der anscheinend von Geburt an ein bisschen grinste. Aber die Haare …? Die Haare waren dunkelbraun und *strange*. Jetzt erst sah ich, dass er eine richtige Tolle trug, die er mit kleinen Zuckungen seines Kopfes immer wieder zurück an ihren Platz beförderte, sobald sie ihm in die Stirn fiel, und sie fiel ihm dauernd in die Stirn. Er stand immer noch viel zu nah bei mir. Verlegen machte ich einen Schritt zurück und drehte mich unbehaglich hin und her. »Was für eine Party feiert ihr denn hier?«

»Och, wissen Sie, wir machen nur ’ne kleine Sause.« Zack, die Tolle flog.

Ich sah zwischen ihm und Oma hin und her. »Eine *Sause?*« Was für ein bescheuerter Ausdruck. »Wieso jetzt? Wieso nachts?«, stotterte ich und wich noch weiter vor ihm zurück. Verdammt! Da passierte monatelang nichts, was Jungs anging, und dann tauchten innerhalb von wenigen Stunden gleich zwei ziemlich gut aussehende Exemplare auf. Wobei der hier ansonsten eine Katastrophe war.

»Feten feiert man nun mal nachts.«

Feten! »Solltest du dich nicht ausruhen, Oma?«

»Junges Fräulein, mit Verlaub: Ihre Großmutter ist der Kracher, die geht ab wie 'ne Düsenrakete!« Jetzt stand er breitbeinig vor mir und steckte die Hände hinten in seine Hosentaschen. Angeberischer ging es wirklich nicht mehr!

Ich schaute Horst vernichtend an, seine Ausdrucksweise war voll daneben: »Sorry, aber sie ist siebzig und nimmt starke Schmerzmittel!«

»Ach *Kinners,* nun streitet doch nicht!« Oma blickte zu Horst. »Vielleicht müssen wir es ihr sagen«, flüsterte sie verschwörerisch.

»Was? Dass ihr euch die Nächte um die Ohren haut und dieses komische Zeug trinkt, habe ich schon kapiert.« Ich stützte beide Hände in die Seiten.

»Horst ist gekommen, um mir zu helfen.« Oma nickte glücklich vor sich hin.

»Helfen ist super.« Ich lachte auf. Es klang genauso ironisch, wie ich beabsichtigt hatte. »Fragt sich nur, warum er hier auftaucht. Und was er wirklich will!« Der Typ war doch nicht ganz sauber, das merkte man schon aus drei Kilometern Entfernung. Dachte er vielleicht, bei Oma irgendwelches Geld oder sonst was abziehen zu können?

»Was er hier will?« Er baute sich dicht vor mir auf. Seine Lederjacke sah abgeschabt aus, wie aus einem teuren Secondhandshop. »Hören Sie mal, das können Sie vielleicht mit Ihrem weiblichen, technisch unbegabten Hirn nicht verstehen ...«

Alter! Jetzt reichte es wirklich. Technisch unbegabtes Hirn?

»Sorry, aber ich glaube, so, wie du aussiehst, kannst du nicht mal 'ne Playstation4 von einer XBox-One S unterscheiden.« Das war nun wirklich einfach, aber wenn man als Mädchen nur ein bisschen Ahnung vom Zocken hatte, konnte man bei den Jungs punkten.

»Nein.« Er redete plötzlich nicht weiter, sondern schaute

mir direkt in die Augen. Ein Gesichtsausdruck, den er wahrscheinlich lange vor dem Spiegel geübt hatte. »Sie haben recht. Kann ich nicht.«

Hä? Warum wurde er so ernst? Und so nett? Ich war verwirrt.

»Also, Liebes, wir sollten dir etwas erklären«, mischte Oma sich jetzt ein, »der Horst, der ist etwas anders als andere Menschen.«

Ach nein, dachte ich. Hätte ich ohne deinen Kommentar jetzt echt nicht gemerkt, Oma! Ist dein Horst hier mental minderbemittelt? Oder gehört er einer Sekte an, in der man Tag und Nacht Lederjacken tragen – und Frauen beleidigen muss?

»Ich bin ein technisches Wunder!«, behauptete er da auch schon.

»Klar!«, sagte ich. »Weswegen doch gleich?«

»Ich verfärbe mich.«

Oh Mann, er war psychisch schwer gestört.

»Erst war ich schwarz-weiß, mein ganzes Leben war ich schwarz-weiß, und nun bin ich farbig, hier: Sehen Sie! Sehen Sie doch!« Er warf die Lederjacke von sich und krempelte den Ärmel des weißen Hemdes hoch. Triumphierend hielt er mir seinen Unterarm hin und strich über die helle Haut. Ganz normale Haut, mit ein paar kurzen dunklen Härchen darauf.

»In Farbe, oder?« Er bekam sich gar nicht wieder ein. »Bunt!«

»Ja. Bunt! Ganz richtig.« Ich hielt es nicht für schlau, ihm in seinem Geisteszustand zu widersprechen.

»Das ist ein Wunder! Leider nur für drei Stunden!«

Ich nickte. »Leider.« Wer weiß, vielleicht musste er alle drei Stunden seine Medikamente nehmen. Es war bestimmt bald wieder Zeit dafür, so, wie er sich hier aufführte.

»Dann muss ich wieder zurück, denn sonst wird mir schwindelig und ich befürchte, ich verschwinde ganz. Natürlich haben wir es nicht so weit kommen lassen! Aber dann, kaum zurück, werde ich umgehend wieder schwarz-weiß.«

»Oma?« Ich hockte mich neben ihren Sessel und legte meine Hand auf ihren gesunden Arm.

»Ich kann es dir auch nicht besser erklären!« Sie lächelte mich an. »Wir haben experimentiert, aber es scheint, als wären drei Stunden das Maximum.« Sie nickte vor sich hin und ließ ihre Augen ganz schmal werden. »Aber ist das nicht *wunnerbaar?«* Sie lächelte so breit, dass ich Angst um sie bekam. Vielleicht hatte sie von seinen Medikamenten genascht?

»Horst!«, sagte ich streng. »Du sagst mir jetzt sofort, was hier los ist. Was soll das?«

»Was meinen Sie jetzt genau, Fräulein Ava?«

Ich schloss einen Moment lang die Augen. Er machte mich wahnsinnig und er machte es absichtlich! »Erstens: Warum hast du oben den Projektor ausgestellt?«

»Na, damit die Spule nicht weiterläuft!«

»Weil?«

»Na, junge Dame, Sie sind ja 'ne Wucht. Natürlich damit ich wieder in den Film zurückkann. Und zwar an genau die Stelle, an der ich herausgestiegen bin!«

»Was? Wie? *Herausgestiegen?«*

»Sie haben schon ganz recht gehört, mein Fräulein. Ich bewege mich seit ein paar Tagen in Ihrer Welt! In der farbigen Welt! Noch muss ich nach drei Stunden zurück, denn sonst werde ich wieder schwarz-weiß und unangenehme Gefühle übermannen meinen Körper. Aber mit Mutter Luises Hilfe und dem technischen Vorsprung, den die prächtige Zukunft uns bietet, werden wir es schaffen! Es wird der Tag kommen, an dem ich nicht mehr zurückgehen werde!«

5

Sehr lustig!« War das vielleicht schon ein bisschen viel Wermut an diesem Abend gewesen? Von Absinth war man früher blind geworden, hatte Papa mal erzählt, aber dass man von Wermut Wahnvorstellungen bekam, war mir neu.

»Nun werden Se doch nicht komisch, Fräulein Ava. Wie wär's, Mutter Luise, beweisen wir es ihr?« Horst wirbelte herum und machte ein paar seltsame Tanzschritte, dann winkelte er die Arme an und boxte lachend in die Luft. Egal wie gut er aussah, er ging mir auf die Nerven mit seiner aufgesetzten Fröhlichkeit und seinem »Mutter Luise«. So viel stand schon mal fest.

»Es bleibt uns nichts anderes übrig«, sagte Oma und wandte sich an mich: »Geh doch eben nach oben und schalte den Projektor wieder an, *min Deern!* Du weißt ja, wie: Einfach den Hauptschalter umlegen und die Lichtklappe nicht vergessen, sonst sehn wir nichts!«

Ha, das hatte sie sich so gedacht! Aber ich blieb ganz ruhig: »Und währenddessen zaubert unser Horsti sich weg, oder was? Nein! Ich bleibe, wo ich bin, und gucke mir alles von hier aus an, wenn ihr nichts dagegen habt!«

»Dann lauf ich rasch hoch und mach für dich die Fliege!« Horst grinste und blinzelte mir zu.

»Das heißt, du stellst den Film wieder an, kommst runtergelaufen und steigst wieder in den *Herzensbrecher?*«

Er nickte. »Etwas knapp mit der Zeit, aber gestern hat es ja auch geklappt. Wird schon schiefgehen.«

»Gut!« Ich ließ mich in den Sessel neben Oma fallen. »Ich bin bereit.«

»Ganz ausgezeichnet!« Sofort lief er los, die ledernen Sohlen seiner schwarzen Halbschuhe klackten laut auf dem Saalboden. Kopfschüttelnd sah ich ihm nach.

»Ich hätte es dir ja gerne sofort gesagt, aber ich glaube, ich wollte ihn noch ein wenig für mich behalten.« Oma langte mit ihrem gesunden Arm zu mir herüber und tätschelte meine Hand. »Wer weiß, vielleicht klappt es in deiner Anwesenheit gar nicht mehr. Nie mehr!« Nervös nahm sie einen Schluck aus ihrem Glas. »Wir haben über den Rock 'n' Roll gesprochen. Wenn ich gewusst hätte, dass der ›Teller‹ so einfach zu tanzen ist für den Mann, hätte ich den früher sicher ausprobiert ... Hatte immer zu viel Respekt davor.« Sie strich sich gedankenvoll über ihr weißes Haar. »Es war so lustig, es hat Spaß gemacht wie kaum etwas in den letzten Jahren! Ich fühle mich an die alten Zeiten erinnert, als ich meinen Karl-Heinz kennenlernte, fühle mich fast wieder wie 'n verliebter Backfisch!«

»Ach echt?«, sagte ich nur und starrte an die schwarze Decke des Großen Saals. Verliebter Backfisch ... Oma, mit ihren siebzig. Das war doch alles völlig abartig! Was taten wir hier, mitten in der Nacht? Plötzlich flackerte Licht auf der Leinwand und der Film lief an. Es knackte und rauschte und ein paar Staubkörner flimmerten über die graue Straße und den Roller.

»Oh, er muss sich beeilen«, sagte Oma.

»Warum?«

»Weil ...« Sie unterbrach sich mitten im Satz, denn da kam Horst schon wieder in den Saal. Er lief an uns vorbei bis nach vorne, stützte sich mit den Händen auf und war mit einem Satz auf der Bühne.

»Übrigens«, sagte er und wandte sich um: »Dass die Mädchen so rote Lippen haben, das wusste ich auch noch nicht!«

Nun war er nur noch ein kleines schwarzes Männchen vor der großen Leinwand, das einen Schatten warf … Er machte einen weiteren Schritt darauf zu … und verschwand!! Er war weg! Nein, doch nicht, da war er ja wieder! Größer als vorher, auf der anderen Seite und … in Schwarz-Weiß! Er grinste direkt in die Kamera und schwang sich auf den Roller, ja er winkte sogar! Mit einem heftigen Kick brachte er ihn dann zum Laufen und fuhr aus dem Bild.

Ich konnte es nicht glauben!

Ich wollte es nicht glauben! Was für einen Trick hatte ich da gerade gesehen?! Ich sprang auf und lief auf die Leinwand zu. Doch ich ahnte schon, ich würde ihn nicht finden. Nicht hinter dem Vorhang, nicht irgendwo neben der schmalen Bühne kauernd. Er war in den Film zurückgegangen, vor meinen eigenen Augen!

»Können wir ihn wiederholen? Kann ich das noch mal sehen? Ich muss das noch mal sehen!« Auf der Leinwand hatte die Szene gewechselt. Man sah in eine altmodische Küche, ein Mädchen mit einem wippenden Pferdeschwanz stand am Herd.

»Ach, Ava. Es ist spät und seine drei Stunden waren auch schon fast vorbei! Lassen wir ihn heute dort und treffen ihn lieber morgen wieder.«

Ich starrte auf die Leinwand, dort öffnete sich gerade eine Tür und der schwarz-weiße Horst betrat die Küche. »Ist das Essen fertig, Greta?« Er klang unsympathisch, arrogant.

»Du kommst spät!« Das Mädchen, das Greta hieß, war schlecht drauf. Klar, wenn man so begrüßt wurde. Sie fuhrwerkte wütend mit einem Pfannenwender herum, ohne dass man sah, was in der Pfanne war. Das sieht man fast nie in solchen Filmen, ist euch das schon mal aufgefallen?

»Hatte zu tun. Was gibt's denn?« Er trug immer noch seine Lederjacke, steckte seine Hände in die Hosentaschen und marschierte großspurig herum. Krass, genau wie noch vor ein paar Minuten hier bei uns im Kino! Ich merkte, dass mein Mund offen stand.

»Sieht er uns noch? Eben am Roller hat er uns zugewinkt. Weiß er, dass wir hier draußen sind und ihm zusehen?« Ich fuchtelte mit den Armen in der Luft herum. »Hey! Hallo! Hallo, Horst!«

Er spielte ungerührt weiter, mit dem Rücken zu mir. Oma zuckte mit einer Schulter und lächelte. »Oh! Das habe ich ihn noch gar nicht gefragt. Das erste Mal passierte es bei der Szene mit dem Motorroller! Er sah mich alleine im Kino sitzen …«

»Und da sprang er einfach raus?«

»Einfach raus, ja! Und seitdem macht er es immer so! Ich spule ja immer extra schon vor.«

»Und du warst gar nicht geschockt?«

»Nein. Warum denn? Ich mag ihn! Er und diese ganze Zeit erinnern mich an das verliebte Mädchen, dass ich früher war! Aber die Nächte werden langsam anstrengend. Er hat auf meinem Wohnzimmerteppich seine Rock-'n'-Roll-Figuren mit Überschlag geprobt und ich wollte ihn ja unbedingt ein paar Sachen von Karl-Heinz anprobieren lassen. Die Bluejeans und der blaue Pullunder hätten ihm bestimmt gut gepasst, doch dann waren die drei Stunden schon wieder um. Komm, wir gehen hoch in den Vorführraum und knipsen ihm den Saft aus.« Sie kicherte. »Morgen ist auch noch 'n *Dag!*«

Am nächsten Morgen wachte ich völlig verwirrt auf. Meine Güte, was ich hatte ich für Zeug zusammengeträumt! Doch dann fiel mir alles wieder ein und ich sprang aus dem Bett. Ich wollte unbedingt dabei sein, wenn Horst noch mal aus dem Film kam. Vielleicht hatten Oma und er mich ja doch nur verarscht … Doch schon als ich Oma am Frühstückstisch sah, wusste ich, dass dem nicht so war. Sie warf mir einen Blick zu. Kein Wort zu deiner Mutter!, sollte der wohl heißen. Nein bloß nicht, signalisierte ich ihr, während ich Mama beobachtete.

»Mutter, wir müssen dann mal reden«, sagte Mama da auch schon. Sobald es ernst wurde, nannte sie Oma »Mutter«. »Heute Nachmittag.«

»Ja? Wenn du meinst.« Oma presste die Lippen zusammen und ich musste grinsen. Nun sah sie aus, als ob sie wirklich etwas ausgefressen hätte …

»Ich muss hier nur vorher noch diesen Vertrag prüfen, den der Konzertveranstalter uns geschickt hat. Das geht ja alles gar nicht!«

»Mach dir keine Sorgen, Mama. Wir …« Ich wusste nicht mehr, was ich sagen wollte. So was wie »Wir lassen erst mal Herzensbrecher Horsti aus dem Film steigen und dann sehen wir weiter«?

Mama würde uns sicher erklären, warum es absolut illegal sei, einen Schauspieler aus einem Film steigen zu lassen … Sie würde uns vielleicht etwas über fehlende Papiere und eine nicht vorliegende Aufenthaltserlaubnis vortragen. Dieses Risiko wollte ich auf keinen Fall eingehen, denn ich wollte dieses Mal unbedingt sehen, wie er aus der Leinwand herauskam!

Wir ließen Mama am Küchentisch sitzen und schlichen uns wie zwei Verschwörer in den Vorführraum. Ich konnte es nicht fassen, mit was für einer Selbstverständlichkeit Oma den Film zurückspulte. Ich hatte es wirklich nicht geträumt! An einer Stelle, die mit einem rosa Papierschnipsel markiert war, hielt sie ihn an. »Gleich kommt die Szene mit dem Motorroller, in der ist er alleine, da kann er am besten verschwinden.«

»Er haut ab …?«

»Ja natürlich, die anderen versuchen sonst, ihn zurückzuhalten. Es würde sich nicht gehören, sagen sie, sie hätten schließlich eine Aufgabe zu erfüllen … und die Kleine, die Greta, hat nur noch geschmollt, weil er sie nicht mitgenommen hatte!« Oma stemmte ihren gesunden Arm in die Hüfte. »Wenn wir nicht aufpassen, haben wir sie plötzlich alle hier herumlaufen!«

»Na und?«, sagte ich. »Wäre doch irgendwie cool für den *Palast,* wenn wir das auf Instagram und Twitter verbreiten? Kommt alle in das Kino in Kloppenbostel, hier könnt ihr mit echten Schauspielern aus den Fünfzigerjahren sprechen!« Oma schaute mich fragend an. Sie wusste wahrscheinlich gar nicht, was Instagram war. Ich musste kurz an die Website denken, die »Frans mit s« ihr vorgeschlagen hatte. Und an Frans musste ich auch denken. Ich stellte ihn mir hinter seinem Schlagzeug vor. Bestimmt fanden viele Mädchen ihn toll. Falls er in einer Band spielte, standen sie nach seinem Auftritt hinter der Bühne herum und versuchten, sich mit ihm zu verabreden. Das machten manche Mädchen doch.

Oma wiegte ihren Kopf hin und her: »Ich weiß eben nicht, ob es auch funktioniert, wenn viele Menschen anwesend sind …«

Ich atmete tief ein und versuchte, die Kribbeligkeit aus meinem Körper zu verbannen. Ich wollte Frans im Dorf und der Umgebung suchen, denn wenn ich weiterhin nur im Kino hockte, würde ich ihn niemals wiedersehen, so viel war klar. Und ich wollte ihn doch wiedersehen, um ihm sagen zu können, dass ich nicht mit einem Muskelprotz aus Schweden zusammen war. Falls er das glaubte …

Aber nun musste ich erst mal sehen, ob Horst dieser Wahnsinn, aus dem Film zu steigen, noch einmal gelang.

Ich rannte hinunter und kaum war ich im Großen Saal angekommen, startete Oma den Film. Der Roller tauchte auf, Horst kam bis dicht an die Kamera gefahren und stieg ab. Er vergrub die Hände in den Hosentaschen und trat ein paarmal mit seinen schwarzen Halbschuhen auf den Asphalt, trotzig wie ein kleines Kind, doch dann schaute er mit einem Mal voll in die Kamera und grinste. Er ging weiter, kam direkt auf mich zu, wurde unscharf und stand auf einmal vor der Bühne.

»Hallo!« Mit einem Satz sprang er hinab, war plötzlich vor mir und hielt mich mit seinen Händen an den Schultern fest. »Entschuldigen Sie, mein Fräulein, Sie kommen mir so bekannt vor, habe ich Sie nicht schon einmal in diesem Lichtspieltheater gesehen?« Er lachte mir ins Gesicht, doch ich schüttelte nur den Kopf. Er war hier! Eine Filmfigur! Seine Hände waren warm und er roch gut, als ob er gerade Zahnpasta gegessen hätte. Unfassbar! Ich grinste verlegen. Ich war es nicht gewohnt, so nahe neben einem Typ zu stehen. Es sei denn, der Typ hieß Max, war zehn Jahre alt und mein Bruder. »Mann, macht ihr auf diese Art und Weise jemanden an bei euch? Bisschen *lame,* oder?«

»Lejm? Was soll das heißen?« Jetzt guckte er beleidigt und stieß wieder mit den Füßen auf dem Boden herum, wie eben gerade noch auf der Landstraße. »Ach, ich fühl mich manchmal so dumm. Ihr sprecht so viel Englisch, selbst Mutter Luise benutzt Worte, die ich nicht verstehe. Aber sei's drum, es ist fantastisch, hier zu sein! Ganz formidabel! Kommen Sie!« Ehe ich ihn davon abhalten konnte, hatte er meine Hand gepackt und zog mich an sich. Es kribbelte, als ob eine komische Art von Strom zwischen uns floss. Was war das denn? So was hatte ich ja noch nie gespürt!

»Zeigen Sie mir die Welt da draußen!« Er ließ mich nicht los, als er mich jetzt wieder von sich stieß und mich über die Fläche wirbelte, als ob wir in einem Musical wären und der Welt nun erst einmal tanzend und singenderweise unsere Gefühle darstellen wollten.

»Ach, *Kinners*, ich sehe, ihr habt euch schon besser kennengelernt!« Oma war unbemerkt an den Sitzreihen vorbei bis zu uns nach vorne gekommen. Etwas außer Atem blieben wir stehen und ich sah zu, dass ich meine Hand wieder an mich brachte.

»Ja, Mutter Luise, Sie sind eine Ausnahme und ich verehre Sie dafür! Aber wir sind die jungen Menschen, die sich nicht an überholte Werte und Normen halten möchten! Wir sind rebellisch und müssen die alte Welt einreißen, bevor wir sie wieder aufbauen!«

Ja? Sind wir das? Ich schüttelte den Kopf. Nee, Horst. Ich ging auf Oma zu. Täuschte ich mich oder guckte sie gerade etwas sauer? Gestern hatte sie mir gestanden, dass sie sich wie ein junges Mädchen fühlte, wenn er da war. Wie ein verliebter *Backfisch*, um genau zu sein, weil sie sich bei diesem Film in ihren zukünftigen Mann, meinen Opa verliebt hatte. War sie nun ärgerlich, weil ich hier mit *ihrem* Horst aus *ihrem* Film rumtanzte? Unfreiwillig, bitte schön!

»Er ist ja ganz okay«, sagte ich leise zu ihr. »Aber jetzt kannst du ihn gerne wiederhaben, Oma …«

»Ist schon in Ordnung, Ava!« Ihr Blick war eigentlich doch ziemlich normal. »Ich will nur, dass du Spaß hast.«

Danke! Schon war er bei uns und umarmte uns beide, indem er jeweils einen Arm um unsere Schultern legte und uns ein paar Schritte in dieser Zwangsdreierreihe mitschleifte. Seine Lederjacke knirschte. »Donnerlittchen! Ich glaube, wir haben ein gemeinsames Ziel!«, fing er wieder mit seinem hochgestochenen Deutsch an. »Wir übernehmen das Ruder des Filmpalasts, wir erwecken ihn zu neuem Leben! Wir machen Abende mit Tanz und natürlich nur mit der Musik, die wir lieben! Platz ist doch genug! *Rock! Rock! Yes, we rock!*«

»Horst«, sagte ich und nahm seinen Arm von meiner Schulter. »Sei bitte mal ein bisschen vorsichtig mit meiner Oma, ja?«

»Ach, das geht schon!« Oma lächelte Horst verzückt an. »Ich kann es zwar selber nicht mehr, aber ich erinnere mich noch gut … Ja, das waren noch Zeiten!«

Ich rollte mit den Augen. Die beiden waren richtig flirtig drauf, da konnte ich ja gehen … Aber nicht, dass ihr denkt, ich wäre eifersüchtig gewesen. Es war einfach zu witzig, meine Oma so zu sehen, außerdem kam mir eine Idee. »Jetzt wissen wir wenigstens, dass es kein Problem für dich ist, aus dem Film rauszusteigen, wenn andere Menschen dabei sind.«

»Ja, Puppe, und das ist kolossal! *Rock! Rock! Rock 'n' Roll!*«

Puppe?! Ich konnte nicht anders, ich musste ihn einfach genervt anfunkeln. »Bevor es hier deinen Rock 'n' Roll geben könnte, müsste schon ein Wunder passieren, um den *Titania Palast* am Leben zu halten.« Ich warf Oma Luise einen entschuldigenden Blick zu. »Sorry, Oma, aber Mama sagt, du steckst ziemlich tief in Schulden. Du hast wohl ein paar Briefe nicht aufgemacht und Rechnungen nicht bezahlt …«

»Ja, aber mir gehört hier doch alles! Oder etwa nicht? Dann bezahle ich die Rechnungen eben und es ist wieder Ruh'!«

»Na ja … Aber es ist ziemlich viel kaputt und alles müsste mal neu gestrichen werden und die Klos sind, sorry … die sind echt ekelig!«

»Ach, wenn es mehr nicht ist! Ich habe Geld, Kinder! Hier, dreitausend Mark!«

Im Ernst, Leute, Horst holte ein Bündel Geldscheine aus seiner Lederjacke und blätterte es auf. Blaue Scheine, uralt und irgendwie unecht. »Was ist das denn? Wir haben jetzt Euro,

Horst, ich weiß nicht, ob man das da noch umgetauscht bekommt.«

»Und außerdem brauchst du das Geld doch in dem Film, sonst kriegt der böse Johnny dich am Ende noch dran.« Oma tätschelte ihm die Schulter.

»Euro?« Horst schaute enttäuscht auf die Scheine in seiner Hand. Beinahe tat er mir leid. Ich starrte auf seinen Mund, er hatte einen ziemlich schönen Mund. »Was ist mit der guten Deutschen Mark passiert? Die harte Währung der Bundesrepublik Deutschland? Da kann die Ostzone einpacken mit ihrem Leichtmetall …«

»Ostzone?«

»Er meint die DDR«, erklärte Oma. »Aber die ist weg, mein Lieber. Die Mark auch, dafür haben wir Euro.«

Als ich Horsts verwirrten Blick sah, erklärte ich ihm mehr: »Euro, wie *Euro*pa, hört man doch. Man kann jetzt überall in Europa mit dem gleichen Geld bezahlen. Fast.«

Er lachte, wollte sich gar nicht wieder einkriegen. »Nein! Da spricht ein Bettler dich auf der Straße an und der fragt nicht: ›Haste mal 'nen Groschen?‹, sondern: ›Haste mal‹ – was? – ›einen *Euro?*‹?«

»Ja, genau.« Was war denn ein *Groschen?*

»Euro! Da wird ja der Hund in der Pfanne verrückt! Und was sagt der, wenn er Pfennige will? Oder gibt es auch die nicht mehr?«

»Pfennige? Die heißen jetzt Cent.«

»Was für eine Welt!« Er schaute mir knapp über die Stirn, auf den Scheitel und raunte: »Dass Haare so unterschiedlich sein können … Ich dachte, die sind entweder schwarz oder weiß oder grau. Deine aber … die haben eine wunderschöne Farbe! So Nichtgrau!«

Ich seufzte. »Na danke, sehr nett. Aber was machen wir

jetzt? Ich glaube, Mama will, dass du den *Palast* verkaufst, Oma.«

»Was?« Oma griff sich an ihr Herz und wankte zu dem Sessel neben der Bühne. »Das wird sie doch nicht ernst meinen …«

»Oh, ich denke doch!«, rief jemand. Schritte waren zu hören und da kam Mama auch schon in den Großen Saal.

»Bleib ganz locker und lass mich reden, du bist einfach jemand, der uns hilft!«, raunte ich Horst zu.

»Na ihr!« Mamas Stakkatoschritt wurde langsamer, als sie uns vor Omas Sessel stehen sah. »Was ist passiert, geht es dir nicht gut?«, fragte sie Oma, schaute dabei aber mich und Horst prüfend an.

»Guten Tag, Horst Winterfeld mein Name.« Er reichte meiner Mutter die Hand und machte eine Verbeugung. Mann, Horst Winterfeld, kannst du nicht *ein Mal* machen, was ich dir sage?

Mamas Blick wechselte von skeptisch über erleichtert zu erstaunt, doch sie hatte sich schnell wieder im Griff. »Marlene Haffenstedter. Anwältin. Avas Mutter. Luises Tochter.« Sie gab ihm lächelnd ihre ganze Aufmerksamkeit und ich konnte mir plötzlich gut vorstellen, dass ihre störrischen Sänger und Künstler sie dafür liebten. »Was ist mit dir, Mutter?«

»Ihrer ehrenwerten Frau Mutter geht es gut und …«

»Mir geht es bestens! Denn mir gehört der *Titania Palast* schließlich!«, krächzte Oma aus ihrem Sessel.

»Mutter Luise, wir machen alles so, wie wir besprochen haben! Wir werden den *Palast* wieder mit Leben erfüllen! Das wird ein Mordsspaß!«

»Wir überlegen noch!«, unterbrach ich Horst eilig, bevor er noch mehr seltsame Worte benutzen konnte.

»Tja, wisst ihr … euer Engagement in Ehren, aber ob das reicht?« Mama zeigte in den dunklen Zuschauerraum. »Das müssen wir nicht jetzt und hier besprechen, aber ich glaube, es macht schon Sinn, über einen Verkauf nachzudenken, Mutter!«

»Niemals!« Ächzend erhob Oma sich aus ihrem Sessel, was mit nur einem Arm gar nicht so einfach war. »Ich lasse hier keinen rein! Und wenn ich mich dafür vor der Tür anketten muss!«

Mama warf mir einen »Sag du doch mal was«-Blick zu. Ich zuckte mit den Schultern. Was konnte ich schon tun?

»Verkauf?!« Horst war ein bisschen blass geworden oder wollte er vor unseren Augen jetzt etwa schwarz-weiß werden? »Verkauf? Aber dann macht ein anderer Besitzer hier weiter? Das wäre doch anzunehmen?«

»Ich weiß es nicht.« Mama klang wieder sehr geschäftsmäßig. »Wenn wir jemanden finden, würde dieser Jemand sicherlich alles modernisieren lassen. Die alten Projektoren raus! Die alte Bestuhlung ebenfalls.« Sie sah sich um. »Vermutlich alles!«

»Alles?! Die alten Projektoren …? Die Filmsp…? Die Filmspulen doch nicht auch?« Horst riss die Augen auf.

»Natürlich! So was hat ja heute niemand mehr! Projektoren, Filmrollen … Das muss alles weg und erneuert werden. Heute läuft alles digital!«

»Nein.« Er schlug sich mit der flachen Hand vor die Stirn und drehte sich einmal im Kreis. »Alles, bloß das nicht, werte Dame!« Fast sah es aus, als ob er vor Mama auf die Knie fallen wollte. »Können wir es nicht noch mal probieren mit dem Lichtspielhaus, so wie es jetzt ist?« Horst setzte das ein, was er wohl für seine wärmste, beste Überredungsstimme hielt.

Mama breitete ihre Arme aus und drehte die Handflächen nach oben. »Ich sehe da keine Erfolgschancen. Heute ist wie gesagt alles digitalisiert. Aber meine Mutter ist ja gegen ›die moderne Technik‹, wie sie immer sagt …«

»Moderne Technik?« Ich sah, wie Horst mit ängstlichem Blick zwischen Oma und Mama hin- und herschaute. »Aber das Kino muss bleiben, die Projektoren müssen bleiben, sonst … sonst kann man doch keine ordentlichen Filme mehr sehen …!« In seinen Augen stand echte Angst. Obwohl er mir krass auf die Nerven ging, hatte ich Mitleid mit ihm und irgendwas gefiel mir auch an ihm, doch das hätte ich niemals zugegeben.

Ich stellte mich vor ihn, um ihn zu verdecken. Natürlich war es utopisch, den *Palast* wieder richtig herzurichten, denn dazu müsste wirklich ein Wunder geschehen. Und obwohl ich früher nie an Wunder geglaubt hatte, wollte ich jetzt unbedingt, dass eins geschah!

»Lass es uns probieren! Nur zwei Wochen! Solange wir hier sind, bis die *ooln Lüüd* wiederkommen – bitte, Mama!« Aus den Augenwinkeln sah ich, wie Oma sich wieder in den Sessel sinken ließ, ihren Arm mit der rechten Hand schützend und immer noch den Kopf schüttelnd, doch sie sagte nichts.

»Na gut, zwei Wochen habt ihr Zeit. Ich erwarte ab der zweiten Woche eine Auslastung von mindestens 60 Prozent, und zwar jeden Tag! Sonst müssen wir wirklich an Verkauf denken!«

»Sie haben sich da bestimmt schon schlaugemacht, verehrte Frau Haffenstedter!«, meldete sich Horst zu Wort. »Sie sind der erste Anwalt, den ich kennenlernen darf, der eine Frau ist, ich bin beeindruckt! Und wie nennt man die Farbe Ihres Haares, bitte?«

Pscht! Ich machte ihm hinter meinem Rücken ein Zeichen, dass er endlich mal die Klappe halten sollte. Mama versuchte, an mir vorbeizuschauen. Wer ist der komische Kerl?, dachte sie ganz offenbar. »Ich habe es durchgerechnet, alles andere macht finanziell keinen Sinn!«

»Danke, Mama!«

»Besten Dank, Frau Marlene«, stammelte Horst.

»Zwei Wochen. Keinen Tag länger!« Sie schaute uns alle drei nacheinander an, mitleidig, als ob wir ein Haufen unbelehrbarer Spinner wären, drehte sich um und ging davon.

6

Meine Güte, du Spacko, welchen Teil von ›Lass mich reden!‹ hast du nicht verstanden?«, fuhr ich Horst an, kaum dass Mama außer Hörweite war.

»Und warum sollte ich nicht selbst reden, mein wertes Fräulein? Für mich steht immerhin einiges auf dem Spiel!«

Er hatte Angst und er war beleidigt, aber das war mir in diesem Moment egal. »Und lass das mit dem blöden ›Fräulein‹. Ich bin kein Fräulein und deins schon gar nicht!«

»Ha! Na, da brat mir einer 'nen Storch! Sind Sie etwa verheiratet?«

»Nein!« Was hatte der Storch damit zu tun?

»Siehst du wohl! Eine unverheiratete Frau nennt man ›Fräulein‹.«

»Bist *du* etwa verheiratet?«, gab ich zurück.

»Nein. Äh, noch nicht.« Er schaute, als ob etwas schlecht Riechendes direkt unter seiner Nase klebte.

»Also müsste ich dich ›Herrlein‹ nennen. Oder ›Männlein‹. Passt noch besser. Und lass endlich diese Siezerei!« Ich starrte ihn genervt an. Hatte ich eben noch gedacht, dass mir irgendetwas an ihm gefiel? Er starrte ebenso böse zurück.

»Herrlein! Männlein!«, empörte er sich. »Wer hat denn so etwas schon gehört …«

»*Kinners*, das war eben damals so«, mischte Oma sich jetzt von ihrem Sessel aus ein. »Unverheiratete Frauen gaben damit bekannt, dass sie noch zu haben waren.«

Noch zu haben! Geht's noch? Wie bescheuert war das denn? Ich war wütend, aber das brachte uns jetzt auch nicht weiter. »Lass uns rausgehen«, sagte ich, »ich habe zwar keine Ahnung, was wir machen sollen, aber hier in diesem dunklen Saal kann ich erst recht nicht überlegen!«

Zu meinem Erstaunen widersprach keiner der beiden. Horst half seiner »Mutter Luise« aus dem Sessel und sie folgten mir, ohne zu meckern, in den Vorraum des Kinos.

»Wir brauchen nur genug Zuschauer, ihr habt es gehört! 60 Prozent Auslastung. Kinder, Kinder!«, sagte Horst. Es klang ziemlich panisch. »Also laden wir sie doch alle ein! Wir plakatieren die Litfaßsäulen, wir ziehen durch die Straßen mit einem Megafon ...!« Er hörte auf zu reden, als er unsere Blicke sah. »Ist wohl nicht mehr zeitgemäß?«

»Weniger«, sagte ich nur, um Frieden zu schließen. Er konnte froh sein, dass ich überhaupt noch wusste, was eine Litfaßsäule war ...

»Wir müssen die Gefahr der Moderni...galisierung bannen!« Er reckte die Faust in die Luft. »Die Projektoren dürfen auf keinen Fall neumodischem Kram weichen! Nicht auszudenken, was dann passieren würde! Eine Katastrophe!«

»Na ja. Wir würden deinen Film einfach nicht mehr spielen können«, antwortete ich, um ihn zu ärgern. Ich ärgerte ihn gerne.

»Ja und dann?«, jammerte er. Obwohl Horst einen Kopf größer als ich war, schaffte er es, mich von unten wie ein Hund anzuschauen, der um einen Knochen bettelte. »Ich wäre für immer in meinem Streifen gefangen und käme nicht mehr zu euch!«

»Dafür hätten wir aber viele neue Blockbuster.«

»Block-was? Wie bitte?«

»›Kassenschlager‹ hießen die früher«, mischte Oma sich ein.

»Hach, wenigstens Mutter Luise redet noch meine Sprache«, sagte Horst und atmete dramatisch auf.

Ich tat, als hätte ich ihn nicht gehört. »Also gut. Ich glaube, wenn wir viele Leute erreichen wollen, müssen wir uns echt was einfallen lassen.«

»Also sind Sie dabei!« Horst sprang auf einmal in die Luft und grätschte dabei die Beine. »Priiima!«

Ich fasste mir an mein Herz, Mann, war der anstrengend. Noch mehr von solchen spontanen Aktionen und ich würde vor Schreck an einem Infarkt sterben.

»Wir brauchen wirklich eine Website, Oma.« So wie Frans es vorgeschlagen hat. Frans. Ich sagte seinen Namen so gerne, dachte so gerne an ihn. War das nun schon »verliebt«? Fühlte es sich so an? Weil ich diese Frage gerade nicht beantworten konnte, zog ich mein Handy hervor und suchte bei Google nach einer gut gemachten Seite, die ich ihr zeigen konnte. »Schau mal hier: Dieses Kino in Hamburg macht das zum Beispiel so.« Ich hielt ihr das Handy hin.

»Hab keine Brille auf«, grummelte sie kopfschüttelnd, doch Horst kam neugierig näher.

»Hoppla! Was ist das denn für ein kleiner Teufelskasten?« Einen Moment stand ihm der Mund offen. »Oh. Bilder! Und alle in Farbe!«

»Das ist eigentlich ein Telefon, aber es kann noch mehr.«

»Das ist ein Fernsprechgerät?!« Horst bekam kaum noch Luft. »Aber wo ist denn das Kabel? Es geht doch nicht ohne Kabel!«

»Doch. Ist so. Wir nennen es Telefon oder Handy. Und Filme kann man damit eben auch sehen. Auf der Website für das *Cineplex* sind Fotos, Öffnungszeiten und natürlich die Trailer der Filme, die laufen. Wenn wir so etwas hätten, könnten sich unsere Zuschauer informieren. Sonst müssen sie ja erst anrufen, um zu wissen, was läuft.«

»Aber was spricht dagegen, zum Hörer zu greifen?«

»Das hier!« Statt einer Antwort spielte ich für Horst einen der Trailer ab. *Mission 4,* ein Film mit viel Geballer und Special Effects.

»Donnerlittchen! Ein Filmabspielgerät, das gleichzeitig ein Fernsprecher ist! Und ganz ohne Stromzufuhr.« Er streckte mir das Handy auf seinen Handflächen entgegen wie einen kostbaren, superzerbrechlichen Teller. Seine Augen waren ganz groß geworden.

Ich nickte. Was er so bestaunte, konnte heute selbst das billigste Smartphone.

»Mit dem Ding kann man wirklich telefonieren? Man muss nicht in eine Telefonzelle? Man muss keine Groschen haben?«

Da waren sie wieder: die Groschen. Ich verneinte.

»Das ist ja ungeheuer!«

»Ich wüsste auch schon, wer uns so eine Website machen könnte«, sagte ich, nahm das Handy und steckte es in meine Hosentasche. Mein »Frans mit s«. *Mein* Frans! Ging's noch? Ich hatte ihn nur zweimal gesehen, bevor Oma ihn mit ihren Sprüchen verjagt hatte. Und war stumm wie ein Fisch am Haken gewesen.

»Aber das hier könnte nicht nur ein Lichtspieltheater sein, in dem herrliche Filme auf Rollen gezeigt werden, sondern auch ein Tanzlokal!« Horst machte ein paar hopsende Schritte über den schwarzen Teppichboden im Foyer. »Kannst du Rock 'n' Roll, Ava?«

Ha, endlich duzte er mich!

»Hier haben wir Platz, hier lässt man uns unsere Musik hören und tanzen!«

»Ist das bei euch ein Problem?«, fragte ich.

»Na ja, sicher! ›Hottentottenmusik‹ nennen sie es. Oder ›Negermusik‹. Oder auch ›die Musik des Bösen‹!«

»›Negermusik‹? Das ist aber echt rassistisch!«

»Ja, oder? Denn die Neger tanzen gar nicht schlecht, sage ich dir!« Er machte komische Bewegungen mit den Hüften, sodass ich schnell wegschauen musste. »Der BFB sendet das, aber nur nachts. Ich habe das vom Radio mit dem Tonband aufgenommen. Eins-a-Mitschnitt!«

»Nicht dein Ernst? Ihr nennt sie nicht echt so?«

»Die Neger? Doch. Wie denn sonst?«

Ich schlug mir gegen die Stirn. Er war wirklich total von gestern, aus einer völlig anderen Zeit und würde mir eher eine Last als eine Hilfe sein. Auch auf Oma konnte ich nicht wirklich bauen, wie es aussah.

Ich hatte genau zwei Möglichkeiten: erstens, mich auf mein Bett in Omas Gästezimmer zurückzuziehen und endlich die erste Folge der neuen Staffel von *Guy next door* zu schauen. Die war seit gestern raus! Das hieße aber gleichzeitig, Frans niemals mehr wiederzusehen und nie das Missverständnis mit dem angelnden Schweden auf meinem Handydisplay aufzuklären und weniger vom seltsamen Horst und seinen Spinnereien mitzubekommen.

Blieb also nur Möglichkeit Nummer zwei: selbst alles in die Hand zu nehmen. Und dafür brauchte ich dringend einen Plan! Einen fantastischen Plan! »Wir haben keine neuen Filme, müssen aber möglichst viele Leute ins Kino bekommen!«, dachte ich laut vor mich hin. »Sonst schließt Mama uns den Laden. Verdammt, wie soll das gehen?«

»Jaja, reib mir das nur unter die Nase! Es stimmt, wir haben keine neuen Filme!« Omas Stimme klang plötzlich kämpferisch. »Dafür liegen aber viele hervorragende Filmklassiker in meinem Keller.«

Ich schaute sie skeptisch an: die alten Dinger? Doch Horst nickte begeistert.

»Folgt mir!« Oma marschierte voran, wir gingen hinterher und kletterten über eine schmale Treppe nach unten.

»Halt dich bloß gut fest«, warnte ich sie. Nicht auszudenken, wenn sie stürzte und sich noch den zweiten Arm brach ... In dem kleinen Kellerraum knipste Oma das Licht an. Silberne Filmdosen und verschnürte Pakete türmten sich hoch vor uns auf. Es roch komisch, dabei leicht beißend, eine Mischung aus Chemie und Kellermuff.

»Meine Damen, das ist doch eine Riesenauswahl!« Horst jubelte und fasste alles an, was in seiner Reichweite war.

»Achtung«, sagte Oma, »den Stapel dahinten nicht berühren! Die Dinger sind so hochexplosiv, die fallen schon unter das Bundessprengstoffgesetz!«

»Okay!«, sagte ich, denn mir kam eine Idee. »Wir machen einen Klassikerfilmabend. Und zwar gleich zwei, drei Filme hintereinander!«

»Kein Problem«, sagte Oma und schaute stolz über die Filmgebirgslandschaft.

»Und das alles für recht wenig Penunzen!«, rief Horst.

»Wenig was?« Ich starrte ihn fragend an.

»Na, Penunzen, Moneten, Pinkepinke! Hauptsache, die Zuschauer müssen nicht so viel von eurem neuen *Europa-Geld* zahlen! Dann beißen sie an und kommen wieder!« Er ging mit dem Kopf näher, um die Etiketten auf den Filmdosen besser lesen zu können. *»Vater braucht eine Frau. Die Drei von der Tankstelle. Du bist die Rose vom Wörthersee.* Das klingt ja ungeheuer!«

»Ungeheuer« schien sein Lieblingswort zu sein.

Oma nickte triumphierend. »Und die meisten Klassiker von Lubitsch, Billy Wilder und so weiter! Habe ich bei einer halb legalen Filmbörse gekauft. Sind dort vom Laster gefallen, wenn ihr wisst, was ich meine!«

»Vom Laster gefallen, das gefällt mir! Heißt das, man kann sie gar nicht rechtmäßig erwerben?«

»Nein, eigentlich leiht man sie und schickt sie nach den Vorführungen an den Verleih zurück. Es gibt kein Geschäft, wo man alte Filme kaufen kann. Ganz selten mal auf dem Flohmarkt. Doch ich habe schon immer meine Beziehungen gehabt!«

Ich schaute mich um und ballte die Fäuste vor lauter Energie, die auf einmal in mir hochschoss. Mit diesen Filmen konnten wir coole Abende veranstalten, *back to the fifties!* Und in die Dreißiger- und Zwanzigerjahre dann auch irgendwann. »Wir suchen drei Filme mit nicht allzu langer Laufzeit heraus und kündigen die groß an. Es muss funktionieren, es wird funktionieren!«

»Dann sieht meine verehrte Tochter, dass tatsächlich noch Leute ins Kino gehen wollen, und wir können weitermachen!« Oma lächelte über beide Wangen, sodass ihre Augen von zwei Faltenkränzen umgeben wurden.

»Gimme five, Oma!« Ich hielt meine Hand hoch und Oma schlug mit ihrer gesunden Rechten ein. »Und du auch, Horst!«

»So macht ihr das? Ich kenne nur: ›*One, two, three,* Hand aufs Knie‹.«

Ja, so siehst du auch aus, dachte ich. »Klatsch ab!«, sagte ich nur und er gehorchte.

Wir verließen den Keller und gingen wieder hoch. In der Lobby schaute ich mich um. »Wir brauchen ein schriftliches Konzept!«

Horst schien meiner Meinung zu sein, denn nun drehte er voll auf. »Richtig, Kinder! Einen ausgeklügelten Plan! Denn wir dürfen uns jetzt nicht ausruhen! Stellt euch vor, sie bauen die Projektoren ab und ich käme nie wieder zurück in die bunte Welt!«

»Wäre furchtbar, klar …«, murmelte ich, doch ich lächelte, während ich ein zusammengerolltes, altes Filmplakat hinter dem Tresen hervorholte und sogar auch einen schwarzen Edding fand. Ich rollte das Plakat auf dem Teppichboden aus und schrieb *KONZEPT* auf die weiße Rückseite. Und darunter:

1. Palast renovieren!

Ich merkte, wie Horst sich neugierig über mich beugte. Er roch nach Leder und irgendwie sauber, nach Bügeleisen, wie Papa, wenn er seine Hemden und Mamas Blusen bügelt. »Bügeln ist Technik«, sagt er immer. »Das kann ich!« Papa ist cool, er arbeitet auch total viel, genau wie meine Mutter, ist aber öfter zu Hause als sie, weil er unser gesamtes Dachgeschoss zu seinem Arbeitszimmer gemacht hat. Während Mama dafür sorgt, dass es bei uns aufgeräumt und trotzdem gemütlich ist, ist Papa für den neusten Hightechkram und gutes Essen verantwortlich. Einen Moment lang vermisste ich ihn, doch dann brachte Horst mich wieder auf den Boden des Foyers zurück.

»Zunächst einmal brauchen wir Licht!«, behauptete er und da musste ich ihm wirklich einmal recht geben. »Und einen herrschaftlichen Eingangsbereich, der des *Titania Palasts* würdig ist!«

»Wieso Licht?«, beschwerte Oma sich. »Das kostet alles Strom!«

»Aber es sieht recht düster aus, Mutter Luise!«, sagte er. »Es soll fröhlich und einladend sein! Nicht umsonst heißt es doch auch *Licht*spieltheater!«

Ich grinste. Ausnahmsweise passte seine uralte Bezeichnung hier mal. *Licht,* schrieb ich als Unterpunkt der Palastrenovierung, darunter *Eingang,* darunter *Theke.*

»Die Fenster müssen wieder frrrei werden«, rollte er da schon.

»Und die Glühbirnen sollten wieder reingedreht werden«,

sagte ich zurückhaltend, um Oma nicht zu kränken. »Und die, die nicht mehr gehen, müssten wir ersetzen!«

Mir gefiel unsere Idee mit jeder Sekunde besser. Mit ein bisschen Glück würde ich auch Frans wiedersehen und das wollte ich unbedingt! Als ich jetzt an ihn dachte, machte mein Herz sofort einen komischen Hüpfer und in meinem Magen zog es wie vor einer Klassenarbeit.

»Nun zum *Eingang«*, las Horst vor. »Von innen sieht er nach nichts Besonderem aus. Aber lasst mich sehen, wie er von draußen aussieht! Ich war noch nie heraußen in der wahren Welt!« Er sprang voran und hielt uns die Eingangstür auf. Es regnete nur leicht, aber es ging ein scharfer Wind und ich fröstelte in meinem Kapuzenpullover.

»Holla, die Waldfee«, sagte Horst, er lief die drei Stufen hinab, drehte sich zu uns um und ruderte mit seinen Armen. »Menschenskinder! Ungeheuerlich! Die Luft ist genauso wie bei uns! Aber was sehen die Leute als Erstes, wenn sie ankommen? Nur einen Schriftzug, der besagt: *Ti-ti-last.«*

»Jau«, sagte ich. »Das ist nicht gerade vielversprechend.«

»Hach, das sind aber spezielle Neonröhren, Kinder.« Oma winkte ab. »Die gibt es nur in einem bestimmten Geschäft, da müssen wir extra in die Stadt fahren!« *Die Stadt,* für die Leute im Alten Land war das Hamburg.

»Vielleicht haben die ja einen Onlineshop?«, fragte ich und beschloss, das später mal zu googeln. »Wir bestellen die Extraröhren im Internet, dann sind sie spätestens übermorgen da!«

»Was? So schnell?«, fragte Horst. »Wie heißt der geniale Laden? Internet?«

»Ja, der heißt Internet«, antwortete ich und musste mich zusammenreißen, um nicht laut loszulachen. Ihm den Fortschritt der letzten sechzig Jahre zu erklären, war im Moment zu umständlich.

»Ja, Teufel noch eins, kommen die von dem Internet denn mit fliegenden Autos?«

»Nein.«

»Wie bitte? Es gibt auch in sechzig Jahren noch keine fliegenden Autos? Das hätte ich nicht gedacht.« Er sah enttäuscht aus. Komisch, dann mochte ich ihn am liebsten, wenn er so guckte und nichts sagte.

»Sorry. Es dauert noch etwas mit den fliegenden Autos, aber es geht trotzdem schon alles recht schnell. Wir müssen nur wissen, welche wir genau bestellen wollen.«

»Also gut, neue Neonröhren«, meldete sich Oma. »Aber mehr brauchen wir doch nicht!«

»Doch! Farbe!«, sagte Horst und sprang die Stufen wieder zu uns hoch.

»Mein Junge, jetzt übertreibst du aber.«

»Mutter Luise! Wie war dieser abblätternde graue Putz ursprünglich gestrichen?«

»Weiß«, sagte Oma kleinlaut.

»Dann machen wir alles wieder weiß! Oh, das wird sehr frisch und rein aussehen«, sagte Horst. »Vielleicht können wir auch noch etwas in den Schaukasten schreiben. *Heute: Zünftige Filmfesttage!* oder so.«

»Klar.« Wieder hatte ich Mühe, ernst zu bleiben. Toller Text, wirklich …

»Wir brauchen eine Leiter!«, rief Horst voller Tatendrang.

»Haben wir. Steht links neben der Bühne!«, sagte ich. Wenn der Vorhang im Großen Saal klemmte, musste man damit hochklettern.

Im Foyer zückte ich erneut den Edding und notierte:

2. Filmvorführung!

»Oma, wie wär es, wenn du dir überlegst, welche Filme wir

zeigen? Du kennst sie schließlich alle. Such die lustigsten heraus. Nur solche, die die Leute von heute komisch finden würden. Wir schleppen sie dann aus dem Keller hoch und ich baue sie auf den großen Spulen auf!« Alleine schaffte sie das nicht. Die kleinen Spulen waren in klobige Pakete gepackt, mit Band verschnürt und sauschwer.

»Tja, Horst! Der Filmaufbau! Nicht einfach, aber meine Enkelin kann das alles! Sie wäre in der Lage, das Kino komplett alleine zu führen!« Oma erklärte Horst in aller Kürze, was es mit dem Filmaufbau auf sich hatte. Zusammenkleben, umspulen, wieder auseinanderschneiden.

»Na ja, Oma, nun übertreib mal nicht«, murmelte ich verlegen, wie immer, wenn ich gelobt wurde.

Doch Horst war beeindruckt. »Alle Wetter! Und das als Frau.«

»Was hat denn das mit Frau oder nicht Frau zu tun?!« Wieder explodierte ich, sorry, aber seine Kommentare waren einfach zu blöd! »Warum denkst du eigentlich, Frauen können bestimmte Sachen nicht?«

»Nun. Weil sie ein kleineres Gehirn haben ...«

»Oh, bitte! Das mag ja vom Gewicht her stimmen, aber ihre Gehirnleistungen sind absolut gleich, wenn nicht besser.« Bei diesem Thema kannte ich mich aus, ich hatte eine ganze Spezialausgabe einer Zeitschrift darüber verschlungen, die Mama mal abonniert hatte. »Frauen sind besser ausgestattet, sie haben 11 Prozent mehr Neuronen und verfügen über 3,1-mal mehr Intelligenzgene, die auf dem weiblichen X-Chromosom angesiedelt sind. Sie können besser riechen, besser Schmerzen ertragen, haben ein größeres Sprachzentrum und bewahren bei Stress die Ruhe! Willst du noch mehr hören?« Ich stemmte die Arme angriffslustig in die Seiten.

»Nein.« Er schluckte und sah beinah ein bisschen ängstlich aus. Schön, Horst, bleib so!

»Versteh einer die Frauenzimmer … Und was bedeutet das Wörtchen ›Stress‹ in der deutschen Sprache?«

Während Oma ein Tagesschläfchen machte, schufteten wir wie die Tiere. Ich bestellte vier fehlende Neonröhren im Onlineshop, entfernte die uralten Poster von den Wänden und begann, die schwarze Farbe mit einer Messerklinge von den beiden großen Fenstern im Foyer zu kratzen. Was für eine Sauerei, aber nach dem ersten Fenster war ich ganz happy: Der Anstrich ging restlos ab und es sah gleich viel toller aus! Davor war eine tiefe Fensterbank, die man vielleicht mit ein paar Kissen zu einer Sitzgelegenheit machen konnte.

Horst kletterte draußen auf der Leiter herum, prüfte auch drinnen im Foyer alle Birnen und drehte, wenn nötig, neue herein. Danach half er mir bei dem anderen Fenster. Wir betrachteten das Ergebnis unserer Arbeit: Das Foyer war lichtdurchflutet.

»Nun sieht man allerdings, wie schäbig es aussieht«, überlegte ich laut, doch Horst schaute nur auf seine Arme. »Was ist los?«

»Ich glaube, ich muss bald zurück.«

»Wie? Woran merkst du das? Wirst du jetzt etwa schwarzweiß?«

»Nö. Noch nicht, wird aber vermutlich in zehn, zwanzig Minuten so weit sein. Alles an mir fängt dann an zu kribbeln und mir wird etwas schummrig zumute.«

»Oh … krass. Haben wir noch Zeit, um in die Scheune zu gehen?«

»Selbstverfreilich«, sagte er und grinste, als ob er den größten Witz aller Zeiten gerissen hätte. Ich rollte mit den Augen: »Vielleicht finden wir dort ein paar alte Gegenstände, die wir hier im Eingangsbereich aufbauen können, um die schlimmsten Ecken abzudecken. Wir könnten versuchen, den *Titania Palast* zurück in die Fünfziger zu versetzen, du müsstest ja genau wissen, was hineinpasst und was nicht, oder?«

»Ich bin dabei, Puppe!«

»Horst!«

»Oh. Entschuldigung. Das sagt man wohl nicht mehr bei euch?«

»Nein!«

In der Scheune roch es nach Sägespänen, alten Lappen und ein bisschen nach Schmieröl. Horst entdeckte auch sofort, warum. »Oho! Hast du den Feuerstuhl gesehen? Starkes Stück! Von so einer Maschine träume ich, seit ich denken kann!« Er tauchte zwischen die an der Wand lehnenden Holzplatten. Ich kannte das alte Motorrad. Es hatte meinem Opa gehört und machte mich traurig, wenn ich es sah.

»Das ist eine TU, deutsches Fabrikat, das neuste Modell!« Horst war völlig aufgeregt. »Meinst du, wir können damit mal ’ne Runde drehen?«

»Wenn wir unseren Plan abgearbeitet haben und das Kino fertig ist, warum nicht.« Ich hörte selber, dass ich wie eine strenge Lehrerin klang.

»Vorher nicht?« Er zog ein Gesicht. »Hör mal, Zuckerpu… oh, ’tschuldigung!« Er kam zu mir herüber. Dabei warf er seine Tolle zurück, ließ seine Augen schmal werden und zog die Augenbrauen zusammen, sodass sie kleine Winkel auf seiner Stirn bildeten. Das sollte wohl verführerisch aussehen …

»Liebste kleine Ava!«

Wieder ein strafender Blick von mir. »›Liebste Ava‹ reicht!« Ich war ein Mädchen, ohne »mein«, »klein« und »niedlich«! Ging das irgendwann mal in seinen Kopf?!

»Liebste, äh … Ava! Ich finde es prima, dass du das Kino für deine Großmutter wieder herrichtest, und vielleicht tust du es ja auch zu einem winzigen Teil für mich, weil du weißt, wie wichtig es für mich ist!«

Ich zuckte verlegen mit den Schultern. Für Oma, ja natürlich. Und außerdem war die Website ein super Vorwand, um Frans wieder zu treffen. Und ich tat es auch für ihn. Horsti. So schlimm war er nämlich gar nicht.

»Als Zeichen meiner Dankbarkeit bringe ich dir dafür das Rock-'n'-Roll-Tanzen bei! Und das Motorradfahren! Na, wär das nicht 'ne Schau?«

Ich zog skeptisch die Stirn in Falten. Ich konnte nicht tanzen und außerdem würde ich ihn dafür anfassen und mich von ihm rumwirbeln lassen müssen. Machte man das beim Rock 'n' Roll nicht so? Wollte ich das? Nein! Oder doch? Ein bisschen?

Aber er wartete meine Antwort gar nicht erst ab: »Und zwischendurch fahren wir 'ne Runde auf dem Feuerstuhl. Das ist ein Mordsspaß und nicht schwer ... Was hältst du davon?«

»Ich kann nicht tanzen! Und ohne Führerschein zu fahren, ist verboten, bei euch etwa nicht?«

»Hast du es schon mal probiert?«, fragte er, während er das Motorrad zwischen den Brettern hervorholte und nun auf die freie Fläche vor dem Scheunentor schob. Es hatte sogar noch ein neu aussehendes Nummernschild hintendran. Ich wusste, dass Opa oft stundenlang daran gebastelt hatte, aber ich hatte ihn nie damit fahren sehen.

»Was probiert? Das Fahren oder das Tanzen? Egal, die Antwort ist jedenfalls Nein.« Schade eigentlich, aber jetzt musste ich dabei bleiben.

»Was machst du eigentlich, um Spaß zu haben?! Also, nachdem die Penne vorbei ist.«

Die Penne? Was meinte er damit? »Die Schule?«

Er nickte, klappte den Seitenständer heraus und schwang sich auf die ledernen Sattel der Maschine. Über dem Hinterrad gab es einen extra Sitz für den Beifahrer. Ja, was machte ich eigentlich? Außer Serien zu glotzen? Doch Horst schien meine Antwort nicht sonderlich zu interessieren.

»Steig auf, Baby, und fahr mit mir in den Sonnenuntergang!«, sagte er. »Sag, welche Farbe hat der Sonnenuntergang?«

»Na ja, rot oder orange oder so.«

»So purpurrot wie das Rot deiner Lippen?«

Ich verzog den Mund und antwortete nicht. Unmöglich, was er immer so raushaute …

»Und los geht es!«

»Sonnenuntergang? Mittags um eins?« Ich ging näher an ihn heran und guckte ihm konzentriert ins Gesicht. Wurde seine Haut da nicht schon eine Idee grau? »Ich denke eher, du musst langsam mal zurück!«

»Ich mag es, wenn du mich so anschaust!«

Ich rückte sofort ein Stück von ihm ab. »Wenn du glaubst, dass ich da draufklettere, hast du dich getäuscht!«

»Das glaube ich aber, junges Fräulein …!«

»Horst! Ich. Bin. Kein. Fräulein!«

»Jaja, schon gut.« Sein Gesicht wurde missmutig. »Ich muss weg! Oje. Oje.« Er stieg von der Maschine, schob sie wieder an ihren Platz und rannte los. »Stellst du den Projektor an?«, rief er im Laufen.

»Klar, mache ich!« Dann fiel mir noch etwas ein, während ich hinter ihm hersprintete: »He! Wann kann ich dich wieder rausholen? Wie viel Zeit brauchst du zum Aufladen?«

»Ich weiß nicht, ein paar Stunden? Probiere es doch heute Nachmittag wieder!«

»Okay, dann können wir weitermachen!« Wir hatten die Lobby erreicht, doch kurz bevor Horst durch die Hintertür verschwand, drehte er sich um, erwischte meine Hand und hielt sie fest. »Das wäre phänomenal, Puppe!«

»Horst!« Wieder floss dieser Strom zwischen uns, der mir zeigte, dass ich ihn mochte. Ich mochte ihn sogar sehr. Schnell befreite ich meine Hand, musste aber gegen meinen Willen lachen. »Lass den Scheiß doch mal!«

»Aye, aye, junge Dame!« Er salutierte und schlug die Hacken zusammen.

Ich gab auf. »Hau endlich ab!« Aber ich lachte auch noch, während ich die Treppe hochlief, um den Film zunächst ein paar Meter zurückzuspulen und dann an der Stelle mit dem Roller abzuspielen.

Was für ein schräger Typ! »Purpurrot wie die Farbe deiner Lippen!« Hatten die etwa früher alle so gesprochen? Ich startete den Film und beobachtete, wie Horst unten auf die Bühne sprang und in den Film auf der Leinwand eintauchte. Krass. Und wenn mir jemand am Anfang der Ferien erzählt hätte, dass ich innerhalb von zwei Tagen zwei völlig unterschiedliche Typen kennenlernen würde, hätte ich ihn für total durchgeknallt gehalten. Der eine war weit weg von mir und dachte leider, ich wäre so stumm wie ein Fisch und hätte einen Freund. Der andere lief hier dauernd rum und war ziemlich nervig, aber irgendwie hatte ich auch nichts dagegen, wenn er mich berührte … keine Ahnung. Ich hatte einfach keine Ahnung von Jungs! Da merkte man es mal wieder.

»Kommt dieser Horst jetzt öfter?«, fragte Mama bei unserem späten Mittagessen und schaute zwischen Oma und mir hin und her. »Eine seltsame Masche hat der drauf. Und diese altmodische Sprache, wen kopiert er denn da? Woher kennst du ihn überhaupt?« Das galt Oma.

»Ach, wie diese jungen *Kerls* so sind. Mal sind sie hier, mal dort. Wir haben uns bei einer Vorführung kennengelernt!« Sie rührte in ihrer Nudelsuppe und lächelte ihrer Tochter direkt ins Gesicht, denn das war ja die reine Wahrheit.

»Er probt gerade ein Stück, das in den Fünfzigern spielt. Er redet nur noch so, kleidet sich nur noch so … das ist für ein Studententheater, aber er ist voll in seiner Rolle und nimmt es sehr ernst!« Ich war ziemlich stolz auf meine Idee, Horsts komische Sprechweise und Angewohnheiten so zu erklären.

»Ah, *Method-Acting«*, sagte Mama. »Ich dachte, das sei schon wieder out!«

»Nö, ist wieder voll angesagt!«, behauptete ich, obwohl ich noch nie davon gehört hatte. »Und das Foyer sieht schon viel besser aus, das musst du dir anschauen kommen«, versuchte ich Mama von Horst abzulenken. »Wir haben echt viel gemacht. Ich hatte noch nicht mal Zeit für die neue Staffel von *Guy next door!«* Mama hasste es, wenn ich glotzend vor meinem Laptop saß. Dass mein Englisch durch die Serien im Original viel besser geworden war, vergaß sie dabei völlig.

»Mmmh«, brummte sie jetzt auch nur. »Ich kenne einen Bausachverständigen in Hamburg, Sven, ein alter Freund von mir. Der kommt heute Nachmittag mal raus und prüft die Bausubstanz.«

»Warum?!«, fragten Oma und ich alarmiert und wie aus einem Mund.

»Na ja, weil schon damals klar war, dass das Gebäude absacken könnte. Der Untergrund hier war mal Moor. Weißt du noch, Mutter, dass muss Anfang der Achtziger gewesen sein. Papa hat davon doch immer geredet. Aber getan hat keiner was. Und wenn ich mir die Risse so anschaue …«

»Och, die *lütten* Dinger da!« Oma schnaufte verächtlich, während ihre Augen die Decke absuchten. Es stimmte, die Risse dort oben waren echt noch ziemlich klein.

»Ich warne euch ja nur mal vor! Kann sein, dass alle Mühe umsonst ist und es sich gar nicht mehr lohnt, so viel Arbeit hineinzustecken!« Sie lächelte mir zu, doch ich sah, dass ihre Gedanken schon wieder woanders waren.

Ich biss die Zähne zusammen. Sie tat ja gerade so, als ob das Kino ein riesiger Schrotthaufen war, den wir loswerden mussten. Ich warf Oma einen Blick zu. Beide schüttelten wir den Kopf. Wir würden es nicht zulassen, dass alles dichtgemacht, vielleicht sogar abgerissen wurde und Horst mitsamt den Projektoren von Baggern zerstört, von Planierraupen platt gewalzt wurde. Niemals. Wir würden den *Titania Palast* retten!

7

Es funktionierte. Ohne durch die kurze Aufladezeit Schaden genommen zu haben, sprang Horst nachmittags um vier wieder aus dem Film. »Putzmunter und in Bunt!«

»Wir müssen uns beeilen«, sagte ich statt einer Begrüßung. »Meine Mutter will das Kino wirklich dichtmachen. Heute beim Mittagessen hat sie was von einem Typ erzählt, der vorbeikommt und die Mauern und alles prüft. Wenn wir ihr nicht ganz schnell beweisen können, dass noch immer viele Leute an Filmklassikern in Schwarz-Weiß interessiert sind, haben wir echt ein Problem!«

»In Ordnung!« Horst zog seine Lederjacke aus und krempelte umständlich die Ärmel seines weißen Hemdes hoch. »Wo sollen wir anfangen?«

»Wir könnten in der Scheune die alten Plakate sortieren, die ich vorhin gefunden habe. Alles, was nach den Fünfzigern aussieht, kleben wir auf die Holzplatten, hinter denen das Motorrad stand, und stellen sie im Foyer auf.«

»Super Idee.« Horst marschierte voraus. »Und zur Belohnung gibt es eine Runde auf dem Motorrad. Ich will raus hier, ein bisschen was sehen von der neuen, aufregenden Zeit!«

»Sonnenuntergang, ich weiß. Kann ich ja auch verstehen, aber ob das so eine gute Idee ist? Stell dir vor, die Polizei kontrolliert dich und hält dich fest und nach ein paar Stunden löst du dich auf …«

»Die Polente? Ha! Die erwischt mich nicht!«

Natürlich, ich vergaß, du bist ja Super-Horst! Ich ging hinter ihm her.

Wir suchten sieben der schönsten Schwarz-Weiß-Plakate

aus. Sie waren riesig, fast so groß wie eine Tür, nur nicht ganz so hoch. Vorsichtig legten wir sie auf den Scheunenboden neben die Holzplatten. Wir hatten Glück, sie passten genau darauf. Ich fand eine Schachtel mit Tapetenkleister und rührte einen Eimer davon an. Nachdem Horst die Platten mit einer stabilen Stütze versehen hatte, klebten wir die Plakate darauf und strichen sie glatt. Der Kleister quoll hervor und verschmierte meine Hände, doch es sah toll aus. Zu zweit schleppten wir die Holzbretter hinüber ins Foyer und stellten sie dort auf. Wir rückten sie hin und her, bis wir zufrieden waren. Nun sah es eher aus wie in einer hippen Ausstellung als in einem schäbigen Kino.

»Es sieht phänomenal aus, Ava! Du bist zwar ein Mädchen – und ich weiß ja jetzt, dass ihr kolossale Gehirne habt, obwohl sie so klein sind –, aber du bist auch noch stark und stellst dich kaum ungeschickter an als ein Junge!«

Ich packte mir kurz an die Stirn. »Danke, Horst! Das ist sehr gnädig von dir.«

»Eine weitere Frage habe ich auch noch: Du bist zwar ein Mädchen, aber warum ziehst du dich nicht an wie eines? Magst du Kleider nicht? Und du trägst, du schleppst, du bist nicht zimperlich. Bist du eins von diesen Frauenzimmern, die lieber ein Mann sein möchten? Bist du ein Mannweib?«

»Ach du meine Güte! Was?! Ein Mannweib, nur weil ich einen schwarzen Pullover anhabe und Jeans und meine Stiefel?«

»Na ja, sehr weiblich sieht das nicht aus, das musst du zugeben.«

»Stimmt. Aber ich wollte mein neues rosa Blümchenkleid nicht mit Kleister bekleckern!«

»Ach so. Na, das ist klar wie Kloßbrühe! Verstehe!«

Ich stieß die Luft aus. Er kapierte keinen einzigen meiner Witze. »Heute kannst du als Frau alles anziehen. Hosen, Röcke, Kleider. Miniröcke! Sind die Miniröcke schon erfunden bei euch?«

»Mini?«

»Na, superkurz eben.«

»Wo man alles sehen kann? So über dem Knie und so?« Er schaute zu Boden.

»Ja, ungefähr bis hier!« Ich zeigte ihm den knappsten Mini an, den ich mir vorstellen konnte.

»Nein, das haben wir nicht. Ich bin mir sicher.« Täuschte ich mich oder wurde er rot?

»Erzähl mal, wie ist das bei euch eigentlich? Wie sind die Mädchen so drauf? Wer ist die, die im *Herzensbrecher* mit dir in der Küche steht?«

»Greta?«

»Ja, genau die.« Mir fiel auf, dass ich noch nicht einmal die Handlung des Films richtig kannte.

»Na, das ist meine Flamme. Meine Perle.«

»Aha. Also deine Freundin.« Mein Magen fuhr mit einem Fahrstuhl nach unten. Ich wollte nicht, dass er eine Freundin hatte.

»Ja, aber wir sind nicht verlobt … noch nicht.« Er klang nicht gerade begeistert über die bevorstehende Verlobung. Und warum machten die das schon so früh? »Wie alt bist du eigentlich?«

»Achtzehn.«

»Und Grrreta?« Ich rollte das r, wie er das manchmal tat, um ihn ein bisschen zu verarschen, aber auch das merkte er natürlich nicht …

»Die? Die ist auch achtzehn. Sie verdient schon ihr eigenes Geld, seitdem sie sechzehn ist, und wohnt allein. Na ja, zur Untermiete bei Frau Pohl, die ist vielleicht ’n strenger Drache, sag ich dir. Jedes Mal, wenn sie mich sieht, schreit sie was von

Kuppelei und dass man sie als Vermieterin anzeigen könnte. Greta darf aber die Küche mitbenutzen.«

Was war Kuppelei? Hörte sich lustig und gleichzeitig verboten an. »Und wie empfindet ihr das? Also ich meine …« Ich wusste nicht, wie ich danach fragen sollte. Dachte Horst, er wäre ein Schauspieler und spielte die Rolle nur? Oder dachte er, dies wäre sein Leben? »Also du bist Horst, ja? Oder bist du auch jemand anderes?«

»Was? Jemand anderes? Jemand anderes soll die Greta natürlich nicht bekommen. Habe ich am Anfang zumindest gedacht. Zuerst war ich ganz scharf auf sie. Sie kam mir vor wie ein Geschöpf des Himmels! Aber jetzt … Ich weiß nicht.« Wieder vergrub er die Hände in den Hosentaschen und kickte die Spitzen seiner Halbschuhe in den Boden, wie immer, wenn er schlecht gelaunt war. »Es ist etwas passiert, was nicht passieren darf, und seitdem benimmt sie sich echt komisch. Wie eine Zicke. Wie ein echtes Weibsbild eben, wenn auch eins mit 'nem tollen Fahrgestell.«

Pfff. Ich stieß die Luft aus. »Weißt du, was? Ich sehe mir den Film mal an, heute Abend gleich. Und dann gebe ich dir morgen ein paar Tipps, was du tun könntest.«

»Vielen Dank, das ist sehr freundlich von dir«, sagte er und klang plötzlich superbrav. »Aber ich weiß schon, was meine Pflicht ist, weil ich nun mal ein ehrenhafter Mann bin. Und dennoch: Es schmeckt mir nicht. Es schmeckt mir gar nicht!«

Ich verstand nicht recht, was er meinte. »Das heißt, du bist Horst? Und nur Horst?«

»Natürlich! Winterfeld, Horst, angenehm!« Automatisch machte er eine kleine Verbeugung in meine Richtung. »Wer sollte ich anders sein?«

»Und die Sache mit Greta ist … dein Leben?«

»Nun ja. Natürlich. Mein Leben, wie ich es wohl leben

muss. Es endet immer gleich. Und es ist ja auch schön, aber manchmal wünsche ich mir, ich könnte aus allem ausbrechen, aber das ist dort drüben in der schwarz-weißen Welt unmöglich. Da ändert sich nichts. Deswegen bin ich ja so gerne hier draußen bei Mutter Luise. Bei euch! Bei dir!«

Echt? Bei mir? Ich schaute ihn nicht an, weil ich mich so albern über dieses »bei dir« freute. Okay, das hieß, er sah sich nicht als Schauspieler, sondern in einem Leben, das immer gleich ausging wie ein Traum, den man jede Nacht von Neuem träumt. Aber wie sollte ich ihm da heraushelfen? Müsste man dann den Film verändern? Ging das überhaupt?

»Lass uns hier weitermachen«, sagte ich und lächelte ihn an. »Wir sollten den Tresen putzen und mit Getränken auffüllen für unsere zukünftigen Gäste. Ich habe gesehen, dass in der Vorratskammer im Hof sogar noch alles vorhanden ist. Cola, Wasser, Bier. Und währenddessen erzählst du mir ein bisschen mehr über deine Probleme.«

»Probleme? Nee, lass mal. Echte Kerle schweigen und handeln das mit sich aus!«

»Mann, Horst. ›Echte Kerle‹ … geht's noch?« Schon nervte er wieder nur.

»Ja. Natürlich bin ich ein Kerl! Seh ich aus wie 'ne Memme? Ein Jämmerling? Wie einer, der sein männliches Ehrenwort nicht hält?«

Männliches Ehrenwort. Was für ein beknacktes Steinzeitprogramm da wohl wieder dahintersteckte. Aber eine Diskussion darüber wäre reine Zeitverschwendung. Ich runzelte die Stirn, nein, von mir würde er keine Tipps bekommen. »War ja nur ein Angebot.« Ich hielt ihm den gelben Putzschwamm von gestern hin. Der Putzschwamm … Meine Güte, war das etwa schon zwei Tage her, dass ich hier gestanden und Frans zum letzten Mal gesehen hatte?

»Was?« Horst guckte mich entsetzt an. »Putzen ist Frauensache! Deswegen geht ihr doch alle auf die Puddingschule.«

»Was? Wo gehen wir hin?!«

»Na, auf die Hauswirtschaftsschule. Die Greta ja auch, bevor sie dann den Sekretärinnenkurs besucht hat.«

»Bitte? Jetzt hör mal zu, du Voll-Horst!« Diesen Witz konnte er nicht verstehen, aber egal. »Du nimmst jetzt diesen Schwamm und ich hole uns heißes Wasser!« Ich warf das gelbe Ding auf den Tresen und stemmte die Fäuste in die Seite. »Und wenn dann Putzen immer noch ›Frauensache‹ und ›Puddingschule‹ ist, dann tue ich hier keinen Handschlag mehr. Egal, ob meine Oma darunter leiden muss oder nicht. Dann kannst du alleine überlegen, wie du das Kino und deinen ollen Projektor behältst!«

»Ach, du grüne Neune. Jetzt werd mal nicht kratzbürstig, Baby!« Er hielt die Hände hoch, als ob er sich ergeben wollte.

Ein paar Minuten später wischten und schrubbten wir schweigend Seite an Seite. Horst guckte starr vor sich hin. Es war mir recht, wenn er nicht reden wollte ... ich würde ihn nicht dazu zwingen.

Doch auch als alles sauber war, hatte Horst seine schlechte Laune noch nicht wieder vergessen. Grummelnd und leise vor sich hin schimpfend lief er über den Hof und schleppte Getränkekisten herbei. Ich sortierte die Flaschen ein und stellte die Kühlung an. So, das war geschafft. Ohne Horst eines Blickes zu würdigen, wandte ich mich unserem KONZEPT zu und machte unter dem ersten Punkt *Palastrenovierung* jeweils ein Häkchen hinter *Licht, Eingang* und *Theke.*

Kamen wir also zu Punkt 2: *Filmvorführung.* Etwas unschlüssig hielt ich den Edding in der Hand. Dann schrieb ich:

Welche Filmauswahl? (Oma)
Wann? Datum?
Werbung?

Eine Website konnten wir ohne Frans vergessen. Aber es gab ja auch noch andere Möglichkeiten. Ich schrieb: *Facebook* und *Instagram* unter den Punkt *Werbung*. Horst kam herbei, verschränkte die Arme vor der Brust und schaute mit grimmiger Miene auf das Papier. Er verstand natürlich wieder mal gar nichts, doch ich hatte keine Lust mehr auf dieses blöde Schweigen. Wenn jeder von uns nur stumm vor sich hin arbeitete, machte es keinen Spaß! »Ich überlege gerade, unter welchem Motto wir unsere Filme zeigen«, sagte ich zu ihm. Als Friedensangebot sozusagen.

»*Zünftige Filmfesttage*, wie ich bereits vorgeschlagen hatte.« Haartolle zurückgeworfen, Nase in die Luft. Unter mangelndem Selbstwertgefühl litt er wirklich nicht. Ich grinste ihn an. Nee, vergiss es, so werden wir unseren Klassikerabend garantiert nicht nennen.

»Was gibt es da zu lachen?«

Ich sah seinem Gesicht an, dass es ihn größte Mühe kostete, kein dummes »Zuckerpuppe« oder »junge Dame« an seinen Satz anzuhängen.

»Nichts. Schon mal ein guter Anfang. Aber vielleicht fehlt noch was.«

»Okay. Werfen wir unsere Geistesblitze zusammen. Bin dabei.« Anscheinend ging unser Streit ihm auch auf die Nerven. »Mal überlegen. Magste auch 'ne Fluppe?« Er hielt mir eine verknüllte Zigarettenpackung hin. *Roth-Händle* stand darauf. Nie gehört.

»Was? Rauchen? Nein, hier drin doch nicht!«

»Ich find's auch besser, wenn Frauen nicht rauchen!« Er holte ein Streichholzbriefchen hervor und zündete sich eine an.

»Horst! Du bist sexistisch! Hat dir das schon mal jemand gesagt?«

»Ich bin was?!«

»Du diskriminierst Frauen.«

»Auf Deutsch bitte. Ich habe nur die Volksschule besucht und kann Fremdsprachen nicht besonders gut.«

»Du sprichst manchen Menschen Fähigkeiten ab oder machst ihnen Vorschriften, allein weil sie Frauen sind.«

»Was habe ich denn jetzt wieder falsch gemacht?« Er stieß den Rauch aus der Nase. »Ich mache doch keine Vorschriften! Ich sage nur, dass ich es *besser* finde, wenn …«

»Jedenfalls räucherst du hier alles voll«, unterbrach ich ihn. »Das ist verboten!«

»Ja, ich weiß, im Großen Saal auch, sagt Mutter Luise, aber warum eigentlich? Bei uns rauchen alle. Überall! Und soweit ich weiß, ist daran noch niemand gestorben.« Widerwillig kam er mir hinterher, als ich die Tür nach draußen aufstieß. »›Diskriminieren‹«, murmelte er vor sich hin. »Was soll *das* denn nun wieder sein?«

Ich blieb unter dem schmalen Vordach stehen und beschloss, nur auf das Raucherthema einzugehen. »Es ist verboten, weil die anderen Leute in deiner Nähe mitrauchen. Ich zum Beispiel. Und dieser Rauch ist sehr schädlich, er verursacht Lungenkrebs und alle möglichen anderen fiesen Krankheiten, an denen man sehr wohl sterben kann.«

»Ist das so?« Er zuckte mit den Achseln, während er die Zigarette höchst angeberhaft zwischen Daumen, Zeige- und Mittelfinger klemmte und daran zog. Es regnete übrigens mal wieder und ein kühler Wind fegte über den matschigen Parkplatz. Horst klappte den Kragen seiner Lederjacke hoch, die er zum Putzen wieder angezogen hatte. Wahrscheinlich, um sich nicht völlig unmännlich zu fühlen.

»Also, her mit den guten Ideen!«, sagte ich und schlang meine Arme um mich, weil mir kalt war.

»Wie wär's mit *Sondervorführung von gleich zwei Filmen?*« Er nickte vor sich hin. »Oder: *Das allerbeste Film-Doppelvorführungs-Erlebnis in Kloppenbostel?*«

»Super«, sagte ich tonlos. »Du bist ja ein echter Marketingexperte.«

Aber Horst verstand meine Ironie mal wieder nicht. »Ach na ja, manchmal bin ich genial darin, mir Sachen auszudenken.«

Das allerbeste Film-Doppelvorführungs-Erlebnis ... na klar. Doch dann übersetzte ich es ins Englische. *The ultimate Movie-Double-Feature-Event.* Gar nicht schlecht, irgendwie.

Er behielt seine Zigarette im Mundwinkel und zog seine Jacke aus. »Hier! Ist dir kalt?« Sorgsam legte er sie mir um die Schulter.

»Danke.« Ich sah ihn erstaunt an. Noch nie hatte ein Junge seine Jacke für mich ausgezogen.

»Äh. Also ...« Ich war ganz durcheinander. Die Jacke war warm und roch gut nach ihm. »Ich hole meinen Laptop und dann überlegen wir. Eine Seite bei Facebook können wir für den *Titania Palast* ja schon mal einrichten.« Das schaffen wir auch ohne Frans, fügte ich für mich hinzu. Facebook war zwar out und nur für ältere Leute, aber die sollten ja schließlich auch kommen.

Horst trat seine Zigarette aus und schmiss sie auf meinen strengen Blick hin in den Eimer mit Sand, der bei Oma als Aschenbecher herhalten musste. Wir gingen hinein.

»*Fehsbuck?* Ist das was wieder so was Buntes in deinem Filmkästchen?«

»Genau! Etwas total Buntes! Danke noch mal!« Ich warf seine Jacke auf die Theke und drückte ihm eine Flasche Glasreiniger und ein sauberes Tuch in die Hand. »Die Popcornmaschine kannst du von außen auch noch blank putzen.«

»Okay, wenn ich dabei rauchen darf!«

»Vergiss es!«

Ich lief nach oben in Omas Wohnung. Mama saß am Küchentisch und hämmerte konzentriert auf die Tasten ihres Computers. »Wo ist eigentlich Oma?«, fragte ich etwas atemlos.

Ein Wunder, Mama schaute tatsächlich auf. »Sortiert im Wohnzimmer ihre Plattensammlung.« Sie seufzte: »Mein Gott, was sie in dieser Wohnung alles gesammelt und angehäuft hat. Manchmal glaube ich, sie ist ein Messie!«

»Nein, Mama. Dann müsste sie Müll horten, bis man die Zimmer nicht mehr betreten kann. Und wer weiß, vielleicht ist in ihrer Sammlung irgendeine von Elvis signierte Platte dabei, die wir für zwei Millionen bei eBay versteigern können! Oma war doch schon auf der Welt, als Elvis lebte, oder?«

Mama lächelte. »Aber ja! Er war sogar in Deutschland stationiert. Sie hat mir erzählt, dass er in Bremerhaven ankam, um hier seinen Militärdienst abzuleisten. Da war sie gerade elf und schon ein echter Fan!«

»Siehst du! Ich geh mal nachschauen. Man kann nie wissen!«

Oma zeigte mir stolz ihre Platten. »Hier, diese Singles, das ist alles Rock 'n' Roll. Chuck Berry, Jerry Lee Lewis. Der Horst tanzt doch so gerne. Vielleicht können wir den Plattenspieler unten im Saal aufstellen. Vor der Bühne ist genug Platz.«

»Gute Idee! Ist irgendetwas Wertvolles dabei? Eine Platte von Elvis, vielleicht sogar unterschrieben?« Ich setzte mich auf Omas braunes Cordsofa, das mich immer an einen Dackel erinnerte, und ließ *Rock around the clock* von einem gewissen Bill Haley aus der Hülle gleiten.

Oma schüttelte den Kopf. »Nee. Wir haben unsere Platten gehört, nicht darauf rumkritzeln lassen.«

Schade eigentlich, dachte ich, zwei Millionen wären jetzt super oder auch nur eine. Ich schaute die restlichen Singleplatten durch. Wertvoll sahen die leider nicht aus. »Komm doch gleich mal in die Lobby runter, Oma, damit du entscheiden kannst, welche Filme wir zeigen. Der Vorraum wirkt ganz verändert mit all den aufgestellten Plakaten und der Tresen ist auch wieder sauber!«

Ich schnappte mir meinen Laptop und lief hinunter. Horst wischte lustlos an der Scheibe herum. Er hatte eine Hand in der Hosentasche und schon wieder eine Zigarette in seinem lächelnden Mundwinkel, die aber nicht angezündet war.

»Sieht doch schon gut aus!«, versuchte ich, ihn zu ermuntern. »Ich mache die Maschine später von innen sauber und wenn irgendwo noch eine Tüte Maiskörner rumliegt, können wir Popcorn machen.«

»Mmmh.« Er warf den Lappen auf den Tresen. »Putzen ist echt nicht meine Stärke. Es fühlt sich einfach nicht richtig an, dass ich als Mann so was mache. Und dann ist eben auch noch so ein Halbstarker zur Türe reingekommen … und hat mich dabei gesehen. Das war echt demütigend.«

»Wie?« Ich musste mal wieder über seine Ausdrucksweise lachen. »Was ist denn ein *Halbstarker?*«

»Der wollte was vorbeibringen oder vorzeigen, vermutlich nichts Wichtiges. Ich habe es nicht verstanden.«

»Aha? Wenn du es nicht verstehst, ist es nichts Wichtiges? Wollte er mich sprechen? Oder meine Oma?« Plötzlich wusste ich, wer es gewesen war. Ich war mir sicher! »Wie sah er aus? Wie alt war er? War er ungefähr so groß wie du, Haare dunkelblond, blaue Augen, fünfzehn oder sechzehn?«

»Ja. Kommt hin.«

»Verdammt, wann war das, ist er noch da?« Ich lief zur Glastür und schaute auf den Parkplatz, doch es war niemand zu sehen.

»Der ist weg. Ich hab ihm Beine gemacht!«

»Beine gemacht?!« Ich wandte mich ihm zu und wurde plötzlich ganz ruhig, denn meine Wut sammelte sich gerade richtig schön in meiner Magengrube. »Er hat also nach mir gefragt, ja?«

»Nach der Tochter der Besitzerin.« Er lachte schnaufend. »Ich glaube, da hat er was durcheinandergebracht, denn du bist ja die Enkelin ...«

»Und du sagtest dann ...?«

»... dass du nicht da bist!«

»Und er?«

»Na ja, er sagte nur, das wäre schade, er hätte nämlich was vorbereitet. Hör mal, der ist nichts für dich! Das ist ja gar kein Mann!«

Ich schaute ihn fassungslos an. »Wieso ist er kein Mann?«

»Ein Milchbubi, das ist es, was er ist. Und das mit dem Vorbereiten war doch nur eine Finte, der wollte dich nur mies angraben!«

»Woher willst du das denn wissen?« Jetzt schrie ich fast. Frans, *mein* Frans, war vorbeigekommen, ausgerechnet in den zehn Minuten, in denen ich oben war! Er hatte mich sprechen wollen und dieser Voll-Horst-Idiot hatte ihn weggeschickt!

»Was genau hast du ihm gesagt?«

»Nun. Ich habe gesagt, dass ich dein Verlobter bin und er sich schleunigst vom Acker machen sollte.«

»Verlobter!« Meine Stimme klang schrill. »Nicht dein Ernst! Das hast du nicht getan!«

»Hör mal! Das war ja nur ein Scherz!«

»Den er aber nicht verstanden hat!«

Kerstin Gier
Rubinrot/Saphirblau/ Smaragdgrün
Liebe geht durch alle Zeiten • 3 Bände, gebunden im Schuber
1.248 Seiten
€ 39,99 [D]
978-3-401-60254-7

Auch als E-Book erhältlich

Als Hörbuch bei Arena audio

Cassandra Clare
City of Fallen Angels / City of Lost Souls / City of Heavenly Fire
Chroniken der Unterwelt, Bd. 4-6 (Ausgabe im Schmuckschuber)
2.160 Seiten
Kartoniert im Schuber
€ 34,99 [D]
978-3-401-50932-7

Auch als E-Book erhältlich

Preis- und Programmänderungen vorbehalten
Stand: 03.01.2018 | Arena Verlag · Postfach 5169 · 97001 Würzburg

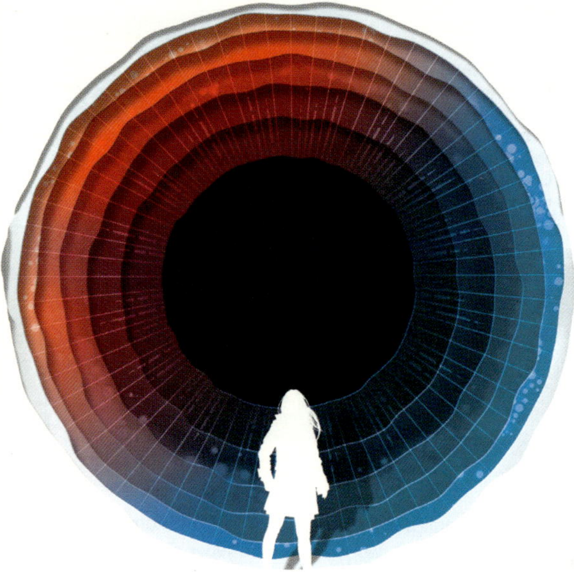

»Nee, er scheint wirklich nicht besonders schlau zu sein … sonst hätte er doch auch nicht gefragt, ob ich Schwede bin.« Er warf sein albernes Haargemüse zurück. »Und wieso überhaupt? Stehst du etwa auf ihn?«

Stand ich auf ihn? Was für ein doofer Ausdruck! Keine Ahnung, dachte ich. Ja, ich finde ihn süß und interessant und mein Herz macht manchmal ruckende Bewegungen, wenn ich an ihn denke, aber ist es das, wovon alle reden? Ich weiß es nicht. Laut sagte ich: »Das kann dir doch egal sein! Was soll der Scheiß? Was mischst du dich da überhaupt ein? Außerdem verlobt sich heute kein Mensch mehr. Jedenfalls nicht in meinem Alter.«

Ich setzte mich auf den Hocker hinter die Kasse und legte die Stirn in meine Hände. Mein Herz klopfte laut und tat richtig weh vor Wut und Enttäuschung – Ohnmacht war auch noch dabei. Frans war dagewesen und Horst hatte ihn weggeschickt – und auch noch erzählt, ich sei seine Verlobte!

»Hat er vielleicht seine Handynummer dagelassen?« Einen Augenblick lang schöpfte ich neue Hoffnung, doch Horst verstand mal wieder gar nichts, sondern guckte mich nur fragend an.

»Schon vergessen? Die Filmkästchen haben Nummern, man kann sich damit anrufen! Hat er seine Nummer dagelassen?«

»Nein. Ich … fürchte, nicht.« Nun schaute er wenigstens etwas zerknirscht. »Ich habe es nur zu deinem Besten getan, Ava!«

»Was weißt du denn von meinem Besten, du … du Idiot!« Ich räusperte mich, doch weil er so guckte wie ein trauriges, süßes Hündchen konnte ich nicht mehr richtig sauer auf ihn sein.

»Tut mir leid.« Er kratzte sich auf dem Kopf.

»Ernsthaft, Horst! Wenn du noch mal so einen Scheiß

machst, dann lasse ich dich nicht mehr aus dem Film, das schwöre ich dir!«, sagte ich leise. »Ich spiele ihn einfach nicht mehr ab! Und Oma werde ich auch daran hindern. Ganz einfach! Denn ich verbrenne ihn, hinten im Hof! Was meinst du, wie schön das Zeug flackern wird, das ist hochbrennbar! Dann kommst du nie mehr raus!« Ich grinste, aber meine Augen lachten nicht mit.

Horst wurde blass. »Bitte tu das nicht, Ava!«

Ich sprang auf und schoss mit ausgestrecktem Zeigefinger auf ihn zu: »Dann benimm dich! Und schick hier keine Leute weg, die uns helfen wollen!« Und die ich mag. Und toll finde.

»Ich schwöre, ich werde es nie wieder tun, nur sperr mich nicht ein!« Er fiel vor mir auf die Knie und streckte beide Hände nach mir aus. Mitten vor dem Tresen! »Ich bitte dich!«

»Was soll das? Steh sofort auf! Als ob ich so was wirklich machen würde ...« Aus den Augenwinkeln sah ich Mama und Oma, die hinuntergekommen waren, um sich unsere Plakataufsteller anzuschauen, und in diesem Moment neugierig zu uns rüberkamen. Ich beugte mich hinab zu Horst, um ihn daran zu hindern, noch mehr Blödsinn zu reden.

»Um was bittet er dich?«, fragte Oma. »Etwa um deine Hand?«

»Nein, es ist nicht das, wonach es aussieht, Mutter Luise!«, rief er laut wie auf einer Bühne. »Sie soll mich nur nicht einsperren. Denn sie würde mich damit umbringen!«

8

Bravo!« Mama klatschte in die Hände und kam noch näher. »Obwohl ich das Stück nicht kenne, das du da probst, war das ziemlich überzeugend!« Sie stand nun vor ihm. »Wie war noch mal dein Name? Norbert? Nein. Moment, ich hab's gleich. Knut?«

»Horst!« Er erhob sich und klopfte sich die Knie seiner Anzughose ab. »Danke, Frau Advokat! Das ist sehr nett, aber wovon reden Sie? Hier geht es um Leben und Tod!

»Von deinem Stück redet sie!«, sagte ich schnell, nahm ihn an den Schultern und führte ihn an Mama vorbei. »Sie denkt, du bist ein Schauspieler«, raunte ich ihm in sein Ohr. »Bitte benimm dich auch so!« Und lauter, für alle hörbar: »Ja, Horst! Das war toll und klang besser als *Romeo und Julia!*«

»Ich mag es, wenn du mich so festhältst!«, murmelte er.

»Mensch! Reiß dich zusammen!«, zischte ich. »Sonst werde ich zum Mannweib und das willst du nicht miterleben!«

»Doch! Ich muss zugeben, ich finde immer mehr Gefallen an starken Frauen!« Er grinste mich an und ich guckte schnell auf den Boden, bevor er sah, dass ich rot wurde.

Am nächsten Tag hatte ich Muskelkater vom Putzen und Plakatekleben.

Oma hatte zwei Filme ausgewählt und ich begann, auf meinem Laptop in aller Schnelle einen Flyer zu gestalten, den ich dann verteilen würde. Mit dem Fahrrad, im Regen, egal. Hauptsache raus! Ich wollte alleine sein und in Ruhe über Frans und Horst nachdenken.

EINLADUNG

zur 1. Kloppenbosteler Heartbreak Movie Night

Der *Titania Palast* präsentiert nostalgische Klassiker aus den Fünfzigerjahren: *Du bist die Rose vom Wörthersee* und anschließend *Vater braucht eine Frau!*

In der Pause Schmalzbrote oder veganer Aufstrich und Waldmeisterbowle gratis!

Samstag, 25.06., 18:00 Uhr · Eintritt: nur 10 Euro!

Darunter setzte ich ein altes Schwarz-Weiß-Foto, das den *Titania Palast* Ende der Fünfziger zeigte. Es wurde gerade *Die oberen Zehntausend* gespielt, so stand es in großen Buchstaben über der Flügeltür. Mit Bing Crosby, Grace Kelly und Frank Sinatra. Ja, genau der, mit dem Ava Gardner verheiratet gewesen war.

Horst schaute mir mit großen Augen zu und tapste mit seinen Fingern immer wieder auf den Bildschirm, als ich Schrift und Größe des Dokuments veränderte, bis ich ihn anraunzte: »Hallo? Was machst du da? Kannst du das mal lassen?«

»Entschuldige. Aber das ist ja ungeheuerlich, was hinter diesem Fenster passiert! Phänomenal! Doch wie bekommen wir den Zettel dadrinnen jetzt heraus? Wie vervielfältigen wir ihn?«

»Den ›Zettel dadrinnen‹ drucke ich oben in Omas Wohnung aus. Meine Mutter hat ihren Drucker dabei.«

Nachdem ich mit Horst verabredet hatte, an diesem Abend endlich *Der Herzensbrecher* in voller Länge anzuschauen, ging er bei laufendem Film zurück in die Leinwand und ich machte mich auf den Weg zu Omas altem Fahrrad. In meinem Rucksack hatte ich die Zettel, eine Handvoll Heftzwecken und eine Rolle Tesafilm. Das Timing war perfekt: Ich wollte auf keinen Fall dabei sein, wenn Mama mit ihrem Bau-Begutachter-Freund durch den *Titania Palast* trampelte und jede Mauer, jede Ecke als »baufällig« und »nicht mehr zu retten« bezeichnete.

Es hatte sogar aufgehört zu regnen, als ich mich auf das Fahrrad schwang, aber alles war nass und die weißen Blütenblätter der Kamille, die überall am Rande der Apfelplantagen wuchs, lagen traurig auf der Straße. Doch als ich dann die Dorfstraße entlangfuhr, kam sogar die Sonne heraus und ich wurde auf einmal ganz froh und trat fester in die Pedalen. Es würde irgendwann richtig Sommer werden und vielleicht hatte ich ja Glück und begegnete Frans!

Ich hielt an und checkte die Lage: rote Backsteinbauten mit weißen Fachwerkbalken. Darin eine Bäckerei, ein Friseur, ein Fotogeschäft. Und dahinten noch ein Versicherungsbüro. Mehr Geschäfte gab es an der Hauptstraße von Kloppenbostel nicht. Ich dachte an die fünfzig Zettel in meinem Rucksack. Wo sollte ich die bloß loswerden? Vor der Bäckerei stellte ich das Fahrrad ab und holte tief Luft. Was hatte ich gedacht, was passieren würde? Hier war jedenfalls kein Frans zu sehen. Mist.

Musste ich da jetzt wirklich reingehen? Meine Güte, ja! Es blieb nur eine Woche Zeit bis zum nächsten Samstag. Alle kauften hier ihr Brot, also würde ich mindestens einen Zettel in dem kleinen Laden aufhängen!

Die Verkäuferin war nett, ich kannte sie vom Sehen. Ihre Haut hatte dieselbe Farbe wie ein Brötchen, ein bisschen orange und ziemlich unnatürlich. Wahrscheinlich ging sie ins Sonnenstudio. Doch sie erlaubte mir nicht nur, einen Zettel an die Pinnwand links an der Wand zu hängen *(Bollerwagen ab-*

zugeben – Malerarbeiten aller Art – Schneide Ihre Hecken!), sondern auch ein paar von ihnen auf die Theke zu legen. »Das ist doch mal eine schöne Idee. Und Schmalzbrote! Ach, die habe ich früher immer gegessen.«

»Kommen Sie doch auch!«, wagte ich zu sagen, worauf sie nickte und sagte, sie würde es sich überlegen. Ermutigt durch diesen freundlichen Start, ging ich gleich zur nächsten Tür hinein. *Dianas Friseurstübchen*. Die Friseurin saß alleine herum, ihr Haar war in einem hellen Pink gefärbt und sie hatte ausschließlich schwarze Klamotten an. Fast so wie ich, nur weiblicher irgendwie. Aus ihrem Ausschnitt wuchs eine große tätowierte Rose. Sie fand die Idee mit unserem Filmabend toll. »Leider arbeite ich Samstag immer bis acht.«

»Dann kommen Sie später und bezahlen nur für einen Film«, sagte ich hastig. »Und bringen Sie noch jemand mit! Wir brauchen ganz viele Zuschauer!« Plötzlich standen mir Tränen in den Augen und schon rollten sie über die Wangen. Mein Gott, was war los mit mir? Die Friseurin zeigte auf einen der beiden Friseursessel vor dem Spiegel. »Setzt dich erst mal!« Sie reichte mir ein Kleenex.

»Sorry, geht schon wieder«, sagte ich, nachdem ich mir die Nase geputzt hatte.

Sie legte mir eine Hand auf den Arm: »Du willst unbedingt, dass der Abend ein Erfolg wird, oder?«

Ich nickte. »Am liebsten würde ich jeden, der hier vorbeikommt, eigenhändig in das Kino zerren, um ihnen zu zeigen, wie schön es ist. Also war. Bevor es ein bisschen verlottert ist. Wir brauchen Zuschauer. Wir brauchen Geld!«

»Wir können uns auch duzen«, sagte die Friseurin. »Ich bin Diana.«

»Echt?« Sie war mindesten schon dreißig und ich fand sie immer cooler. »Ich bin Ava«, beeilte ich mich zu sagen.

»Ava. Schöner Name. Dir kann ich's ja sagen: Mein Freund hat mich hierhingelockt. Wenn nicht bald was passiert in diesem Kaff, verkaufe ich den Salon und gehe nach Hamburg zurück!« Sie verschränkte die Arme vor der Brust und drückte die Rose auf ihrem Dekolleté dabei etwas zusammen. »Es gibt nicht viel zu tun. Nur im Sommer jede Menge Touristen, aber die kommen nun mal nicht zum Haareschneiden. Wie findest du übrigens die Einrichtung?«

»Cool!« Es sah wirklich ganz gut aus, ein Mix aus schwarzen Wänden, knalligen Tapeten und alten Friseurstühlen. »Nur …« Ich wagte nicht weiterzusprechen.

»Na los, raus mit der Sprache!«

»Nur der Name *Friseurstübchen* passt nicht ganz dazu.«

»Stimmt! Du hast total recht. Die Besitzerin vor mir hieß auch Diana, da hab ich's einfach stehen lassen. ›Stübchen‹ hört sich aber an, als ob ich so 'ne Lockenwicklertante wäre, dabei gehe ich so gerne aus und tanze!«

»Du siehst toll aus!«, sagte ich, ohne zu überlegen, weil es wirklich so war. »Und bei uns gibt es auch Rock 'n' Roll danach. Wir machen eine kleine Tanzaufführung.« Ich erschrak über meinen Satz und stand auf. Wo war der denn plötzlich hergekommen? Dabei war es doch nur Horst, der unbedingt mit mir tanzen wollte. Und? Was war daraus geworden? Bis jetzt hatte er mir noch nichts beigebracht. Sein Problem. Sollte der Angeber doch alleine was vorführen!

»Rock 'n' Roll? Oh, ich liebe das, wollte ich immer schon mal lernen!«

Auch bei Diana durfte ich ein paar Zettel lassen. Ich hatte die Klinke der Tür schon in der Hand, als ich mich noch mal umdrehte: »Du kennst nicht zufällig einen Frans hier aus dem Dorf oder drum herum? Frans mit s geschrieben? Er spielt Schlagzeug.« Ich fühlte, wie mein Gesicht heiß wurde.

»Aha, ich seh schon, der ist wichtig … Haarfarbe? Haarlänge? Wie alt?«

Ich beschrieb ihn ihr und versuchte, dabei nicht allzu begeistert zu klingen. Es gelang mir nicht, das sah ich an Dianas Grinsen.

»Nein. Jungs in diesem Alter sind hier selten. Bis auf die Schülergruppen aus Hamburg, aber jetzt sind Ferien. Ich halte die Augen offen!«

Natürlich hielt auch *ich* die Augen offen, als ich wieder auf der Straße stand, ob ich irgendwo einen Jungen mit hellbraunem Haar entdecken konnte, aber ich sah niemanden. Nicht mal andere Menschen. Nur eine getigerte Katze, die auf einer Backsteinmauer saß und verächtlich auf mich herabschaute, und protzige Wagen mit Hamburger Kennzeichen, die vor renovierten Fachwerkhäusern standen. Akkurate Buchsbäumchen in weißen Übertöpfen davor, Kränze an der Tür und ein Leuchtturm im Fenster. Vielleicht war er ja der Sohn einer dieser Wochenendfamilien? Aber er schien den *Titania Palast* zu kennen. Wohnte er vielleicht doch das ganze Jahr hier?

Die Tür des Versicherungsbüros war abgeschlossen, ebenso die des Fotogeschäfts, also klebte ich meine restlichen Flyer an das megamoderne Bushaltestellenhäuschen und strampelte wieder Richtung Kino. Fünfzig Zettel waren verteilt, doch wie viele Leute würden sie lesen oder sich davon einen mitnehmen? Wie viele davon würden tatsächlich kommen?

Es reicht nicht, es reicht niemals, wir müssen weiter nachdenken, sagte ich mir, als ich einen Wagen beobachtete, der langsam über die Hauptstraße auf mich zugeschlichen kam. Ein alter *Mercedes,* Mann mit Kapitänsmütze am Steuer. *Nice.* Ich mochte es, wenn alte Menschen an ihrem *Style* festhielten, egal wie die Mode gerade war … so wie Oma. Neben ihm saß … Was?! Frans! Hey, mein Arm schnellte nach oben, das war er doch wirklich! Obwohl sie schon vorbei waren, sprang ich ab und drehte mich um. Ich winkte immer noch und sah, wie auch Frans winkte, doch sie hielten nicht an. Fassungslos starrte ich dem dunkelgrünen Wagen hinterher, sie hielten echt nicht an! Klar, für ihn war ich nicht mehr mit dem Schweden zusammen, dafür aber mit Horst verlobt! Aber wichtig war jetzt erst mal: Frans war noch hier, er wohnte hier! Ich sah, wie der Wagen an dem Ortsschild vorbeifuhr. Na ja, jedenfalls irgendwo in der Umgebung.

Ich dachte immer noch darüber nach, wie ich die beiden bescheuerten Missverständnisse mit Frans aus der Welt schaffen konnte, als ich auf den Parkplatz zum *Titania Palast* einbog. Schon von Weitem sah ich das fremde Auto. Mama und der Begutachter-Typ standen vor der Fassade. Er gestikulierte wild herum und ich ahnte schon, wie sein Urteil ausfallen würde. Mein Handy klingelte. Es war Papa mit seiner tiefen Stimme: »Da bist du ja endlich, hey, wie geht es dir? Hier ist es herrlich, wir vermissen euch!«

Ich hatte ihn auch vermisst, Max ebenfalls, wenn ich ehrlich war. »Oh Papa, sorry, aber ich hatte hier so viel zu tun! Oma hat den *Palast* ziemlich herunterkommen lassen, aber wir machen ihn wieder schön!« Ich sah, wie der Typ Mama die Tür aufhielt und sich dabei albern verbeugte. Machte der hier einen auf Horst?

»Leider will Mama das nicht einsehen, sie hat so einen komischen Baubegutachter bestellt, der läuft hier gerade mit ihr herum und grinst dumm …« Ich hörte förmlich, wie Papa am Ende der Leitung überlegte, was das wohl für ein Typ war, der Mama hinterherlief … »Nein, nicht was du jetzt denkst, aber ich finde es einfach blöd, dass Mama das Kino aufgeben will.«

»Wieso, was denke ich denn? Sollte ich was denken?« Typisch Papa. Immer cool. »Wozu braucht sie diesen ›Baubegutachter‹? Sie hat doch einen Architekten im Haus, nämlich mich!« Er lachte.

»Aber du bist ja nicht da.«

»Stimmt! Und ich bin ganz froh darüber. Max und ich machen gleich eine Bootstour quer über den See! Du fehlst ihm!«

»Stimmt ja gar nicht!«, hörte ich aus dem Hintergrund. »Ava kann ruhig noch wegbleiben. Und der Anruf gestern, das war voll das Versehen!«

»Na super!« Der Anruf hatte Frans vertrieben, dennoch musste ich grinsen. »Hier regnet es gerade mal nicht, aber es ist kalt!«

»Wann kommt ihr? Marlene sagt, ihr bleibt noch zehn Tage bei Luise?«

»Ja. Ich versuche den *Titania Palast* zu retten, Papa. Oma hilft zwar mit, aber das dauert!«

Dann fiel mir etwas ein. »Was meinst du, was es kostet, wenn man den *Palast* renovieren will? So richtig, mit neuen Klos und wenn man alles frisch streichen will? Und was bedeutet es, wenn braune Flecken an der Decke sind?«

»Mmmmh.« Er schnalzte mit der Zunge, das machte er immer, wenn er eine möglichst genaue Antwort geben wollte. »Das könnten Wasserflecken sein. Wahrscheinlich hat es oben irgendwo einen Wasserschaden gegeben oder es hat durchgeregnet.«

»Ist das schlimm?«

»Zumindest nicht gut! Das Hauptgebäude ist aus dem Jahr 1907, soweit ich mich erinnere, also über hundert Jahre alt. Die Anbauten stammen alle aus verschiedenen Zeiten, architektonisch ist das Ding dadurch zu einer Katastrophe geworden, aber lassen wir das. Charme hat es allemal.« Er lachte sein tiefes Papa-Lachen. »Tja, schwer zu sagen, aber mit einer Viertelmillion muss man da sicher mindestens rechnen.«

»Und haben wir dann schon neue Projektoren? Ist dann alles digital?«

»Damit kenne ich mich nicht aus, Ava, aber ich denke, nein. Das kommt noch extra drauf.«

»Fuck!« Ich stöhnte auf. Papa räusperte sich laut, er mochte es nicht, wenn ich solche Wörter benutzte. Dabei taten das doch alle in der Schule! Wir verabschiedeten uns und ich versprach, ihn anzurufen, wenn ich Fragen und Probleme haben sollte.

»Und sieh zu, dass der Typ da deiner Mutter nicht zu nahekommt, ich weiß, wer das ist! Der stand schon im Studium auf sie! War dann zu dumm, um Jura weiterzumachen … und zum Architekten hat es auch nicht gereicht.«

Ich versprach, mich darum zu kümmern, aber ich wusste, dass er es nicht ernst meinte. Papa hatte ein ziemliches Selbstbewusstsein, was das anging.

Ich stellte das Fahrrad in die Scheune und ging Mama und ihren Begutachter suchen, fand sie aber nirgendwo. Seltsam … Oben in der Wohnung waren sie auch nicht, dort traf ich nur Oma, die in ihrem Schlafzimmer auf einem Berg Klamotten saß, den sie mit einem Arm sortierte. Das heißt, sie warf die einzelnen Sachen mit schlappen Bewegungen von einem Haufen auf den anderen.

»Hi, Oma, was geht?«, fragte ich, während ich mich im Spiegel mit den vielen Glühbirnen drum herum anschaute. Ich sah irgendwie gut aus. Kam wahrscheinlich vom Fahrradfahren. Sie antwortete nicht.

»Warum steht hier eigentlich dieses Ding?« Ich strich mit den Händen über den Paravent. Vor wem versteckte sie sich dahinter?

»Halte mich meinetwegen für prüde, aber ein bisschen Distanz im Alltag erhält die Ehe und die Liebe am Leben«, sagte sie.

Ihre Antwort machte mich traurig. Leider gab es für meine Oma niemanden mehr, vor dem sie Distanz halten konnte. Sie hatte zwar Verehrer, aber die jagte sie mit dem Gewehr davon. Ihr Gesicht sah faltiger aus als sonst und es schien mir, als ob sie jeden Moment in Tränen ausbrechen konnte. »Was tust du, Oma? Kann ich dir helfen?«

»Ach, ich habe meine alten Petticoats und Kleider herausgesucht. Jetzt weiß ich nicht, was ich damit anfangen soll. Deine Mutter sagt ja, ich müsse so langsam mit dem Weggeben ›von dem ganzen Kram‹ anfangen …« Sie sah mich nicht an.

»Kommt nicht infrage! Das sind doch super Sachen! Die will ich mal von dir erben. Ja, sorry! Echt, Oma! Und ich geb sie eines Tages an deine Urenkel weiter!« Ich beugte mich zu dem Häufchen Elend hinunter, das Oma gerade war, und umarmte es vorsichtig. Dann sah ich mir die Klamotten näher an.

Bauschige weiße Röcke, gepunktete Kleider mit breiten Trägern und schmalen Taillen, die auch Marilyn Monroe hätte tragen können. Ich selber hatte so was noch nie angehabt und würde es auch nicht anziehen!

»Lass dich von Mama nicht einschüchtern. Sie schmeißt gerne weg, da muss man schnell sein! Papa hasst es auch, wenn sie bei ihm oben im Studio *Ordnung* machen will. Sie hat da sogar Hausverbot, stell dir das mal vor! Sie darf da nicht rein, nicht mal zum Putzen, das macht er selbst.«

»Ach, meine kleine Ava! Ich fühlte mich eine Zeit lang obenauf und frei – und jetzt wieder nur noch müde und *ool!«*

»Das ist nur eine Phase, Oma. Ich glaube, wir kriegen das hin!«

»Dein Optimismus in Ehren, *min Deern*. Den hast du offenbar von deinem Großvater …«

»Bestimmt!« Ich war gar nicht so optimistisch, das spielte ich eigentlich nur für sie, aber ich freute mich, dass sie wieder lachte. »Können wir heute Horst in seinem Film anschauen? Ich habe den noch nie ganz gesehen!«

Als wir beim Abendessen saßen, war die Stimmung nicht gerade toll, denn Mama rechnete uns vor, wie viel der Erhalt des *Titania Palastes* mindestens kosten würde. Es ging um Schulden, Erhaltungskosten, Investoren und nasse Grundmauern. Oma schüttelte ab und zu unmerklich den Kopf und auch ich hatte keine große Lust, mir anzuhören, was Mamas Bauberater-Freund nach einer kurzen Runde durch Omas Kino angeblich alles gesehen haben wollte.

»Ja«, seufzte Mama und beendete ihren Vortrag. »So viel also dazu. Zweihunderttausend Euro Minimum, sagt Sven. Aber es könne auch mehr werden, alte Gemäuer stecken oft voll unangenehmer Überraschungen.« Aha, Sven hieß der Kerl also. Ganz daneben schien er mit seiner Einschätzung nicht zu liegen, und das ärgerte mich umso mehr. Papa hatte mit einer Viertelmillion ungefähr dasselbe veranschlagt. Eine Viertelmillion!! Woher sollten wir so viel Geld bekommen?

»Wie wollen wir vorgehen, Mutter?« Mama hatte noch gar nichts von den Bratkartoffeln gegessen, die ich unter Omas Anleitung gemacht hatte. Sie konnte mit einer Hand ja noch nicht mal eine Kartoffel schälen. Ich hatte auch mit zwei Händen Schwierigkeiten damit.

»Wie wir vorgehen wollen? Ich habe nicht die geringste Ahnung«, erwiderte Oma. »Aber wir sehen uns heute Abend auf jeden Fall den *Herzensbrecher* an!«

»Und diesmal von Anfang bis Ende.« Ich zwinkerte ihr zu.

»Bitte? Ihr habt also immer noch vor, den Laden hier irgendwie offen zu halten?« Mama hatte gerade den ersten Happen nehmen wollen, nun blieb ihre Gabel in der Luft stehen.

»Jaaa«, sagte ich.

»Und zu diesem Zweck seht ihr Filme?«

»Jaaa.« Diesmal fiel Oma mit ein.

»Wie könnt ihr nur?«

»Jaaa.« Wir brachen in Lachen aus. Selbst Mama grinste ein bisschen.

»Wir sind eben Optimisten, liebe Marlene!« Oma legte mir ihren gesunden Arm um die Schulter und zog mich an sich.

Für die Vorführung kochte ich uns einen heißen Kakao und schleppte noch mehr Decken nach unten in den Saal. Wir setzten uns dahin, wo Oma gerne saß, Mitte Mitte, also in die siebte Reihe von hinten, doch bevor ich es mir gemütlich machte, lief ich hoch und ließ den zurückgespulten Film an. Flimmern und schwarze Zahlen auf weißem Grund. Tattatataaaa, setzte schmetternde Musik ein. *Ufa-Filmproduktion zeigt: Der Herzensbrecher.*

Als ich wieder unten war, lief der Vorspann immer noch. In aller Ruhe und unter triumphalem Gedudel wurden jetzt die Namen der Hauptrollen auf kitschig gemalten Schildern eingeblendet. Als Erster, weil er ja nun mal den Herzensbrecher spielte: *Ludwig Schmidleder – Horst Winterfeld.* Ludwig! So hieß er also richtig, doch das wusste er nicht! Er dachte tatsächlich, Horst wäre sein echter Name! Dabei war er nur eine Rolle, die sich irgendjemand ausgedacht hatte … Ich würde es ihm jedenfalls nicht sagen, beschloss ich und pustete auf meinen Kakao.

Was war das bloß für eine endlose Namensaufzählung, ohne dass im Hintergrund der Film schon mal anfing? Heute würde da jeder schon längst aus dem Kino gerannt sein oder im Fernsehen umgeschaltet haben.

Regie, Musik, Schnitt, die allerletzten Komparsen, dann ging es endlich los.

Ich war nervös – wie würde es sein, Horst da oben auf der Leinwand wiederzusehen? Wie war er?

Schon in der ersten Minute war klar: Er war auch im Film ein Angeber. Er fuhr Motorroller, er war der Anführer einer Bande großer Jungs, die entweder in kurzen Hosen mit Kniestrümpfen oder schlecht sitzenden Anzügen herumliefen. Gleichaltrige Mädchen wurden von ihm gesiezt und als Fräulein, Schnecke, Zuckerpuppe bezeichnet. Das kannte ich ja schon. Hatte ich etwas anderes erwartet?

Der Herzensbrecher hatte eine unerträglich große Klappe und fast in jeder Szene eine Zigarette im linken Mundwinkel. Mit dem rechten grinste er. Manchmal konnte ich kaum hinschauen, so peinlich war er mir, doch gleichzeitig fand ich ihn auch toll und das ärgerte mich. Die Kamera war oft sehr nah auf seinem Gesicht, dann sah er ziemlich gut aus, und ich war irgendwie stolz darauf, ihn zu kennen … Aber im nächsten Moment ging mir seine großspurige Rumhampelei wieder auf die Nerven.

Im Laufe des Films lernte ich mehr über Horst Winterfeld. Sein Beruf war Automechaniker, weshalb er manchmal in einem Overall und künstlich aufgemalter Schmiere auf den Wangen herumlief, wenn er nicht gerade zur Hälfte unter einem Auto lag. Doch der Job war nicht sonderlich wichtig für ihn. Er hing lieber im Freibad ab. Mein Gott, er hatte die Badehose bis zum Bauchnabel seines blassen, schmalen Körpers hochgezogen. Durchtrainiert war er nun wirklich nicht. Wieder schämte ich mich ein bisschen für ihn und es tat mir leid, dass er in so einer komischen Zeit leben musste, in der es anscheinend keine Fitnessstudios gab.

Horst dagegen schien mit seinem Body äußerst zufrieden zu sein. Er war mit Monika, einem unscheinbaren Mädchen, zusammen. Alle ihrer Freundinnen trugen brave Frisuren mit Außenrolle. Monika selbst auch. Horst holte sie oft mit seinem Motorroller ab und trainierte mit ihr für einen Rock-'n'-Roll-Tanzwettbewerb. *Fetzige* Musik, das interessierte ihn! Dafür sprang er auch nachts aus dem Fenster, denn er wohnte noch bei seinen Eltern. Die nannte er »meine Alten« oder »meine Regierung zu Hause«. Ich wollte mich vor Scham im harten Polster des Zuschauersessels verkriechen. Ein gewisser Johnny trat auf, der war böse, das sah man schon an seinen zusammengewachsenen Augenbrauen. Er verlangte von Horst, ein Auto für ihn aus der Werkstatt zu klauen. Wie unauffällig, wenn der Wagen weg war, wo doch Horst dort arbeitete.

Egal, der böse Johnny bot ihm ein Bündel Geld dafür und Horst ließ es sofort, ohne zu zögern, in seiner Lederjacke verschwinden. Daher kam also sein Spielgeld, mit dem er den *Titania Palast* hatte retten wollen!

Dann kam Greta neu in die Stadt. Greta war Sekretärin und wohnte allein, was damals für ein unverheiratetes junges Mädchen anscheinend schon wahnsinnig verdächtig war. Sie war frech, konnte Rock 'n' Roll tanzen und trug zwischen den braven Außenrollen als Einzige einen Pferdeschwanz. Eines Abends in einer Milchbar (was tat man in einer Milchbar?!) schaute sie dem beliebtesten Pärchen der Stadt, Horst und Monika, beim Tanzen zu. Die Musik war echt ganz cool und ich musste sofort mitwippen, doch Greta wandte sich lachend ab, als sie das Pärchen tanzen sah. Horsti bekam das mit und war so sauer, dass er erst einmal drei Zigaretten hintereinander rauchen musste. Er konnte Greta nicht beeindrucken und schlich ihr wie ein Kater hinterher, solange sie ihn nicht erhörte. Hallo?! Ich stupste Oma in die Seite. »Er ist doch in einer Beziehung!«, sagte ich laut.

»Aber er ist ja auch 'n *Kerl«,* sagte Oma, ohne die Augen von der Leinwand zu lösen. Aha. Dann war das in Ordnung?

Zwei Tage später brach seine Partnerin Monika sich ein Bein und gab ihm die Schuld daran. Ja klar, er war ja auch mit ihr hintendrauf zu schnell gefahren. Die Eltern standen um Monikas Gipsbein herum und zwangen sie, ihn zu verlassen. »Ihm den Laufpass geben« nannten sie das. Das tat die blöde Kuh dann auch. Horst, endlich allein, hatte nun auch keine Tanzpartnerin mehr und überredete Greta, sich mit ihm für den angesagten Tanzwettbewerb anzumelden. Sie lehnte ab. Er insistierte, sie trainierten, sie stritten sich, sie gewannen! Auf einem Hinterhof küssten sie sich. Aha, ich schaute genau hin. War ich etwa eifersüchtig? Auf ihn? Pfff. Doch ich rutschte auf meinem Sitz vor und obwohl ich es eigentlich wollte, konnte ich die Augen nicht abwenden.

Horst presste seine Lippen auf ihre und schien auf irgendetwas zu warten. Auch Greta rührte sich nicht. Eine Sekunde, zwei Sekunden, die Leinwand wurde schwarz. *What?* Das war es gewesen?

Schnitt. Greta kochte irgendwas für ihn in der Küche der furchtbar unfreundlichen Vermieterin, in einer wahrscheinlich leeren Pfanne, und setzte es ihm vor. Danach behandelte er sie immer mürrischer. Es hielt mich kaum in meinem Sitz.

Was für ein Idiot! Nur weil sie sich von ihm hatte küssen lassen, wurde sie schon langweilig für ihn? Wenn man dieses bewegungslose Aneinanderpressen überhaupt als Küssen bezeichnen konnte. Ich hatte zwar leider keine Ahnung vom Küssen, aber so ging es jedenfalls nicht, das wusste ich!

Nun kam Gretas Chef ins Bild, der sie anmachte, weil sie ja nur das »Frrrrollein Sekretärin« war. Der dicke Typ betrat morgens mit Hut und Aktentasche das Büro und knallte beides vor ihre Schreibmaschine. Er rief sie dauernd zum Diktat hinein, um dann nur ihre Beine zu beglotzen und immer näher zu rücken. Greta war *tough* und haute ihm auf seine dicken Finger. Sie erzählte Horst davon, aber anstatt sie zu unterstützen, verdächtigte er sie, mit dem dicken Sack etwas zu haben!

Ich schlug mir an die Stirn. »Wer glaubt denn diese schwache Story? Oder war das etwa früher so?«, fragte ich Oma.

»Vieles davon stimmt schon«, sagte sie nur. »Erzähle ich dir später!«

Wir schauten dabei zu, wie Horst alleine durch die Straßen ging und einen auf einsamer Wolf machte. Nun kam die Szene, wo er erst vom Roller und dann aus dem Film gestiegen war. Kein Wunder, dass er auf sein komisches Leben keine Lust mehr hatte, wenn er hier draußen bei uns war. Er benahm sich aber auch zu blöd!

Diesmal blieb er auf dem Roller sitzen. Er zwinkerte uns nicht einmal zu, sondern setzte eine nachdenkliche Miene auf, das heißt, er zog ein paarmal die Augenbrauen zusammen und machte komische Bewegungen mit seinem Mund. Ich grinste. Das sollte dem Zuschauer wohl seine innere Zerrissenheit zeigen. Er fuhr zurück zu seinen Eltern, stritt sich eine Runde mit ihnen und gab dem bösen Johnny in einer dunklen Unterführung die dreitausend Mark zurück. Braver Junge! Dann verkaufte er an der nächsten Straßenecke den Pokal, den er mit Greta gewonnen hatte. »Hä? Wer kauft denn einen Pokal?«, fragte ich, als Horst einen Zwanzigmarkschein einsteckte, doch Oma starrte gebannt auf die Leinwand, als ob sie diesen äußerst spannenden Film zum ersten Mal sähe.

Horst arbeitete am nächsten Tag plötzlich wieder fleißig in

der Autowerkstatt mit. In dem Overall hatte er übrigens eine schmalere Taille als ich und sah mit den aufgekrempelten Ärmeln ziemlich cool aus. Er durfte sich eben nicht ausziehen ...

Nach Feierabend wollte er mit einem Strauß Blumen zu Greta. Auf dem Weg zu ihr kam er an der berühmten *Milchbar* vorbei, in der die Stimmung gerade überkochte, und ein paar seiner Lederjackenkumpels versuchten natürlich, ihn für die *fetzige Musik* zu begeistern und hineinzuziehen. Ein Ehepaar ging vorüber, beide rümpften die Nasen. »Dies ist ein Ort des Lasters und hitzköpfiger, jugendlicher Rebellion!«, sagte die Frau zu ihrem Mann. Genau! Aber das, was Horst eigentlich bisher immer gefallen hatte, lehnte er nun heldenhaft ab. Beim Anblick der Blumen fing Greta an zu weinen und umarmte ihn. Als das Wort ENDE auf der Leinwand erschien, war ich geschockt. »Bitte?! Was ist denn nun passiert? Das war's?! Nicht euer Ernst!«

»Ach, war das wieder schön!«, seufzte Oma nur.

»Äh, ja. Aber was war denn nun mit den beiden?«

»Na, er heiratet sie am Ende, weil sie doch schwanger ist.«

»Schwanger? Wie das denn? Die haben sich doch nur geküsst! Und das noch nicht mal richtig.«

»Na ja, aber dann wurde die Leinwand schwarz und das bedeutet ...«

»Ach? Das bedeutet schon ...?«

»Ja. Zumindest dass sie etwas Unziemliches tun.«

Unziemlich ... »Krass. Gab es denn keine Verhütung?«

»Also, die Pille gab es noch nicht, wenn du das meinst.« Nun war es Oma, die unruhig auf ihrem Sitz herumrutschte. »Kennt sich eine junge *Deern* wie du denn damit schon aus?«

»Natürlich, Oma. Wir haben das alles schon in der sechsten Klasse durchgenommen. Und in der achten auch noch mal. Sexualkunde.«

»Na also, das gab es damals natürlich noch nicht. Wir wussten gar nichts! Auch ich dachte lange, vom Küssen könne man ein Kind bekommen.«

»Vielleicht war Greta also gar nicht schwanger?« Ich starrte nachdenklich auf die Leinwand, auf der der Abspann lief.

Oma zuckte mit den Schultern. »Kann sein. Aber sie hatte ja auch keinen besonders guten Ruf. Sie lebte allein. Ging oft tanzen. Das war damals so. Das kannst du dir gar nicht vorstellen. Wenn ich heute sehe, wie man euch zu *wunnerbaar* selbstständigen jungen Mädchen erzieht und wie ihr mit den Jungs umgeht, bin ich sehr erleichtert, muss ich sagen!«

»Ehrlich gesagt, Oma: Wir reden meistens nur miteinander.«

»Das war alles anders«, wiederholte Oma. »Ein Mann, der viele Frauen hatte, wurde bewundert, war ein Weiberheld. Eine Frau, die viele Männer kannte, hatte sofort den Ruf eines ›Flittchens‹, eines ›leichten Mädchens‹. Wenn sie trotzdem noch einer heiratete, hatte sie Glück!«

»O Gott, echt?« Was für eine Ungerechtigkeit! Die Leinwand wurde weiß und blendete meine Augen.

»Lauf schnell nach oben und mach den Projektor aus, *min Deern!«*

Ich befreite mich aus meiner Decke. »Bin gleich wieder da!«, sagte ich und lief in den Vorführraum.

Meine Güte, was hatten die für ein kompliziertes Leben damals, dachte ich, während ich den Projektor ausschaltete und das wild flatternde Ende der Filmspule endlich zur Ruhe kam. Ich kann einfach jemanden ansprechen und mich mit ihm verabreden. Frans zum Beispiel. Wenn er da wäre! Verdammt. Warum hatte ich es nicht verhindern können, dass Horst ihn wegschickte? Horst, dieser ... Aber ich fand irgendwie kein passendes Wort für ihn. Warum vermisste ich Frans plötzlich so, dass es in meiner Brust wehtat? Obwohl ich ihn doch gar nicht kannte ...? Und warum hatte er heute nur gewinkt und nicht angehalten? Und was war mit Horst? Es war ein ziemlich blödes Gefühl gewesen, ihm beim Küssen zusehen zu müssen, obwohl er es offenbar nicht besonders gut konnte. Ich kapierte das nicht. Aber ich würde alles tun, um das in diesem Sommer noch herauszufinden!

9

Am nächsten Morgen fuhr Mama nach Hamburg, sie musste dort unbedingt etwas in ihrer Kanzlei erledigen. Dabei war es Sonntag!

»Was wäre, wenn wir jetzt in Schweden wären«, fragte ich sie, als ich ihr verschlafen im Bad begegnete. »Da könntest du jetzt nicht weg.«

»Wir sind aber nicht in Schweden. Sei froh, dass ich so eine Geduld mit euch habe«, sprach sie in den Spiegel, weil sie sich gerade ihre Wimpern tuschte. »Seht zu, dass ihr Zuschauer bekommt!«

Okay, Mama war kein Morgenmensch, ich hätte es wissen müssen.

Ein paar Minuten später war sie weg, also konnten wir Horst aus dem Film holen, und da ich wusste, dass Oma so gerne über alte Zeiten mit ihm redete, lud ich ihn zu einem gemütlichen Frühstück in unsere Küche ein. »Prima. Ich habe einen Mordshunger«, sagte er. »Greta kocht so schlecht. Sie kocht alles in Schwarz-Weiß.«

»Dann koch dir doch selber was in Farbe«, murmelte ich leise, doch gerade noch so laut, dass er es hören konnte.

»Und wie geht es jetzt weiter?«, fragte ich, als ich Horst eine Tasse von Omas altmodischem Filterkaffee einschenkte. Die Auswahl unserer ultramodernen Cappuccino-Espresso-Latte-macchiato-Maschine in Hamburg hätte ihn bestimmt durcheinandergebracht. »Heute ist Sonntag, in weniger als einer Woche soll unser Schmalzbrote-Filmabend stattfinden!«

»Das wird großartig!«, sagte Horst. »Ich werde den Filmvorführer geben und vorher eine lustige Ansage machen.« Er griff nach dem Glas mit Omas selbst gemachter Kirschmarmelade. »So wunderschön rot! Und die Butter dazu in Blassgelb!«

Ich schaute ihn irritiert an. Vor zwei Tagen hatte meine Haarfarbe bei ihm noch »nicht grau« geheißen, anscheinend hatte er die Namen der Farben gelernt. Doch dann fiel mir ein, was ich gestern angekündigt hatte ... »Ähem, ja, das mit der Ansage ist schon mal eine gute Idee. Und wie wäre es, wenn du danach noch was anderes machst? Wenn die Leute den Saal in der Pause zwischen den Filmen verlassen wollen, spielen wir Rock 'n' Roll und du tanzt auf der Bühne!«

»Alleine?«

»Na ja, du zappelst so ein bisschen rum, so wie Elvis Presley.«

»Nichts da, mein Fräulein, da wirst du schön mitzappeln! Mittanzen!«

»Ich?« Niemals. Gleichzeitig freute ich mich. Ich war pervers!

»Na klar, zum Rock-'n'-Roll-Tanzen gehören zwei!«

»Ich kann das aber nicht!«

»Richtig, mein Mädchen! In solchen Klamotten könnte ich das auch nicht!« Er schaute mich von oben bis unten an. Hallo? Schwarzer Hoodie, schwarze Jeans, Chucks. Was war daran auszusetzen?

»Du schaust aus wie ein Junge! Mutter Luise hat doch noch die herrlichsten Petticoats und Kleider im Schrank, da findest du sicher was!«

»No way!« Ich schüttelte den Kopf.

»Na ja, um genau zu sein, liegt alles auf dem Boden vor meinem Bett«, meldete Oma sich zu Wort.

»Genau!«, bestätigte ich. »Und außerdem: Das ist schon in einer Woche, bis dahin lerne ich das nie! Ich kann überhaupt nicht tanzen.«

»Nein? Aber du warst doch sicher in der Tanzstunde!«

»Nein. Keine Lust auf so was.«

»Das ist ja 'n dolles Ding! Die Mädchen gehen nicht mehr … Ach, sei's drum. Ich bringe es ihr bei, was, Mutter Luise?« Er lächelte meine Oma an und griff gut gelaunt nach einem der Brötchen, die ich geholt hatte. Für die reichen Wochenend-Hamburger auf ihren Höfen und die zahlreichen Touris hatte die Bäckerei natürlich auch am Sonntag geöffnet.

»Wir entführen das Grammofon aus Mutter Luises guter Stube und üben im Großen Saal. Und dann geben wir am Samstag eine kleine Kostprobe unseres Könnens!«

Oh, Mist. Wieso hatte ich nur damit angefangen? Ich und tanzen!

Horst dagegen war ziemlich begeistert von der »duften Idee« und schleppte sofort nach dem Frühstück Omas alten Plattenspieler, zwei Boxen und ihre halbe Plattensammlung nach unten, während ich für den *Titania Palast* eine Seite bei Facebook entwarf und ihm danach gleich noch zu einem eigenen Instagram-Account verhalf. Fehlten nur noch ein paar gute Fotos, aber die würde ich später mit dem Handy machen.

Zögernd ging ich hinunter. Horst hatte im Großen Saal die Musik laut gedreht, ich hörte ihn dazu singen. Vorsichtig spähte ich hinein. Oma saß in einem der Sessel und wippte mit den Beinen zum Takt. *One, two, three o'clock, four o'clock, rock!* Es war schnell und mitreißend, ich ertappte mich, wie ich mich automatisch bewegte und mit den Schultern zuckte. Ungesehen von den beiden zog ich mich wieder zurück.

»Einer muss sich ja auch um die Toiletten kümmern, so geht das nämlich nicht«, murmelte ich, doch ich wusste, dass ich einfach nur Angst davor hatte, von Horst an die Hand genommen zu werden und mit ihm so zu tanzen, wie er das mit Monika und Greta im *Herzensbrecher* gemacht hatte.

Ich öffnete die Tür zu den Herrentoiletten und machte sie gleich wieder zu. Hier war nichts zu retten, wir würden eine Megaparfümbombe hineinschmeißen und die Tür dann abschließen müssen. Sollten die Männer eben mal auf die Damentoilette gehen. Denn dort war es nicht so schlimm mit dem Geruch. Problem gelöst, dachte ich und wandte mich dem Tresen zu. Schön geputzt war er nun, aber wir brauchten noch neue Süßigkeiten, ein bisschen was wenigstens, und Maiskörner für Popcorn! Ich musste Oma fragen, ob sie irgendwo noch Vorräte versteckt hatte.

Ich stand herum und überlegte mir Gründe, warum ich keinesfalls zu Horst und Oma in den Saal gehen konnte, als das alte schwarze Telefon neben der Kasse klingelte. Ich zuckte zusammen. Das Telefon klingelte nie!

Ich hob den schweren Hörer hoch: »Hallo?« Okay, ein bisschen professioneller hätte ich mich schon melden können, aber mir fiel gerade nicht ein, wie.

»Hallo, guten Morgen, hier ist Diana!«

Wer? Was für eine Diana?

»Diana, die Friseurin. Ava? Bist du das?«

»Ach so, ja!« Diana, die coole Friseurin mit der Rose. Warum rief sie an? Es war Sonntag, sie arbeitete doch gar nicht.

»Es ist zwar Sonntag und ich arbeitete gar nicht, normalerweise würde ich auch nicht anrufen, doch ihr als Kino habt ja immer auf, oder?«

»Ja. Fast.«.

»Ich habe eure Nummer gegoogelt.«

»Okay?« Warum rief sie an? Wahrscheinlich um zu sagen, dass sie nächsten Samstag nach ihrem letzten Termin doch keine Zeit mehr hatte.

»Ich rufe an, weil ich es gestern so toll fand, dir zuzuhören. Ich habe es bewundert, wie sehr es dir am Herzen lag, viele Leute für eure Vorführung zu bekommen. Nimm dir mal ein Beispiel an ihr, habe ich gedacht, als du wieder aus dem Laden warst!«

»Echt?« Ich lächelte und presste den klobigen Hörer an mein Ohr.

»Dieser Satz, dass du am liebsten jeden Mensch, der vorbeikommt, eigenhändig in euer Kino zerren würdest, um ihm zu zeigen, wie schön es ist! Der ist mir nicht mehr aus dem Kopf gegangen.«

O Gott, wie peinlich. Hatte ich das wirklich so gesagt?

»Und dann habe ich mich vor die Tür gestellt und mir vorgenommen, den nächsten Passanten in meinen Salon zu zerren, um ihm zu zeigen, wie schön der Laden ist und wie gut ich Haare schneiden kann!«

»Nicht dein Ernst!« Ich kicherte bei der Vorstellung. »Und? Gab's Ärger?«

»Nein, im Gegenteil! Es war ein netter alter Herr, den ich in die Finger bekam, und deswegen rufe ich ja an!«

»Du hast ihm von unserem Filmabend erzählt?«

»Natürlich, beim Haareschneiden kommt man ja immer ins Gespräch, aber gleich bei seinem zweiten Satz bin ich hellhörig geworden. Sein Enkel würde ihn gerade besuchen und sich ein bisschen um ihn kümmern, sagte er, und rate mal, wie dieser Enkel hieß?«

»Keine Ahnung.« Hä? Ein alter Mann mit einem Enkel …? Was zum Teufel …?

»Frans! Und weil das ja heutzutage ein eher ungewöhnlicher

Name ist, habe ich gleich gefragt: Frans mit s? Und er sagte, woher wissen Sie das?«

Ich stieß einen Freudenschrei aus. Jaaa! Sie hatte Frans gefunden! »Wo ist er gerade, ich meine, wo wohnt er?«

»Der alte Herr wohnt in Bierbeek.«

»Bierbeek! Das ist sieben Kilometer weit weg!« Frans war extra sieben Kilometer gefahren, um zum Kino zu kommen! Zweimal sogar, und wenn Horst, der Otto, ihn nicht weggeschickt hätte …

»Ziemlich weit, ja. Der alte Herr war zu Fuß unterwegs und er macht öfters solche Märsche über die Deiche und die alten Streuwiesen, obwohl er schon fünfundsiebzig ist. Für den Rückweg habe ich ihm dann ein Taxi gerufen.«

»Bierbeek.« Mehr wusste sie nicht? Doch mein Herz klopfte schneller.

»Und wenn du jetzt denkst, das ist schon alles, nein! Wir Frauen müssen doch solidarisch sein, habe ich mir gedacht, und den Herrn gleich in meine Kundenkartei aufgenommen. Natürlich dachte ich dabei auch an dich …«

»Sag nicht, du kennst seinen Nachnamen?!«

Aber Diana wollte es offenbar spannend für mich machen: »Also, der Großvater von Frans mag das Wasser eher kühl als zu warm, er mag keine Pflegespülung für die Haare, dafür aber, wenn man ihm den Kopf massiert. Er gibt ein tolles Trinkgeld, zumindest gestern, und …«

»Wie heißt er denn nun?!«

»Er heißt Heinrich Matthiessen.«

Ich überlegte. Oma hieß Haffenstedter mit Nachnamen, Mama auch, aber Max und ich hießen wie Papa. Nämlich Jakobi. Vielleicht hieß Frans also Matthiessen, vielleicht aber auch nicht.

»Ich habe auch seine Festnetznummer notiert und weil der

alte Herr Matthiessen so viel erzählt hat, weiß ich auch, dass er in Bierbeek in der Nähe des *Wintergarten* wohnt. Dem einzig guten Tanzschuppen da.«

Sie sagte wirklich »Tanzschuppen«, dabei war sie doch noch gar nicht so alt.

»Der hat in Bierbeek jetzt unter neuer Leitung aufgemacht. Wir haben uns darüber unterhalten, ihm wäre es dort zu laut, hat er gesagt, aber für die jungen Leute wäre es doch schön, dass es im Ort etwas gibt. Könnte doch sein, dass Frans da manchmal auch ist, oder?«

Ich konnte nur nicken, denn ich war sprachlos.

»Er selber hat seine Frau vor fünf Jahren verloren und er ist ein großer Fan von allem, was mit ...«, doch ich hielt es nicht mehr aus, ich musste sie unterbrechen. »Hast du ihn noch mehr über Frans gefragt?«

»Ja natürlich! Ich wusste ja, dass ich dir nicht nur mit so dürftigen Informationen wie Festnetznummer und Nachnamen kommen kann.« Sie lachte wieder. »Er wohnt sonst in Hamburg und ist jetzt in den Sommerferien bei seinem Opa. Er wäre ein guter Junge, sagt sein Großvater, der sich sehr mit modernen Sachen wie dem ganzen Internetkram auskennen würde. Na ja, du weißt ja, wie ältere Menschen so reden. Stell dir vor, Frans kocht sogar ab und zu für seinen Opa, der ist nämlich empfindlich, was seinen Magen angeht und ...« Aber ich hörte nicht mehr richtig zu. Krankengeschichten von alten Menschen – sorry, Opa von Frans! –, die interessierten mich nun wirklich nicht!

Aber Frans! Ich hatte Frans fast gefunden, ich würde ihn treffen und sagen, dass ich keinen festen Freund hatte! »Mensch Diana, das ist soo super von dir! Ich werde auch bei dir zum Haareschneiden vorbeikommen und meine Oma schicken!«

»Danke, das ist lieb, aber deswegen habe ich das nicht getan! Ich bin froh, dass ich gute Fee spielen konnte, und freue mich auf Samstag!«

Kaum hatte ich aufgelegt, rannte ich in den Großen Saal, ich musste jetzt jemanden umarmen! »Oma!«

»Nanu?« Oma war mein erstes Opfer, aber auch Horst bekam was von meiner äußerst guten Laune ab, denn ich sprang vor Aufregung auf und nieder, sodass er mich bei den Händen fassen und mich zum Takt der Musik über die Fläche vor der Bühne ziehen konnte. Ich würde Frans wiedersehen! Ich war mir sicher! Ich war so froh, dass mir plötzlich auch die Idee, mit Horst zu tanzen, richtig Spaß machte.

»Rück. Platz. Kick. Kick! Rück. Platz. Kick. Kick!« Er machte ein paar einfache Bewegungen mit den Füßen, die ich nach ein paar Sekunden einfach imitierte, um nicht so hölzern rumzustehen. Rechten Fuß nach hinten setzen, wieder an den Platz. Jeweils mit rechts und links in die Luft kicken. Rechter Fuß zurück, wieder an den Platz, kick, kick ... es war ziemlich einfach! Als ich es sicher konnte, zog er an meiner rechten Hand, die er die ganze Zeit festhielt, und rollte mich ein, sodass ich auf ihn zukreiselte und plötzlich seinen Arm auf meiner Schulter hatte, dann stieß er mich sanft wieder davon und ich drehte mich. Es funktionierte, es machte Spaß! Ich war schnell außer Atem, aber Horst meinte, dass ich ein echtes Naturtalent sei. Ich schwitzte in meinem Kapuzenpullover, sodass ich ihn auszog.

»Na, endlich fliegen hier die Klamotten und ich kriege auch mal dein Fahrgestell zu sehen«, sagte Horst.

Ich stöhnte auf: »O Gott!«, und wandte mich an Oma. »Er ist doch manchmal ein ziemlicher Idiot, dieser Typ, oder?«, sagte ich, doch ich lachte dabei, denn ich war nicht wirklich sauer. Er war es ja aus seinem Film nicht anders gewohnt und es wäre ziemliche Zeitverschwendung, ihn in diesem Moment noch umerziehen zu wollen. Die Platte war zu Ende und ich ließ mich in den anderen Sessel fallen: »Nur gut, dass die Jungs heute nicht mehr so drauf sind wie du, Horst!«

»Nein? Sind sie nicht? Darf man das mit dem Fahrgestell etwa nicht sagen? Hey, das war ein Kompliment!« Er kratzte sich am Kopf: »Was für 'ne Scheibe spiel ich nun?«

»Ein ›Kompliment‹, das völlig daneben war!«

»Verstehe ich nicht. Ihr Mädels wollt doch, dass man euch umwirbt.«

»Umwirbt?!« Ich machte ein abfälliges Geräusch mit den Lippen. »Das ist doch nicht *umwerben*. Du reduzierst mich nur auf meinen Körper! Wenn du so was sagst, ist das so, als ob ich dich nur gut fände, weil du ein Sixpack oder Geld hast.«

»Geld habe ich!« Er klopfte stolz auf seine Lederjacke, in der sich sein Spielgeld befand. »Aber was ist ein *Sixpäck?«*

Die Szene im Schwimmbad erschien vor meinen Augen und ich erschauerte, als ich an die hochgezogene Badehose dachte. »War zu deiner Zeit noch nicht erfunden, sorry.«

»Kann es sein, dass du dich mir gegenüber ziemlich hochnäsig und abfällig benimmst, junge Dame? Und zwar nur, weil du von heute bist und ich von … von früher?«

»Kinners, nun streitet nicht«, mischte Oma sich ein. »Die Sache zwischen Männern und Frauen, Jungen und Mädchen, die war damals etwas völlig anderes. Wenn ich daran denke, wie wenig man einem Mädchen zugestand und was von Frauen erwartet wurde … da wird mir jetzt noch ganz elend!«

»Was denn noch alles?« Der Film hatte mir schon gereicht.

»Na ja, als Frau solltest du an erster Stelle Hausfrau und Mutter sein. Eine kluge Hausfrau natürlich, die kochen konnte und geschickt wirtschaftete!«

»Greta kann nicht besonders gut kochen …«, warf Horst

von seinem Plattenspieler aus ein. »Aber ich nehme sie trotzdem.«

»Mann, Horst!« Er hatte Glück, dass ich wegen Frans so happy war, sonst wäre ich echt explodiert. »Vielleicht hat Greta einfach keine Lust zu kochen? Wie wäre es, wenn *du* es lernst?«

»Ich?!« Er warf seine Tolle zurück. »Wenn der Mann den ganzen Tag in der Werkstatt arbeitet, möchte er abends nach Hause kommen und ein ordentliches Schnitzel auf dem Teller liegen haben!«

»Und wenn die Frau auch arbeitet? Also Greta in diesem Fall?«

Horst zog nur eine seiner Augenbrauen hoch und am liebsten hätte ich ihn dafür geschlagen. Allein wegen Oma blieb ich sitzen.

»Nur wenn dein Mann es erlaubte, durftest du als Frau arbeiten gehen«, erzählte sie weiter. »Und er konnte deinen Arbeitsvertrag für nichtig erklären, wenn kleine Kinder zu versorgen waren.«

»Bitte?!« Ich konnte es nicht fassen.

»Ja. So war das. Mit der Heirat verpflichtete sich eine Frau automatisch zur ›Führung des Haushalts‹. Und du konntest ohne die Zustimmung deines Ehemanns kein Konto bei der Bank eröffnen. Als verheiratete Frau warst du nicht geschäftsfähig.«

»What the fuck!« Sorry, aber das rutschte mir so raus. »Das ist ja krass! Da galten Frauen ja echt als komplett dumm und unwichtig!« Was hatten die Frauen getan, um aus dieser wahnsinnigen Ungerechtigkeit herauszukommen? »Dann hätte ich doch einfach nicht geheiratet!« Ich grinste und fühlte mich einen Moment lang ziemlich schlau.

»Als Unverheiratete warst du auch nicht geschäftsfähig«,

erwiderte Oma trocken. »Das mussten deine Eltern dann für dich erledigen. Also dein Vater natürlich. Das änderte sich erst 1969. Ich weiß das so genau, weil ich in diesem Jahr zweiundzwanzig wurde und mein Vater mich als gleichberechtigte Partnerin für die Geschäfte des Kinos einschreiben ließ. Das war zur Zeit der Studentendemonstrationen. Auch die Studentinnen begannen, aufmüpfig zu werden.«

Puuh. Ich stieß die Luft aus. Wie anstrengend war das denn alles gewesen? Dann schaute ich rüber zu Horst. Der konnte ja irgendwie auch nichts dafür. Frans fiel mir wieder ein und obwohl ich nicht wusste, wie ich ihm gegenüber cooler werden sollte, war ich plötzlich froh, in einer völlig anderen Zeit zu leben. Ich konnte einfach mit ihm sprechen, ohne als »leichtes Mädchen« zu gelten, musste ihn nicht sofort nach einem Kuss heiraten und auch nicht seinen Namen annehmen, wenn ich es nicht wollte. O Gott, wenn ich ans Küssen mit Frans dachte, wurde mir ganz flau im Bauch und vielleicht konnte ich ja auch Horst noch ein paar Tipps geben. Ava, du kleines Flittchen, sagte ich mir und grinste. Jedenfalls war es jetzt höchste Zeit, Frans zu finden! Mir kam eine Idee: »Wow, was für eine komische Welt war das früher. Sorry, Horst, ich weiß so wenig darüber.«

»Frag mich einfach!« Er lächelte wieder sein Lächeln mit dem Hundeblick und der einseitig hochgezogenen Augenbraue. Wahrscheinlich hatte ihm jemand gesagt, dass das unwiderstehlich auf Frauen wirkte … Verdammt, es sah wirklich ziemlich gut aus.

»Ja, werde ich machen.« Vielleicht. »Aber erst noch mal zu dir und deinem Wunsch, hierzubleiben. Wenn das klappen soll, müssen wir meine Mutter überzeugen, dass wir das Kino vollkriegen können. Das heißt, wir müssen mehr Zettel verteilen! Ich bin die fünfzig Stück gestern losgeworden, aber wie viele Einwohner hat Kloppenbostel? Zwei- oder dreihundert? Und wie viele von denen gehen überhaupt ins Kino? Zehn? Zwölf? Das reicht nicht!«

»So wenig? Was machen die denn sonst?«

Ich winkte ab. »Da gibt es so viele Möglichkeiten ... Im Internet rumhängen oder fernsehen zum Beispiel. Gibt es das bei euch schon?«

»Bei *Radio Günther* steht so ein Röhrengerät im Schaufenster, manchmal läuft es sogar, dann sammeln sich die Leute davor und schauen zu. Tolle Sache! Aber im eigenen Heim? Kenne ich niemanden, der so was besitzt.«

»Tja, siehst du. Das ist eben heute anders. Wir haben überall in der Wohnung *Röhrengeräte* stehen, auch unsere Handys, die kleinen Dinger, mit denen man anrufen kann, sind eigentlich nichts anderes.«

»Meine Herren! Kein Wunder, dass niemand mehr im *Titania Palast* vorbeischneit, die sitzen zu Hause und schauen in ihre kleinen bunten Kästchen.« Horst rieb sich nachdenklich das Kinn. »Wo sind die Zuschauer denn früher hergekommen, Mutter Luise?«

»Na, aus den umliegenden Dörfern, da hat Ava recht. Bis aus Buxtehude kamen sie manchmal angefahren. Ende der Fünfziger gingen die Leute ja zwei- bis dreimal in der Woche ins Kino. Ich erinnere mich: *Die Trapp-Familie* war ein Dauerbrenner, die lief wochenlang, da haben sie uns die Bude eingerannt. Und bei *Ben Hur* erst. Das waren Kassenschlager. Es hatten zwar schon mehr Menschen einen Fernseher als am Anfang der Fünfziger, aber darin gab es ja noch nicht so viel zu sehen.«

»Also auf nach Steinfeld, Buxtehude, Bierbeek!« Ich grinste Horst an und machte mit den Händen Bewegungen, als ob ich einen Motorradlenker halten würde. Dann legte ich den Finger auf meinen Mund und schaute ernst. Halt die Klappe jetzt, sonst wird das nichts!, signalisierte ich ihm mit den Augen. Ich holte tief Luft und konzentrierte mich, bevor ich loslegte: »Oma. Eine Frage. Ich weiß, es ist hart für dich, aber wir haben sonst keine Möglichkeit …«

Ich druckste herum, bis Oma keine Geduld mehr hatte: »Nun sagt schon, was ihr braucht, *Kinners!*«

»Wenn Horst es zum Laufen bringen würde, könnten wir dann mit Opas altem Motorrad fahren?«

Sie zog die Stirn in Falten, sagte aber nichts. Es war still im Großen Saal. Nur aus dem Lautsprecher knisterte es leise. Der Arm des Plattenspielers hing am Ende der Platte fest. Endlich fing Oma an zu sprechen: »Unsere alte UT! Ein Zwei-Zylinder-Viertakter, die hat man nach dem Krieg in Stuttgart gebaut. Wir sind damit früher immer über die Dörfer gegondelt und haben das Wochenprogramm vom *Titania Palast* überall hingeklebt. Ich hintendrauf mit den Plakatrollen und dem Eimer voller Kleister!«

»So habt ihr also Werbung gemacht! Echt?«

»Ja. Völlig echt!« Oma lächelte. »Als Marlene klein war, haben wir sie manchmal zwischen uns geklemmt und sind mit ihr über den Hof und im Kirschgarten herumgefahren. Da hatten wir schon längst den Benz …« Sie seufzte. »In den letzten Jahren hat Karl-Heinz es für uns wiederhergerichtet, drüben bei Fritjoff in der Werkstatt. Stundenlang hat er daran herumgeschraubt. Wir wollten noch einmal einen Ausflug durchs Alte Land damit machen. Tja. Dann kam die Krankheit dazwischen und er hat es nicht mehr geschafft.«

Ich nickte. Auch ich vermisste meinen Großvater immer noch sehr!

»Er hätte gewollt, dass es weiterhin gefahren wird …«, sagte Oma.

»Das heißt, wir dürfen das Motorrad nehmen?«

»Aber ja, *Kinners*. Was soll es da in der Scheune verstauben?«

»Du bist super, weißt du das?« Ich sprang aus dem Sessel und küsste Oma auf ihre faltige, weiche Wange. Frans mit s!, sang eine überdrehte Stimme in meinem Herzen. Frans, ich werde dich wiedersehen und dir erzählen, dass ich keinen Verlobten habe, nicht mal einen schwedischen!

»Ich glaube, es ist sogar noch angemeldet und versichert. Da kam neulich mal eine Rechnung.«

Die du nicht bezahlt hast, dachte ich. Aber Oma konnte scheinbar meine Gedanken lesen: »Die ich sogar bezahlt habe, weil ich weinen musste, wie immer, wenn ein an ihn adressierter Brief kommt!«

»Oh, Mutter Luise. Mein herzliches Beileid!« Horst machte eine kleine Verbeugung und hielt den Kopf gesenkt und dafür mochte ich ihn.

»Schon gut, mein Ehemann ist seit zwei Jahren tot.« Sie zog ein Taschentuch hervor und putzte sich die Nase, dann hatte sie sich wieder gefangen: *»Na, denn man tau!* Und dass du mir vorsichtig fährst, Horst! Ich habe keine Lust, Ärger mit deiner Mutter zu bekommen, Ava!«

Sie erhob sich mühsam aus ihrem Sessel. Horst sprang ihr zur Seite und half. »Aber nehmt die Helme, Kinder, die liegen irgendwo in der Scheune.«

Ich atmete auf. Alles lief doch super! »Während du dich um die Maschine kümmerst, drucke ich oben noch ein paar Zettel aus«, sagte ich.

»Wenn sie nicht anspringen sollte, bringt ihr sie morgen in die Werkstatt vom Fritjoff, dem Jüngsten vom Sönke!« Oma hakte sich bei mir unter.

»Nichts da, ich bin meine eigene Werkstatt!« Mit erhobenem Kopf machte Horst sich auf den Weg nach draußen.

Und tatsächlich, kurze Zeit später hörte ich das Röhren des Motors aus der Scheune. Ich lief hinunter über den Hof. »Und, läuft sie gut?«, fragte ich unnötigerweise, denn der Motor tuckerte ruhig vor sich hin.

Horst verzog anerkennend das Gesicht. »Prima in Schuss, die alte Dame! Aber zur Sicherheit überprüfe ich lieber noch mal die Zündkerzen.«

Ich untersuchte das Nummernschild genauer. Es war wirklich noch recht neu und es klebte sogar ein blauer TÜV-Aufkleber darauf. Ob der wohl noch galt? Ich merkte, dass Horst mich schon seit Längerem anschaute.

»Was?!«

»Also nimm's mir nicht übel, meine Liebe, aber so nehme ich dich nicht mit. Wenn wir beide die Helme aufhaben, könnte man ja meinen, ich sei mit meinem kleinen Bruder unterwegs!«

»Wie? Was soll das? Natürlich nimmst du mich so mit! Ich weiß schließlich, wo wir langmüssen, du nicht!«

»Aber wir haben doch eine Mission oder bin ich da falsch informiert?«

Er grinste mich an. Ich starrte zurück. Hatte er etwa herausgefunden, dass es mir eigentlich nur um Frans ging …? »Äh. Wie meinst du das jetzt?«

»Ach, nicht der Rede wert.« Er zog eine lange Schraube aus dem Motor und lachte still vor sich hin. Dieser Mensch machte mich wahnsinnig!

»Wir wollen die Leute zu unserem Filmabend aus den Fünfzigern locken! Sollten wir da nicht *beide* angemessen gekleidet sein? Na?« Sein rechter Mundwinkel bekam sich gar nicht wieder ein.

»Ach nee, Horst. Echt nicht. Ich steig doch nicht mit 'nem Petticoat auf das Motorrad hier!«

»Aber einen flotten Zopf könntest du dir machen und wenigstens ein paar Stücke aus der Garderobe der von mir verehrten Mutter Luise tragen. Das würde sie freuen! Und wir würden Aufmerksamkeit erregen und mit den Passanten ins Gespräch kommen; das ist doch, was wir wollen. So macht man das ja auch in der modernen Reklame, oder?«

Ja klar, in der modernen Reklame, Horst! Ich schüttelte den Kopf, doch eigentlich wusste ich, dass er recht hatte. »Es ist zu kalt«, versuchte ich es noch mal, aber das stimmte nicht. Ich war ohne meinen Kapuzenpullover über den Hof gelaufen und hatte mich über die Wärme gefreut, die die Sonne durch die sich langsam auflösende Wolkendecke schickte.

»Bei uns tragen die Mädchen auch manchmal lange Hosen. Ich könnte mir vorstellen, Mutter Luise hat davon noch einige!«

»Ja und? Deswegen muss ich mich noch lange nicht verkleiden, oder?«

»Komm, gib dir einen Ruck! Zusammen bilden wir ein Traumpaar!« Er drehte den Schraubenschlüssel zwischen seinen Händen.

Traumpaar? Das fehlt mir gerade noch ... Er und ich? Ich sah mich auf der großen Leinwand mit ihm. Beide waren wir schwarz-weiß und standen in einem dunklen Hinterhof herum. »Küss mich, Ava«, flüsterte er. Ich öffnete die Lippen, denn das musste man beim Küssen, wenn es was werden sollte. Moment! Moment! *No way!* Ich schüttelte den Kopf und riss mich gewaltsam aus dem Tagtraum. Doch Horst fing an zu betteln: »Wenn du es schon nicht für mich tun willst, tu es für den *Titania Palast!*«

10

Der *Titania Palast*. Natürlich. Für ihn und Oma stand das Kino an allererster Stelle. Ich seufzte. »Gut. Ich werde mal sehen, was ›Mutter Luise‹ so hat.«

Wahrscheinlich passte ich da gar nicht rein. Wir waren zwar gleich groß, aber auf den Fotos von früher hatte sie eine Wahnsinnstaille. »Wie lange brauchst du hier noch?«

Horst betrachtete die vielen Teile, die um die Maschine verstreut lagen, und kratzte sich am Kopf, als ob er nicht mehr sicher war, wo sie hingehörten. Das alles, um ein paar Zündkerzen zu kontrollieren? Doch er gab sich wie immer selbstsicher: »In einer halben Stunde treffe ich Sie zum ersten Ausritt auf dem Hof, junge Dame!«

Okay, Möchtegerncowboy, ich mache das nur, um Frans zu finden, den du mit deinen blöden Sprüchen verscheucht hast …

»Da vorne liegen übrigens die Helme«, sagte er und zeigte irgendwo in die schummrige Dunkelheit der Scheune. »Ich muss sagen, da hat sich ja von der Formgebung nicht viel verändert!«

Ich suchte den Raum nach normalen Motorradhelmen ab, entdeckte aber nur zwei weiße Halbschalen, die einen seitlichen Lederschutz für die Ohren hatten und unter dem Kinn zugeschnallt wurden. Sie hatten auch keine Visiere gegen den Wind, sondern altmodische Brillen als Schutz für die Augen, die mit einem breiten Gummiband befestigt waren. Ich lachte los: »Nicht viel verändert? Na, das sind ja auch uralte Dinger, Horst! Mit denen sehen wir aus wie Calimero, das schwarze Huhn, das immer mit einer halben Eierschale auf dem Kopf herumläuft.«

»Kenne ich nicht.«

Das hatte ich auch nicht erwartet ... »Egal. Pass nur auf, dass nicht irgendein wichtiges Teil vom Motor übrig bleibt!«

Ich lief wieder in die Wohnung und ging mit Oma zusammen die Kleiderberge durch. Sie freute sich wirklich, das merkte ich an ihrer Stimme. »Das hätte ich ja nicht gedacht, dass meine Enkelin eines Tages meine alten Schätzchen tragen wird! Vieles davon habe ich mir selbst genäht. Es gab ja nichts auf dem Dorf und wir hatten auch nicht viel Geld, also habe ich mir die Schnitte aus den Zeitschriften der Nachbarin abgepaust.« Oma öffnete einen weiteren Schrank und zeigte auf einen Meter Klamotten auf unterschiedlichsten Kleiderbügeln: »Die da. Schmeiß alles aufs Bett!«

Ich tat, worum sie mich gebeten hatte, während sie weitererzählte: »In den Sechzigern kamen die *Beatles* und die *Rolling Stones*, die Haare wurden länger und die Studenten protestierten. Die erste Euphorie für den Rock 'n' Roll war dann ja auch bald abgeklungen.« Oma setzte sich aufs Bett und beobachtete den wachsenden Klamottenberg. »Aber mein Karl-Heinz, der war ein Rock 'n' Roller und ist dabei geblieben. Auch deswegen habe ich ihn ja so geliebt! Wir waren im Rock-'n'-Roll-Club Buxtehude.« Sie lächelte bei den Erinnerungen und suchte mit ihrer gesunden Hand eine schmale schwarze Steghose aus dem Kleiderhaufen. »Hier, die habe ich so gerne getragen, wenn ich nicht tanzen war. Dazu dieses Jäckchen, ach, man könnte meinen, es ist erst wenige Tage her!« Ich griff nach dem orangen Teil auf einem der Bügel. Es war aus flauschigwuschigem Stoff, fast wie ein künstliches Fell, hatte Knöpfe vorne und einen braven Kragen. Nur weil Oma so nostalgisch schaute, schlüpfte ich hinter dem Paravent aus meinen eigenen Klamotten und probierte die Sachen an. Mein Gott! Ich trat vor den Spiegel und brach fast zusammen vor Lachen. *Oh no*, ich sah so anders aus! So würde ich nicht rausgehen!

Aber Oma war begeistert: »Genau, der oberste Knopf muss bis zum Hals geschlossen sein. Und dein Pferdeschwanz passt wunderschön dazu! Fantastisch. Wenn ich zwei Hände hätte, würde ich ihn dir jetzt noch ein bisschen höher binden!«

Ich tat ihr den Gefallen und setzte das Haargummi noch höher an.

»Schade, dass gerade kein Karneval ist.« Ich strich über die flauschige Jacke, deren Ärmel gerade mal bis über die Ellbogen reichten. Es sah unmöglich aus … »Horst meint ja, mit einer Verkleidung würden wir mehr Aufmerksamkeit erregen.« Ich schnaubte abfällig. »Der läuft ja immer so rum, aber ich nicht …«

»Da muss ich dem Horst recht geben! Was meinst du, was Karl-Heinz und ich damals alles gemacht haben, um mehr Zuschauer zu bekommen!«

»Was denn?« Ich ließ mein Spiegelbild nicht aus den Augen, während ich Oma zuhörte. Sie erzählte mir von riesigen Bildern, die sie regelmäßig von Plakatmalern malen ließen und über den Eingang des Kinos spannten, von Anhängern, die sie mieteten, um eine Charlie-Chaplin-Figur darauf im Alten Land herumfahren zu lassen, und von Werbeminuten im Radio, die sie kauften. »In jedem Dörfchen gab es damals ein Kino. Die Konkurrenz war groß!«

Okay, ich hatte es kapiert. Wenn ich Oma helfen wollte, mussten wir möglichst viele Menschen zu unserer Vorstellung anlocken. »Dann lasse ich es eben an …«, murmelte ich. »Aber was ziehe ich drüber?«

»Na, meine Motorradlederjacke! Die liegt in der Scheune, in dem alten Bauernschrank in der Ecke.«

Als ich in dem orange-schwarzen Outfit in die Scheune kam, pfiff Horst bei meinem Anblick zwischen den Zähnen hindurch. Natürlich, ohne das ging es bei ihm anscheinend nicht … Ich kommentierte seine Pfeiferei nicht weiter und fing an, die Lederjacke zu suchen. Eins musste man Oma lassen. Sie hortete zwar viele Sachen, doch sie wusste noch genau, wo alles war. Die Jacke hing genau dort im Schrank, wie sie es mir beschrieben hatte. Innen an der Tür war ein Spiegel angebracht, in dem ich mich betrachten konnte. Sie saß eng, war schwer und dunkelgrün. Mit dem Eierschalenhelm und der lederumrandeten Brille sah ich aus wie eine Pilotin aus einem alten Film! Ultracool!

Als ich mich zu Horst umdrehte, erschrak ich. Er war blass, von den Füßen bis zur Brust! Und die Farblosigkeit stieg jeden Moment ein bisschen höher. Es sah ziemlich spooky aus. Und ziemlich ungesund.

»Horst!«, rief ich und nahm schnell Brille und Helm ab. »Merkst du das gar nicht?! Du wirst schwarz-weiß, du musst erst noch mal in den *Herzensbrecher* zurück, bevor wir losfahren können!«

»Ach, du liebes bisschen«, sagte er nur. »Sind die drei Stunden schon wieder vorbei?«

»Schnell!«, sagte ich und rannte schon los. »Ich schmeiß den Projektor an!«

Horst ließ das Werkzeug fallen, das er gerade in der Hand hielt, und kam hinterher. Er war schon völlig farblos, als er auf die Bühne sprang und mit einem Satz in der Leinwand verschwand. Ich ließ mich in den Stuhl fallen und spürte, wie mein Herz vom Laufen und der Aufregung klopfte. Das hier war spannender als jede Serie!

Drei Stunden später holte ich ihn wieder zurück. Leider dauerte es noch mal über eine Stunde, bis Horst alle Teile wieder an das Motorrad geschraubt hatte und wir endlich losfahren konnten. Mittlerweile war es vier Uhr nachmittags und ich hatte Mamas Papiervorrat fast ganz verbraucht, weil ich noch hundert zusätzliche Kopien aus dem Drucker gelassen hatte. Mit gepacktem Rucksack saß ich bei Horst in der Scheune und schaute ihm beim Schrauben zu.

Endlich wischte er sich die Hände an einem öligen Lappen ab. »Los geht's! Lass uns fahren, die Sonne putzen, Baby!« Er warf den Lappen in hohem Bogen davon und schaute mich an. »Donnerlittchen. Ich wusste es doch, mit der richtigen Kleidung bist du ein heißer Feger!«

»Pfff!« Ich machte ein abfälliges Geräusch mit den Lippen. »Na danke!« Obwohl ... ich hatte mich an mein Outfit gewöhnt und fand selbst, dass es ganz gut zu mir passte. Außerdem machte ich das hier alles nur für Oma. Und für mich natürlich. Um Frans irgendwo zu entdecken und endlich herauszufinden, ob ich wirklich verliebt war! Was er wohl zu meinen Klamotten sagen würde?

Ich tauchte aus meinen Gedanken wieder auf und merkte, dass Horst mich immer noch ansah. »Sollten wir die Gunst der Stunde nicht nutzen, damit du fahren lernst?«, sagte er, nur um gleich darauf seine Meinung zu ändern. »Wenn ich's recht überlege, ist das Gerät hier ein bisschen zu mächtig für ein Mädchen ...«

Zu mächtig! Er machte mich wahnsinnig mit seinem Mädchen-können-das-ja-eigentlich-nicht-Gerede ...

»Lerne ich trotzdem!«, behauptete ich schnell, nur um ihm zu widersprechen. »Das hast du mir versprochen!«

»Na ja, stimmt schon. Obgleich die Mädchen, die ich kenne, höchstens mit einer Vespa durch die Gegend knattern.«

»Ist doch egal!«, sagte ich grinsend, gleich wieder erschrocken über meinen Mut. »Ich probiere das! Wenn wir wieder zurück sind. Morgen!«

»Einverstanden. Dann kannst du jetzt beim Mitfahren schon mal lernen, wie man sich in die Kurven legt.«

Ich löste das Gummiband aus meinen Haaren, wir setzten die Helme auf, rückten die Brillen zurecht und fuhren los. Erst hielt ich mich hinten am Gestänge des Gepäckträgers fest, doch es fühlte sich wackelig an und ich musste an Oma denken, die beim Fahren noch einen Eimer mit Kleister balancierte. Wie hatte sie das nur hinbekommen, ohne völlig das Gleichgewicht zu verlieren?

Dann, in der nächsten Kurve, fasste ich mir ein Herz und schlang meine Arme um den Lederjackenrücken vor mir. So konnte ich mich auch besser in die Kurven legen. Es machte Spaß, und dass es Horst war, fühlte sich gar nicht mal so schlecht an! Er fuhr nicht besonders schnell und dafür war ich ihm ziemlich dankbar. Ich sah die Landschaft an mir vorbeiziehen und dachte daran, wie wir wohl von oben aussahen und wie es wohl sein würde, Frans wiederzutreffen. Ob er überhaupt mit mir reden wollte? Ich sah seinen Arm winken, doch er hatte seinen Opa nicht zum Anhalten überredet … In mir wurde es ganz kribbelig, denn ich musste mich noch gedulden.

Wir hielten in Steinfeld am einzigen Café, am einzigen Laden, der überhaupt am Sonntag offen hatte. Ich sprang ab und befreite mich von dem altmodischen Eierschalenhelm. Hier kannte mich zwar keiner, doch es war mir trotzdem etwas peinlich. Aber dann sah ich mich in der Schaufensterscheibe. Ganz schön cool, wie ich rumlief! Ich nahm meine Haare wieder zu dem hohen Pferdeschwanz zusammen. Wenn schon Fünfzigerjahre, dann auch richtig! Ich tat es für Oma, na ja, ein bisschen auch für Horst, der die Maschine mitten auf dem Bürgersteig abstellte und sich neugierig umschaute: »Die Automodelle, Kinder, Kinder! Die sind ja ungeheuerlich!« Er ging ganz nahe an die geparkten Wagen heran. »Die Karosserien sind ja unheimlich zusammengeschrumpft, so glatt. Toyota? Nissan? Sind das etwa Automarken?«

»Ja. Aus Asien. Ähem. Japaner, glaube ich. Irgendwie so was.«

»Die Schlitzaugen können Autos bauen?! Das glaub ich nie im Leben!«

»Man sagt nicht ›Schlitzaugen‹, man sagt ›Asiaten‹! Und ich habe gehört, sie sind sogar ziemlich gut darin.« Mit gekreuzten Armen stand ich an der Straße herum und schaute zu, wie er von einem Auto zum nächsten lief. Eine Minute. Zwei Minuten. Aber er beachtete mich gar nicht. Er war so euphorisch, er würde sich niemals von den Autos wegbewegen.

»Und den guten alten Opel, gibt's den noch? Und Mercedes?«

»Opel und Mercedes gibt es noch und es geht den Firmen gut.« Langsam wurde ich echt ungeduldig. »Anders als dem *Titania Palast!* Wenn wir den nicht wieder zum Laufen bekommen, war das hier vielleicht dein letzter Ausflug, Horst.«

»Entschuldige, du hast recht.« Sofort schaute er etwas zerknirscht. »Eine letzte kleine Frage noch: Was sind diese weißen, flachen Dinger, die manche Leute sich an die Fenster und Balkone hängen?«

»Das sind Sat-Schüsseln, die haben was mit dem Fernsehempfang zu tun.«

»Aha. Gut. Na ja, sonst hat sich ja eigentlich nicht viel geändert, oder?« Horst drehte sich einmal um sich selbst. Fachwerkhäuser, Apfelbäume, bunte Vorgärten. »Bis auf diese bunten Telefonkästchen, die ihr alle mit euch herumschleppt.«

»Ey, sorry, Horst! Aber wir sind hier im Alten Land, aufm Dorf! Am Arsch der Welt. Hier ist alles noch wie früher. Weil's die Leute aus der Stadt so toll finden!«

»Ach so. Am Arsch der Welt ...«, wiederholte er leise.

»In Hamburg gibt's ein paar Sachen mehr, die du nicht kennst. Können wir jetzt?«

Er nickte und wir gingen zusammen hinein.

Die Tische des Cafés waren alle mit einer einzelnen Rose in einer Vase geschmückt, aber niemand saß dort. Nur eine mittelalte Frau stand einsam hinter der Kuchenauslage. »Heute darfst du mal den Anfang beim Reden machen«, sagte ich zu Horst. Sofort legte er los: »Guten Tag, wir sind vom *Titania Palast* aus Kloppenbostel, von dem haben Sie bestimmt schon gehört?« Er blinzelte, aber die Kuchenfrau war entweder schwerhörig oder äußerst misstrauisch: »Was wollen Sie, wir kaufen nichts!«

»Sie sollen auch nichts kaufen, meine Dame, Sie sollen am nächsten Samstag ihren werten Gatten unter den Armen nehmen und gemeinsam mal wieder einem außerordentlichen Filmvergnügen beiwohnen.«

Ich hatte es ja gewusst: So abgedreht altmodisch zu reden wie er, das bekam ich sowieso nicht hin.

»Sehen Sie!« Er hielt ihr einen unserer Flyer hin. »Wir vom Filmpalast haben zwei großartige Filme für Sie ausgewählt.«

»Heartbreak Movie Night?«, las die Verkäuferin und schaute uns über das Stück Papier von oben bis unten an. »Das wird wohl so 'n Liebesfilme-Retroabend?«

Horst warf mir einen fragenden Seitenblick zu. Ich nickte. »Ganz recht!«, antwortete er lächelnd. Endlich hellte sich ihre Miene auf. »Sogar das Motorrad vor der Tür ist aus den Fuffzigern! Na, da habt ihr euch aber mal Mühe gegeben.« Sie las sich den ganzen Text durch. *»Titania Palast.* Da war ich als junges Mädchen immer ... Kinder, wie die Zeit vergeht.«

»Nicht wahr?« Horst strahlte sie an. Charme hatte er ja. Der wirkte bei allen Frauen. »Da werden die schönsten Erinnerungen wach! Was haben Sie dort gesehen?« Er beugte sich über die Kuchentheke, als ob es ihn wirklich interessieren würde.

»*Aristocats*. Mein erster Kinofilm überhaupt! Das muss 1972 gewesen sein, da war ich sieben.«

»Aber niemals, da waren Sie doch noch gar nicht geboren, meine Dame!« Sie lachte und griff sich an den Hals. Mein Güte, er flirtete mit ihr! »Da dürfen wir hier wohl ein paar unserer Bekanntmachungen auslegen?«

»Aber natürlich!«

Wir verließen den Laden und gingen weiter über die Hauptstraße des Dörfchens. Friseur, Versicherungsbüro, eine Resterampe und ein kleiner Supermarkt. Fast dasselbe Programm wie in Kloppenbostel. Doch leider wegen des heutigen Sonntags geschlossen. Horst klebte schon wieder an den Autos. Er strich um sie herum und streichelte über die Motorhauben. Gleich würde irgendein Alarm losgehen.

»Was machen wir?«, rief ich ihm zu. »Sollen wir die Zettel an Laternenmasten und das Bushaltestellenhäuschen da vorne aufhängen?«

»Ja, ein paar vielleicht, aber dann habe ich eine bessere Idee!«

Aha. Da war ich aber mal gespannt. Die Frau aus dem Café winkte uns zu, als wir nach getaner Arbeit wieder auf unser Motorrad stiegen.

»Und wo willst du jetzt hin?«

»An einen ganz besonderen Ort!«

»Mach's nicht so spannend!«

»Auf den Friedhof. Den wird es doch hier irgendwo geben!«

Ich zuckte mit den Achseln. »Keine Ahnung. Was willst du da?« Doch er startete schon die Maschine und ich musste mich wieder an ihm festhalten, um nicht hinunterzufallen.

Mein Gott, worauf hatte ich mich da eingelassen? Ich wollte doch nur nach Bierbeek und dort sollte mir gefälligst Frans über den Weg laufen, aber möglichst ohne Horst und ohne dass Frans mein oranges Felljäckchen sah!

Horst fragte den nächsten alten Herrn, der uns entgegenkam, nach dem Weg, ich drückte ihm einen unserer Zettel in die Hand und schon bogen wir an der nächsten Kreuzung ab, Richtung Friedhof.

Horst stellte die Maschine ab, marschierte ohne Skrupel durch das Tor und verwickelte die ersten alten Damen, die wir trafen, in ein Gespräch.

Er begann immer mit dem gleichen Satz: »Wen haben Sie heute hier besucht?« Und dann: »Kennen Sie noch den *Titania Palast?«*

Jede hatte etwas zum Thema Kino und frühere Zeiten zu erzählen, einige der alten Menschen wollten gar nicht mehr aufhören zu reden. Sie waren so dankbar, wenn man ihnen zuhörte, und viele versprachen zu kommen! Nach einer halben Stunde waren wir immer noch nicht aus Steinfeld heraus, geschweige denn in Bierbeek angekommen, dafür hatten wir jede Menge Gräber gesehen, die Lebensgeschichten von alten Leuten gehört und gleichzeitig die eine oder andere Zusage kassiert.

»Das war eine ziemlich coole Idee, Horst, aber nun lass uns weiterfahren.«

»Wenn meine Englischkenntnisse mich nicht täuschen, heißt ›ziemlich cool‹ übersetzt ja eigentlich ›ziemlich kühl‹, dennoch meint man damit aber ›ziemlich gut‹! Stimmt's oder hab ich recht?«

Oh Mann! »Was denn sonst?«

»Man könnte meinen, ich wäre ein Blitzmerker!« Er lachte vor sich hin. »Wie sagt man heutzutage zu ›Blitzmerker‹?«

»Nichts. Man sagt *heutzutage* einfach nur, derjenige ist doof.« Aber auch ich musste lachen.

Wir verabschiedeten uns von den Lebenden und den Toten und schlenderten auf den Ausgang zu. Ich sah Horst von der Seite an. Eins musste man ihm lassen, er hatte mich an einem einzigen Tag zu drei Sachen gebracht, die ich sonst niemals getan hätte: Motorrad zu fahren, über einen Friedhof zu spazieren und mit wildfremden Leuten zu sprechen und dabei auch noch schräge Klamotten zu tragen.

Ich fand ihn plötzlich total nett und ließ es zu, dass er mir für die letzten Meter bis zu der Maschine den Arm um die Schulter legte.

Nun waren wir endlich auf dem Weg zu dem Jungen, den ich besser kennenlernen wollte. Dem *anderen* Jungen, besser gesagt.

11

Bierbeek! Wir passierten das Ortschild. Ich wurde noch aufgeregter, als ich sowieso schon war, und klammerte mich kurz etwas enger an Horst, doch dann ließ ich ihn los und versuchte, mich hinten am Gepäckträger festzuhalten. Falls Frans mich auf diesem Motorrad sah und erkannte, sollte er nicht denken, ich hätte was mit Horst. Es reichte schon, dass dieser Idiot ihm neulich im *Titania Palast* erzählt hatte, er wäre mein Verlobter! Das und die Sache mit dem Schweden musste ich sofort klarstellen, wenn ich ihn sah.

Wie die anderen Dörfer lag auch dieses Örtchen in einer Art Dornröschenschlaf. Obstbäume, Vorgärten, Hofverkauf. *Pflücken Sie Ihre Kirschen bei uns selbst!*

Das »Zentrum« bestand aus einer Straße mit Geschäften und einem Kirchplatz mit einer roten Backsteinkirche. Und da war auch schon der *Wintergarten,* der geschwungene grüne Schriftzug auf dem weißen Schild fiel sofort ins Auge. *Heute Abend: die Triple B's!* verkündete ein handgemaltes Poster am Eingang. Endlich! Ganz in der Nähe wohnte angeblich der Großvater von Frans und er selbst auch.

»Lass uns kurz einen Stapel Zettel im *Wintergarten* auslegen und dann weiterziehen. Da drüben habe ich noch ein anderes offenes Lokal gesehen«, sagte Horst, nachdem wir den Kirchplatz umrundet und vor dem Lokal gehalten hatten. »Mit einem Porsche davor!«

»Nein! Ich gehe da jetzt rein. Guck doch, wie viele Fahrräder und Roller hier davorstehen, da sind wenigstens Menschen drin!« Ich stieg vom Motorrad und lockerte meine Beine. »Aber du kannst ja draußen bleiben.« Ich versuchte, auf möglichst unverdächtige Art zu lächeln, und drückte ihm meinen Helm in die Hand. Dann schüttelte ich mein Haar. Falls Frans dort drinnen war und mich zufällig durch eins der zahlreichen Fenster sah, sollte es bitte schön nicht so platt am Kopf anliegen. »Bin gleich wieder da.«

»Ich würde ja mitkommen, aber ich muss mir dringend dieses Kraftfahrzeug da drüben mal anschauen.«

»Mach das!« Ich erhaschte meinen Anblick im Seitenspiegel des Motorrads. Meine Augen leuchteten, meine Wangen waren vom Fahrtwind und der Sonne auf dem Friedhof rosa angehaucht. Hey, ich sah verdammt gut aus! Viel besser als jemals in unserem Badezimmerspiegel in Hamburg.

»Jaja, du siehst Zucker aus! Aber mach dir einen Zopf, mit offenem Haar tanzt man keinen Rock 'n' Roll!«

»Ja, gleich!« Ich sprang die Stufen hoch und zog die Tür auf. Der Laden war tatsächlich ein Wintergarten, denn er bestand im vorderen Teil eigentlich nur aus Fenstern und war entsprechend hell. Riesige Zimmerpflanzen standen in den Ecken oder hingen von der Decke herab, die größtenteils aus Glas war. Im rückwärtigen Teil war eine lange Theke, dort wurde es auch etwas dunkler. Es gab einen Billardtisch und ein paar durchgesessene Sofas drum herum. Noch weiter hinten war ein Podest aufgebaut, auf dem ein Junge mit einer E-Gitarre stand, der immer dieselbe Tonfolge spielte. Auch ein paar Mikrofone und ein Schlagzeug standen drauf. Ein Mann saß an einem Mischpult und verschob irgendwelche Regler. Die *Triple B's* probierten offenbar die Technik für den Abend aus. Doch ich hatte kein Interesse an der Band oder der Inneneinrichtung. Mich interessierte nur: War er da? Oder *nicht?*

Schnell scannte ich die anwesenden Jugendlichen ab. Für einen späten Sonntagnachmittag war in diesem kleinen Kaff ganz schön was los. Wahrscheinlich alles Fans der Dorfband.

Ungefähr zehn Leute saßen an den Tischen. Ein paar der Mädchen musterten mein Outfit mit einem Blick, zack, von oben nach unten, wie nur Mädchen das können, und schauten dann wieder weg. In ihren Gesichtern las ich etwas wie: Verdammt, sie sieht gut aus, aber es wäre dumm, ihr das auch noch zu zeigen …

Vier Typen lagen halb auf den Sofas und schauten neugierig zu mir herüber. Ein Junge spielte Billard, zwei waren gerade nicht an der Reihe, stützten sich auf ihre Queues und schauten ihm zu. *Shit!* Er war nicht da. Ich wandte mich ab und trat an den Tresen.

»Eins, zwei, Test, Test«, sagte jemand hinter mir ins Mikrofon. Es hallte.

Enttäuschung machte sich in meinem Bauch breit, aber auch Erleichterung, ihm nicht gegenübertreten zu müssen. Mann Ava, beschimpfte ich mich innerlich, du weißt echt nicht, was du willst …

Ich kramte meine Flyer aus dem Rucksack und zwang mich, Blickkontakt mit dem Typ hinter der Theke aufzunehmen. »Darf ich die hier auslegen und ein paar irgendwo aufhängen?«

»Äh, was is'n das?«

»Das ist für einen Kinoabend aus den Fünfzigern, den wir im *Titania Palast* in Kloppenbostel machen.« Nervös fasste ich meine Haare zusammen und schlang das Haargummi darum, das ich an meinem Handgelenk gefunden hatte.

»Ach, das olle Kino gibt es noch? Kriegt ihr da noch Zuschauer rein?«

»Wir versuchen es!« Auf einmal wurde ich ganz mutlos. *Das olle Kino*. Es hatte sich schon rumgesprochen, dass mit dem *Titania Palast* nichts mehr los war. Verdammt. Das hatte doch alles keinen Sinn mehr.

»Hinten bei den Toiletten ist eine Pinnwand, da kannst du meinetwegen was aufhängen.«

Wie gnädig. Ich nahm meinen Zettelstapel. Nun musste ich mit meinem wippenden Pferdeschwanz und Omas komischen Klamotten auch noch an den Glotzern vom Sofa vorbei. Ich sah auf den Boden, presste die Lippen zusammen und lief am Anfang des dunklen Ganges beinahe jemandem in die Arme, der gerade um die Ecke bog und schon nach seinem Billardqueue griff, das er da irgendwo im Dunkeln abgestellt hatte.

»Sorry«, murmelte ich und versuchte, mich an ihm vorbeizudrängen, ohne ihn zu berühren. Lasst mich doch alle in Ruhe, dachte ich wütend, was tue ich hier eigentlich?

»Hey!« Er blieb stehen und drehte sich halb zu mir um, die Arme immer noch ausgebreitet. »Coole Klamotten!«

Ohne ihn in dem trüben Licht richtig zu sehen, wusste ich sofort, wer er war. Diese Stimme und diesen Duft nach Kiefernbäumen und Campingplatz am Meer, der ihn anscheinend immer umgab, hätte ich auch im Stockdusteren erkannt!

»Hallo!« Mein Herz trommelte los. »Hey!« Diesmal sagst du was! Diesmal vermasselst du es nicht ... Verdammt, ich starrte schon wieder sprachlos auf den Boden. »Ja, wir machen hier ein bisschen Werbung für das Kino«, beeilte ich mich zu sagen. »Also für den *Titania Palast.* Du warst ja selbst da und hast gesehen, wie es da aussieht, ach übrigens, gilt das noch mit deinem Angebot für die Website, also meine Oma war da neulich nicht wirklich ...« Ich hatte vergessen, Atem zu holen, und stoppte mitten im Satz.

»Nicht wirklich bereit, ich weiß ...« Er grinste mich an und obwohl ich sonst nicht besonders gut darin war, anderen Leuten in die Augen zu blicken, konnte ich diesmal einfach nicht anders. Er hatte wunderschöne Augen und als ich das dachte, schaute ich schon viel zu ... viel zu lange ... und er ...

»Frans, du bist dran!«, kam es vom Billardtisch.

»Übernimm du mal für mich, ich muss hier gerade was besprechen!«

Die Jungs stießen mit ihren Queues auf den Boden, als ob sie sich räuspern wollten, sagten aber sonst nichts. Ich lächelte verlegen und ging mit Frans ein Stück nach vorne. O Gott, jetzt sah er mich auch noch aus der Nähe, mitten im Licht.

»Hallo!« Er lächelte mich an. »Ich weiß noch nicht mal, wie du heißt ...«

»Frans, ich brauch dich doch noch mal!«, rief jemand ins Mikrofon.

»Oh. Da muss ich selbst hin, sorry!« Er streifte mich ganz leicht an der Schulter, als er sich jetzt umwandte und auf das Podest zuging, und ich dachte, dass ich noch nie von einer Person so wundervoll zart berührt worden war wie von ihm. Und als Horst dir neulich die Jacke umgelegt hat? Ja okay, das war auch schön gewesen, aber jetzt war ich hier.

Ich musste mich zusammenreißen, um Frans nicht bewundernd hinterherzuschauen. Dabei fand ich es megacool, wie er jetzt hinter dem Schlagzeug verschwand, die Stöcke aneinanderschlug und ein kleines Solo veranstaltete.

»Die Basedrum noch mal!«, sagte der Typ am Mischpult.

Frans machte irgendetwas mit den Füßen und ein tiefer, dumpfer Rhythmus donnerte durch den Raum, bis er wieder aufhörte.

»Geht das so für dich?«

»Ja, ich hör mich gut!«

»Danke, Frans, das war's schon!«

Er nickte, legte die Stöcke irgendwohin und ging wieder von der Bühne. Alle Mädchen beobachteten ihn, das spürte ich einfach. Ich war so glücklich, dass er ausgerechnet zu mir kam, und ich musste schnell mal auf den Boden schauen, um ihm nicht völlig bescheuert entgegenzugrinsen. Ich war auf einmal so stolz, er sah aber auch wirklich am allerbesten aus von allen hier im Raum!

»Sorry noch mal. Der Band ist ihr Schlagzeuger abhandengekommen und die Jungs und ich kennen uns, schon seitdem wir klein sind.«

»Aha.« Wir grinsten uns an. Dann sagte er nichts mehr über die Band oder ihn, das gefiel mir! »Aber sonst wohnst du in Hamburg?« Bitte, bitte lass ihn in dort wohnen und nicht weit weg, in München oder so …

»Ja, ich bin hier, um meinem Großvater ein bisschen zu helfen. Aber noch mal, wir wurden gerade unterbrochen: Wie heißt du denn nun?«, fragte er.

»Ava.«

»Wie Ava Gardner?«

»Oh, du kennst dich mit alten Filmen und Hollywoodstars aus?«

»Ich liebe alte Filme! Weißt du ja.« Er legte den Kopf quer und hatte nach einer Sekunde kapiert, was auf meinen Zetteln stand. »Das ist gut. Das lesen die Leute hier auf dem Dorf eher, als dass sie im Internet unterwegs sind. Und Fünfzigerjahre?« Er zeigte an mir herunter. »Ist eine noch bessere Idee!«

»Jahaa, und genau deswegen sind wir hier!«, sagte Horst, der plötzlich an mir vorbeifegte und mir einige der Zettel aus der Hand riss. »Wenn man nicht alles selber macht!« Er stellte sich an die Theke. »Hör mal, Sportsfreund, können wir davon ein paar aufhängen?«

Verdammt! Was machte der jetzt hier? Er hatte doch draußen nach seinen geliebten neuen Autos schauen wollen!

»Mann, was'n mit dir los? Das hat *sie* doch schon gefragt!« Der Mann hinter dem Tresen knallte das Sieb mit dem Kaffeepulver unter die Espressomaschine. Er hatte offenbar Stress, denn er war allein.

»Vielleicht nimmst du sie ja nicht ernst, weil sie ein Frauenzimmer ist? Das zugegebenermaßen gerade einem anderen schöne Augen macht.«

Was redete er denn da?! Ich sah das fragende Gesicht von Frans und wollte vor Scham am liebsten gar nicht mehr da sein.

»Wir machen einen peppigen Filmabend, komm doch auch bei uns vorbei! Nach der Vorführung sperren wir das *Titania* zu und machen hier noch einen drauf! So kriegst du vom Verzehr der Gesellschaft auch noch deinen Teil ab! Habt ihr Milchshakes? Die Mädchen sind da ganz wild drauf!«

»Ähm, kümmer dich nicht um ihn, das ist Horst.« Ich drehte mich zu Frans und wagte es nicht, ihn anzuschauen. Noch nie im Leben war mir etwas so unangenehm gewesen.

»Kenne ich schon.«

Nun musste ich ihn doch angucken. »Er ist nicht mein Freund! Er ist mein … mein Cousin. Ein ziemlicher Spinner!« Ich lachte verlegen, war aber gleichzeitig ganz stolz auf meinen spontanen Einfall.

»Mir hat er etwas anderes …«

»Ja, keine Ahnung, so 'n Scheiß macht der immer! Nur um mich zu nerven.«

»War das mit dem Verkleiden *seine* Idee? Er sieht so echt aus, die Haare, die Schuhe, alles.«

»Ja. So isser. Voll besessen von den Fünfzigern.«

Beide schauten wir Horst zu, der gerade einen neuen Freund gefunden hatte, denn er riss sich die Lederjacke von den Schultern und lehnte sich mit dem Oberkörper über die Theke. Vergessen waren die Kaffeebestellungen, der Typ bewunderte nun nämlich in aller Ruhe Horsts weißes Hemd. »Geil! Mit dieser eingestickten schwarzen Rose auf der Brust! Original solche Hemden hat mein Oppa immer getragen. Alter! An dir ist ja alles retro!«

»Worauf du Gift nehmen kannst, mein Junge!« Horst war voll in seinem Element und würdigte mich keines Blickes, Gott sei Dank, denn vor mir stand immer noch Frans.

»Und der Anrufer neulich, dieser schwedische Muskelprotz mit dem Fisch, das war mein kleiner Bruder! Also nicht auf dem Foto, denn er ist erst zehn und …«

»Ava?«

»Ja?«

»Im Ernst? Ich find's ganz cool, dass es dein Bruder war …«

Ich lächelte. Puuh, das hatte ich geschafft!

»Willst du was trinken?« Es hörte sich an, als ob er hoffte, dass ich Ja sagte.

»Aber warten die nicht auf dich?«, fragte ich und zeigte auf die Billardjungs. Eigentlich nur, um sein Nein zu hören.

Und da war es auch schon: »Die kommen ohne mich klar. Die sehe ich jeden Tag, seitdem ich hier bin. Aber wer weiß, wann ich *dich* mal wieder sehe. Es sei denn, du kommst heute Abend. Um neun geht's los.«

»Oh, Mist, da kann ich nicht. Ich muss heute Abend meiner Oma helfen, mit ihrem Arm kann sie ja gar nichts machen.« In mir heulte etwas auf! Frans spielte mit der Dorfband und ich konnte nicht dabei sein. In meinem Hirn ratterte es, so sehr suchte ich nach einer Lösung. Aber es ging nicht. Warum war Mama ausgerechnet heute nicht da? Sie hatte mich verdonnert, auf Oma aufzupassen, und ich hatte es versprochen. Oma ging gegen halb zehn ins Bett. Ich musste ihr beim Ausziehen helfen. Und auch wenn ich mich beeilte, wie sollte ich nach Bierbeek kommen? So spät noch mit dem Fahrrad? *No way.* Und Horst? Würde zu dieser Zeit noch in seinem Film stecken. Wir müssten bald wieder nach Hause – nach meinen Berechnungen hatten wir höchstens noch eine knappe Stunde, bevor er wieder schwarz-weiß wurde. Ich seufzte. »Ich hab's meiner Mutter versprechen müssen.«

»Schade. Aber nicht tragisch. So gut sind wir nun auch wieder nicht. Man merkt, dass die Band schon seit Monaten keinen Proberaum mehr hat … Da spiele ich dir lieber alleine was vor.«

Er war witzig. Er war cool. Und süß und ernst zugleich. In mir freute sich alles und ich hätte noch stundenlang einfach so mit ihm herumstehen können. »Es tut mir leid, heute Abend geht es echt nicht! Aber ich bin noch fast zwei Wochen im *Titania Palast* bei meiner Oma …« Ich hatte eigentlich noch sagen wollen, dass er ja am Samstag zu der Vorstellung kommen könnte, sprach den Satz aber absichtlich nicht zu Ende. So lange konnte ich nicht warten! Er sollte mich schon vorher besuchen kommen und wenn er nicht selber auf diese Idee käme, dann … Dann würde ich wissen, dass er mich nun mal nicht genauso gut fand wie ich ihn.

»Junge Dame, ich unterbreche ungern, aber ich denke, wir sollten weiterfahren!« Horst hatte sich zu uns umgedreht und warf seine Haartolle zurück. Er schaute auf den Stapel Papier in meiner Hand. »Hast du wenigstens einen *einzigen* Zettel in diesem Etablissement aufgehängt? Nein? Muss ich das *auch* noch erledigen?«

Meine Güte, warum benahm er sich so megabescheuert? »Chill mal! Ich mach das gleich noch«, sagte ich. »Hinten bei den Toiletten ist ein Brett, wo alles Mögliche hängt. Ich wollte nur erst mal was trinken.« Und zwar mit Frans, ohne dich!

»Hallo!«, sagte Frans und streckte ihm die Hand hin. »Frans.«

»Horst mein Name. Na, Kollege, wir kennen uns ja schon,

was?« Horst nahm die dargebotene Hand und schlug Frans mit der anderen Hand auf die Schulter. Er hörte gar nicht wieder auf damit. »Ach, da nehm ich doch glatt auch ein Kaltgetränk. Mach mir ’ne spritzige Limo, sei so gut!«, rief er dem Typ hinter dem Tresen zu.

Ich schüttelte den Kopf. Nicht um alles in der Welt wollte ich ausgerechnet Horst dabeihaben, wenn ich mit dem ersten Jungen, den ich jemals in meinem Leben toll fand, in einem Lokal namens *Wintergarten* stand und ihm vielleicht gleich gegenübersitzen konnte. Aber Horst merkte natürlich nichts!

»Komm, wir setzen uns!« Er stellte sich zwischen uns, legte mal wieder jedem ungefragt seinen Arm auf die Schulter und schob uns vorwärts. Mann, Horst, dachte ich, das hier ist keine Filmszene aus deiner bescheuerten Milchbar. Schon waren wir an einem der Tische angekommen und er schob einen der Stühle für mich zurück und wartete darauf, dass ich mich setzte.

»Ich habe Frans übrigens verraten, dass du mein Cousin bist.« Ich funkelte ihn bei meinen Worten an, da Frans mein Gesicht gerade nicht sehen konnte. Dann, als Horst mir den Stuhl höchst unnötig unter meinen Hintern geschoben hatte, wandte ich mich dem hübschesten Schlagzeuger der Welt zu: »Horst spielt gerne mal Theater, wie du ja schon mitbekommen hast.«

Frans setzte sich auf den Platz neben mich. Ich sah ihm an, dass er gerne mit mir allein gewesen wäre, und hätte Horst am liebsten nach draußen zu seinen Autos geschickt, doch ich lächelte und lächelte und konnte nicht mehr aufhören.

Er fragte, was ich trinken wollte, ich bestellte irgendwas und konnte nur auf seinen Mund und seine Zähne und in seine Augen schauen.

»Ich finde das richtig gut, was ihr macht! So was wie den *Ti-*

tania Palast muss man erhalten!« Frans meinte zwar uns beide, sah aber nur mich an.

Ich musste meine Mundwinkel gewaltsam herunterziehen, um nicht völlig debil auszusehen. »Wenn du für uns die Website machen würdest, wäre das super. Meine Oma ist jetzt auch überzeugt, dass wir so was brauchen!« Dann fiel mir etwas ein. »Wie viel würde das denn überhaupt kosten?«

»Prima, schon geht's zur Sache, Schätzchen. Aber mach dir darüber keine Sorgen, Geld ist vorhanden!«, rief Horst und griff in die Innentasche seiner Jacke.

»*Zur Sache, Schätzchen* lief aber nicht in den Fünfzigern«, sagte Frans. »Das war später, ich glaube 1970? Der Film, mit dem Uschi Glas ihren Durchbruch hatte.«

»Lass mal, Horst«, sagte ich schnell und hoffte inständig, Frans möge irgendwie überhört haben, dass Horst mit dem Schätzchen mich gemeint hatte. Außerdem hatte ich keine Lust darauf, Horsts veraltete D-Mark-Scheine auf dem Tisch ausgebreitet zu sehen.

»Na ja, eigentlich wollte ich nichts dafür nehmen. Ich habe ja gerade Zeit und bastele gern an so was herum.« Frans lachte und kniff seine Augen dabei so süß zusammen, dass er noch besser aussah. »Gibt es alte Fotos vom *Palast?*«

»Na klar, meine Oma hat jede Menge Bilder.«

»Vielleicht sollte ich morgen mal bei euch vorbeikommen, um einige davon zu holen. Die würde ich einscannen, dann bekommt ihr sie natürlich wieder.«

»Nun, ich könnte sie dir auch vorbeibringen!« Horst lehnte sich nach hinten und gurgelte seine Cola in einem Zug hinunter. »Hab ja die Maschine!« Mit einem Knall setzte er das leere Glas ab. Was ist das denn für ein Vorschlag?!, dachte ich. Damit will er doch nur verhindern, dass ich Frans wiedersehe! Ich ließ den kleinen Amarettokeks auf den Milchschaum meines Cappuccinos fallen und sah ihm dabei zu, wie er langsam versank.

»Ich finde, du solltest lieber selber kommen. Dann kann ich dir alles zeigen!« Und *du* wirst es bitter bereuen, wenn du so weitermachst, signalisierte ich Horst mit einem kurzen Seitenblick.

»Ja, das wäre schön«, sagte Frans einfach nur. Ich spürte sein Knie ganz in der Nähe von meinem. Leider berührten sie sich nicht. »Mein Opa ist nämlich auch …«

»Hey, Kinder«, rief Horst in diesem Moment. »Hab 'ne Bombenidee!«

Er rutschte nah heran, als ob er etwas absolut Geheimes zu verkünden hatte.

»Und was?« Ich rückte von ihm ab.

»Tja, also … Ich mache die Ansagen vor den Filmen, das kannst du auch auf diese Seite schreiben.« Ich biss die Zähne zusammen. Das hatte er jetzt nur gesagt, um Frans und mich zu stören. »Und danach tanzen wir Rock 'n' Roll. Kannst du auch im bunten Kästchen notieren. Auf der Bühne, direkt vor der Leinwand.« Er lehnte sich triumphierend zurück. »Ava und ich!«

»Echt? Das kannst du?« Frans lächelte mich an.

»Nein!«, sagte ich. »Nicht wirklich. Ich kann auch kein einziges Instrument spielen.«

»Aber ja!«, sagte Horst. »Na, sicher! Ganz prima musikalisches Talent, das Mädchen hier! Das wird später mal nicht auf der Hauswirtschaftsschule landen.«

Ich trat Horst auf den Fuß. Aber gleichzeitig wusste ich, dass es keinen Sinn hatte, auf einen ungestörten Austausch mit Frans zu hoffen. Nicht mit diesem gestrandeten Typ aus den Fünfzigerjahren am Tisch!

»Wann willst du die Fotos holen? Morgen hätte ich Zeit.«

Ich versuchte, Horst auszublenden, und schaute nur Frans an. »Um zwölf? Oder ist das zu früh?« Ich beeilte mich, den Keks zu retten, bevor er sich total auflöste.

»Na! Obacht, mein Fräulein! Wollten wir nicht um zwölf proben? Ha, mein guter Frans, da lässt du dich besser nicht sehen.« Horst pfiff die ersten Takte von *Rock around the clock* und schnipste mit den Fingern. »Ich habe zwar behauptet, dass das Mädchen kolossal viel Talent hat, doch es liegt trotzdem noch eine Menge Arbeit vor uns.«

Okay. Das hier hatte keinen Zweck. Ich löffelte den restlichen Milchschaum, trank den Kaffee und erhob mich. »Nein, das passt schon. Um zwölf wäre super!« Zu Horst sagte ich: »Wir müssen vor Samstag auch noch mal den Brandschutz im Großen Saal prüfen.« Ich sprach langsam und betonte jedes Wort: »Es ist Wahnsinn, wie schnell diese uralten Zelluloidfilme durchschmoren und explodieren können!« Das war gelogen. *Der Herzensbrecher* war keiner dieser hochexplosiven Filme, die Oma noch in einer Ecke ihres Kellers lagerte.

Doch Horst wurde blass. Oder vielleicht schon wieder schwarz-weiß?

Verdammt, fing es da an seinen Fingern nicht schon an? Es war gefährlich – was, wenn er sich gleich auflösen würde? Das durfte nicht geschehen! »Höchste Zeit, nach Hause zu fahren!«

»Ist schon in Ordnung, mir geht's prima!« Schon grinste er wieder.

»Du tust jetzt, was ich sage«, raunte ich, während ich ihn am Ellbogen von seinem Sitz zerrte. »Und zerstörst mir morgen mein Date nicht, sonst gibt es kein Tanzen und gar nichts mehr!«

»Die Frauenzimmer von heute wollen immer bestimmen«, sagte er mit einem schiefen Grinsen zu Frans. »Wo soll diese neue Mode denn noch enden?«

12

Wie schon angekündigt, kehrte Mama erst am Morgen aus Hamburg zurück, wir saßen gerade beim Frühstück, als sie hereinkam. Hatte sie wirklich den ganzen Sonntag in ihrer Kanzlei gearbeitet – oder vielleicht doch den Baubegutachter getroffen? Ich beobachtete sie misstrauisch, konnte in ihrem Gesicht aber kein schlechtes Gewissen oder so was erkennen.

»Oma, denkst du daran, ein paar gute Fotos herauszusuchen?«, fragte ich laut, damit Mama es mitbekam. »Heute kommt jemand für die Website! Frans. Den kenne ich aus Bierbeek.« Ich wartete.

Und da war es auch schon: Mamas lautes Seufzen. Ihr gebt nicht auf, sollte es bedeuten. Oder auch: Warum hört denn keiner hier auf mich? Das hat doch alles keinen Zweck.

»Ja natürlich. Ich habe da mindestens zwei Filmdosen voll, die ich aber vorher mal ein bisschen sortieren muss.«

»Und wirf auch ab und zu mal was weg, Mutter!«, sagte Mama. Ich lächelte Oma an. Wir werden es schaffen, mach dir keine Sorgen!, sagte mein Blick und ich wusste, sie verstand mich.

Natürlich hing ich bereits ab halb zwölf in der Lobby herum. Ich wollte Frans ja nicht aus irgendeinem dummen Zufall verpassen. Unruhig strich ich zwischen den aufgestellten Plakaten hin und her. Was hatte Mama vor? Plante sie schon heimlich den Verkauf? Oder hatte sie nur was mit dem Typ von gestern? Nur?! Das wäre eigentlich noch schlimmer.

Der Teppichboden war immer noch hier und da klebrig und weil ich das Kino nun mit den Augen von Frans sah, holte ich mir von Oma eine Sprühdose mit Teppichschaum und schrubbte damit auf den betreffenden Stellen herum. Ab und zu linste ich heimlich aus der Eingangstür. Die Sonne knallte vom Himmel, die Pfützen schienen auf dem schlammigen Parkplatz zu verdampfen, aber niemand war zu sehen.

Es war so still. Ich ging durch den Großen Saal und starrte auf die dunkle Leinwand und den Plattenspieler davor. Ich mochte, wie Horst aussah, wenn er tanzte. Er hatte dann so was Selbstsicheres. Beinahe vermisste ich ihn ein bisschen. Aber nur beinahe.

Ich war froh, dass er mich nicht stören konnte. Ich würde ihn erst aus dem *Herzensbrecher* steigen lassen, wenn Frans wieder weg war. Wann das sein würde, das wusste ich selbst nicht. Ganz spät, hoffentlich!

Frans kam kurz nach zwölf mit dem Fahrrad angefahren, ich beobachtete ihn heimlich durch die Tür. Dann ging ich ihm entgegen. Wie sollte ich ihn begrüßen? Gestern im *Wintergarten* hatte ich ihm nur eine Sekunde lang zugewinkt, dabei hatte ich mir doch vorgenommen, ihn zum Abschied zu umarmen! Aber nein, ich war mit dem schwarz-weißen Horst hinausgerannt und hatte es deswegen nicht hinbekommen.

Und jetzt? Ich grinste verlegen. Hilfe, er kam näher, was sollte ich tun? Aber bevor ich mir darüber Gedanken machen konnte, hatte er sich zu mir gebeugt und mich kurz umarmt. Ich versuchte, seinen Geruch aufzusaugen, aber da stand er schon wieder tausend Meter von mir entfernt. Ich war nervös und wenn ich nervös bin, dann rede ich vor mich hin und lache zwischendurch albern. Doch diesmal gelang es mir, mich innerhalb weniger Sekunden zu beruhigen, und ich begann auch wieder zu atmen. »Hallo.«

»Hey, schön, dich zu sehen. Heute keine Klamotten aus den

Fünfzigern? Ich finde ja, diese Zeit steht dir extrem gut!« Er schaute mich an, als habe er sein ganzes Leben darauf gewartet, mich in Petticoats oder Steghosen treffen zu dürfen.

»Danke.« Ich schaute an meinem schwarzen Kapuzenpullover herab. Mein Gott, wurde ich etwa rot? »Wie war dein Auftritt?«

»Gut. Für Sonntagabend waren 'ne Menge Leute da.«

»Cool.« Ich wusste nicht, was ich sonst noch sagen sollte. Aber das war nicht schlimm. Er stand hier, vor mir. Das war die Hauptsache!

»Ich habe übrigens gestern Abend was angesagt: ›Leute, wenn ihr am Samstag alle mit uns nach Kloppenbostel ins Kino geht, retten wir damit den alten *Titania Palast!*‹« Jetzt war es an ihm, etwas verlegen zu gucken. »War das okay so?«

»Perfekt! Komm, ich zeig dir, was vom ›alten *Titania Palast*‹ übrig ist.«

Ohne etwas zu sagen, schlenderten wir durch den Großen Saal. Es fühlte sich schön an. Das hier war einer dieser seltenen Menschen, bei denen ich nicht dauernd das Gefühl hatte, reden zu müssen. Doch irgendetwas störte mich und es dauerte ein paar Sekunden, bis ich herausgefunden hatte, was: Alles sah hier nach Horst aus. Der Plattenspieler, die altertümlichen Boxen und die Leinwand erinnerten mich an Horst. Ich hatte aber keine Lust, an Horst erinnert zu werden!

Doch Frans wollte offenbar von ihm reden. »Dein Cousin ist echt schräg, der zieht sein Retroprojekt ja bis zum Letzten durch. Ich könnte mir vorstellen, der rennt immer in diesen Klamotten rum.«

»Stimmt. Er kennt gar nichts anderes.«

»Erbt er mal den *Titania Palast* oder warum setzt er sich so dafür ein?«

»Nein, warum?« Oh, Mist. Wenn man log, sollte man sich

vorher eine genaue Geschichte zurechtlegen, mit allen Details!

»Na, doch. Äh, schon. Meine Oma möchte das gerne.« Wie ihr vielleicht ahnt, habe ich gar keinen Cousin, denn meine Eltern sind beide Einzelkinder.

»Komm, ich zeig dir den Vorführraum!«

Doch auch dort oben erinnerte mich alles an Horst. Die Rolle mit dem *Herzensbrecher* wartete stumm auf dem Projektor, der kleine Zettel darin markierte die Stelle, zu der ich vorspulen musste, um Horst heraussteigen zu lassen. Er lauerte darin und schien mich zu belauschen, als ich Frans jetzt einige Details über den Filmaufbau erzählte. Er hörte aufmerksam zu und schaute durch eins der rechteckigen Löcher in der Wand hinunter in den Saal.

»Mensch, in so einen Vorführraum wollte ich schon immer mal!«, sagte er andächtig. Er wandte sich um und strich über die hölzernen Fächer, in denen früher die kleinen Filmspulen aufbewahrt wurden. Sie waren durchnummeriert, damit man die Spulen nicht durcheinanderbrachte. Ich zeigte ihm das Gerät, mit dem die Filmstreifen zusammengeklebt wurden. »Und das kannst du alles? Wow. Finde ich toll. Und da unten tanzt du dann auch Rock 'n' Roll?«

»Ja. Muss noch verdammt viel üben. Ich hoffe, das klappt, ich stehe nicht so gerne auf der Bühne wie du.«

»Ach, ich auch nicht unbedingt. Bin froh, wenn ich mich hinter meinem Schlagzeug verstecken kann, ich mache das nur wegen der Musik.«

Ich lachte, doch als ich an meine Vorführung mit Horst dachte, wurde mir ganz mulmig. Andererseits freute ich mich aber auch darauf, von ihm über die Bühne gewirbelt zu werden. Er war zwar ein Angeber, aber auf der Tanzfläche war er echt … Ja, was denn nun? Warum waren meine Gefühle für ihn so durcheinander?

»Komm, wir gehen zu meiner Oma und holen uns Fotos für die Website.« Wir machten uns wieder auf den Weg hinunter ins Foyer.

»Okay. Dann kann ich dir auch zeigen, was ich schon vorbereitet habe. Habe mein Laptop dabei.« Er zeigte auf seinen Rucksack, den er die ganze Zeit auf dem Rücken trug. »Weiß nicht, ob du den Text gut findest. Für die Fotos habe ich Platzhalter gesetzt.«

»Wann hast du das denn alles gemacht? Heute Nacht? Heute Morgen?«

»Ich konnte sowieso nicht schlafen«, sagte er und schaute mich vorwurfsvoll an, als ob seine Schlaflosigkeit allein meine Schuld wäre. Das reichte schon, um mich wieder blöd grinsen zu lassen. Wir standen kurz vor dem Tresen herum und wollten gerade nach oben gehen, als Oma das Foyer betrat. Erst dachte ich, sie würde uns die Fotos bringen, doch sie konnte unmöglich mit einer Hand zwei große silberne Filmdosen tragen.

»Habt ihr das gesehen! Die Geier umkreisen uns schon! Dabei sind wir noch lange nicht tot!« Sie war außer sich. »Unmöglich! Und das Ganze eingefädelt von meiner eigenen Tochter!«

»Welche Geier genau, Oma?«

»Na, die Spekulanten. Die von der Gemeinde! Draußen. Sie sind überall. Hinten im Hof. Im Kirschgarten.«

Ich wies auf Frans. »Das ist Frans, den kennst du ja schon!«

»Gut, dass *Sie* da sind!« Oma schüttelte ihm enthusiastisch die Hand. »Wir müssen jetzt ganz dringend zusammenhalten!« Sie sah mich an. »Er nimmt es mir nicht übel, was ich neulich zu ihm gesagt habe, oder?«

»Nein«, antwortete Frans an meiner Stelle und lächelte sie so zurückhaltend und gleichzeitig so *sweet* an, dass mir ganz warm wurde. »Er nimmt es Ihnen nicht übel.«

»Schön!« Oma sah wirklich ein bisschen fertig aus in ihrem Outfit, das sie nun schon seit vier Tagen trug. »Wo ist Horst?«

»Noch nicht da.«

Ich zuckte mit den Schultern und hoffte, dass sie nicht irgendwas über Horsts Herkunft verriet, aber sie tat mir den Gefallen nicht: »Es ist schon zwölf! Willst du ihn nicht langsam mal rauslassen?«

Ich lachte, doch es hörte sich total künstlich an. »Also, man könnte ja glauben, er sitzt in einem Käfig.«

»Stimmt«, sagte Oma und nun schien auch sie verstanden zu haben, denn sie warf einen besorgten Blick auf Frans. »Wissen Sie, erst jetzt habe ich den Ernst der Lage erkannt. Halten Sie mich bitte nicht für verrückt, aber man will mir alles wegnehmen, der Feind rückt näher!«

»Oh, so was kenne ich. Mein Vater würde meinem Großvater am liebsten sofort die Vollmachten über seine Bankkonten entziehen, damit er nichts falsch macht, natürlich nur zu seinem Besten und so. Und die Gründe, die dazu geführt haben, sind ziemlich krass ...«

»Echt? Das ist ja übel.« Darum kümmerte Frans sich also? Dass sein Opa noch alleine Geld abheben konnte? Wie *sweet!*

»Vielleicht kennst du den Opa von Frans ja, Oma. Er kommt aus Bierbeek.«

»Ach ja? Lass mich mit dem Mannsvolk aus Bierbeek in Ruhe, ich kenne alle aus Bierbeek. Wer ist er denn?«

»Mein Opa wohnt erst seit ein paar Jahren hier, er heißt ...«

»Da!«, rief Oma in diesem Augenblick. »Da sind sie, die Schweine!«

Zusammen sahen wir durch die Glastür. Ein orangefarbener Kastenwagen schob sich über den Parkplatz.

»Die sind vom Vermessungsamt«, sagte Frans, der so dicht

neben mir stand, dass ich wieder den köstlichen Geruch seiner Haut wahrnehmen konnte.

»Da ist ja auch Mama!« Meine Mutter lief in Gummistiefeln über den Platz, ihre blonden Locken wehten hinter ihr her. Sie sah taff und gleichzeitig ziemlich elegant aus. Trotz Gummistiefeln!

»Wir gehen raus, na los! Lasst uns hören, was die hier wollen!« Oma stieß mit ihrer gesunden Hand die Eingangstür auf. Wir gingen ihnen entgegen. Mamas Gesicht verhärtete sich ein wenig, als sie uns sah.

»Was ist hier los, was wollen diese Herrschaften?« Oma stellte sich demonstrativ vor die Kühlerhaube des orangen Wagens, als ob sie sich gleich davorschmeißen wollte. Dass er vorher schon angehalten hatte, minderte den Effekt ein bisschen.

»Jetzt mal keine Aufregung«, sagte Mama. »Die Herren sind vom Gemeindeamt und wollen den Parkplatz vermessen. Die Gemeinde Kloppenbostel hat Interesse an einer Verlegung der Haltestelle gezeigt, direkt vor unsere Haustür. Das wäre doch praktisch, oder?«

»Niemals!« Oma baute sich vor einem der Männer auf. »Du! *Jung Kerl!* Pack deine vergammelten Messinstrumente besser gar nicht erst aus!«

»Mutter! Noch ist nichts entschieden, aber es wäre nur ein kleiner Streifen, höchstens ein Sechstel der Fläche.« Mama drehte Oma vorsichtig an ihrer Ganzkörperarmschlinge zu sich und beugte sich nah zu ihr. »Und es bringt einen Haufen Geld!«, zischte sie durch ihre Zähne, wobei es ihr noch gelang zu lächeln.

»Ach, Geld, ja! Darum geht es hier also nur noch!«

Oma schüttelte Mamas Hände ab, doch die ließ sich nicht einschüchtern: »Um was denn sonst, wenn der *Palast* nur noch Schulden abwirft?«

Frans nickte nachdenklich. »Ja«, raunte er mir zu, »um Geld geht es bei uns auch in letzter Zeit nur noch.«

Am liebsten hätte ich nach seiner Hand gegriffen, traute mich aber nicht.

»Nun lassen wir die Herren mal ihre Arbeit machen, nicht wahr?« Meine Mutter führte Oma wie eine Marionette in Richtung *Titania Palast*. »Noch ist nichts entschieden und vom Vermessen darf man sie nicht abhalten, auch wenn man als Grundstücksbesitzerin noch so sehr an seinem viel zu großen, unbenutzten, verschlammten Parkplatz hängt ...«

»Den der Deneke immer haben will, um einen Kartoffelacker daraus zu machen! Pah!«

»Dann gäbe es wenigstens *etwas* auf diesem Grundstück, was wachsen und gedeihen würde, oder?«

»Wann ist meine Tochter eigentlich so *butt* geworden?«, sagte Oma leise und ging kopfschüttelnd auf den Eingang zu. »So spöttisch und hämisch? Also, von mir hat sie das nicht!«

»Sorry, was war mit deinem Opa und dem Geld?« Plötzlich hatte ich das Gefühl, ich würde Frans nie richtig zuhören. Dabei hasste ich Leute, die einem nie richtig zuhörten.

»Na ja«, sagte er gedehnt. »Mein Opa hat sein Leben lang gearbeitet und sein eigenes Geld verdient, also darf er es auch ausgeben, wann er will und wie viel er will ... selbst wenn...«

»Kinners, was ist denn nun mit Horst?« Oma hatte ihre kräftige Stimme wiedergefunden. »Wir brauchen ihn doch hier!«

»Später, Oma! Wir machen jetzt erst mal die Website, oder?« Ohne Horst. Ich lächelte Frans an.

Oben in Omas Wohnzimmer öffneten wir die Filmdosen und suchten die schönsten Fotos aus. Es gab eine ganze Menge davon, die Auswahl fiel uns echt schwer.

»Guck dir das an!« Frans hielt mir ein großes Schwarz-

Weiß-Foto hin. Oma stand mit ihrem Mann davor. Meinem Opa, ihrem geliebten Karl-Heinz, den sie sich schon so früh auserwählt hatte. Über ihren Köpfen sah man die Anzeige: *Die Trapp-Familie. Sonntagsmatinee: 11 Uhr, wochentags: 15 und 20 Uhr.* Darüber ein gemaltes Plakat mit riesigen Köpfen. Oma sah sehr schick aus! Opa mit seinen Hosenträgern eher wie der Mann fürs Grobe. Sie passten dennoch gut zusammen.

»Das ist toll! Das kommt ganz oben auf die Website.«

Ich schaute mir auf dem Laptop an, wo er es einfügen wollte. Frans hatte wirklich ein Auge für Farben, Schrifttypen und das Layout. »Mit dem Text musst du mir dann aber helfen. Und wir müssen wissen, was nächste Woche gespielt wird. Ein Programm muss es ja auch geben.«

Ich nickte. »Ich glaube, das können wir zusammenstellen, stimmt's, Oma?«

»Habt ihr den Filmabend schon beim *Buxtehuder Tageblatt* gemeldet?«

»Nein.« Ich griff mir an die Stirn. »Haben wir irgendwie vergessen.«

»Ich ruf da an, ich kenne die Frau in der Redaktion, die über kulturelle Veranstaltungen berichtet. Die sind ja froh, wenn hier mal was läuft.«

Er schnappte sich sein Handy und ging auf den Flur. Oma und ich schauten uns an. Durch die angelehnte Tür hörten wir Frans kurz darauf reden.

»Ist ein ausgeschlafener Junge, *din* Verehrer.«

»Oma!«, flüsterte ich, denn ich befürchtete, Frans könnte mich hören. »Das ist doch nicht mein Verehrer!«

»Na, wer denn sonst? Der Horst?«

»Der auch nicht! Keine Ahnung.«

Da kam er schon wieder herein, das Handy noch am Ohr. »Sorry, ist es okay, wenn gleich heute jemand vorbeikommt?

Dann wäre es möglich, noch vor Samstag einen Artikel über den *Titania Palast* zu bringen.«

Ich schaute Oma an. Die straffte sich in ihrem Sitz und zupfte an ihrer Gipsarmschlinge herum. »Aber natürlich! Ein wenig Presse kann nicht schaden. Nur nicht vor heute Nachmittag, ich muss mich richtig anziehen. Und das dauert!«

»Werde ich weitergeben!«, sagte Frans. »Gegen vier? Da ist das Licht noch gut, wenn Fotos gemacht werden.«

Oma nickte würdevoll. »Wir werden bereit sein, nicht wahr, Ava?«

Später sollte ich dann mit aufs Foto, natürlich, damit hätte ich rechnen sollen. Auch dass Horst sich die Sache nicht entgehen ließ, hätte ich vorher wissen können. Aber der Reihe nach.

Frans war wieder weg. Er hatte einige Fotos mitgenommen und versprochen, sich gegen Abend zu melden, sein Opa brauche ihn heute dringend. »Wer hätte gedacht, dass Großeltern so arbeitsintensiv sein können?«, hatte er mit ernster Stimme gefragt, bevor er losprustete. Wir hatten gar nicht wieder aufhören können zu lachen. Natürlich hatten wir Handynummern ausgetauscht – und uns zum Abschied wieder umarmt. Sogar ein bisschen länger. Ich lächelte – es ging doch!

Ich lächelte sowieso dauernd, obwohl ich mich um meine »arbeitsintensive« Großmutter kümmern musste. Ich dachte an Frans, während ich meiner Oma die dünnen grauen Haare über der Badewanne wusch, und ich dachte über Horst nach, als ich sie zurechtföhnte. Die beiden waren so unterschiedlich!

»Ein schickes Outfit muss her!«, forderte Oma und riss mich aus meinen Gedanken. »Oder wie nennt ihr das immer?«

»Jawohl, meine Dame!«, imitierte ich Horst und befreite sie von ihrer Armschlinge. Doch da sie den Oberarm nur unter

Schmerzen bewegen konnte, hatten wir nicht viel Auswahl. Schließlich fanden wir ein hinten durchgeknöpftes Kleid, in das sie einfach hineinschlüpfen konnte, ohne den linken Arm anzuheben.

»Ach, so fühle ich mich doch wieder als Mensch!« Sie drehte sich, während ihr Arm mit dem Gips schlapp herunterhing. »Hilf mir bitte auch in die Schuhe, *min Deern!* Und die Schlinge lassen wir für das Foto erst mal weg!«

Ich tat, um was sie mich gebeten hatte, lief dann in den Vorführraum und befreite Horst aus dem *Herzensbrecher.* »Wie viele Tage sind vergangen?«, waren seine ersten Worte. »Hast du die Zeit ohne mich genutzt, um hemmungslos mit meinem Nebenbuhler herumzuschäkern?«

Nebenbuhler?! Was sollte das denn sein? »Das ist ja ’ne tolle Begrüßung! Ich habe *die Zeit genutzt,* um Werbung für uns zu machen, du Otto! Jemand von der Zeitung kommt! Wir haben tierisch viel zu tun!«

Horst maß mich von oben bis unten mit Blicken. »Otto? Du weißt schon noch, dass ich Horst heiße?« Er blinzelte mir zu und ich musste einfach laut loslachen.

»Ja. Schon noch.«

»Du lachst? Prima! Ich mag gut gelaunte Frauenzimmer.«

»Mann, Horst, du bist einfach ...«

»... unglaublich. Ich weiß! Aber was ist nun mit der Zeitung? Machen die auch Fotos?« Ich bejahte. »Dann bringe ich die Lettern oben über dem Eingang auf der Anzeigetafel an. Muss ja schließlich jeder sehen, was am Samstag hier läuft. Was soll da stehen, wie hast du das noch mal genannt?«

»Die erste Kloppenbosteler *Heartbreak Movie Night.* Kannst du so viel Englisch?«

»Ich bin nicht dumm, Baby, oder glaubst du, man hat mich beim Bettenmachen gefunden? Mit den Amis in der Milchbar spreche ich nur Englisch. *Hau du ju du?* Hahaa ... Die wissen sofort, was ich meine.«

Tatsächlich? Sein Selbstbewusstsein machte mich immer wieder fertig, aber ich konnte ihm deswegen nicht lange böse sein. »Schreib auch das Datum dazu!«

»Okay!«, sagte er. »Und lass uns heute im richtigen Kostüm dort stehen, wenn die uns knipsen! Das wird die Jugend anlocken.«

Die Jugend! Anlocken. Ja klar. Ich schüttelte den Kopf.

»Doch!«, beharrte Horst. »Petticoat, Turnschuhe, Pferdeschwanz. Auf dem Foto sieht niemand, dass du noch nicht richtig tanzen kannst. Und wenn die Pressefritzen wieder weg sind, üben wir, sonst wird das am Samstag nix!«

Mit dem Tanzen hatte er recht. »Meinetwegen, aber jetzt ist erst mal der Termin mit der Zeitung wichtig. Wir müssen den Eingang noch verschönern. Ich dachte, ich hole die zwei Blumenkübel mit Lavendel von Omas Balkon und stelle sie rechts und links von der Tür irgendwo drauf.«

»Na, da helfe ich dir fix. Bin ja nun mal ein Kavalier der alten Schule.«

»Ja.« Ich musste mir das Lachen echt verkneifen. »Das bist du. *Ganz* alte Schule.«

Horst schien Oma auf seine Seite gezogen zu haben, denn als ich nach den Verschönerungsarbeiten nach oben kam, um mir wenigstens ein frisches T-Shirt anzuziehen, lagen mehrere Sachen für mich auf meinem Bett. Ich stöhnte und besah mir die Klamotten näher. Musste das sein? Ein kurzer hellblauer Pullover mit bravem Kragen, doch wenigstens aus Baumwolle und nicht aus synthetischem Zeug. Das hatte es damals vielleicht noch gar nicht gegeben. Ein ausgestellter Rock, ziemlich lang, bis über die Knie, dazu ein richtiger Petticoat! Also echt, das Ding sah schon ziemlich cool aus! Ich strampelte meine enge schwarze Jeans von den Beinen, stieg in den Ring aus weißem Tüll und drehte mich hin und her. Na gut, zog ich den Rest eben auch noch an. Die weißen Tennisschuhe dazu und die Haare zu einem Pferdeschwanz hochgebürstet, erst dann schaute ich in Omas Spiegel.

Wow! Ich war völlig verändert. Ich hatte eine Taille und in dem engen Pullover stand mein Busen ziemlich vor. War aber trotzdem ganz okay. »Oma!«, rief ich und ging in die Küche, traf dort aber nur auf Horst.

»Mein lieber Herr Gesangsverein!«, war sein Kommentar. »Du bist eine Granate!«

Ich rollte mal wieder mit den Augen. »Ich mache das einzig und allein für den *Titania Palast*, merk dir das, du Gesangsverein!«

Einen Augenblick lang herrschte Stille. Dann prusteten wir beide los.

Die Frau vom *Buxtehuder Tageblatt* trug ein auffälliges weißes Brillengestell und kritzelte Omas Antworten auf einen kleinen Block. Sie hatte einen Fotografen mitgebracht, der ganz aus dem Häuschen war, als er zu fotografieren begann. »Das sind ja hier die Fünfziger pur! Dieser Tresen! Diese Lampen! Das sind tolle Motive!« Er scheuchte uns hierhin und dahin und blieb lange im Großen Saal.

Vor dem Eingang standen wir dann alle drei zusammen. »Was sollen wir tun?« Oma drehte sich so, dass ihr Gips nicht zu sehen war. Sie sah richtig elegant aus, fast wie früher. Horst hielt mich an der ausgestreckten Hand, als ob wir gleich lostanzen wollten. »Das ist gut, das ist gut!«, feuerte der Fotograf uns an. »Tanzt ruhig ein bisschen!«

Das musste er Horst nicht zweimal sagen, was sollte ich also anderes tun, als mitzumachen? Der Fotograf gab Kommandos: »Dabei in die Kamera schauen!« Super, wenn man nicht wusste, was man mit seinen Beinen machen sollte. »Okay, reicht!«

Ein letztes Mal zog Horst an meiner Hand und ich drehte mich in seine Arme. »Jawoll, junge Dame, Sie haben den Rhythmus im Blut!« Er zog mich noch dichter an sich, schlang mir den Arm um den Hals und drückte mir einen Kuss auf mein Haar. Es war komisch, aber ich mochte seine Nähe, sein Körper fühlte sich so vertraut und gut an, dass ich ihn selbst noch etwas fester an mich zog und aus Spaß einen Kuss in die Luft knallte, wie manche Promis das vor der Kamera tun: »Muuah!«

Die Kamera klickte wieder und ich hob abwehrend die Hand. »Das kommt aber bitte nicht in die Zeitung!« Mit einer kleinen Drehung befreite ich mich von Horst.

Wir trafen uns oben im Vorführraum, um Ruhe vor Mama zu haben, die mit Block und Stift durch das Gebäude streifte und sich Notizen machte. Wenigstens würden wir sie hier frühzeitig hören. Ich fragte Oma nach Geld. »Fünfzig Euro oder so würden schon reichen. Getränke sind noch da, Maiskörner für Popcorn auch noch, aber wir brauchen Süßigkeiten, um für Samstag und die kommende Woche die Vitrinen aufzufüllen.«

»Wenn du meinst?«

»Ja, Oma. Das ist wichtig!«

»Na gut. Dann hol mir doch eben *min Knipptasch* aus der Küche«, bat sie mich.

Horst, der in den alten Filmzeitschriften blätterte, maulte: »Wir wollten doch tanzen!«

»Machen wir auch gleich, aber erst müssen wir das mit den Süßigkeiten klären!«

War ich die Einzige, die hier durchblickte, was Sache war? Ich lief los, Treppen runter, Treppen wieder hoch, sieben Türen auf und zu, dann alles andersherum, bis ich wieder im Vorführraum stand. »Hier!«

Da Oma die Geldbörse mit einer Hand nicht öffnen konnte, tat ich das für sie. Nichts. Nur ein bisschen Kleingeld. »Ich fürchte, das sieht schlecht aus«, sagte Oma.

»Und auf deinem Konto?«

Sie zuckte nur mit den Schultern.

»Kinder, da ist wohl Hängen im Schacht.« Horst grinste, warf seine Haartolle zurück und setzte dann eine gewollt besorgte Miene auf.

»Könnte es sein, dass *du* die letzten Vorräte weggefuttert hast?«, fuhr ich ihn an. »Ich habe hier mindestens dreißig braune Snickers-Papiere im Vorführraum gefunden und weggeworfen.«

»Nun, es besteht die Möglichkeit, dass ich die recht gerne mochte. So was gibt es bei uns ja nicht. Ich darf die ganze Zeit gar nichts essen. Nur die Kartoffelpuffer von Greta und die sind salzig und schwarz-weiß! Und die Milchshakes in der Bar darf ich schlürfen, aber die schmecken auch nicht. Nichts schmeckt, wenn es schwarz-weiß aussieht!«

»Das tut mir aber leid!« Doch er hörte den ironischen Unterton in meiner Bemerkung wieder nicht, denn er antwortete: »Ach, bin's ja nicht anders gewohnt!«

»Ich habe noch ein bisschen Geld. Dreißig Euro.« Papa hatte mir vor den Ferien mein Taschengeld gegeben. »Vielleicht können wir meine Mutter bitten, irgendwo einzukaufen, wo es günstig ist.«

»Ausgerechnet Marlene sollen wir fragen?« Oma machte ein abfälliges Geräusch. »Sie holt uns die ganze Zeit nur Ärger ins Haus!«

»Sie macht sich eben Sorgen um deine finanzielle Situation.« Ich trat an das Guckloch und sah, wie Mama unten durch den Großen Saal tigerte. In diesem Moment guckte sie an die Decke und schrieb dann irgendwas auf. Schnell zog ich den Kopf zurück. »Ich glaube, wenn sie sieht, dass wir am Samstag jede Menge Leute zusammenkriegen und in der Woche darauf auch noch, dann wird sie beruhigt sein.«

»Sie soll die braunen Schokoriegel nicht vergessen! Diese *Schniggers.*«

»Die sind für unsere Zuschauer, die hier hoffentlich bald auftauchen!«

»Ja, dann füllt sich unsere Kasse, wir kaufen neu ein und du bekommst deine Knete zurück. Lass uns jetzt tanzen üben! Du siehst gerade so aus, als ob du 'ne flotte Sohle aufs Parkett legen wolltest!«

Ich seufzte, zog an meinem Rock und schaute wieder auf mein Handy. Er hatte immer noch nicht geschrieben. Warum, verdammt noch mal, meldete Frans sich nicht? Er hatte jetzt doch meine Nummer! Keine Ahnung, wie er es machte, aber Horst schien zu spüren, auf was ich wartete. »Was schaust du denn so sauertöpfisch?«

»*Wie* schaue ich?!«

»Hat er in deinem kleinen Schächtelchen noch nicht durchgeklingelt?«

»Das geht dich nichts an, Horst.«

Er bedachte mich mit einem Blick, der plötzlich gar nicht mehr gut gelaunt aussah, und warf erneut seine Tolle zurück. »Nun, wir sollten endlich anfangen.«

Es war gar nicht so schwer. Nach einer Stunde hatte ich neben dem Grundschritt auch ein paar Platzwechsel gelernt und wusste, wie ich mich verhalten sollte, wenn ich nicht weiterwusste. Einfach lächeln und weitertanzen!

Zwischendurch kontrollierte ich mein Handy, doch es blieb

stumm. Nur ein paar Nachrichten von meinen Freundinnen Jana und Elena aus Italien. Sie hatten zwei Jungs am Strand kennengelernt.

Habe auch zwei sehr coole Jungs kennengelernt, schrieb ich beiden zurück.

Prompt kam die Antwort: *Zwei? AVA! Du kleine Bitch!*

Ich schrieb: *Einen könnte ich also abgeben. Weiß nur noch nicht, welchen …*

Ich stellte mir ihre erstaunten Gesichter vor und freute mich. In Hamburg hatte ich noch nie jemand kennengelernt, den man hätte erwähnen müssen, und nun, auf diesem öden Dorf im Alten Land, gleich zwei. Doch ich hatte gelogen. Niemals hätte ich Frans an eine von ihnen abgetreten. Und wenn ich ehrlich war: Horst auch nicht!

Oma brachte uns eine Flasche Sprudel und sah uns von ihrem Sessel aus ein bisschen beim Trainieren zu. »Leider kann ich nicht in die Hände klatschen«, sagte sie, als ich außer Atem neben ihr stand und echt nicht mehr konnte. »Aber das sah schon richtig gut aus.«

»Liegt auch an Avas Kleidung!« Horst strich sich die Haare zurück und stopfte sich das Hemd in die Hose. »Stellen Sie sich vor, sie würde in ihrem lumpigen schwarzen Pullover mit der Kapuze tanzen, Mutter Luise!«

»Danke! Sehr motivierend, Horst!«, sagte ich, doch ich lachte. Es machte einfach total Spaß, so schnell zu der Musik herumzuhüpfen, und Horst war ein geduldiger Lehrer und gab Tipps, mit denen ich echt was anfangen konnte.

Nachdem ich Horst beigebracht hatte, wie man Pfannkuchen macht, farbige Pfannkuchen (er rastete beinahe aus, als er sah, dass Eigelb tatsächlich gelb war), und wir sie gegessen hatten, gingen wir in die Scheune.

»Ich glaube, Mama hätte etwas dagegen, wenn ich Motorrad fahren lerne.«

»Dann bringe ich es dir hier drinnen heimlich bei. Platz ist doch genug.«

»Obwohl ...« Ich überlegte. »Vielleicht können wir doch auf dem Hof fahren. Mama ist gerade so abgelenkt, sie hat noch nicht mal gemerkt, dass es heute zum zweiten Mal innerhalb von drei Tagen Pfannkuchen gab.«

»Wir fangen in der Scheune an.« Er nahm mich an den Schultern und hielt mich fest. »Und wenn du den Motor nicht mehr abwürgst, darfst du nach draußen.« Ich grinste, er klang wie ein fürsorglicher Papa. Doch zunächst mal bekam ich die Maschine gar nicht erst an und beinahe wäre sie mir auch umgekippt, wenn Horst sie nicht im letzten Moment festgehalten hätte. Er trat den Kickstarter für mich hinunter und zeigte mir, wie ich rechts Gas geben und links die Kupplung ziehen musste.

»Kupplung langsam kommen lassen, bisschen Gas geben, losfahren!« Er stand dicht neben mir und da er mein Gesicht nicht sehen konnte, schloss ich die Augen und atmete tief ein. Nach was roch er? Nach Leder, klar, von seiner Jacke, und nach frisch gebügeltem Hemd, obwohl er das ja nun schon seit Tagen trug. Und nach etwas, was in seinen Haaren war.

Ich machte alles genau so, wie er gesagt hatte, und fuhr los. Leider zu schnell und wenn ich die Maschine nicht vor Schreck abgewürgt und mit den Füßen gebremst hätte, wäre ich in Omas schönen alten Kleiderschrank gefahren.

»Rechts über dem Gasgriff gibt es eine Handbremse, Fräulein!«

»Das hast du mir nicht gesagt!«, rief ich empört. Mein Herz klopfte vor lauter Adrenalin.

Doch kurze Zeit später konnte ich es. Ich stieß einen Freudenschrei aus. Nie hätte ich gedacht, dass Motorrad fahren so einen Spaß machen konnte! Ich fuhr Runde um Runde und obwohl die Scheune recht groß war, hingen die Abgase bald dick in der Luft.

»Hier, nimm den. Damit deine Mutter nicht böse werden kann!« Nachdem Horst mir den Eierschalenhelm aufgesetzt und ihn behutsam festgezurrt hatte, öffnete er die große hölzerne Flügeltür und ich fuhr nach draußen auf den Hof. Auch hier drehte ich weite Kreise und bekam mein Grinsen gar nicht mehr aus dem Gesicht. »Dass das so geil sein kann!«, rief ich.

»Dass das *was* sein kann?« Er wurde rot.

»Dass das so toll sein kann, hätte ich ohne dich ja niemals gewusst!«

»Baby, es gibt noch eine ganze Menge, was du von mir lernen kannst!« Er blinzelte mir zu.

»Wow! Und das wäre?«, rief ich, während ich meine Runden drehte.

»Die Liebe zu verstehen!«

»Super, Horst! Darauf habe ich ja echt gewartet!« Wir lachten.

»Hast du nicht noch was anderes zu bieten?«, fragte ich.

»Zum Beispiel richtig küssen!« Er verschränkte die Arme vor der Brust und stellte sich breitbeinig in die Mitte des Hofes.

»Oh, come on! Was ich da auf der Leinwand gesehen habe, war nicht gerade überzeugend …« Ich fuhr auf ihn zu, zog aber rechtzeitig Kupplung und Bremse und hielt vor ihm an. Lässig setzte ich beide Füße auf den Boden.

»Wie bitte? Nicht überzeugend?«

Bevor ich es verhindern konnte, hatte er meinen Kopf, also besser gesagt den Helm gepackt und hielt mich fest. »Hinter der Kamera küsse ich besser als davor!« Er kam ganz nah mit seinem Gesicht. Hat er ein Glück, dass er immer so gut nach

Pfefferminz riecht, dachte ich und blieb seltsamerweise ganz ruhig.

Dann zeig mir doch mal, wie das geht. Ich hatte zwar schon einmal einen Jungen geküsst, aber das war nur aus Versehen beim Flaschendrehen passiert. Unsere Lippen waren zwei Sekunden aufeinandergepresst gewesen. Das galt nicht. Und nun also Horst.

Er legte seine Lippen ganz leicht auf meine. Wow. Seine waren ganz weich und warm. Ich hörte seinen Atem. Eine Sekunde verging. Zwei. Drei. »Ich glaube, man muss den Mund aufmachen«, wisperte ich und hoffte, dass mein Atem genauso frisch war wie seiner. »Das machen die in den alten Filmen zwar nie, aber es ist so.«

»Ach ja?«, flüsterte er zurück. »Die Dame kennt sich aus?«

»Nicht wirklich«, sagte ich und fing an zu lachen. »Ich glaube, die Dame braucht Nachhilfestunden.«

»Bleiben Sie bitte gefasst und befolgen Sie die Anweisungen, dies ist eine seriöse Angelegenheit!« Auch Horst hatte Mühe, ernst zu bleiben. Ich sah, wie er die Augen schloss, und öffnete meinen Mund. Ich spürte seine Zunge an meiner. Es fühlte sich fremd an und gleichzeitig total schön. Ich wagte mich ein wenig vor, er küsste mich zurück, seine Hände rutschten vom Helm auf meine Wangen und es kribbelte leise, als der magische Strom nun noch viel stärker von ihm zu mir floss. Er knabberte an meiner Unterlippe, bis ich lachen musste. »Pscht!«, sagte er und drehte mit einer kurzen Bewegung den Zündschlüssel um. Das Motorrad verstummte. Wieder küssten wir uns.

Er räusperte sich, als er sich von mir löste. Wir schauten uns an. Was war das gewesen? Horst grinste leicht: »Tritt die Maschine mal wieder an und fahr sie rein.«

Erst jetzt bemerkte ich, dass die Sonne schon ziemlich tief

stand. Meine Güte, wie lange hatten wir hier im Hof gestanden? »Müsstest du nicht längst wieder zurück?«

»Ich habe probiert, es hinauszuzögern. Und ich glaube, ich mache Fortschritte damit, guck, ich bin noch immer farbig!«

Ich sah ihn prüfend an. Es stimmte.

»Das war also alles nur ein Experiment?« Ich stemmte mit gespielter Empörung meine Hände in die Seiten.

»Ja, und du küsst sensationell, das hat mich abgelenkt! Danke, dass du dich für meinen Selbstversuch geopfert hast.«

»Gern geschehen.« Ich grinste, sein Humor gefiel mir. »Danke für die Nachhilfestunde.«

»Doch jetzt … Himmeldonnerwetter, ich glaube, mir wird gerade schlecht …« Er rannte in den Kirschgarten und verschwand hinter einem Baumstamm. Ich hörte, wie er sich übergab, und sofort wurde mir auch übel.

»Das ist gefährlich!«, sagte ich zu ihm, als er wieder auftauchte und sich den Mund an seinem Stofftaschentuch abwischte. »Stell dir vor, dein Körper überspringt das Schwarz-Weiß-Werden, dir wird nur noch schlecht und du löst dich kurz danach auf. Einfach so!«

Nun schien auch Horst verstanden zu haben. »Wirf den Projektor an!«, rief er und sprintete los. Da ich nicht wusste, wie man das Motorrad aufbockt, lehnte ich es hastig an einen der alten Kirschbäume und folgte ihm.

Den Rest des Nachmittags verbrachte ich damit, erstens das Motorrad zu putzen und zweitens über die Liebe und die Jungs nachzudenken. Das Motorrad glänzte bald. Aber Punkt zwei machte mir echte Probleme. Dauernd sah ich das Gesicht von Frans vor mir und seine Augen, ich hörte seine Stimme, und dann funkte wieder Horst dazwischen und ich fühlte seine magisch britzelnden Hände in meinen und seine erstaunlich starken Arme, die mich bei dem *Kleinen Todesflieger* nach oben stemmten. Den *Großen Todesflieger* konnten wir noch nicht. Und ich dachte natürlich über diesen Kuss nach. Dieser endlose Kuss. War der wirklich nur Training gewesen? Ein Experiment für ihn? Oder eine Nachhilfestunde für mich? Hatte er ja selbst gesagt. Für ihn gab es ja auch noch Greta. Ich konnte es drehen und wenden, wie ich wollte. Es blieb verwirrend. War ich wirklich nur unwissend, was das Verlieben betraf, oder doch eine *bitch?* (So nannten die Mädchen in meiner Klasse eine, die mit zwei Jungs rummachte.) Ich dachte an Horst und das, was da zwischen uns geschehen war, und schaute ab und zu auf mein Handy. Nichts!

Erst am frühen Abend bekam ich eine WhatsApp von Frans. Mein Herz machte einen Satz vor Freude, als ich sein Profilbild neben der Nachricht sah. *SORRY!* Und auch noch in Großbuchstaben. So sehr tat es ihm leid! *Wollte mich viel eher melden. Gerade ein bisschen schwierig hier mit dem alten Herrn. Website erst morgen fertig. Du musst dann noch den Text einfügen.*

Ich war erleichtert! Er hatte nicht eher geschrieben, weil er so viel mit seinem Opa zu tun hatte. Um nicht sofort zu antworten, setzte ich mich an meinen Laptop und begann, ein paar Zeilen zu entwerfen. Ich würde ihm erst morgen schreiben und ein neues Treffen ausmachen.

Am nächsten Morgen überlegte ich gleich nach dem Aufstehen, wie ich meine Nachricht an Frans am besten formulieren sollte. Was sollte ich überhaupt schreiben? Und Frans hatte keinen Smiley mitgeschickt, sollte ich ihm dann auch lieber keinen schicken? Ob ich Jana und Elena per WhatsApp fragen sollte? Horst konnte ich in diesem Fall als Ratgeber ausschließen ... Noch ganz in Gedanken, schlurfte ich in meinem Pyjama hinüber in die Küche. Die Sonne schien durch die kleinen Fenster direkt auf den Tisch und es roch köstlich nach Kaffee, Brötchen und warmer Milch, die jemand sogar mit dem Schneebesen aufgeschäumt hatte. Mama schien gut gelaunt, sie hatte ihren Laptop ausnahmsweise einmal nicht neben sich aufgeklappt, sondern las die Zeitung.

»Na, guck mal einer an«, sagte sie, als ich gerade in mein erstes Brötchen biss. »Das ging aber schnell! Und so ein langer Artikel dazu.« Sie reichte Oma eine Seite der Zeitung, die sie mit ihrer gesunden Hand entgegennahm und dicht vor ihre Augen hielt.

»Oh, da hat der Fotograf mich aber von meiner Schokoladenseite aufgenommen!« Oma sah Mama triumphierend an: »Wir werden es schaffen, du wirst sehen!«

»Mutter!« Mama setzte ihr vernünftiges Anwaltslächeln auf. »Ich wünsche es mir ja auch, dass es mit dem Kino wieder bergauf geht! Hier alles zu verkaufen, ist das Letzte, was ich möchte! Sieh das doch bitte ein!«

»Ach, du trommelst doch schon zum Sommerschlussverkauf!« Oma schnaubte empört.

»Ich sorge mich um dich und deine Zukunft, verschließe meine Augen aber nicht vor der Realität, wie du es seit Jahren tust, Mutter!«

»Lass sehen, was schreiben die über unseren *Palast?«,* sagte ich schnell, um den Streit zwischen den beiden zu beenden, und probierte von meinem Milchkaffee. Aber als ich die Aufnahme des Fotografen sah, blieb mir der Schluck in der Kehle stecken und ich musste husten und versprühte ihn über das ganze Blatt. Nur das Foto blieb wie durch ein Wunder frei von Kaffeeflecken.

Man sah den Eingang des *Titania Palasts* und die Anzeigetafel mit dem Datum unseres Filmabends. Super Werbung!

Auch Oma war wirklich vorteilhaft getroffen. Sie wirkte energiegeladen und selbstbewusst. Aber der Rest war eine Katastrophe!

Verdammt! Der blöde Fotograf hatte ausgerechnet das Foto ausgewählt, auf dem Horst mich gerade küsste! Ich hatte die Augen zu und lachte selig mit meinem Kussmund, als ob ich mich gleich verliebt vor seine Füße werfen wollte. Eins stand fest: Es sah überhaupt nicht wie ein Spaß zwischen Cousin und Cousine aus!

13

Jeder hier liest diese Zeitung! Und er garantiert auch! Und dann sieht er mich so! *Uns!*«

»Ruf ihn doch an und erklär ihm, dass du nichts dafür kannst.«

»Ich kann ihn doch jetzt nicht anrufen!«

Horst schaute mich ratlos an. »Warum nicht? Wenn du es mit deinem kleinen Kästchen machst, musst du dazu ja noch nicht mal in eine Telefonkabine! Und zwei Groschen brauchst du auch nicht.«

»Stimmt. Aber das macht es nicht einfacher.« Wir schauten uns an. »Warum hast du das bloß gemacht?«

»Was?«

»Na, diesen Kuss!«

»Welchen? Den aus der Zeitung oder den im Hof?«

»Beide!«

»Ich weiß nicht. Warum küsst man jemanden?«

»Keine Ahnung!« Ich wollte mich mit dieser Frage jetzt lieber nicht befassen. »Weil man ein ›Experiment‹ durchführen möchte?«

Er wandte sich ab. »Ich habe gedacht, ich helfe«, murmelte er. »Also da draußen vor dem Kino.«

Oh Mann, jetzt war er auch noch beleidigt. »Da hast du absolut falsch gedacht!«, sagte ich, doch ich wusste in diesem Moment, wie unfair ich war. Dann kam mir eine Idee. »Egal. Sorry.« Ich versuchte es mit einem freundlicheren Ton. »Vielleicht kannst du mich heute Abend in den *Wintergarten* fahren?« Dort möchte ich Frans nämlich gerne treffen, falls ich es schaffe, mich mit ihm zu verabreden, dachte ich.

»Ach, ich darf dich da hinfahren, ja?«

»Ja. Als Entschädigung für das Foto sozusagen!«

»Aber nicht bleiben?«

»Doch. Klar, wenn das zeitlich hinkommt.« Es kam nicht hin, das hatte ich schon ausgerechnet.

»Und dich wieder abholen?«

»Ja sicher, warum denn nicht?« Ich grinste. Die Vorstellung gefiel mir immer besser. Ich wollte mit Frans nicht am Telefon über das Foto reden. Ich wollte ihn sehen und ihm direkt alles erklären. Als Vorwand musste natürlich die Seite herhalten, die wir fertig machen wollten. Ich würde meine Texte ausdrucken und mitnehmen, und wer weiß, wenn er wirklich so nah am *Wintergarten* wohnte, könnte er ja seinen Laptop holen. Oder ich ging mit zu ihm, ins Haus seines Großvaters. Bei dem Gedanken wurde mir ganz flau im Magen. Ob vor Freude oder Anspannung, konnte ich nicht so genau feststellen.

Mama hatte nichts dagegen, dass ich in den *Wintergarten* wollte. »Na endlich fängst du mal an auszugehen«, sagte sie. »Ich hatte schon Angst, dass du immer nur zu Hause hocken willst. Ach, wenn ich da an meine Jugend denke, ich war ja dauernd unterwegs.«

Natürlich hatte ich schon früher mal von Mamas Jugendabenteuern gehört, aber erst jetzt kapierte ich wirklich, dass das ja alles hier stattgefunden haben musste. »Also auch in Bierbeek?«

»In Bierbeek, in Steinfeld und Buxtehude, überall. Am Wochenende war ich manchmal nachmittags für die Kindervorstellung zuständig, aber das habe ich gern gemacht, damit Luise und Karl-Heinz auch mal was unternehmen konnten.« Wenn Mama aus dieser Zeit erzählte, nannte sie ihre Eltern beim Vornamen. Das war damals »in«, behauptete sie.

»Aber wenn ich abends wegwollte, hatte dein Opa immer Verständnis!«

»Gab es den *Wintergarten* damals schon?«

»Da, wo heute der *Wintergarten* drin ist, war ganz früher das alte *Tanzcafé Wahlen*. Danach war es lange Zeit die *Musicbox* und irgendwann, so ab 2004, stand es leer. Das waren heftige Zeiten in der *Musicbox* … ganz Buxtehude kam extra dort hingefahren, so angesagt war der Laden.«

Oh nein, ich wollte gar nicht wissen, was Mama da alles erlebt hatte.

»Manchmal bin ich von da aus nachts zu Fuß nach Hause gegangen, im Sommer mit einem kleinen Umweg über den Appelbeeker See.« Sie schaute mich erschrocken an. »Nicht, dass du mir zu Fuß gehst, hörst du!«

»Nein. Horst bringt mich und holt mich auch wieder ab.«

»Aha. Horst ist also nur der Fahrer. Ja, solche Jungs gibt es immer. Ich nannte sie früher immer meine Fans. Es gab die Fans und es gab die Bewunderten. Und dann gab es noch Kandidaten aus der Rubrik …«

»Mama!«

»Was denn?«

»Ich will das nicht so unbedingt wissen.«

»Na, okay. Das war lange vor der Zeit mit Papa, falls du das meinst.« Sie lächelte mich an. »Der soll bloß vorsichtig fahren, der Horst. Und mit wem triffst du dich? Mit dem anderen? Mit diesem Website-Frans?«

Ach, sie hatte also doch zugehört. »Ja. Er ist cool. Er spielt Schlagzeug.«

Sie lächelte mich wissend an. Irgendwie ärgerte mich das. Sie meinte, sie wusste, was mit mir los war, dabei hatte sie keine Ahnung. Ich verstand mich ja selbst nicht. »Wann bist du wieder da?«

Ich zuckte mit den Schultern. Ich hatte es ja noch nicht mal geschafft, mich zu verabreden!

»Sagen wir um elf? Aber nicht später. Ich verlass mich auf dich!«

Ich schnappte nach Luft. So spät? Die anderen Mädchen aus meiner Klasse durften meistens nur bis zehn raus und ich hatte nicht mal gefragt!

»Wenn Horst nicht pünktlich ist: Der letzte Bus fährt um 22:40 Uhr in Bierbeek vor dem Café los. Das war damals schon so, den habe ich auch immer bekommen müssen.«

Ich zuckte mit den Schultern. Irgendwie fühlte es sich komisch an, nichts zu motzen zu haben und für nichts kämpfen zu müssen, Mama hatte meinen ganzen Abend schon durchgeplant. Doch ich konnte darüber nicht weiter nachdenken, denn nun musste ich die schwere Frage beantworten, wie ich mich überhaupt für diesen Abend mit Frans verabreden konnte. Und was sollte ich anziehen? *Oh no*, wenn es danach ging, sollte ich sowieso zu Hause bleiben, ich hatte ja nichts Brauchbares! Und wen sollte ich um Rat fragen? Mama? Oma? Horst? Na toll, das war ja eine super Auswahl! Es würden die unterschiedlichsten, verrücktesten Vorschläge dabei herauskommen, aber ich riskierte es trotzdem.

Ich erwischte Horst im Vorführraum, wo er sich gerade darin versuchte, alte Filmstreifen zusammenzukleben. »Warum machst du das?«, fragte ich und ging näher. Er blickte von seiner Arbeit auf und wieder konnte ich nicht an seinem Mund vorbeischauen. Wenn das richtiges Küssen war, was wir da neulich auf dem Hof erlebt hatten, dann war es gut!

»Ich möchte auch Filme aufbauen können. Die Streifen hier hat mir Mutter Luise gegeben, dann kann ich sie entlasten, wenn du wieder in Hamburg bist und unser Programm hier jeden Tag läuft!« Er haute auf die kleine Klebemaschine, um zwei Filmschnipsel zusammenzufügen, und ich schaute ihn von oben bis unten an. Eigentlich keine schlechte Idee.

»Sag mal, wie ging das damals, als ihr euch mit Mädchen verabredet habt?«

»Damals?«

»Na ja, für mich ›damals‹, für dich ›heute‹. Wie machst du das? Magst du es, wenn ein Mädchen dich anruft? Sofort zurückruft? Soll sie den ersten Schritt bei einer Verabredung tun?«

»Wieso? Willst du dich mit mir verabreden?« Sein rechter Mundwinkel zuckte und seine Augen umwölkten sich.

»Nein!« Ich verschränkte die Arme vor der Brust. »Ich will das nur kapieren. Also, was soll sie anziehen? Eher bedeckt oder so, dass alle gucken?«

Er schüttelte den Kopf. »Niemals! Ein Mädchen sollte niemals den ersten Schritt machen. Wenn sie mir hinterherläuft, ist sie schon nicht mehr interessant für mich.«

Aha. Also nie hinterherlaufen.

»Ich möchte jagen! Ich möchte um sie kämpfen müssen! Es darf auf keinen Fall zu einfach sein. Wie bei einem Jäger, weißt du? Wenn sich das Reh vor seiner Flinte auf den Boden wirft und noch ›Nun schieß doch!‹ schreit, hat der auch keinen Spaß mehr dran!«

O Gott, Horst, geht's noch? Was für ein Vergleich!

»Wenn sie sich mir bereitwillig darbietet, ist sie ein Flittchen.«

»Das reicht, Horst. Ich hab's verstanden!« Ich war mal wieder kurz davor, wütend zu werden, doch ich riss mich zusammen. »Und die Kleidung?«

»Dass alle gucken?! Nein, bei meinem Mädchen doch nicht!

Also, ich riskier ja gern mal 'nen Blick auf ein fesches Girl und die Greta, die sah sehr heiß aus, als sie da zum ersten Mal in der Milchbar stand.«

Ich nickte. Was für eine dämliche Zeit, damals! »Heiß. Okay. Deswegen wolltest du sie ja auch unbedingt ... kennenlernen?«

»Ja, natürlich. Aber im Film habe ich die Monika am Hacken, da kann ich nicht einfach weg.«

»Also läufst du Greta heimlich hinterher.«

»Na klar. Aber sie darf keineswegs billig oder zu verführerisch wirken wie ein leichtes Mädchen! Im *Wintergarten,* da waren schon so ein paar Kandidatinnen ... für eine Nacht.« Er kam auf mich zu. »Ava! Du bist kein Mädchen für eine Nacht. Verkauf dich nicht unter Preis!«

Booah! Echt jetzt?! »Danke für den Tipp!«

»Du bist umwerfend. Lass bloß keinen ran!«

»Ran?«

»Na, außer mich natürlich!« Er lachte.

»Und dann? Danach. Wäre ich uninteressant?«

Er zuckte mit den Schultern. »Nein, natürlich nicht.«

Also was denn nun? Erst soll ein Mädchen heiß aussehen, aber wenn man es erobert hat, dann nicht mehr? Ich war verwirrt und wütend und ließ Horst bei seinen Filmklebeexperimenten zurück, um Oma zu befragen.

Oma stand draußen vor dem Eingang und hielt ihre elfenbeinfarbene Spitze in der gesunden Hand, aber die Zigarette darin war nicht angezündet.

»Oma, ich will mich heute Abend verabreden, aber ich weiß nicht, wie!«

»Ach, wie schön, *min Deern.* Horst ist oben im Vorführraum!«

»Ja. Ich weiß. Es ist aber nicht Horst, mit dem ich mich verabreden will.«

»Nicht?« Oma zog an ihrer kalten Zigarettenspitze. »Dann also der Frans?« Sie wartete meine Antwort nicht ab. »Hat er dir schon ein Zeichen gegeben? Ist er frei?«

Ich zuckte mit den Schultern. »Oma! Ich will ihn ja nicht heiraten! Aber ja, wir haben uns schon gut unterhalten.«

»Hat er dir zugehört? Männer, die nicht zuhören und immer nur von sich selbst erzählen, sind nix!«

»Nein, er hört zu! Er hätte endlos mit seinem Schlagzeugspielen und seiner Band angeben können, hat er aber nicht.«

»Und nun bist du dir nicht sicher, ob du den ersten Schritt tun sollst.«

»Genau.« Und ob *er* es sein soll oder Horst, weiß ich auch nicht genau. Immerhin kannte ich Horst inzwischen schon besser als Frans und ich hatte ihn geküsst, was richtig schön gewesen war.

»Ich weiß nicht, ob ich dir helfen kann.« Oma blinzelte nachdenklich in die Sonne, die an diesem Morgen erstaunlich warm vom Himmel strahlte. »Zu unserer Zeit war es so, dass wir schon ausdrückten, was wir wollten. Doch wir haben es nie direkt gesagt, sondern gewisse Spielchen gespielt.«

»Ach, echt? So mit Taschentuch fallen lassen und bestimmte Blumen schenken?«

»Ja.« Oma seufzte. »Du konntest zufällig mit Freundinnen an der Ecke stehen, wo er vorbeikommen würde. Aber nie alleine und nie zu offensichtlich! Lass dir nicht anmerken, wenn du total nervös bist, behandle ihn ruhig ein bisschen von oben herab, Männer wollen sich anstrengen.«

Ich nickte. Ich würde Frans eine WhatsApp schreiben, dass ich an diesem Abend noch mal kurz im *Wintergarten* sein würde. Eine halbe Stunde. Länger nicht. Wenn das nicht von oben herab war … Er würde sich beeilen müssen, um mich zu erwischen.

Jetzt blieb nur noch die Kleiderfrage zu lösen. Ich ging in mein Zimmer und warf alle Sachen aus meiner Reisetasche auf das Bett. *Shit.* Ich hatte wirklich nur langweilige schwarze Sachen eingepackt. Nichts Kurzes, Cooles, Schickes. Aber woher denn? Auch in Hamburg besaß ich so was nicht. Als ich aufschaute, stand meine Mutter im Türrahmen. »Keine Ahnung, was du anziehen sollst?«

»Sieht man das?« Ich feuerte einen von meinen drei Kapuzenpullovern zurück auf den Klamottenhaufen.

»Überleg mal: Wann fühlst du dich am besten?«

»Keine Ahnung! Wenn ich cool aussehe.« Was sollte diese doofe Frage? Echt, Mama.

»Wenn du in den Spiegel schaust, solltest du die beste Version von dir selbst sehen! Nicht zu übertrieben, aber anders als im Alltagsleben. Bei mir ist ein Outfit gelungen, wenn ich mich schön finde, ein bisschen außergewöhnlich für den Anlass und dennoch sicher! Das heißt, alles passt, nichts kneift, nichts ist zu weit oder zu kurz …«

»Ja, ist ja toll, aber so was habe ich nicht!« Ich war plötzlich total wütend auf sie. Obwohl ich eigentlich wusste, dass Mama die Letzte war, die etwas dafürkonnte. »Außerdem will ich nicht aussehen, wie alle Mädchen im *Wintergarten* ausgesehen haben.«

»Wie haben die denn ausgesehen?« Wenn Mama etwas konnte, war es zuhören.

»Na, schwarze Leggings, weite Pullover, glatte lange Haare, mit dem Glätteisen bearbeitet. Ab und zu mal eine mit knallrotem Lippenstift. Und die meisten hatten schwarz umrandete Augen.«

»Okay, und du willst etwas Besonderes für ihn sein?«

»Keine Ahnung. Ja.«

»Wollen wir zusammen in Omas Schlafzimmer schauen, ob wir was finden?« Sie schaute so besorgt und war wirklich interessiert, mir zu helfen, und auf einmal liebte ich sie wieder, obwohl ich eben noch so sauer auf sie gewesen war. »Danke, Mama!«

Drei Stunden später fuhr ich mit Horst am *Wintergarten* vor. Die Tische draußen waren alle besetzt. Einen Augenblick lang verfluchte ich meine Idee, unbedingt im Kleid hier auftauchen zu müssen. Kapuzenpulli und normale Jeans waren zwar überhaupt nichts Besonderes, doch sie hätten Schutz und Anonymität geboten. So aber glotzte uns die ganze Terrasse entgegen. Mit den Helmen, der alten Maschine und dem gepunkteten Marilyn-Monroe-Kleid waren wir natürlich ziemlich auffällig.

»Also kurz vor elf wieder hier!«, sagte Horst. Und als ich nickte, fügte er hinzu: »Hast du ein Glück, dass ich wieder zurückmuss. Sonst würde ich jetzt einfach hierbleiben.«

Klar, und deswegen hatte ich ihn auch schön früh aus dem Film gelassen. »Oma schickt dich rein und holt dich später auch wieder raus!« Ich verkniff mir ein Grinsen. »Wie sehe ich aus?«

»Zum Vernaschen. Die Lümmel sollen bloß ihre Griffel von dir lassen! Ich bin schließlich auch noch da.«

»Horst, du hörst dich an …«

»Wie?«

»Wie aus den Fünfzigern. Sorry.«

»Ich hätte nie gedacht, dass du das Kleid anziehst!«

Ich auch nicht. Aber ich war ganz happy, Frans nicht mit meinen ewig schwarzen Klamotten begegnen zu müssen, wo er mir doch so ein wahnsinniges Kompliment für meinen

Style aus den Fünfzigern gemacht hatte. Zu einem weißen Kleid mit schwarzen Punkten trug ich ein kurzes schwarzes Bolerojäckchen und eine von Mamas halb durchsichtigen anthrazitfarbenen Strumpfhosen, die waren teuer, also lieber keine Laufmasche reinreißen …! Dazu meine Chucks und natürlich wieder die alte Lederjacke von Oma. Das war nicht übertrieben, aber etwas anderes. Ich fühlte mich schön, ich fühlte mich außergewöhnlich und dennoch sicher.

»Auch wenn du das manchmal denkst … ich bin kein Holzkopf, Ava. Und ich weiß, da steckt nur dieser Frans dahinter!«

»Nein, tut er nicht. Es ist doch warm, da kann ich auch mal ein Kleid tragen.« Das Wetter war im Laufe des Tages immer besser geworden. Auch am Abend hatte es noch über zwanzig Grad. Ein Wunder, nach all dem Regen und Temperaturen nahe dem Gefrierpunkt.

»Verstehe einer euch Frauenzimmer.«

»Du kannst jetzt ruhig fahren!« War es gemein, ihn so zu benutzen? Ich fand ihn ja toll, auch wenn er manchmal ein Angeber war und nicht kapierte, was für Müll er mitunter redete, aber jetzt wünschte ich ihn einfach nur ganz weit weg … Da kam auch schon Frans die Stufen herunter.

»Ich dachte schon, ich hätte dich verpasst!«, rief er und sah mir mit leuchtenden Augen entgegen.

»Du musst jetzt fahren«, zischte ich Horst zu, während ich meinen Helm öffnete. »Sonst kommst du nicht mehr rechtzeitig in den Film zurück!«

»Großartig, mein Fräulein! Das hast du doch extra so eingefädelt.« Er gab Gas und ließ den Motor aufheulen. »Ich komme auf jeden Fall und hole dich ab!« Endlich fuhr er davon.

»Das sieht ziemlich cool aus.« Frans lächelte. »Und ist echt die beste Werbung für euren Abend.« Er sah dem Motorrad hinterher. »Wo will dein Cousin denn so schnell hin? Zusammen seid ihr doch ein besonders gutes Team.«

War das eine Anspielung? Jetzt nur keine Nervosität zeigen! »Ach komm, du meinst dieses Foto, oder? Dieser blöde Fotograf hat Horst die ganze Zeit damit genervt und dieser Idiot hört auch noch auf ihn und knutscht mich ab!« Ich lachte mein unbefangenstes Lachen, doch es klang leider völlig gekünstelt. Ich hatte Horst gestern volle zehn Minuten geküsst! Mindestens. Und wusste immer noch nicht recht, warum. Weil es schön gewesen war?

»Horst. Ja genau, Horst, dein Cousin«, sagte Frans nachdenklich. »Was ist das eigentlich für ein altmodischer Name?«

Ich schlenkerte mit dem Helm in meiner Hand. »Meine Tante hat ihn so genannt, die ist nicht ganz zurechnungsfähig. Ich glaube, ursprünglich wollte sie ihn Knut nennen. Auch nicht viel besser, oder?«

Gott sei Dank glaubte er mir, denn er ging nicht weiter darauf ein.

»Horst musste weg, er wollte noch ein paar Lampen für das Kino besorgen.« Ich sah, dass die gesamte Terrassenbesatzung uns immer noch anstarrte, als wir jetzt zusammen die Stufen hochgingen, und war auf einmal total glücklich.

Frans blieb vor der gläsernen Eingangstür stehen. »Lass uns reingehen. Drinnen haben wir mehr Ruhe, ich hab meinen Laptop dabei und wollte dir mal die Seite zeigen. Ist noch nicht toll, aber …«

Er hatte total untertrieben. Als wir zusammen am Tisch saßen und uns gemeinsam über den Laptop beugten, wurde mir ganz warm. Die Seite war richtig gut geworden, mit den alten Fotos vor knalligen Hintergrundfarben. Ich übertrug meine Texte mit den Informationen über den *Titania Palast* in die

Kästen, die er dafür leer gelassen hatte. Und auch Omas Programm der nächsten Woche: *Casablanca, Citizen Kane, Fluss ohne Wiederkehr …*

»Das sind ja die absoluten Klassiker!«, sagte Frans, als er alles gelesen hatte. »Western, Krimi, Liebe. Alles dabei!«

»Ja. Oma meinte, wir müssen auch die Männer ins Kino locken. Es gibt nur ein Problem. Wir können bloß zeigen, was in ihrem Keller liegt.«

»Wieso?«

»Sie hat keine Verleiher mehr! Keinen einzigen.« Wenn er sich so gut auskannte, wie ich dachte, würde er sofort wissen, was das bedeutete.

»Wie, sie hat keinen Verleih? Aber woher hat sie dann die Kopien? Muss man die nicht immer zurückgeben?«

»Ja, klar. Aber sie hat früher schon Filme zusammengekauft, meistens bei Filmbörsen. Sie sammelt gerne alte Sachen.«

Frans schüttelte den Kopf, während er mich irgendwie mitleidig anschaute.

»Ich weiß! Ich weiß!«, unterbrach ich ihn, obwohl er noch gar nichts gesagt hatte. »Die Frage ist, ob sie und der *Palast* damit überleben können!«

»Mein Großvater und deine Oma sollten sich unbedingt mal kennenlernen«, sagte Frans. »Der ist auch so drauf. Ein echter Dickschädel … und außerdem …«

In diesem Augenblick kam ein Mädchen an unseren Tisch. Jeans mit Löchern an den Knien, T-Shirt, geglättete dunkle Haare, die ihr fast bis zum Hintern reichten, knallroter Lippenstift. »Hey, Frans, spielt ihr morgen Abend wieder? Das war ja so geil beim letzten Mal! Du bist der geilste Schlagzeuger *ever*. Viel geiler als der, den sie sonst hatten!«

»Ja, morgen und am Mittwoch spielen die *Triple B's* wieder, Gregor scheint wohl niemand anderen zu finden … oder die

Band tut ihm leid, weil sie keinen Schlagzeuger und auch keinen Proberaum mehr haben.« Er lachte. »Das hier ist Ava! Wie war noch mal *dein* Name?« Er sah das Mädchen fragend an und weil ich sie auf keinen Fall anschauen wollte, widmete ich mich seinem Gesicht. Mann, er sah auch im Profil sehr gut aus!

»Sag nicht, du hast meinen Namen vergessen!« Langhaar schlenkerte albern mit ihren Armen herum. »Ich heiße Bellinda.«

Bellinda! Was für ein selten bescheuerter Name!

»Äh, doch, bitte entschuldige, Bellinda! Aber was mir gerade einfällt: Ava macht am Samstag im Kino ihrer Oma einen Fünfzigerjahre-Filmabend. Um den *Titania Palast* zu retten, der muss nämlich sonst schließen. Zwei Schwarz-Weiß-Filme, danach gibt's Musik aus den Fünfzigern und ein bisschen Rock 'n' Roll. Komm doch auch und bring alle mit, die du kennst!«

Das Mädchen fand es nicht besonders berauschend, dass Frans mit *mir* dort saß und nicht mit ihr und nun auch noch Werbung für mich machte. Das konnte ich an ihrem Mund sehen, der sich immer mehr verzog. »Ach, deswegen das komische Kleid.«

»Das Kleid ist super!« Frans lächelte mich an und wandte sich dann wieder an das Mädchen: »Kannst du mal fragen, wo unsere Getränke bleiben? Gregor sollte die schon seit Stunden bringen.«

Eine coole Art, jemandem zu verstehen zu geben, dass er oder sie störte.

»Getränke? Mach das doch selber!« Beleidigt zog sie davon.

Ich lächelte. »Hatten wir denn schon etwas bestellt?«

»Nein, was möchtest du?« Er stand auf, aber als er mich fragte, ob ich auch ein Bier trinken wollte, sagte ich Nein, weil ich Bier gar nicht mochte. »Du bist doch schon sechzehn, oder?«

»Klar! Ich nehme eine Piña colada ohne Alkohol.«

Wir machten die Website fertig und wir redeten und dann war es draußen vor den Fenstern schon dunkel. Jemand drehte die Musik lauter und hinten beim Billard wurde tatsächlich getanzt.

Früher hatte ich immer gedacht, dass ich nicht gut tanzen konnte, doch im Gegensatz zum Rock 'n' Roll war es ja nicht schwierig, sich ein bisschen auf der Stelle nach der Musik zu bewegen. Frans war bei mir und es passte ganz gut zusammen, was wir da beide auf der Tanzfläche machten. Später holte er mir eine Cola und ich fand es supersüß, dass er die Getränke bezahlte, dann saßen wir auf dem durchgesessenen Sofa, hinten in der dunkelsten Ecke, und redeten weiter. Über die Schule (er ging auf das AMG in Hamburg, was ich natürlich kannte, es lag nicht weit weg von meiner Schule), über Musik und Serien und in welche Länder wir mal fahren wollten. Später quetschte sich ein Pärchen neben uns und wir mussten enger zusammenrücken, was ich überhaupt nicht bedauerte. Seine Knie berührten mein rechtes Bein, als ob es das Normalste der Welt wäre. Als ich auf die Uhr schaute, war es schon halb elf.

»Mist, ich muss gehen«, sagte ich, stand auf und griff nach dem Eierschalenhelm und der schweren alten Lederjacke, auf der ich die letzten zwei Stunden gesessen hatte. Ich sah, wie ein paar der Mädchen mit den glatt gezogenen Haaren zu uns herüberschauten. Na klar, sie waren auch an Frans interessiert. Verdammt, ausgerechnet jetzt musste ich weg! Ich wollte ihn auf keinen Fall mit ihnen alleine lassen.

»Dein Cousin holt dich ab?« Wir traten durch die Tür. Draußen standen ein paar Leute und rauchten. Kein Horst. Manchmal hatte selbst jemand wie ich Glück!

»Er sollte schon längst hier sein. Ich glaube, ich nehme den Bus«, sagte ich und war erleichtert, dass Frans mit mir ganz selbstverständlich über den Platz ging. Ich hatte zwar überhaupt keine Lust, Bus zu fahren, aber auf die Sprüche von Horst, der hier bald auftauchen würde, noch viel weniger. Wer weiß, was ihm in der Gegenwart von Frans wieder einfallen würde.

»Alleine mit dem Bus zu fahren, macht ja nicht besonders viel Spaß«, sagte Frans, als wir an der Haltestelle standen. Die Schaufensterbeleuchtung in den Geschäften hinter uns war ausgeschaltet und es war schön dunkel. Vielleicht wollten sie Strom sparen, wie Oma? Scheinbar zufällig berührten sich unsere Hände. Aber nur kurz. Keiner von uns sagte was. Sollte ich beim nächsten Mal danach greifen? Ich rechnete jeden Moment mit dem Knattern der alten Maschine mit Horst darauf, doch nur der Bus zeigte sich in der Ferne. *Linie 140 – Buxtehude.*

»Weißt du, was, ich komme mit«, sagte Frans.

»Echt? Aber fährt dann noch ein Bus zurück?«

»Nö. Glaube nicht.« Er grinste mich an und mir wurde ganz warm in der Brust, da, wo mein Herz war. Lass Horst jetzt bitte, bitte nicht noch auftauchen!, betete ich. In Hamburg fand ich Busfahren absolut lästig, doch hier wünschte ich mir gerade nichts dringender.

Der 140er hielt vor uns und öffnete zischend seine Türen, das grelle Neonlicht ließ mich die Augen zusammenkneifen. Aber manchmal werden Gebete eben auch nicht erhört, denn da war schon das bekannte Motorgeräusch und rechts neben mir sah ich ein schwarzes Motorrad auf den Platz einbiegen. Verdammt. Dieser Kopf mit Eierschale gehörte Horst. Aber er war ja nun mal zehn Minuten zu spät, oder?

Ich machte einen Schritt auf die Stufe, blieb dann aber in der Tür stehen. Sorry, aber wenn du nur eine Minute später gekommen wärst, hätte ich den Bus wirklich nehmen müssen, Horst! Ich kann unmöglich unpünktlich sein, wenn Mama mich gleich beim ersten Mal bis elf Uhr wegbleiben lässt, redete ich mir ein. Ein bisschen unlogisch, aber ich wollte unbedingt mit Frans im Bus sitzen und die acht Kilometer bis Kloppenbostel fahren.

»*Wat denn nu,* Marilyn Monroe«, knurrte der Busfahrer mit Blick auf mein Kleid. »Rein oder raus?«

»Wir fahren mit«, sagte Frans und holte Kleingeld aus der Hosentasche. »Ich lade dich ein.«

»Oh, danke schön!« Bis über beide Ohren grinsend ging ich durch den völlig leeren Bus bis nach ganz hinten, wobei ich den Helm wie eine Handtasche unter den Arm klemmte. Durch die Scheiben konnte ich sehen, dass Horst mitten auf dem Platz haltgemacht hatte. Gerade nahm er seinen Helm ab und lehnte sich mit verschränkten Armen lässig an das aufgebockte Motorrad. Ich drehte mich weg und hoffte, dass er mich nicht noch entdeckte. Vielleicht konnte er ja eins der langhaarigen Mädchen ansprechen, wenn eine von ihnen nach draußen kam und vergeblich nach dem *geilsten Schlagzeuger ever* suchte. Was für ein blöder Ausdruck! Ich musste immer noch grinsen und verdrängte mein schlechtes Gewissen, denn nun kam Frans nach hinten und setzte sich neben mich auf die Rückbank. Wir lächelten uns an und er nahm einfach meine Hand. Wow. Was immer das nun bedeutete (würde er mich auch küssen? Wollte er mit mir zusammen sein?), es war das tollste Gefühl überhaupt.

Der Bus rumpelte los und obwohl ich wusste, dass es Quatsch war, hoffte ich, dass irgendwas passieren würde, damit die Fahrt ewig dauerte! Frans sagte nicht viel, nur dass er mich sofort gut gefunden hatte, aber in dem Moment, als er mich hinter dem Tresen des *Titania Palasts* hatte auftauchen sehen, erst so richtig! Ich antwortete ihm nicht, denn was hätte ich sagen sollen? Ich dich auch?

Ich lächelte ihn nur an und schwieg geheimnisvoll – und nein, wir küssten uns auch nicht. Obwohl ich nicht Nein gesagt hätte, wenn Frans es probiert hätte. Wir fuhren über die Landstraßen, an Apfelplantagen vorbei, nur ab und zu gab es eine Straßenlaterne oder mal eine Ampel. Für wen? Niemand schien unterwegs zu sein. Auch an den Bushaltestellen stand niemand. Wir blieben allein dort hinten auf unserer Rückbank. Ich legte meinen Kopf auf seine Schultern, wir sprachen kein einziges Wort und ich war glücklich! Natürlich verging die Zeit doppelt so schnell wie normal und nach einer Viertelstunde (ungefähr fünf Minuten in der Frans-Zeitrechnung) waren wir schon in Kloppenbostel angekommen. Der Bus hielt hundert Meter vor dem Kino.

»Wie kommst du jetzt zurück?«, flüsterte ich, als wir ausgestiegen waren. Es war niemand zu sehen, aber mir war einfach nach Flüstern.

»Keine Ahnung. Laufen? Ist doch egal«, murmelte Frans. Hand in Hand gingen wir an der Straße entlang und über den Parkplatz, bis zu dem Eingang zu Omas Wohnung. Links neben uns lag der Bogen mit der Hofeinfahrt, daneben die Scheune. Frans sah sich um. »Ich bin echt froh, dass ich so neugierig auf das Kino war. Sonst hätte ich dich nicht getroffen.« Ich lächelte. Und wartete. Es war dunkel. Nicht einmal die kleine Lampe über der Haustür brannte. Würde er mich jetzt küssen? Wollte ich das denn?

Aber ich musste diese Frage nicht beantworten, denn Frans fing gar nicht damit an. Machte ich es ihm zu einfach? Wollte er noch mehr für mich kämpfen müssen, wie Horst und Oma behauptet hatten? Jedenfalls ließ er jetzt auch noch meine Hand los, um in die Dunkelheit zu zeigen: »Ganz schön verwinkelt, dieser Bau. Was ist das große Gebäude da?«

»Eine Scheune«, sagte ich. Gut. Unterhielten wir uns eben

über Scheunen. »Ja, die ist echt alt und passt deswegen gut zu dem ganzen Rest. Mein Urgroßvater hat angefangen mit den Anbauten und dann gab es wohl kein Halten mehr. Jeder hat im Laufe der Jahre immer wieder was dazugebaut.«

Frans lachte leise. »Stimmt. Das Kino sieht aus wie ein unregelmäßig aufgegangener Kuchen. Ich muss das wissen, mein Opa backt die unmöglichsten Dinge, meistens nachts, wenn er nicht schlafen kann.«

»Dein Opa backt?« Ich kicherte.

»Ja. Ach, früher hat der echt alles gemacht. Heute fotografiert er noch …«

»… und er backt Kuchen, die aussehen wie Scheunen.«

»Nein, wie der *Titania Palast.*« Wir lachten.

»In der Scheune steht übrigens ein Fahrrad«, sagte ich. »Das von meiner Oma. Vielleicht kannst du es nehmen und mir morgen zurückbringen.« Dann müsste er wiederkommen!

»Ja, gute Idee.« Er griff nach meinen Händen. Seine waren ziemlich groß und warm. Er zog mich ein bisschen näher und ich hätte gerne gewusst, was ich jetzt tun sollte. Noch dichter an ihn herangehen? Mich sofort in seine Arme werfen, was ich ehrlich gesagt unbedingt wollte?

»Ja, klar«, sagte eine kleine Stimme in mir, »du hast ja jetzt Übung …«

»Shut up«, antwortete ich. Meine Güte! Es war echt schwierig. Früher hatte man wenigstens gewusst, was ein Mädchen nicht durfte, man stand mit einem Jungen im Dunkeln vor der Tür und war sofort ein leichtes Fräulein, ein liederliches Frauenzimmer, ein Flittchen. Danke, Horst, dass ich über solche bescheuerten Begriffe nachdenke, dachte ich, anstatt einfach das zu tun, wonach mir ist. Mist! Kaum hatte ich seinen Namen gedacht, hörte ich ein Motorengeräusch und da kam er auch schon auf uns zugefahren. Ich hielt mir die Hand

vor das Gesicht, denn der Scheinwerfer des Motorrads blendete.

»Soso, na sieh mal einer an! Da stehst du hier herum, während ich mich da auf dem Platz vor dem *Wintergarten* zum Affen mache!« Jetzt stand er mit dem knatternden Ding neben mir, so dicht, dass ich ihn hätte berühren können.

»Sorry, Horst, aber ich dachte, du kommst nicht, da musste ich doch den letzten Bus nehmen, sonst wäre ich zu spät dran gewesen, und ich hatte Mama ja versprochen ...«

»Na, alleine warst du jedenfalls nicht, deinen Kavalier hattest du ja dabei.«

»Hallo!« Frans nickte Horst zu, wandte sich dann aber wieder zu mir.

Doch Horst fing gerade erst an: »Rieche ich da etwa Alkohol? Ein Mädchen sollte nicht trinken! Ein Mädchen, das trinkt wie ein Schluckspecht, ist wie ein ...«

»Okay, Horst, es reicht!« Ich gab ihm einen der bösesten Blicke, zu denen ich fähig war. »Und mach die Maschine aus!«, fuhr ich ihn an. »Ich glaube, Oma schläft schon.«

»Nein, junge Dame! Bin gleich wieder weg.« Er gab noch ein bisschen Gas. »Ich fahre Frans noch schnell zurück. Ein bisschen Zeit habe ich ja noch, bevor ich dann *auch nach Hause* muss.« Wahrscheinlich befürchtete Horst, dass Frans sonst hier übernachten würde.

»Echt? Mit der Maschine?« Frans ließ meine Hände los und ging um das Motorrad herum. Mit der Hand klopfte er auf den erhöhten Beifahrersitz. »Schau dir diese Federung an!«

Wieder funkelte ich wütend zu Horst rüber, doch die Jungs unterhielten sich schon über Hubraum und PS.

»Es ist eine UT, ein Zwei-Zylinder-Viertakter«, sagte ich. »Die hat man nach dem Krieg in Stuttgart gebaut.« Diesen Satz von Oma hatte ich mir irgendwie merken können.

»Nee, echt? Eine Frau, die Ahnung von Motorrädern hat!« Frans zog seine Aufmerksamkeit ein paar Sekunden von der Maschine ab und kam wieder auf meine Seite. Er umarmte mich sogar ein kleines bisschen. »Du bist toll!«, flüsterte er in mein Ohr und ich genoss das leise Kitzeln an meinen Haaren, als Horst sich schon wieder meldete: »Nimm den Helm von Ava.« Mann! Am liebsten hätte ich ihn vom Motorrad geschubst.

»Ich kann auch fahren«, sagte ich betont beiläufig. »Aber nur im Hof, denn ich habe ja noch keinen Führerschein. Trotzdem könnte ich dir das Ding morgen mal in Ruhe zeigen.«

»Ja, gerne!« Frans schaute zwischen Horst und mir hin und her. Horst trommelte mit den Fingern auf dem Tank herum.

»Na dann, tschüss!« Frans beugte sich zu mir und umarmte mich noch einmal kurz. Sehr kurz. »Wir sehen uns morgen? Ich schreib dir.«

»Tschüss.« Ich gab ihm den Helm und sah, wie er sich auf den erhöhten Sitz schwang und die Fußstützen suchte, während Horst schon losfuhr. Frans hatte noch nicht mal Zeit, mir zu winken, weil er sich festhalten musste, so schnell bretterte Horst über den Parkplatz. Wütend schaute ich dem roten Rücklicht hinterher, das sich immer weiter von mir entfernte.

Verdammt, Horst, das hast du extra gemacht!, dachte ich. Du, du … doch mir fiel kein passendes Schimpfwort für ihn ein. Zu allem Überfluss musste ich nun auch noch aufbleiben, bis er wieder zurück war, um ihn in seinen idiotischen Film gehen zu lassen.

Ich sagte oben bei Mama kurz Bescheid, dass ich wieder da war. Sie lag schon im Bett und las. »War's denn schön?«

»Mmmh. Guter Laden, der *Wintergarten*. Und hallo, es ist erst zwei Minuten nach elf! Ich bin pünktlich!«

Mama nickte. »Schön!«

Ich grinste. Wenn sie las, konnte man ihr alles erzählen, sie bekam nichts mit … »Ich gehe eben noch mal runter, habe im Großen Saal mein Buch vergessen.«

Leise schloss ich die Tür für Horst auf und hoffte, dass er so schlau wäre, das Motorrad diesmal mit ausgeschaltetem Motor vor die Scheune rollen zu lassen und dann so geräuschlos wie möglich in den Vorführraum zu kommen.

Er ließ sich Zeit. Na warte, du Horst, dir werde ich was erzählen, dachte ich. Was, wenn Mama nun nach mir schaute und mich mit ihm sah? Oder ihn vielleicht auch noch beim Hineingehen in den Film beobachtete?

Im Vorführraum gab es keine gemütliche Sitzgelegenheit, ich ging hinunter durch den dunklen großen Saal, kuschelte mich in den Sessel vor der Leinwand und zog die dünne Wolldecke über mich. Zeit, an Frans zu denken. Er hatte schöne Hände und wahnsinnig schöne Augen … Doch Horst schien meine Gedanken zu spüren, denn schon während ich die Szene im Bus zum zweiten Mal für mich durchspielte, mit einem anderen, kussfreudigeren Ausgang natürlich, hörte ich seine Schritte über den glatten Boden näher kommen.

»Na, hier im Großen Saal müssen wir vor Samstag aber auch noch mal durchwischen und bohnern.« Bohnern, was war denn bohnern? Andere Sorgen hatte er wohl nicht. Er sah mich mit unschuldigen Augen an. »Und weißt du, was mir aufgefallen ist, als ich heute Abend zusammen mit Mutter Luise ein wenig ins Fernsehgerät geschaut habe? Was sind das alles für stramme Maxe, die da rumlaufen …? Diese Muskelberge. Und tätowiert sind sie auch, als ob sie auf dem Jahrmarkt als Schausteller arbeiten oder aus dem Gefängnis kommen … Und auch die Frauen!«

Pfff. Was hatte er denn gesehen? *Dschungelcamp?* Ich würde

ihm gar nicht erst antworten. Wortlos stand ich auf, pfefferte die Decke auf den Sessel und lief los.

»Hey, warte mal! Was ist denn, warum bist du so zickig?«

»Halt die Klappe, Horst«, sagte ich, während ich an ihm vorbeiging. »Ich lass den Film für dich anlaufen und schalte dann wieder ab, sobald du verschwunden bist. Das muss für heute Abend reichen.«

»Ach du liebes bisschen. Man könnte ja meinen, du seist stinksauer auf mich!«

»Bin ich auch!«, rief ich über die Schulter, schon an Reihe zwölf angekommen.

»Na komm! Etwa wegen diesem Bürschchen mit den langen Haaren? Du musst doch nicht den ersten Besten nehmen, der dir über den Weg läuft.«

»Woher willst du wissen, ob er der erste Beste ist?« Ich wandte mich wütend um.

»Nun.« Er grinste. »Mutter Luise machte mir gegenüber diesbezüglich zumindest eine Andeutung.«

Oh Mann, Oma! Gleich würde ich vor Wut losschreien!

»Und wenn er es auch wäre – diese Entscheidung treffe immer noch ich! Das darf man in unserem Jahrhundert als Frau nämlich!«

»Mag ja sein, aber schau doch mal, er macht einen auf großer Schlagzeuger in seiner Musikkapelle und hat selten Zeit. Haben wir zwei nicht viel mehr Spaß miteinander?«

»Er *macht* gar nicht auf irgendwas. Er ist kein Angeber!« Das bist du eher. Aber das sagte ich ihm nicht.

»Haben wir zwei Spaß miteinander, oder nicht?«, wiederholte er.

»Ja. Schon.« Wenn er mich so angrinste, konnte ich nicht länger sauer sein.

»Na also! Mal was anderes. Ich habe mir da so eine Figur

ausgedacht, die ist ganz einfach, du musst nur Vertrauen haben, den Rest mache ich.«

»Wie kannst du jetzt ans Tanzen denken?!«

»Komm, gib mir die Hände.«

»Ich hab keine Lust«, sagte ich, doch ich gab sie ihm, wenn auch widerwillig. »Du holst Schwung, läufst auf mich zu und dann machst du dich steif wie ein Brett und lässt dich auf den Fersen zwischen meine Beine rutschen.«

Ich schaute ihn an. Ohne es zu wollen, musste ich grinsen. »Das hört sich pervers an.«

»Das ist ’ne dufte Figur. Los, probieren wir es mal. Lass die Arme dabei lang!«

Ich lief auf ihn zu, griff nach seinen Händen und ließ mich mit einem kleinen Aufschrei zu Boden rutschen. Da der alte Linoleumbelag so glatt war, funktionierte es perfekt, denn Horst holte mich mit Schwung wieder zwischen seinen Beinen, die wie ein Dreieck über mir standen, hervor.

»Na, mein Fräulein, noch irgendwelche Einwände?«, sagte er und kam ganz dicht an mich heran.

»Lass uns das noch ein paarmal üben«, sagte ich und haute ihm aus Spaß auf den Oberarm.

»Das – oder das andere?«

»Du bist echt schlimm!«, sagte ich, doch ich lachte.

14

War ich verliebt? Und wenn ja, in wen? Ich wusste immer noch nicht, was von dem Chaos in meinem verwirrten Kopf nun wirklich *Verliebtsein* war und was nicht. Bei allem, was ich machte, dachte ich an Frans, aber auch an Horst, sodass mir die Milch in Omas altmodischem Topf erst überlief und dann noch anbrannte.

Seitdem ich an diesem Morgen aufgewacht war, quälten mich Zweifel. Ging es Frans genauso wie mir oder fühlte er ganz anders? Hatte er sich nicht getraut, mehr zu tun, als meine Hand zu halten, oder wollte er nicht mehr? Und war die Ansage mit den Jungs und Männern, die jagen wollten, überhaupt richtig? Waren sie am Ende nicht nur schüchtern und machten vielleicht manche Dinge nicht, weil sie einfach nicht den Mut dazu hatten? Und was lief da mit Horst? War das Freundschaft? »Jaja«, meldete sich die kleine Stimme in mir, die ich schon kannte. »Freundschaft mit Küssen. Ganz easy.«

Die Sonne schien in die Küchenfenster herein und ich grübelte schwer vor mich hin, während ich das Frühstück weiter vorbereitete und den schwarzen Boden des Milchtopfs einweichte. Sie waren beide irgendwie süß! Frans war schlau und höflich, denn er redete nicht nur von sich selbst. Im Gegenteil, er wollte so viel von mir wissen! Und wie er mich im Bus angeschaut hatte. Seine Zähne waren ganz toll weiß und seine Lippen so schön geschwungen. »Ich würde ihn auch so gerne küssen!« – »Auch? Nicht dein Ernst!« Die Stimmen in meinem Kopf überschlugen sich.

Ich platzte fast. Irgendjemandem wollte ich von meinem Dilemma erzählen, also schrieb ich eine WhatsApp an Jana und Elena nach Italien.

»Leute, ich weiß nicht, in wen ich mich verlieben soll! *Help!*«

Als ich sie wegschickte, bereute ich es schon. Was, wenn jetzt nichts weiter mit Frans passierte? Wie stand ich dann da? Doch dann setzte wieder dieses überschwängliche Gefühl ein, wenn ich nur eine Sekunde an ihn dachte, und ich musste unbedingt Oma umarmen, als sie mit ihrer Armschlinge und einer anderen Trainingshose von Opa in die Küche geschlurft kam. »Na, na, na? So gut gelaunt? Da war er wohl nett, der Abend mit deinem Verehrer?«

»Sehr *nett!*«

Mein Handy meldete sich mit einer WhatsApp.

Erzähl uns mehr, Ava! Hast du schon rumgeknutscht mit einem? Und schick Fotos!

»Guten Morgen.« Mama blieb im Türrahmen stehen, ihr Blick ging über den Tisch und blieb auf der geschäumten Milchhaube des Cappuccinos an ihrem Platz hängen. »Wenn ich es nicht anders wüsste, würde ich denken, jemand hätte meine Tochter ausgetauscht. Es ist noch vor neun und du machst Kaffee und Frühstück für alle?!«

»So selten habe ich das zu Hause auch nicht gemacht!«, protestierte ich. Doch sie hatte recht. Zu Hause hatte ich so was *nie* gemacht. Da kannte ich ja weder Frans noch Horst … rechtfertigte ich mich.

»Uns bleiben noch drei Tage, um das Kino für Samstag herzurichten, Oma«, sagte ich, während ich mich setzte. »Ich werde heute noch mal unseren ursprünglichen Plan überprüfen und dann sehen, was noch zu tun ist. Außerdem ist das Paket mit den Neonröhren gestern schon mit der Post gekommen, die können wir also einbauen. Dann heißen wir endlich nicht mehr *Titilast.*«

Mama runzelte die Stirn. Erschien auf ihrem Gesicht da etwa ein Anflug von schlechtem Gewissen? Sah sie vielleicht endlich, wie viel Mühe und Arbeit wir in den Erhalt des Kinos steckten?

Ich lauschte der tickenden Küchenuhr. Kurz nach neun. Wann wollte Frans vorbeikommen? Er hatte mir gestern keine Uhrzeit mehr zurufen können, so schnell war Horst mit ihm abgehauen.

»Ein Plan ist gut! Ein bisschen Struktur und Ordnung kann nicht schaden«, sagte Oma und ich sah, wie Mama kurz die Augen schloss, wie immer, wenn sie etwas für hoffnungslos hielt.

Oma beugte sich vor: »Manchmal kann es schwierig sein, den Überblick nicht zu verlieren. Der Deneke stapfte heute Morgen schon wieder an der Grenze zu meinem Grundstück auf und ab. Der kriegt nichts! Mich nicht und auch keinen Quadratmeter vom Parkplatz!«

»Manchmal denke ich, du machst das extra, Mutter! Um die Langeweile aus deinem Leben zu vertreiben.«

»Ach, so 'n Quark, Langeweile. Aber sei beruhigt, Marlene. So schnell werde ich kein Gewehr halten können. Wenn dieser verdammte Arm doch schneller heilen wollte!« Sie schaute grimmig auf den Gips. »Ava, *min Deern!* Für welchen deiner Verehrer hast du dich nun entschieden?«

»Na ja. Bestimmt nicht für Horst«, knurrte ich. Wenn ich an ihn dachte, kam mir sein blödes Benehmen von gestern wieder in den Sinn. Ich hatte Horst noch längst nicht verziehen. Obwohl wir noch bis eins getanzt hatten.

»Aber er hilft uns doch so prima!«

»Mmmh. Da kannst du Gift drauf nehmen.« Es machte mir richtig Spaß, einen von Horsts komischen Ausdrücken zu verwenden. Gleich nach dem Frühstück würde ich ihn aus dem Film holen und mit Arbeit zuschütten.

Unten im Foyer schnappte ich mir einen Notizblock und lief durch das Kino. Bevor Horst mich wieder zum Tanzen überreden oder mit Sprüchen in den Wahnsinn treiben konnte, wollte ich erst einmal eine Liste machen, was wir alles noch erledigen mussten: *Saal/Bühne wischen, hinter Theke wischen, Süßigkeiten einkaufen, Neonröhren einbauen, Farbe und Rollen in Scheune suchen. Wenn da: Fassade streichen. Wenn nicht: Farbe und Rollen kaufen – Wo?*

Ich stand auf und ging, um Horst aus dem Film zu lassen, warum sollte ich hier alles alleine machen? Und außerdem war es lustiger mit ihm! Mit Frans rechnete ich höchstens am Nachmittag.

»Hallo, mein Mädel!«, waren die ersten Worte von Horst, als wir uns im Foyer trafen.

Mädel? Mein? »Ey, lass es einfach, ja!«

»Aha, sind wir gereizt? Oh, oh, gibt es dafür einen bestimmten Grund?«

»Nein, ich habe nicht meine Tage, falls du das meinst!«

»Deine ... was?« Er wurde sofort rot, richtig knallrot, und wandte sich schnell von mir ab. Ha, was war denn mit dem los? Nun wusste ich endlich, wie ich ihn ärgern konnte! »Ist das vielleicht ein Tabuthema bei euch? Menstruation, Blut, Tampons und Binden und so?« Einen normalen Jungen von heute hätte ich vielleicht auch nicht unbedingt nach so etwas gefragt, aber ich wollte Horst damit schocken. »Ach Moment, gibt es bei euch eigentlich schon Tampons?«

»Bitte!« Er räusperte sich, als ob ihm ein dicker rauer Staubflusen im Hals steckte, von denen hinter dem Tresen leider noch eine Menge herumlagen. »Ich mag über diese monatlichen, äh ... Frauengeschichten nicht reden.«

»Gehören aber dazu!«

»Gib mir lieber etwas zu tun, irgendwas! Meinetwegen auch Putzen.«

Ich grinste. Er flehte mich ja regelrecht an. »Okay. Dann lass deine blöden Fräulein-Sprüche sein.«

Er nickte ergeben.

»Und beende nie wieder eins meiner Dates, nur weil du meinst, dass du irgendwen, der gerade meine Hand hält, nach Hause bringen musst!«

»Hey, seit unserer nächtlichen Tanzstunde hast du mir doch verziehen!«

»Nein!«

»Gut. Das war vielleicht nicht die feine englische Art, aber …«

»Das war total daneben, Horst!«

»Aber ich habe da eben Schwierigkeiten, dich mit ihm zu sehen. So!« Er schaute mich treuherzig an. »Nun ist es heraus!«

»Wieso? Du hast doch Greta! Apropos Greta und monatliche Geschichten«, fiel mir ein. »Mit der würde ich mich ja gerne mal unterhalten. Über Verhütung und so.«

Horst starrte mich ungläubig an. »Darüber redet man aber doch nicht!«

»Nee, und ihr beide erst recht nicht, oder?« Ich lächelte, ohne es zu wollen, weil er so total verwirrt aussah und ich ihn dann immer echt süß fand.

»Du meinst, ich soll Greta mal mit rausbringen?!«

»Vielleicht lieber nicht. Ich glaube, dann geht hier alles drunter und drüber. Stell dir vor, die anderen wollen dann auch noch alle mit!«

»Ja. Das wäre ein wahrer Spaß!«

»Lass uns lieber anfangen!«

Zwei Stunden später machten wir auf der kleinen Treppe vor dem *Palast* eine Pause. Horst hatte die Neonröhren für den *Titania*-Schriftzug innerhalb weniger Minuten eingebaut. So was konnte er einfach und ich bewunderte ihn dafür. Danach hatten wir Klamotten von meinem Opa angezogen, den Boden mit alten Teppichbodenstücken aus der Scheune abgedeckt und mit dem Streichen der Fassade begonnen. Horst auf der Leiter, ich unten. Da der Anbau nicht sehr hoch und nicht sehr breit war, leuchtete die Wand innerhalb von anderthalb Stunden wieder in einem sauberen Weiß. Horst hatte sich einen aus Zeitungspapier gefalteten Hut aufgesetzt. Er sah damit ziemlich bescheuert aus, bestand aber darauf, dass man so was als Maler zu tragen hätte.

Oma brachte uns ihren selbst gemachten Holundersirup, den wir mit Sprudelwasser zu einer köstlichen Limonade mixten. Zufrieden saßen wir dicht beieinander auf den Stufen, unsere Arbeit im Rücken, und ließen uns die mittägliche Sonne auf den Kopf scheinen.

»Jetzt ist der Name des *Titania Palasts* zwar wieder komplett zu lesen, aber im Vorbeifahren kann man das Kino immer noch leicht übersehen«, sagte ich nachdenklich. »Vielleicht sollten wir noch einen großen Aufsteller für die Straße machen.«

»Noch eins dieser großen Plakate? Als Blickfang am Wegesrand? Hervorragend! Mit einem dicken Pfeil darunter: *Hier Lichtspielhaus!*«

Genau! Lichtspielhaus. Schön altmodisch! Wir grinsten uns an und ich pflückte ihm den Zeitungshut vom Kopf. Er war echt *sweet*, der Horst, und manchmal wirklich gut zu gebrauchen.

Wir wollten gerade weitermachen, als ein Wagen über den Parkplatz gefahren kam. Horst wurde ganz aufgeregt. »Herrschaften, das ist ja ein äußerst windschnittiges Modell …« Er sprang auf. »Das ist ein Mercedes, Gott sei Dank gibt es den Stern noch, sonst würde man das nicht erkennen.«

Zwei Männer stiegen aus. Horst setzte sich wieder. Was wollten die hier? Das waren keine Leute vom Filmverleih, die kannte ich, die waren lässiger. Die beiden hier sahen aus wie Geschäftsleute, Bankangestellte oder so, mit Anzug und Krawatte. Ihre polierten schwarzen Schuhe würden sie sich jedenfalls schön mit dem immer noch etwas aufgeweichten Boden des Parkplatzes versauen.

Erst als meine Mutter nun aus dem Hauseingang über den Platz gelaufen kam, verstand ich. Das waren wirklich Banker! Investoren oder wie Mama die auch immer genannt hatte.

»Mist«, murmelte ich Horst zu. »Die Typen kommen von der Bank und wollen garantiert den *Titania Palast* kaufen!«

»Und deine Frau Mutter steckt heimlich mit denen unter einer Decke?«

»Gar nicht besonders heimlich. Erinnere dich doch mal!« Gemeinsam sahen wir zu, wie Mama den beiden die Hand schüttelte und ihr vertrauensvollstes Anwaltslächeln aufsetzte.

»Stimmt«, sagte Horst. »Sie hat's ganz deutlich ausgesprochen. Ab der zweiten Woche erwartet sie eine Auslastung von mindestens 60 Prozent, sonst wird verkauft!«

»Ja.« Ich seufzte. »Und nun checkt sie schon mal ab, an wen.«

»An diese reichen Männer!« Horst schüttelte empört den Kopf. »Der eine sieht aus wie Robert Mitchum in *Fluss ohne Wiederkehr*. Der andere wie Cary Grant, findest du nicht?«

»Ich weiß echt nicht mehr genau, wie die aussehen, sorry. War einer von denen nicht schwul?«

»Was?!«

»Nichts. Vergiss es.« Das wäre zu viel für Horst, wenn seine männlichen *heroes* nun auch noch Liebesbeziehungen zu anderen Männern haben sollten. Ich atmete tief ein und war wieder mal erleichtert, in dieser Zeit zu leben, wo man zumindest in Deutschland lieben durfte, wen man lieben wollte. Egal ob nun Mann oder Frau.

Mit zusammengekniffenen Augen beobachtete ich, wie meine Mutter den Herren mit großer Geste zeigte, was alles zu dem Grundstück gehörte. Ich konnte nicht genau hören, was sie sagte, doch sie wedelte mit einer Mappe und klemmte sie dann unter ihren Arm. Ich wusste, da waren die Pläne vom Grundbuchamt drin. Sie würde ihnen das Grundstück hinwerfen wie einen saftigen Fleischbrocken vor zwei Löwen. Die Anzug-Löwen würden den Brocken mit ihren Pranken zu sich ziehen und alles mit wenigen Happen verschlingen. Der *Titania Palast* würde abgerissen und plattgemacht. Vielleicht für eine Filiale von Aldi. Die gab es hier in Kloppenbostel nämlich noch gar nicht. Oder ein Haus voller Ferienwohnungen, für gestresste Pärchen aus Hamburg mit zu viel Geld, die keins der alten Fachwerkhäuser mehr ergattert hatten.

Als ich die Fassade absuchte, sah ich meine Oma hinter dem Küchenfenster. Ganz alleine stand sie da und hielt mit einer Hand ihren Gips fest. Mama und die beiden Anzugträger liefen unter ihr vorbei, ohne sie zu sehen, und verschwanden zwischen Wohnhaus und Scheune im Hof.

»Sie meint das echt ernst und gibt diesen Banktypen den *Titania Palast*«, sagte ich leise. »Ich kann gar nicht hinschauen.«

Horst legte seinen Arm um mich. Einen Augenblick lang presste ich die Stirn an seine Schulter und schloss die Augen. Er drückte mich etwas fester an sich und ich spürte seinen Mund an meiner Schläfe. Das Hemd meines Opas roch nach Kleiderschrank und Lavendel. »Was machen wir bloß?«, sprach ich gegen den Stoff. Ich konnte die Wärme seines Körpers darunter spüren und wusste im Moment selbst nicht, ob ich die Sache mit Horst meinte oder die mit dem *Titania Palast*.

»Wir tanzen Rock 'n' Roll! Wir tun alles, um den Laden

wieder zum Laufen zu brrringen. Und sieh mal einer an, wer da schon wieder herbeigeschneit kommt, um uns dabei zu stören … äh, ich meine natürlich, zu helfen!«

Ich richtete mich auf. Es war nicht zu fassen, da kam tatsächlich Frans mit dem Fahrrad direkt auf uns zu. Mein Herz sprang erst einmal einen doppelten Salto vor Freude und bekam dann im nächsten Moment Panik. Verdammt, jetzt hatte er mich schon wieder in einer missverständlichen Situation mit Horst gesehen … Egal. Der hier neben mir war ja nur mein Cousin, das hatten wir zumindest behauptet.

Ich stand auf und ging Frans entgegen. »Hallo.« Die Begrüßung war *lame*. Sehnsüchtig blickte ich hinüber zu der Hausecke vor Omas Wohnungstür, wo wir gestern Abend gestanden hatten, bis wir von dem blöden Motorrad gestört wurden! Doch nun war es helllichter Tag und die Stimmung von gestern wäre auch ohne Horst nicht so schnell wieder zurückzuholen.

»Wem gehört der E 350?«, fragte Frans.

Der was? Ach so, der Mercedes. Warum kannten Jungs sich eigentlich immer mit diesen Zahlen aus, von denen niemand sonst (also keine Frau, kein Mädchen, das ich kannte) wusste, was sie bedeuteten?

»Der gehört den Hyänen, die sich das Kino schnappen wollen«, sagte Horst. »Doch wir werden nicht zulassen, dass diese Heinis von der Sparkasse uns aufkaufen«, setzte er mit einem drohenden Unterton hinzu.

Frans trat näher an den E-sowieso und spähte durch die Scheiben. »Sparkassen-Heinis? Nein, die sind von Zalanx-Investment.«

»Woher weißt du das?« Horst klang gekränkt. Er tat mir leid. Er hatte eben keine Ahnung und sein Wortschatz aus den Fünfzigern hörte sich manchmal furchtbar dumm an.

»Weil hier 'ne Mappe von denen auf dem Sitz liegt. Das sind Investoren, hinter denen steckt eine Menge Geld.«

Ich lächelte Frans an. Danach Horst. Die Jungs hatten gestern zwar so einvernehmlich über Motorräder gequatscht, aber ich spürte die Spannung zwischen ihnen. Es ging um mich! Ich wollte mich zusammenreißen, aber ich konnte nicht anders: Ich fand das Gefühl toll. Noch nie hatte sich ein Junge richtig für mich interessiert und nun taten es gleich zwei!

Doch dann scheuchte ich diese überheblichen Gedanken beiseite. Was wollte ich denn? Was hatte Oma am ersten Abend zu mir gesagt? Mehrere Wahlmöglichkeiten zu haben, sei sicher nicht schlecht, aber im Grunde genommen wähle mein Herz, da habe der Kopf gar nicht mitzureden.

Doch mein blödes Herz sprang gerade wie eine Flipperkugel hin und her und wollte mir keine eindeutige Antwort geben.

Ich stand auf. »Die Typen gehen bestimmt gleich rein, um sich alles von innen anzuschauen. Zeigen wir denen, dass dies nicht irgendeine Immobilie ist, die zum Verkauf steht, sondern immer noch ein funktionierendes Kino!«

»Das von uns nicht kampflos aufgegeben wird!«, rief Horst und ballte die Faust.

Im Großen Saal legte er eine der Rock-'n'-Roll-Platten auf und drehte die Musik laut. Gemeinsam suchten wir Schrubber und Eimer zusammen und begannen, den Zuschauerraum zu wischen. Es war die mieseste Arbeit überhaupt! Das Wischwasser war sofort total schwarz, wenn man sich auch nur ein bisschen in einer Reihe vorgearbeitet hatte. »Unter den Sitzen kleben Tonnen von eingetrockneter Cola!«, rief Frans und schüttelte sich.

»Zusammen mit dem altem Popcorn und dem Staub von

Jahren sind da richtige Klumpen daraus gewachsen«, bestätigte ich. »Ziemlich ekelig. Wie kriegen wir die da weg?«

»Mit einem Stemmeisen?« Frans und ich lächelten uns an, doch irgendwas war anders zwischen uns. Er berührte mich nicht mehr zufällig, obwohl ich doch so oft wie möglich in seiner Nähe stand, und auch unser flirtender Ton aus dem *Wintergarten* war fast ganz verschwunden. Meiner war noch da, aber seiner nicht … Irgendwie hatte ich das Gefühl, er wiche mir absichtlich aus. Ich fühlte mich elend und wusste nicht, was ich anstellen sollte, ohne mich wie eine Katze, die unbedingt gestreichelt werden wollte, an ihn heranzuschleichen.

»Eigentlich müsste man die Bestuhlung erneuern«, sagte ich in einem neutralen Ton. Verdammt, dann würde ich mich eben nur noch um das Kino kümmern und so tun, als sei er mir egal. War das jetzt richtig? Horst und Oma hatten mich ja mehr als einmal gewarnt, es ihm zu einfach zu machen. Ob diese Taktik aufging? Ich wusste es nicht. Stattdessen packte ich den Schrubber und ging wieder auf die erstarrten Popcorngewächse unter den Sitzen von Reihe drei los.

Horst dagegen war bestens gelaunt, er schrubbte, tauschte für uns das Schmutzwasser aus und legte eine Platte nach der anderen auf.

Als Mama mit den beiden Investoren hereinkam, unterbrachen wir unsere Arbeit nicht, sondern nickten ihnen nur knapp zu. Wir waren das coole Reinigungsteam, wir ließen uns nicht ablenken. Ich freute mich und schöpfte sogar wieder Mut. Der Samstag und auch die Woche danach würden ein Erfolg! Mama würde schon sehen, dass sie sich getäuscht hatte. Und dann … Wenn die erste Gefahr gebannt war, würde ich endlich verstehen, wie ich das mit Frans und Horst alles auf die Reihe kriegen sollte.

»Komm, lass uns Pause machen und 'ne kleine Sohle aufs Parkett legen«, sagte Horst nach einer halben Stunde. »Frans guckt zu und sagt uns, ob das schon 'ne steile Sache ist, die wir hier aufführen!«

Ich sträubte mich zunächst, doch dann ließ ich mich überreden. Und eigentlich war ich ihm auch ganz dankbar für die Unterbrechung, denn mir taten schon die Arme weh. Horst zog mich auf die Bühne. »Mensch, ist das dreckig, hier müssen wir aber auch noch mal drüberwischen«, sagte ich verlegen und linste hinunter zu Frans, der mit einem schwer zu deutenden Gesichtsausdruck zu uns hochschaute.

Als die ersten Takte von *Rock around the clock* durch den Saal schallten, konnte ich nicht anders, ich musste mich einfach bewegen! Es war peinlich, aber ich wollte, dass Frans mich bewunderte. Wollte, dass er sah, wie locker ich tanzte und wie schön ich dabei aussah.

Gleich zu Beginn merkte ich allerdings, dass ich noch viel mehr üben musste. Ich wusste plötzlich den einfachsten Wechselschritt nicht mehr und das lag natürlich nur an seinen Blicken. Wie wäre es dann erst, wenn ich vor fünfzig oder sogar hundert Leuten auftreten müsste? Würden so viele überhaupt kommen?

Dann, als es etwas besser ging und ich sowohl die *Grätsche* als auch den *Hochzeitssitz* gut hinter mich gebracht hatte, konnte ich mir die Zeit nehmen, erneut zu ihm hinunterzulächeln, doch ich sah, dass er seine Augen von mir abgewandt hatte. Und war das da etwa ein Handy in seiner Hand? Frans schaute mich nicht mehr an! Mit einem Schlag war alles nur noch ein blödes Gezappel, was wir hier oben veranstalteten. Horst wollte mich zur *Doppelgrätsche* hochstemmen, die wir in den letzten Tagen geübt hatten und die eigentlich auch schon ganz gut klappte, aber ich war nicht konzentriert, rutschte an seiner Schulter ab und schlug mit dem Ellbogen auf dem Boden auf. Autsch, das hatte echt wehgetan.

Aus den Augenwinkeln sah ich, dass Frans mit seinem Handy am Ohr Richtung Tür ging, während Horst mir aufhalf. »Geht's, Zuckerpuppe?«

Die Musik war vorbei.

»Ja, geht schon«, sagte ich abwesend und rieb mir den Arm. Ich schaute in den leeren Saal. Frans war gegangen!

»Also, ich verstehe die Welt nicht mehr! Ich hab dich ›Zuckerpuppe‹ genannt und du hast mir noch nicht mal Schläge angedroht!«

Ich biss die Zähne zusammen und versuchte ein Grinsen, obwohl ich am liebsten geheult hätte. »Tja, Horst! Ich verstehe die Welt auch nicht mehr!«

15

Wenn ihr euch fragt, warum ich nicht sofort hinter Frans hergerannt bin – ich bin sofort hinter ihm hergerannt! Was Horst von mir dachte, war mir in dem Moment total egal. Ich sprintete los, bis ich Frans im Foyer stehen sah. Er telefonierte und rollte so süß mit den Augen, als er mich sah, dass ich ihm alles verzieh und sofort dachte: Nun ist alles wieder gut!

»Mein Opa«, flüsterte er tonlos und marschierte mit dem Handy auf und ab. »Nein, Opa«, sagte er mit geduldiger Stimme, »wenn das YouTube-Video auf einmal stumm ist, hast du entweder die Lautsprecher wieder ausgeschaltet oder ...« Er verstummte. »Nein. Nein. Hinten, der kleine Knopf?« Er nickte in sein Handy hinein und lächelte mich an: »Aha, geht auch nicht ...«

Ich ging wieder in den Saal zurück. Ich hatte Frans noch gar nicht viel zu seinem Opa gefragt. Ich wusste nur, dass er nachts backte. Wie egoistisch! Es war immer nur um mich und das Kino gegangen.

Kurz nach dem Telefonat verabschiedete er sich von uns. »Ich muss mit meinem Opa zu einem Termin beim Amtsgericht.« Er erzählte, dass er mit ihm schon zu tausend anderen Ämtern gefahren sei, er würde ihm erklären, wie er die Formulare auszufüllen hatte, sie seien sogar bei einem Rechtsanwalt gewesen, wo sein Opa sich Rat holte.

»Amtsgericht?«, fragte Horst. »Damit ist nicht zu spaßen! Wollen sie ihn verknacken?«

»Nein ...«, Frans rieb sich den Nacken, als ob er überlegen

würde, ob die Geschichte seines Opas bei uns gut aufgehoben wäre. »Es ist nur so ... also ... er hat einen Sohn ...«

»Na, klar wie Kloßbrühe – deinen Vater, oder?« Horst lachte, indem er den Kopf zurückwarf.

Oh, halt die Klappe, Horst, dachte ich nur. Manchmal gefiel er mir und dann wieder gar nicht. Ich lächelte Frans an. Aber er sah plötzlich wieder so ernst aus, fast schon abweisend.

»Ja, aber da gibt es *noch* einen, der behauptet, sein Sohn zu sein. Der will jetzt was vom Erbe und bombardiert Opa mit Briefen. Mein Vater kann sich gerade nicht darum kümmern, deswegen hat er mich hier abgestellt.«

»Damit der Alte nicht aus Versehen irgendwas unterschreibt, wie?!« Horst lachte wieder. »Ist ja ungeheuerlich!«

»Ich nenne ihn ›Opa‹«, sagte Frans nur und kam auf mich zu. Ich wurde schlagartig nervös und meine Hände verkrampften sich. Wie würde er sich von mir verabschieden ... und was sollte ich tun?

»Wir spielen heute Abend wieder im *Wintergarten.* Wäre schön, wenn du kommst.« Er umarmte mich. »Aber jetzt muss ich mich beeilen, die beim Amtsgericht warten nicht, sorry!«

Schon war er weg.

»Mund zu, die Milchzähne werden sauer!«, rief Horst. »Du müsstest sehen, wie du ihm hinterherstarrst, pass auf, gleich sabberst du noch!«

»Einmal in Brand geratene Nitrofilme sind nicht löschbar ...«, sagte ich wie in Gedanken vor mich hin und brachte Horst so zum Schweigen.

Ich wusste nicht, ob ich frustriert oder happy sein sollte. Frans war vorbeigekommen, aber kaum eine Stunde hier gewesen. Doch immerhin hatte ich heute Abend eine Verabredung mit ihm. Vielleicht konnten wir dann endlich wieder schön dicht beieinander auf dem alten Sofa sitzen und über etwas anderes reden als über Großeltern und das Kino. Über uns zum Beispiel!

Am späten Nachmittag stand ich lange vor dem Spiegel und überlegte, was ich anziehen sollte. Auch Oma und Horst kamen dazu und wir verwandelten das Schlafzimmer in einen Modesalon aus den Fünfzigern, so viele Klamotten lagen anschließend auf ihrem Bett und den Sesseln. Einhellig entschieden wir uns für eine kurze weiße Bluse ohne Ärmel und den hellroten Rock, der so gut zu meiner Haarfarbe passte. Natürlich hatte ich darunter den Petticoat an, dazu helle flache Tennisschuhe.

»Ich erkenne ganz viel von dir in Ava, Mutter Luise!«, sagte Horst. Komplimente machen konnte er. Manchmal. Ja, manchmal war er echt süß.

Als Oma mit einer Hand die Klamottenberge durchwühlte und einen schmalen Stoffstreifen in der gleichen Farbe des Rockes hervorzog, war die Sache perfekt!

»Knote ihr das locker um den Hals«, bat sie Horst.

Seine Automechanikerhände waren erstaunlich sanft, aber das wusste ich ja schon. »Ist es so in Ordnung?«, fragte er mich, als er fertig war.

»Das hätte ich auch selbst machen können, aber ja, danke!« Ich grinste ihm im Spiegel zu. Danach probierte Horst die Sachen von meinem Opa an, die Oma für ihn herauslegte. Zum Umziehen begab auch er sich hinter den Paravent, bevor er dann mit ausgebreiteten Armen dahinter hervorkam. Die Sachen passten ihm, als ob sie für ihn geschneidert worden wären, und ich musste zugeben, er sah jedes Mal ziemlich gut aus, selbst in den kurzärmeligen Strickpullovern, die damals wohl schwer in Mode gewesen waren. Ich schaute ihn von oben bis unten an. Selbst seine Oberarme erschienen mir nicht mehr so dünn wie früher. Hatte er trainiert? »Wir dürfen dich nur nicht in den falschen Klamotten in den Film zurückschicken!«

Horst nickte, während er sich verliebt im Spiegel anstarrte.

»Moment mal«, sagte ich, denn mir war gerade etwas eingefallen. »Wie wäre es eigentlich, wenn ich dich begleite? Also, mal kurz in den Film steige?! Meint ihr, das ginge?«

Doch die Blicke, mit denen Horst und Oma mich bedachten, zeigten mir, wie schräg meine Idee war. »Bist du wahnsinnig?! Du bist ein Mensch!«

Okay, ich war ein Mensch. Er eine Filmfigur. Manchmal vergaß ich das. Und was, wenn ich zwar hinein-, aber nicht wieder hinauskam und in dieser seltsamen Welt der Fünfziger feststeckte. *No way!* »War ja nur so 'ne Idee …« Mit einem Schulterzucken wandte ich mich wieder der Kleiderfrage zu.

Zum Schluss fiel unsere Wahl auf eine schwarze Stoffhose, einen kurzärmeligen braunen Pullover, dazu die Lederjacke. Das hört sich jetzt vielleicht nicht sensationell an, sah aber ziemlich cool aus.

»Ein *wunnerbaares* Paar!« Oma schob uns vor den linken Ankleidespiegel. Sie hatte recht, wir sahen aus wie das Pärchen aus dem Tanzfilm, dem niemand eine Chance gibt, das aber am Ende doch gewinnt.

»Wir werden im *Wintergarten* noch mal richtig Stimmung für Samstag machen!«

Und das gelang uns auch! Obwohl wir unterwegs mitten auf der Landstraße ohne Benzin liegen blieben und eine Ewigkeit darauf warteten, bis ein freundlicher Autofahrer mit einem Reservekanister hielt und unseren Tank auffüllte. Wieder musste ich Horst davon abhalten, seine falschen Hundertmarkscheine aus der Jacke zu ziehen. Ich reichte dem netten Mann einen

Zehner. Er gab mir einen Fünfer zurück. »Ist schon okay so.« Trotzdem: So langsam wurde mein Geld knapp.

»Tanken? Das habe ich voll vergessen! Bei uns muss man nie tanken«, sagte Horst, als er den Tankdeckel wieder zudrehte. »In der Zapfsäule bei der Werkstatt ist ja auch gar nichts drin.« Er sah dabei so zerknirscht aus, dass ich ihm die Tatsache, dass wir zu spät zum Auftritt der *Triple B's* kommen würden, halbwegs verzieh.

Ein paar Minuten später waren wir endlich da. Wir parkten das Motorrad direkt vor dem *Wintergarten,* liefen hinein und wurden sofort vom Besitzer hinter der Theke begrüßt. »Horst, mein Freund, was geht?«

»Alles bestens, alter Sonnyboy!«, erwiderte Horst. »Ist ja echt 'ne flotte Nietenhose, die du da anhast!« Er grinste in die Runde. »Ich fühl mich hier pudelwohl«, raunte er mir verschwörerisch ins Ohr und sofort hatte ich Angst, dass man uns für ein flirtendes Pärchen halten könnte. Alles, nur das nicht! Vor allem nicht vor Frans! Wo war der denn überhaupt? Ich hielt Ausschau nach ihm und der Band. Hatten sie die Instrumente wieder hinten beim Billard aufgebaut? Vor lauter Menschen konnte ich nichts sehen, nur dass unsere Flyer auf den Tischen verteilt waren. Horst wurde sofort umringt und auch ich wurde nach meinem Outfit gefragt. Manche versuchten sogar, es anzufassen. »Das ist ja geil! Dreht ihr hier einen Film?«

»Seid ihr Schauspieler?«

Die langhaarigen Mädchen um uns herum wurden immer mehr. »Echt? Ist das für diese Serie?«

»Nein, Zuckerpuppe, wir drehen keinen Film, wir *sind* der Film!«

Alle lachten und ich merkte an den unruhigen Blicken, die die Mädchen sich untereinander zuwarfen, dass sie Horst echt cool fanden und herausfinden wollten, ob ich mit ihm zusammen war. Das will man ja immer, wenn man ein Pärchen sieht und einem der Typ gefällt, oder? Erwähnte ich schon, dass er an diesem Abend besonders gut aussah?

Ein paar Schlagzeugstöcke wurden aneinandergeschlagen. *»One, two, three, four!«* Mist. Die Band fing an zu spielen, bevor ich Frans begrüßt hatte! Frustriert blieb ich einen Moment an der Theke stehen. Es war wie verhext! Ohne zu fragen, bestellte Horst eine Fanta für mich. Na klar. Wir erinnern uns: Ein Mädchen, das trinkt wie ein Schluckspecht, ist wie ein … Wie ging dieses blöde Sprichwort eigentlich?

Er selbst nahm »einen von diesen kleinen starken Kaffees in den Mokkatässchen, die aus Italien kommen«. Ich schaute mich um. Hätte ich jemals gedacht, dass ich in meinen Ferien so lässig irgendwo in einem Lokal stehen würde? In diesem Outfit? Mit einem Typ an meiner Seite, mit dem man echt gut tanzen und küssen üben konnte und um den ich von den Mädchen ganz offenbar beneidet wurde? Und mit einem anderen hinter einem Schlagzeug, mit dem man hervorragend Bus fahren konnte? Nein, niemals wäre mir so etwas in den Sinn gekommen. Aber meinen Busbegleiter wollte ich jetzt ganz schnell wenigstens aus der Nähe sehen!

Ich schnappte mir meine Fanta und drängte mich durch die Menge, bis ich ganz vorne vor der Bühne stand. Da saß er hinter seinem Schlagzeug und wippte mit dem Kopf und dem ganzen Körper zum Rhythmus der Musik und schaute gar nicht auf. Ich bin da, Frans! Siehst du mich nicht?! Ich reckte mich und wippte auf den Zehenspitzen, ich war fürchterlich stolz auf ihn.

»Die sind cool!«, schrie ich einem Mädchen neben mir ins Ohr. Das Mädchen nickte nur. Besonders der Schlagzeuger!, hätte ich am liebsten weitergebrüllt. Und ich glaube, ich bin in ihn verliebt!

Ja, ich versuchte wirklich, mir einzureden, dass Frans vielleicht bald mein Freund werden würde, dass ich nur leider an diesem Abend nicht an ihn herankam! Als ich ihn in der Pause endlich sprechen konnte, waren wir von Menschen umgeben. »Schön, dass du da bist!« Er umarmte mich kurz. »Ich mag diesen Rock!«

»Es war cool!« Mit meiner leeren Fanta-Flasche in der Hand fühlte ich mich einen Moment lang wie ein zwölfjähriges Mädchen, das ihn anhimmelte. Doch dann lächelte er mir zu, organisierte mir ein Tonicwater und wir stießen an. Wie war es mit deinem Opa?, wollte ich fragen, vergaß es aber gleich wieder, denn andauernd kam jemand, um Frans auf die Schulter zu klopfen, ihm ins Ohr zu rufen, wie geil die Band war, oder um sonst irgendwas zu ihm zu sagen.

Ich hielt Ausschau nach unserem Sofa. Es stand hinter uns, in eine Ecke gedrängt, und war mit Jacken überhäuft. Er fing meinen Blick auf und grinste, während er sich zu mir beugte. »Nach dem Konzert? Kannst du bleiben?«

Ich nickte und hoffte, besonders vielversprechend, aber auch ein bisschen geheimnisvoll rüberzukommen.

Er schaute auf die Uhr. »In fünf Minuten sollte ich eigentlich meinem Opa helfen, weil er unbedingt diese Sendung aufnehmen möchte. Er bekommt das mit dem Rekorder einfach nicht hin, sondern stellt nebenbei mal eben den Sendersuchlauf des Fernsehers komplett neu ein, ohne es zu wollen!«

»Lauf doch kurz rüber, du hast es doch nicht weit!«

»Woher weißt du das? Das habe ich dir nie erzählt.«

»Das spricht sich rum. Du bist eben bekannt in Kloppenbostel.«

»Dann bist du die Ava Gardner vom *Titania Palast!*« Hach, endlich kam wieder dieser flirtige Ton zwischen uns auf, den ich so vermisst hatte.

»Nee, Opa zu helfen, schaffe ich jetzt nicht. Es geht hier gleich weiter. Aber später Sofa, ja?«

Ich nickte und hatte wieder gute Laune. Vielleicht hätte ich auch gar nicht auf das Handy geschaut, das in diesem Moment in meiner kleinen Umhängetasche vor sich hin vibrierte. Ich wollte nur kurz sehen, wer es war, und gar nicht rangehen. Doch es war Oma! Irgendetwas musste passiert sein oder warum würde sie mich sonst anrufen? Dass sie überhaupt meine Nummer hatte! Ich suchte eine ruhige Ecke, gar nicht so einfach, denn nun sammelten sich alle wieder vor der Bühne. Schließlich floh ich mit dem klingelnden Telefon nach draußen, dabei kam ich an Horst vorbei, der sich gerade irgendetwas von einem Mädchen mit einem Kajalstift auf die Stirn schreiben ließ … Ich guckte schnell weg. War ich etwa eifersüchtig? »Oma, was ist los, ist was passiert?«

»Ach, da bist du ja. Mit einer Hand telefonieren ist auch nicht einfach. Hatte schon dreimal die falsche Nummer.«

»Wo ist Mama?«

»Na, in der Stadt.« Also in Hamburg. Warum war Mama in Hamburg? Und warum fiel mir sofort der Begutachter-Typ ein? Ob sie sich mit dem traf?

»Aber ich erreich sie nicht und hier is' Land unter, kann man wohl sagen.«

»Warum, was ist los?«

»Wasser. Das gluggert und rauscht da nur so durch.«

»Wo?«

»Na, hier unten, in der Herrentoilette! Der Boden ist schon überschwemmt und macht mir den Teppich im Foyer nass.«

»Kann man das nicht abdrehen? Gibt es da keinen Haupthahn oder so?«

Bestimmt hatte ich diesen Satz mit dem Haupthahn von Papa mal gehört.

»Ich seh da keinen. *De Puschen* sind auch nicht wasserdicht, *na, denn man tau …*«, murmelte sie.

Ich stellte mir meine Oma in der Herrentoilette vor, in ihren übergroßen Filzpantoffeln, in die sie ohne Hilfe hineinkam und die jetzt völlig durchnässt waren.

»Wer kommt denn sonst immer, wenn so was passiert? Wen rufst du dann an?«

Ich schaute zum *Wintergarten,* aus dem jetzt gerade stürmischer Beifall und Gejohle ertönte. Nach dem Auftritt würde ich mit Frans endlich in Ruhe auf dem Sofa sitzen können. Wenn Mama nicht da war, käme es auch nicht drauf an, ob ich Punkt elf zu Hause war. Es war so schön warm an diesem Abend. Vielleicht könnte ich mit Frans auch zu Fuß nach Kloppenbostel gehen, mit einem kleinen Umweg über den Appelbeeker See? Mama hatte manchmal richtig gute Einfälle …

»Wen ich dann anrufe? Na, den Klaas, der ist ja Klempner und hat hier früher alles gemacht, doch der hat Betriebsferien, sagt sein Anrufbeantworter. Die Leute müssen ja alle im Sommer in Urlaub fahren. Und in Steinfeld wäre noch der Schwager vom Hans, aber der kommt nicht mehr zu mir, nachdem ich seinen Jung' aus dem Kino geschmissen habe. Der hat gedacht, er kann da einfach einen Joint rauchen, weil er alleine im Kino sitzt.«

Ich seufzte. Aber mein Entschluss stand fest.

»Ich komme mit Horst. Wir sind gleich da!«

Doch bevor ich Horst die schlechte Nachricht überbrachte, googelte ich *Notdienst – Wasserrohrbruch – Kloppenbostel.* Es gibt für alles einen Notdienst, hatte Papa mal gesagt.

Na also. In Buxtehude auch. *24-Stunden-Notdienst. Schnell. Preiswert und absolut fair.* Die Frau am Telefon war supernett und fragte, ob ich schon den Haupthahn abgedreht hätte. »Nein. Meine Oma findet den nicht!«

»Altes Gebäude? Da sind sie meistens irgendwo oben unter der Decke.«

»Unter der Decke?« Meine Stimme klang jämmerlich. »Können Sie nicht ganz schnell jemanden losschicken?«

»Der Kollege ist noch bei einem Einsatz hier in Buxtehude, aber in einer halben Stunde sollte er bei Ihnen sein!« *Fuck!* Halbe Stunde! Es ging nicht anders, ich musste in den *Titania Palast.*

»Viel Glück beim Suchen nach dem Haupthahn, der Kollege kommt dann bald!«, sagte die Frau am Ende der Leitung.

»Samstag Rock & Roll!«, las ich von Horsts Stirn ab. Pff. Diese glatt gezogenen Langhaarmädchen konnten noch nicht mal richtig Rock 'n' Roll schreiben. »Tolle Werbung, ehrlich, aber wir müssen gehen, sofort!«

»Hey, einen Augenblick mal! Ich kann doch meinen Harem jetzt hier nicht verlassen.«

Ich warf einen sehnsüchtigen Blick in Richtung Musik. »Ich könnte mir auch was Besseres vorstellen, als nach Hause zu fahren, aber *Mutter Luise*, wie du sie immer nennst, steht bis zu den Knien im Wasser der Herrentoilette!«

»Oh, oh, Kinder, die Pflicht ruft! Wir sehen uns Samstag!« Horst warf seine Lederjacke über, klopfte mit den Fingerknöcheln auf den Tisch und verließ mit mir den *Wintergarten.*

Im *Titania Palast* sah es nicht so schlimm aus wie befürchtet. Das Wasser stand zwar eine Handbreit hoch auf den Bodenkacheln, lief aber irgendwo hinter den Toiletten wieder in die Wand hinein, weil sich dort ein großer Riss befand. Doch es stank unerträglich nach … allem, was jemals diese Toiletten hinuntergespült worden war. Ich musste mir die Nase zuhalten, um mich nicht zu übergeben.

Wir fanden den Haupthahn oben neben einem der alten Spülkästen, Horst kletterte auf die Kloschüssel und drehte ihn ab, dann endlich hörte das Rauschen und Plätschern auf. Der Mann vom Sanitärnotdienst kam fünf Minuten nach uns und hielt uns eine lange Standpauke über sanierungsbedürftige Rohre.

»Können Sie nicht etwas gegen diesen Geruch machen?«, fragte Oma. »Wir haben am Samstag Premiere!«

»Kann ich. Aber nur, wenn wir in der Toilette alles dichtmachen.«

»Machen Sie dicht!«, sagte ich. »Dann haben wir eben nur eine Toilette. Hauptsache, dieser Gestank hört auf!« Ich atmete schon minutenlang nur durch den Mund.

»Ich komm morgen um zehn kurz rein und spachtel da was bei«, sagte er.

»Toll! Vielen Dank!«

Er schrieb uns eine Rechnung über 147,50 Euro und Omas dankbares Lächeln erstarrte beim Anblick dieser Zahl.

Ich brachte Oma nach oben, half ihr, aus den nassen Sachen zu kommen, und achtete darauf, dass ihre Füße wieder trocken waren, bevor sie sich ins Bett legte.

»Ach, *Kinners«*, sagte sie, obwohl ich doch nur eine Person war. »Ob das mal nicht alles *'n büschen* zu viel ist? All diese Reparaturen?« Sie sah ganz bekümmert aus.

»Wir bekommen das hin!«, sagte ich.

Aber wie?, fragte ich mich, während ich sie zudeckte. Wenn wir wirklich noch etwas von den Einnahmen des Abends übrig haben sollten, nachdem wir die Kosten von vierzig Snickers, unzähligen Schmalzbroten und der Waldmeisterbowle abgezogen hatten, würden wir erst einmal die Klempnerrechnung bezahlen müssen. Doch ich wollte Oma beruhigen: »Wenn nur jedes zweite Mädchen, das Horst heute angemacht hat, in die Vorstellung kommt, haben wir den Großen Saal schon halb voll!«

Ich lief hinunter zu Horst, der mit Lappen und Schrubber gegen das restliche Wasser kämpfte. Ich grinste ihn an: »Hey, Horsti, du wirst ja langsam ein richtiger Hausmann! Fahren wir wieder zurück?«

»Hausmann? Gibt's bei euch solche Jämmerlinge?«, fragte er. »Egal, ich bin fix und alle und mir geht's auch nicht so gut.« Er schaute in den Spiegel über dem Waschbecken. »Guck selbst, ich sehe aus wie Dünnbier und Spucke, ich glaube, ich muss zurück.« Und richtig, seine Fingerspitzen fingen an, grau zu werden. »Bin in letzter Zeit vielleicht ein bisschen viel draußen gewesen.«

»Nicht dein Ernst.« Meine gute Laune war weg. Ich rannte aus der Toilette ein paar Meter durch das Foyer und wieder zurück. »Das heißt, ich komme da heute nicht mehr hin! Jetzt ist es schon gleich zehn, der letzte Bus fuhr vor zwei Minuten Richtung Bierbeek.«

»Rares Mädchen fängt den Bauern!«

»Wie bitte?«

»Das ist ein Sprichwort, frisch von mir ausgedacht.«

»Super. Ich bin so was von rar! Ich sehe ihn ja nie, und wenn, können wir nicht einmal ordentlich miteinander reden. Und Frans ist außerdem kein Bauer! Ich muss ihm schreiben, ich muss ihm sagen, dass ich nicht einfach abgehauen bin, sondern …«

»Du wirst sehen, am Samstag renkt sich alles ein, er wird da sein und ihr werdet nebeneinandersitzen und phänomenale Filmwerke aus den Fünfzigerjahren anschauen dürfen.«

Ja, toll! Ich holte mein Handy raus und seufzte. »Und du?«

»Ich werde die Ansagen machen, mit dir tanzen und auf einen weiteren Kuss warten.«

Na super. Es wurde alles immer schlimmer.

16

Obwohl ich es kaum erwarten konnte, Frans endlich wiederzusehen, kam der Samstag dann doch schneller heran, als mir lieb war.

Hilfe!, dachte ich Donnerstagnacht, als ich wieder mal im Bett lag und nicht schlafen konnte. Ich bin doch erst sechzehn und habe so etwas noch nie gemacht! Als Unterstützung habe ich einen achtzehnjährigen Automechaniker aus den Fünfzigerjahren und eine Siebzigjährige ohne Geld auf dem Konto, mit nur einem einsetzbaren Arm …

Wir hatten so viele Leute eingeladen und die erwarteten alle etwas Tolles! Was, wenn es ihnen nicht gefiel? Und würde organisatorisch alles klappen? Außerdem war es ja nicht nur der Samstag, der ordentlich Geld bringen sollte. Auch danach musste es direkt weitergehen mit vielen Zuschauern und einer vollen Kasse!

Mama hatte uns nicht geholfen. Im Gegenteil! Um uns zu demoralisieren, hatte sie die Visitenkarten der Investoren und die bunt glänzenden Mappen von Zalanx-Investment schön auffällig auf dem Garderobenschränkchen im Flur deponiert, damit wir es ständig sahen, wenn wir da vorbeikamen.

Am Freitag gab es Hering zum Mittagessen und Mama erzählte uns von dem tollen Angebot, das die Investoren angeblich abgegeben hätten. Ich wusste, das war eine ihrer erzieherischen Maßnahmen.

»Ach, die *Sparkassen-Heinis!*«, sagte Oma. So hießen die beiden bei Horst, Oma und mir. »Jetzt mal Butter bei die Fische!«, forderte sie. »Mal angenommen, ich würde mich darauf einlassen. Wie viel wollen die mir denn zahlen, wenn sie dann ja auch noch renovieren und digitalisieren müssen?«

»Nun.« Mama machte eine strategische Pause. »Über einen Erhalt des *Titania Palasts* ist nicht gesprochen worden. Sie haben eine Summe geboten, um zu kaufen, Mutter! Und die war recht anständig ...«

»Vergiss es!«, sagte Oma nur und wandte sich mit einer ruckenden Kopfbewegung an mich. »Ich gehe heute übrigens zu deiner Diana. Da muss dringend frischer Wind in meine Frisur! Am Samstag möchte ich schließlich etwas hermachen.«

Was war mit Frans, wollt ihr jetzt sicher wissen. Ja, das wollte ich auch wissen ... Wir hatten uns mehrfach geschrieben, doch gesehen hatten wir uns nicht mehr. Auch Horst hatte das mitbekommen und nervte mich damit, als wir am Freitagnachmittag noch einmal unsere Tanzchoreografie einübten: »Wo ist eigentlich dein Kavalier?« Er lief zum Plattenspieler, den wir mittlerweile auf der Bühne aufgebaut hatten. »Muss die Scheibe umdrehen!«

Ich ließ mich am Rand des Podiums fallen, sodass meine Beine ins Leere baumelten, und starrte in den Saal. »Er hat mit seinem Opa zu tun.«

»Ach, der mit dem Sohn!« Horst lachte.

»Er hat mir geschrieben, dass er morgen kommt und uns hilft.«

»Wieso schreibt er dir? Warum ruft er nicht an?«

»Das macht man heute so.«

»Warum? Weil es spannender ist? Das ist ja genau so, als ob man sich auf dem Weg zur Toilette kleine Zettelchen zusteckt.«

»Ja. Genau so. Ganz toller Vergleich.«

Horst nickte. »Ich kann mich eben gut in eure Zeit hineinversetzen.«

Kannst du eben nicht, dachte ich.

»Aber manchmal verstehe ich euch auch nicht!«, sagte Horst und setzte sich neben mich. »Ich verstehe *ihn* nicht, dass er nicht ständig hier ist, hier bei dir!« Er legte kurz den Arm um mich, zog ihn dann aber schnell wieder zurück. »Oje! Muss ja aufpassen!« Er grinste. »Ich habe in Mutter Luises Fernsehgerät eine Menge Dinge über Frauen gesehen. Da muss man vorsichtig sein, dass man nichts Falsches sagt. Man darf sie auch nicht mal eben berühren, selbst wenn ein supersteiler Zahn dicht an einem vorbeigeht, in diesen engen Nietenhosen …«

»Nein! Man darf sie überhaupt nicht einfach so berühren! Sag bloß, ihr macht das?!«

»Ja.« Er zuckte mit den Schultern. »Ist im Manne eben so drin. Und die Frauen warten doch nur darauf.« Ich durchbohrte ihn mit meinen Blicken, bis er wenigstens etwas schuldbewusst schaute. »Na ja. Dachte ich jedenfalls immer.«

Ich seufzte. *Im Manne drin* … ja klar. »Sie warten da garantiert nicht drauf! Also darfst du es auch keinesfalls tun, es sei denn, der supersteile Zahn zeigt dir ausdrücklich, dass es okay ist.«

»Ava? War es für dich okay?«

»Was?«

»Dass ich dich da neulich im Hof geküsst habe?«

»Ja natürlich. Das hättest du schon gemerkt, wenn nicht!«

»Und jetzt?« Er legte seinen Kopf auf meine Schulter. »Ich bin recht durcheinander. Da ist Greta und da bist du …«

»Stopp! Das will ich jetzt nicht hören!«

»Jetzt nicht oder überhaupt niemals nicht?«

»Oh Mann, Horst.« Was sollte ich ihm sagen? Ich hatte doch keine Ahnung, ob das, was ich für ihn fühlte, wirklich Liebe war. Oder Freundschaft. Oder einfach ein bisschen Verknalltsein. Und bei Frans?

»Das sage ich dir am Sonntag, okay? Am Tag nach der Premiere. Und bitte halte dich morgen dran: Keine Frau wird angetatscht, auch wenn sie eine noch so enge *Nietenhose* anhat!« Wieder schaute ich ihm eindringlich in die Augen. »Sonst kriegen wir richtig Ärger!«

»Ich hab's schon kapiert, aber dann sollen sie doch nicht alle so halb nackt rumlaufen«, murmelte er. »Überall lümmeln sie in Unterwäsche auf den Plakatwänden herum.«

»Horst! Ich warne dich, ich lass dich sonst nicht raus!«

»Ich sag doch, ich werde meine Griffel schön bei mir behalten!« Er hob beide Hände in die Höhe, als ob er sich ergeben wollte.

»Und warum Frans nicht hier ist? Na, er hat genug mit seinem Großvater zu tun!« Frans war leider kein aktiver Nachrichtenschreiber. Seit gestern hatte er keine WhatsApp mehr geschickt, das würde ich vor Horst aber niemals erwähnen. »Immerhin hat er es geschafft, dass das *Buxtehuder Tageblatt* noch mal einen kleinen Erinnerungsartikel gedruckt hat! Das ist richtig cool.«

»Ja. Reklame haben wir wirklich genug gemacht.«

Ich nickte. Auch in der Buxtehuder Innenstadt hatten Horst und ich tonnenweise Flyer verteilt. Der Tag der Premiere konnte kommen! Und mit ihm Frans. Und mehr Klarheit für mich. Bitte!

Samstagmorgen. Ab acht Uhr früh stand ich mit Oma und Horst in der Küche und schüttete die Waldmeisterbowle in zwei großen, gläsernen Schüsseln zusammen. Einmal Weißwein und Prosecco, einmal ohne Alkohol, nur Orangensaft und Sprudelwasser. Horst legte jeweils einen Holzlöffel über die Gefäße, an denen wir die Waldmeisterzweige an Bindfäden hineinhängen konnten, ohne dass die Stängel mit dem Getränk in Berührung kamen. »Sonst wird es bitter!«, warnte Oma. Sie hatte auch die passenden Schöpfkellen und Glastässchen dazu, die man an den Schüsseln mit vielen Haken befestigen konnte.

»Wie bei meinen Alten zu Hause«, sagte Horst.

»Wir lassen die Tassen an den Schüsseln hängen, das sieht schön aus.«

Oma überredete uns, die hunderttausend Gläser, die hinter der Theke standen, hochzuholen, mit heißem Wasser durchzuwaschen – das gab es unten nämlich nicht –, abzutrocknen und wieder hinunterzuschleppen. *»Wat mutt, dat mutt!«* Sie lächelte zufrieden.

»Ja klar. Aber mehr Arbeit ist es schon, als mal eben hundert Plastikbecher zu kaufen!« Ich wischte mir den Schweiß von der Stirn.

»Wenn dein Kavalier sich hier mal zeigen würde, wäre weit weniger zu tun«, sagte Horst und wedelte mit seinem Geschirrtuch. »Wo ist der eigentlich?«

»Der kommt noch! Mach dir da mal keine Sorgen, Horsti. Du brauchst gar nicht so doof zu grinsen.« Ich kickte ihn in die Seite.

»Meinetwegen kann er auch wegbleiben. Und bitte keine Kosenamen!«

Laut vor mich hin schimpfend, fuhr ich mit dem Fahrrad zum Bäcker. »Mensch, Frans, warum bist du noch nicht da? Du hast es doch versprochen!« Ich merkte, wie mein Hals sich zusammenzog, bis ich vor Wut und Enttäuschung nicht mehr schlucken konnte. Nein, ich würde ihm nicht schreiben, ich würde ihn nicht noch einmal fragen, er wusste doch, was heute auf dem Spiel stand!

Ich kaufte zwei geschnittene Brotlaibe für unsere Schmalzbrote, den veganen Aufstrich hatte ich im Sonderangebot im

Supermarkt gefunden und mit vier Gläsern gleich zugeschlagen. Schließlich mussten wir unser Geld gut einteilen!

Wir schmierten viele Brote, die Hälfte mit Gänseschmalz vom *ooln* Lieschen, die Hälfte vegan, schön viel Salz darüber, sonst schmeckte es nicht. Oma stand daneben und schaute zu. Sobald ein Brot fertig war, legte sie mit ihrem funktionierenden Arm ein Stängelchen Petersilie darauf. Mein Magen knurrte laut hörbar.

»Mund auf, Augen zu!« Ich gehorchte und Horst fütterte mich mit kleinen Brotstücken. »So kannst du schön weiterarbeiten! Fleißiges Bienchen!«

Ich schnaubte verächtlich, doch das war nur gespielt. Schon war meine Laune wieder besser. Wir sangen die ersten Takte von *Lucille,* so weit, bis wir den Text nicht mehr konnten, deckten die Teller mit Frischhaltefolie ab und stellten sie unten in die Kühltheke.

»Sortier doch schon mal die Kasse«, sagte ich zu Oma. »Haben wir genug Kleingeld, genug Tickets?«

»Die Kasse ist leer«, sagte Oma tonlos und ohne sich zu rühren.

»Ach, Scheiße, stimmt ja.« Das hatte ich am ersten Tag schon festgestellt.

»›Scheiße‹ sagt man nicht, junge Da…« Horst unterbrach sich. »Darf man heutzutage einfach so ›Scheiße‹ sagen?«

»Nein«, sagte Oma.

»Ja klar!«, sagte ich.

»Ach Ava, das ist einfach nicht schön bei *'ne junge Deern.«*

»Ist doch auch egal.« Ich wurde ungeduldig. Und Frans war übrigens immer noch nicht da … »Wo bekommen wir Wechselgeld her?«

Beide zuckten synchron mit den Schultern und sahen mich erwartungsvoll an. Aaaargh!! Beinahe hätte ich laut aufgeschrien! Das war es eben: Sobald ein Problem aufkam, schaute alles auf mich, ich musste hier sämtliche Entscheidungen treffen! Doch dann fiel mir Diana ein. Ob wir aus ihrer Kasse ein paar Scheine und Münzen leihen konnten? Ich notierte ihren Namen auf meiner To-do-Liste, ich würde sie gleich anrufen. Außerdem brauchten wir Tische, auf denen die Bowleschüsseln und Schmalzbrotteller stehen sollten, und weiße Tischdecken dafür. »Verdammt, es ist noch so viel zu tun!«

»Tja, und dein Rosenkavalier ...« Horst hakte seine Daumen hinter die Hosenträger, die er sich zur Feier des Tages von Opa Heinrich ausgeliehen hatte, und ließ sie schnipsen. »... ist nicht da!«

»Halt die Klappe! Dir fällt ja auch niemand ein, den wir fragen könnten!«

Er grinste mich nur an und leerte seine Hosentaschen vor uns aus. Ein Kamm für seine Haartolle. Ein Stofftaschentuch. Zwei Schraubenmuttern (hoffentlich waren die nicht beim Motorradzusammenschrauben übrig geblieben ...!) und zwei Zettel. Darauf stand jeweils eine Handynummer. »Die beiden Schneckchen da können wir anrufen«, sagte er ruhig. »Die haben sich darum gerissen, uns zu helfen. Also mir!«

Zu einem anderen Zeitpunkt hätte ich vielleicht entnervt aufgestöhnt und ihn wegen seiner Wortwahl selbst zum Schneckchen gemacht, aber das konnte ich mir gerade nicht leisten. »Gut. Cool! Ruf sie an und bitte sie, früher zu kommen!« Ich wählte für ihn und gab ihm mein Handy.

»Was sage ich dem Fräulein vom Amt?«

»Das gibt es nicht mehr, Horst.« Oma sah sich lächelnd um, als ob sie gerade aus einer tiefen Trance erwacht wäre. »Ich glaub es nicht: Wir machen Ernst! Wir vom *Titania Palast* legen wieder los!«

Schön, dass sich wenigstens eine darüber freuen konnte. Ich

selbst war einfach zu aufgeregt. Es bestand immer noch die Möglichkeit, dass der Abend in einer vollen Katastrophe endete!

Doch wir schafften es! Am frühen Abend, um fünf nach halb sechs, war tatsächlich alles fertig! Der *Titania*-Schriftzug leuchtete mit dem Ankündigungskasten über der Tür um die Wette, kräftig genug, sodass man beides gut sah, obwohl es noch lange nicht dunkel war. Die frisch gestrichene Wand gab den Lavendelblüten einen schönen Hintergrund, die Plakate standen wie ein Wald aus Filmgeschichten und der Teppichboden klebte nicht mehr unter den Sohlen. Die Tür zur Herrentoilette war abgeschlossen, daran baumelte ein Schild: *Außer Betrieb, heute bei den Damen bitte!* ☺

Die Kasse war voller Wechselgeld, siebzig Euro in kleinen Scheinen und Münzen, die Diana mir bis heute Abend geliehen hatte.

Die beiden Langhaarmädchen waren um vier erschienen und hatten sofort kapiert, was zu tun war. Jetzt standen sie jeweils hinter einem der Tische, die wir rechts und links vom Eingang aufgebaut hatten, naschten heimlich von den Broten und probierten die Bowle, die Horst ihnen eingegossen hatte. Ich lächelte ihnen zu. Ist okay, sollte das heißen. Ich selbst brachte keinen Bissen hinunter. Obwohl es süß nach warmem Popcorn roch, die Kaffeemaschine ab und zu ihre vertrauten Blubbergeräusche machte und alle Lampen im Foyer brannten, ohne dass eine von ihnen explodiert wäre, war ich immer noch furchtbar angespannt. Was, wenn keiner käme? Wenn wirklich niemand im *Titania Palast* erschiene und wir auf dem ganzen Zeug hier sitzen blieben?

Aus dem Großen Saal erklang in diesem Moment *Are you lonesome tonight* von Elvis Presley. Gratuliere! Tolle Auswahl, Horst!, dachte ich. Danke! 17:45 Uhr. Zum tausendsten Mal lief ich hinaus, um zu sehen, ob nicht endlich die ersten Gäste kamen. Nichts. Fehlanzeige. Nur ein Mann, der mit einem Fahrrad auf unseren Parkplatz einbog.

Ein Mann, der etwas Großes auf dem Gepäckträger transportierte.

Ein Mann – oder eher ein Junge? Ein Junge, der Frans war, als er näher kam!

Mir stiegen die Tränen der Erleichterung in die Augen! Frans war da! Plötzlich war mir alles andere egal. Und wenn wir auch total alleine im Großen Saal säßen, *lonesome* würde ich an seiner Seite niemals sein! Mit ihm konnte der Abend nur supercool werden. Er fuhr bis kurz vor die drei Stufen und stellte sein Fahrrad ab. Ich schaute ungläubig auf den Gepäckträger. O Gott! War es das, was ich vermutete? Hatte er mir etwa Blumen mitgebracht? Es musste ein riesiger Strauß sein.

Ich hatte noch nie Blumen bekommen, na ja, außer zum Geburtstag von meinen Eltern, aber das zählte ja nicht wirklich.

»Geh rein«, sagte er und grinste mich an, »ich muss das hier erst ordnen!«

Oh! My! God! Ich gehorchte, während ich mir auf die Lippen biss, um nicht in einen albernen Mädchenschrei auszubrechen. Blumen! Wie altmodisch! Wie *sweet!* Kaum stand ich neben Oma an der Kasse, kam er schon herein. Er hatte das Papier abgemacht und nun sah man, dass der große Strauß aus zweien bestand, die er in beiden Händen trug. »Mein Opa hat gesagt, man bringt Damen Blumen mit! Ob mit oder ohne Papier, weiß ich nicht mehr.« Er überreichte Oma den bunten Sommerstrauß aus seiner Linken. Sie verzog ein wenig den Mund, nahm ihn aber an. »Er wäre heute selber gern gekommen, ist aber sehr erkältet und möchte hier nicht alle anstecken. Der hier ist von ihm. Für Sie. Er wünscht Ihnen alles Gute und viel Erfolg mit dem Kino«, sagte er. »Und der hier ist für dich!« Er übergab mir den anderen Strauß. Rosa Rosen, gemischt mit weißen, dazwischen grüne Getreideähren, als ob jemand sie von einem Feld gepflückt und dazwischengesteckt hätte. Es war der absolut schönste Strauß, den ich mir jemals in meinem Leben hätte vorstellen können.

»Danke«, stammelte ich, »der ist echt toll!« Doch wohin damit? Denn nun kamen die ersten Zuschauer ins Foyer. Es waren mindestens zehn und sie bildeten eine Schlange vor der Kasse. Wer sollte die Kasse machen? Wer die Getränke? Ich schaute mich hilflos um, immer noch mit dem Strauß in der Hand. »Danke! Haben wir irgendwo Vasen, Oma?« Die gläserne Eingangstür öffnete und schloss sich wieder. Vielleicht sollten wir sie ganz öffnen? Noch mehr Menschen! Alte und junge und viele dazwischen.

»Soll ich die Kasse machen?«, fragte Frans. Ich hatte ihn noch gar nicht umarmt vor lauter Blumen. Zu spät. »Das wäre super!« Ich hetzte hinter den Tresen auf der Suche nach einer Vase. Frans schwang sich auf den Hocker hinter die Kasse. »Zehn Euro Eintritt?«, flüsterte er mir zu.

»Genau!« Er sah supersüß aus, wie er da so saß. Ich hätte ihn stundenlang anschauen können wie ein Bild im Museum, doch in diesem Moment hatte ich wirklich keine Zeit, in seine Betrachtung zu versinken, denn die Leute drängten sich vor meiner Getränketheke.

»Kann ich ein Bier haben?«

»Einen Kaffee bitte!«

Verdammt. Wohin mit dem Strauß? Wo war Oma? Wo war Horst, wenn man ihn brauchte?

»Die Leute fragen mich, ob die Schmalzbrote was kosten«, fragte das eine Langhaarmädchen, das jetzt vor mir auftauchte.

»Nein, alles umsonst! Die Bowle auch.« Mein Gott, hoffentlich hatten wir genug Bowle! In der Pause zwischen den Filmen wollten wir davon ja auch noch etwas anbieten. Ich legte den Strauß irgendwohin und holte eine Flasche Flensburger aus der Kühltheke, öffnete sie mit einem Plopp, dazu ein Glas. Ich schaute mich um und suchte die Preistafel. Was kostete ein Bier noch mal? »Zwei Euro! Danke.« Ich kassierte. »Der Kaffee mit Milch und Zucker?« Gut, dass ich diesen Job schon öfter in den Ferien gemacht hatte. Kühlschubladen auf, Kühlschubladen zu, dazu noch eine Cola, wo war der Flaschenöffner plötzlich hin?

Jetzt kam Oma mit Horst hinter die Theke, er trug zwei große weiße, mit Wasser gefüllte Vasen. Langsam wurde es eng! Das Gemurmel der Leute im Foyer schwoll an. Hilfe, es wurden richtig viele ...

»Da bist du ja, Sonnyboy«, sagte Horst zu Frans, nachdem er die Vasen direkt vor mir abgestellt hatte, und schlug ihm unsanft auf die Schulter. Ich hätte ihm am liebsten ordentlich dafür in die Seite geknufft, doch als er nun die Sträuße rechts und links auf einen freien Platz auf die Theke stellte, war ich wieder völlig happy. Links stand meiner! Die Rosen waren wunderschön! »Oma, kannst du die Karten vor dem Saal abreißen?«

»Abreißen geht nicht mit einer Hand, aber die sammel ich einfach ein, *min Deern*«, sagte sie. Ich zeigte ihr den erhobenen Daumen. »Und du, Horst, kannst du bitte die Eingangstür ganz öffnen und die Leute ein bisschen unterhalten?«

»Klar, Leute unterhalten ist mir doch eine innere Flaggenparade!«

Das bedeutete wohl »Ja«. Ich schloss die Augen einen Moment, wie Mama das machte. Apropos Mama: Wo war die eigentlich? Sie hatte sich den ganzen Tag noch nicht blicken lassen ... voll gemein irgendwie!

Gerade als ich darüber sauer werden wollte, fühlte ich, wie mich jemand zur Seite schob: »Ich mach hier schon weiter!« Hey, da war sie ja!

»Geh du zu deinen Gästen und mach ordentlich Werbung für nächste Woche. Ihr werdet es nötig haben!«

Ich grinste Mama an und liebte sie so doll wie nie! Dann ging ich zu Horst, der schon von einer Traube von Menschen umringt war. Er sah von hinten verdammt gut aus mit Opas Hosenträgern. Ich erkannte einige alte Damen vom Friedhof an ihren Hüten, die Frau aus dem Café, die brötchenfarbene Bäckereifrau, Gregor aus dem *Wintergarten* und jede Menge Langhaarmädchen. Einige lachten. Wahrscheinlich über einen seiner altmodischen Witze … Und plötzlich wusste ich: Es würde ein absolut cooler Abend werden!

17

Ich stand oben in der Vorführkabine und schaute hinunter. Es war voll und immer noch strömten Zuschauer in den Großen Saal. Es waren meistens Frauen, aber auch einige Männer darunter. Ich entdeckte die Journalistin vom *Buxtehuder Tageblatt* mit ihrer weißen Brille und den Fotografen neben ihr. Aber die beiden schienen nicht zum Arbeiten gekommen zu sein, denn sie trugen die größten Popcorntüten, die es bei uns gab, und hielten Bierflaschen in der Hand. Oma konnte ich von hier aus nicht sehen, doch ich wusste, sie stand vor der Tür, sammelte mit einer Hand die kleinen blauen Tickets ein und bedachte jeden Gast mit einem ihrer frechen Sprüche.

»Horst, hast du gesehen? Nur die vorderen Reihen eins bis sechs sind noch frei. Das bedeutet, wir haben über achtzig Karten verkauft!«

»Aha! Das heißt aber auch, dass unser Freund Frans mehr als achthundert Mark in der Kasse haben muss! Pass auf, dass er mit dem Zaster nicht stiften geht!« Er stellte sich hinter mich und massierte meine Schultern. Ich seufzte unwillkürlich auf, so angenehm waren seine kräftigen Berührungen. »Was machst du da?«, fragte ich völlig unnötig. »Außerdem heißt es Euro!«

»Mach dich locker, Baby, wir werden das Kind schon schaukeln!«

Ich seufzte. Es war so schwierig, zwischen Frans und Horst zu stehen und darauf zu warten, dass mein Herz sich endlich mit seiner finalen Entscheidung meldete. *And the winner is …?* Da gab es Horst Winterfeld, nominiert in den Kategorien bester Tänzer, bester Masseur, Küsser und Motorradfahrer. Und dann war da noch Frans Matthiessen, nominiert als bester Busbegleiter und Kopflehne, coolster Schlagzeuger und ziemlich attraktiver Sofasitzer … Wann würde ich den Briefumschlag öffnen und die Antwort hervorziehen? *And the winner is …*

»Du siehst zum Anbeißen aus!«

»Ja?« Ich schaute an mir herunter. Eins von Omas ärmellosen Marilyn-Monroe-Kleidern mit einem recht sparsamen Ausschnitt (besser fürs Tanzen), dafür aber einem breiten Gürtel um die Taille und natürlich dem obligatorischen Petticoat darunter. An den Füßen die Chucks, deren Sohlen so glatt abgelaufen waren, dass ich damit schön über die Bühne schliddern konnte, wenn nötig. O Gott, ich atmete tief durch. Wenn doch das Tanzen erst hinter mir läge!

»Es ist kurz nach sechs. Fangen wir an?« Horst schien in seinem Element zu sein, er nahm seine Hände von mir und sah mich fragend an.

»Mist, wir haben keinen Vorfilm oder so was. Keine Reklame.« Ich schlug mir an den Kopf. »Daran habe ich gar nicht gedacht!«

»Kein Problem, ich mach ’ne nette Ansage!« Er drehte das Mikrofon an dem biegsamen Drahtgestänge zurecht. In normalen Kinos gab so was nicht, mein Opa, der Technikfreak, hatte es selbst eingebaut. Damit er sich bei den Zuschauern entschuldigen konnte, wenn er mal wieder einen Rollenwechsel verschlafen hatte, hatte Oma mir lachend erklärt.

»Ava, lauf du runter und schau mal, wie viele Leute noch im Foyer stehen. Haben wir einen Gong? Bei uns gibt es immer einen Gong im Kino!«

»Klar haben wir so was! Hier. Den Knopf habe ich bei Opa immer drücken dürfen. Dreimal vor jeder Vorstellung, endlich brauchen wir den wieder!«

»Na dann los! Heute läuten wir eine neue Ära ein!«

Bing! Bang! Bong! Dunkel und melodisch hallte der Ton durch den Großen Saal und ich bekam eine Gänsehaut. Ich wusste, Oma und Mama würde es genauso gehen.

»Ich lauf runter und gebe dir ein Zeichen, wenn alle im Saal sind und es losgehen kann! Dann fängst du mit der Ansage an und ich komme mit Oma wieder hoch und sie startet den Film!«

»Ja, ganz recht, Mutter Luise sollte diese Ehre gebühren!«

Ich grinste, während ich durch das kleine Viereck in den Saal hinunterschaute. »Du bist superschräg, aber auch supercool, Horst. Habe ich dir das schon gesagt?«

»Nein, meine Dame. Aber ich weiß Ihre Zuneigung zu schätzen!« Wieder trat er hinter mich und ich richtete mich auf. Doch bevor ich mich umdrehen konnte, schlang er seine Arme um meine Taille und umarmte mich sanft. Er legte seinen Mund in meinen Nacken, küsste mich aber nicht, sondern blieb einfach so stehen. Er war warm und fühlte sich stark an, als ich mich an ihn lehnte. Ich lächelte, weil ich wusste, dass er mich nicht sehen konnte. War das der Junge in Schwarz-Weiß aus der peinlichen Schwimmbadszene, mit dem ich hier ganz cool herumstand? Wer hätte das gedacht? Wir verharrten einige Sekunden in dieser Position, bis wir exakt im selben Moment beschlossen, damit aufzuhören. »Los geht's!«

Ich lief hinunter, durchquerte das leere Foyer, umarmte Mama hinter der Theke und strahlte Frans an, der gerade die Kassenschublade zuschob. »Danke, ihr seid toll! Bis gleich!« Ich lief weiter zu Oma, wir löschten das Saallicht und weil ich wusste, dass er mich durch eines der vier Rechtecke beobachtete, zeigte ich Horst einen erhobenen Daumen. Prompt gab es einen weiteren Gong von ihm und mit Oma am Arm machte ich mich auf den Weg nach oben.

»So voll war es ja nicht mehr, seit wir *Harry und Sally* im Jahr 1989 gezeigt haben!«, sagte sie, während wir die Stufen hochgingen.

»Echt? Dann müssen wir dafür sorgen, dass nächste Woche möglichst alle von denen wiederkommen!« Ich hielt die schwere Tür zum Vorführraum für Oma auf.

Horst blinzelte uns zu und beugte sich über das Mikrofon. »Meine Damen und Herren! Wertes Publikum! Einen wunderschönen guten Abend und herzlichen Glückwunsch, Sie haben den Weg in den *Titania Palast* gefunden! Wir wünschen Ihnen gute Unterhaltung mit gleich zwei Filmperlen, die wir für Sie ausgewählt haben!«

Ich tauschte mit Oma einen Blick. Sie nickte langsam. Auch ich war beeindruckt! Seine Stimme vibrierte, viel wärmer und noch dunkler als sonst. Er schnurrte ins Mikrofon, er lachte beim Sprechen, es klang echt … na ja, verführerisch.

»Warum sind Sie heute hergekommen? Nun, ich tippe mal, die Herren der Schöpfung sitzen hier, weil sie sich nicht dagegen wehren konnten, dass die Dame des Hauses sie mitgeschleppt hat.« Die Menge im Saal unten lachte. »Und die Damen?« Er machte eine bedeutungsvolle Pause. »Ich ahne es! Weil sie endlich einmal wieder in eine kolossal spritzige Liebesgeschichte eintauchen wollen. Eine? Nein, gleich zwei! Leider noch nicht in Multicolor, sondern in Schwarz-Weiß, aber das wird sich in den nächsten Jahren ja ändern!« Vereinzelt hörte ich weitere Lacher im Publikum. Während er mit dem Mund weiterhin am Mikrofon klebte, schaute er von unten zu uns auf. Ich mochte diesen Blick!

»Und nun noch einige Willkommenssätze der von mir sehr verehrten Frau Luise Haffenstedter. Ihres Zeichens Besitzerin dieses wunderschönen Lichtspieltheaters, das sie seit 1969 zunächst zusammen mit ihrem Vater leitete. Sie werden mir zustimmen, wenn ich jetzt behaupte, das ist noch gar nicht so lange her …«

Aus dem Zuschauerraum kam eine stärkere Woge des Lachens heraufgeschwappt. Wir lächelten uns an. Horst war toll. Jetzt machte er Platz für Oma, die nickte und sich würdevoll über das Mikrofon beugte: *»Moin, Moin* oder auch: Guten Abend! …«

Als der Vorhang sich geöffnet hatte (ruckelnd zwar, aber immerhin, ohne zu klemmen!) und der Film gestartet war, ließ ich Horst und Oma allein und machte mich auf den Weg hinunter. Im Foyer stand nur noch Mama hinter der Theke. Alle Lampen brannten und es sah aus, als hätte jemand einen Sack mit Popcorn gefüllt, ihn hoch an die Decke gezogen und platzen lassen. Die Brotteller waren ratzekahl abgegessen, die tiefen Bowleschüsseln halb leer. Von den Langhaarmädchen war nichts zu sehen. Ich hob die Arme, Popcorn knirschte unter meinen Füßen. »Sorry, Mama! Ich komme gleich zum Aufräumen und Auffüllen für die Pause.«

Sie nickte und ich rannte glücklich in Richtung Zuschauerraum. Ich wollte natürlich unbedingt neben Frans sitzen und wenn es auch nur für ein paar Minuten war. Ob er mir wohl einen Platz frei gehalten hatte? Ich zog die Saaltür auf. Blaskapellenmusik schmetterte mir entgegen, immer noch der Vorspann, auf der Leinwand wechselten sich Namen auf grauen Tafeln ab. Langsam schlich ich mich an der Wand entlang durch den dunklen Gang. Die kleinen Lämpchen unten an jeder zweiten Reihe, die sogenannte Notbeleuchtung, funktionierten wohl auch nicht mehr. Wo war Frans? Wie sollte ich ihn hier finden?

Die Reihen waren dicht belegt, nirgendwo ein freier Platz. Ich ging näher an die Sitze heran und starrte in die schwarze

Masse der Köpfe. Schade, ich konnte ihn nicht entdecken. Oder ob er ganz vorne saß? In diesem Augenblick zupfte jemand von hinten an meinem Marilyn-Kleid und ich wandte mich um. »Hier bin ich, sorry«, flüsterte jemand. Es war Frans, er saß direkt am Gang. »Hier hinten waren keine zwei Plätze mehr frei und da ich nicht wusste, ob du nicht vielleicht oben bei Horst bleibst …«

Bei Horst? Nein. Ich ging neben ihm in die Hocke, um die Zuschauer nicht zu stören, die sich vielleicht ernsthaft auf *Du bist die Rose vom Wörthersee* konzentrieren wollten.

»Wollen wir zusammen in eine der vorderen Reihen gehen?«, fragte er.

»Ja, okay.« Ich wollte mich wieder erheben, doch er hielt mich zurück.

»Oder du sitzt bei mir.« Er nahm meine Hand und im schummrigen Licht der Leinwand sah ich ihn grinsen.

»Ich bin doch viel zu schwer!«

»Du und schwer? Wo denn? Komm!« Er legte seinen Kopf schräg. »Nur wenn du magst!«

»Okay!«, flüsterte ich, völlig happy. Mit einer einzigen Bewegung zog er mich auf seinen Schoß. Die Sitze im *Titania Palast* waren zwar übelst hart, dafür aber ziemlich breit. Als er die Beine ein wenig auseinandernahm, rutschte ich mit meinem gepunkteten Marilyn-Hintern auf das Polster und unterband somit die Gefahr, ihm in den nächsten Minuten die Durchblutung der Oberschenkel mit meinem Gewicht abzuquetschen.

»Geht das so?«, fragte er.

»Klar!« Und das meinte ich wirklich. Ich war selig! Ich teilte mir mit Frans einen Kinosessel. Mein Rücken und meine Arme lagen an seiner Brust.

»Ich habe deine Mutter gefragt, ob sie auf den Inhalt der

Kasse aufpassen würde, bevor ich ging. Ich wollte das viele Geld da nicht so einfach drinlassen. Wer weiß, wer ins Foyer kommt. Ich hoffe, das war okay.«

»Ja, sicher! Danke. Ich muss auch gleich wieder raus. Aufräumen.«

»Da komme ich mit und helfe dir.«

Ich starrte auf die Leinwand, sah aber nichts. *And the winner is …*, ging es mir durch den Kopf. Sie fühlten sich beide so gut an. Musste ich sie wirklich gegenüberstellen und mich für einen entscheiden?

Frans war der Fremdere, der, den ich geheimnisvoller fand, der, bei dem mir ein kleiner Schreck in den Magen fuhr, sobald ich ihn sah. Horst dagegen? Er war mittlerweile schon so vertraut, wir lachten miteinander, weil er manchmal echt komisch war, und ich mochte es, wenn er mich berührte. Aber war es nicht immer ein bisschen wie mit einem Cousin? Und das Küssen? War auch eher spielerisch gewesen. »Aber nicht schlecht!« Darauf bestand die kleine Stimme in mir. Ich rutschte ein wenig tiefer und weil mein Pferdeschwanz jetzt echt störte, zog ich das Haargummi heraus, legte meinen Kopf weiter zurück und schaute zu ihm herauf. »Du siehst lustig aus, von hier unten.«

»Und du bist wunderschön von hier oben!« Frans drückte mich an sich. »Außerdem mag ich dein Haar«, sagte er und wühlte mit einer Hand sanft darin herum. »Das riecht so toll!«

Ich war richtig glücklich! Auf der Leinwand wurde ein Mädchen von seiner Mutter in die Ferien zu seiner Tante an den Wörthersee geschickt. Mit einem Hut und einem grauenhaften Mantel stand sie schließlich am Zug. Das Publikum lachte ununterbrochen. Sie redeten aber auch wirklich sehr albern dort oben. Die Stimmen der Frauen waren schrill, die Männer trugen Anzüge, die viel zu weit an ihnen herumschlotterten, und alle rollten das R, wie Horst es Gott sei Dank nur manchmal tat. Frans flüsterte mir seine Kommentare ins Ohr und ich tuschelte zurück. Ich wusste, ich würde die Rose vom Wörthersee nie im Leben vergessen!

Nach einer Dreiviertelstunde im gemeinsamen Sessel sagte ich schweren Herzens: »Ich muss raus, das Foyer für die Pause vorbereiten, das sieht total schlimm aus …«

Geduckt und Hand in Hand verließen wir den Saal. Mama saß hinter der Kasse. Beim Nähergehen sah ich sie in dem Ordner blättern, den sie für Oma angelegt hatte. Rechnungen, Verträge, Bankauszüge.

»Sie guckt so ernst«, sagte Frans leise und ließ meine Hand dabei leider los.

»Sie guckt auf das Geld, was nicht da ist …«, flüsterte ich zurück. Verdammt, musste sie das ausgerechnet jetzt machen? Ich spürte, wie mein Hals eng wurde, und räusperte mich. »Ist doch cool, wie viele Leute heute Abend da sind, oder?«, sagte ich laut.

»Ja, das ist wirklich erstaunlich!« Mama schaute auf. »Ich bin beeindruckt, wen ihr alles bewegt habt herzukommen. Ältere, aber auch viele Teenies … wie seltsam, dass die so was sehen wollen … und ich will euch auch nicht die gute Laune verderben. Aber …«

»Dann tu es auch nicht, Mama. *Heute* nicht. Bitte!« Meine Stimme klang scharf.

»Okay. Okay.« Sie klappte den Ordner zu und ging in das kleine Büro.

»Oha. Was war das denn?« Frans sah mich an.

»Ach, sie nervt! Wir haben ja diese Vereinbarung. Morgen muss es genauso voll sein wie heute und die ganze nächste Woche am besten auch noch.«

»Sonst?«

»Sonst müssen wir den *Palast* verkaufen, sagt sie. Und sie wird es tun! Nur zu Omas Bestem natürlich!« Ich hielt die Luft an, um nicht loszuheulen.

»Das klingt nicht gut.«

»60 Prozent Auslastung! Jeden Tag! Wie sollen wir das je schaffen?! Mit einer Kindervorstellung morgen am Sonntag, wo wir noch einmal *Vater braucht eine Frau* zeigen? Weil da eine Horde Kinder eine Frau für den lieben Papi sucht? Welches Kind will das denn sehen? Und abends dann *Casablanca!«* Jetzt standen mir tatsächlich die Tränen in den Augen.

»*Casablanca* zieht immer! Humphrey Bogart, Ingrid Bergman, eins der bekanntesten Filmliebespaare der Welt! Dass sie überhaupt eine Kopie davon hat … Aber was sagt dein Cousin dazu?«

»Wer?«

»Wer?! Na, Horst!« Er schaute mich erstaunt an.

»Ach so, der.« Mist, jetzt hatte ich mich fast verplappert. Vor Aufregung bekam ich einen Schluckauf. »Der tut auch alles, damit Leute kommen, aber ob das reicht?«

Frans sah sich im Foyer um. »Keine Ahnung.« Er lachte auf. »Aber vielleicht sollte ich meinen Opa mal mit deiner Oma bekannt machen.«

Das ist eine nette Idee, dachte ich, aber ob dein Opa das Richtige für meine Oma mit ihrem etwas schrulligen Humor ist? Doch wohl eher nicht … »Übrigens, das war superlieb mit den Blumen, aber sie hat zur Zeit echt genug von Männern. Unser Nachbar bedrängt sie etwas …«

»Mein Opa kann sehr *charming* sein, außerdem ist er ein großer Fan von …«

»Hey, bin ich zu spät zum zweiten Film?!« Diana kam durch die Tür gerannt, ihre pinken Haare glänzten im Licht der alten Deckenlampen.

»Nein, du bist total pünktlich.« Ich lief auf sie zu und wir umarmten uns, obwohl wir uns heute ja schon gesehen hatten. »Gleich ist erst mal Pause.«

»Wow! Hier sieht es ja schon ordentlich nach Party aus!«

»Ja, krass, oder? Wir wollten gerade aufräumen.« Ich lächelte. »Das ist übrigens Frans!«

»Ach, du bist das also ... Ich hatte neulich das Vergnügen, deinen Großvater kennenzulernen. So ein liebenswürdiger Herr!«

Sie schüttelten sich die Hand und dann begannen wir zu dritt, Ordnung zu machen. Wir schmierten noch jede Menge Brote und füllten die Waldmeisterbowle auf. Nachdem ich Frans gezeigt hatte, wo die restlichen Getränke standen, und Diana die Theke aufräumte, kämpfte ich mit dem alten Staubsauger gegen die Popcornberge auf dem Teppich.

Wir brauchten noch mehr Programmzettel für nächste Woche, die lagen aber in Omas Büro. Ich öffnete leise die Tür, um Mama nicht zu stören, wenn ich sie holte. Sie saß auf dem Schreibtischstuhl und wandte mir den Rücken zu. »Hast du die Wohnung wieder abgeschlossen?«, sagte sie gerade ins Telefon. »Ja, klar ist das nötig! In unserer Straße ist schon zweimal eingebrochen worden!«

Die Wohnung abgeschlossen? In unserer Straße? Wer hatte einen Schlüssel zu unserer Wohnung? Ich zog die Stirn in Falten. Papa konnte es nicht sein. Der war in Schweden. Ich hielt die Luft an. Vielleicht war es ja auch nur Anna, unsere Putzhilfe. Ich betete einen Moment lang: Bitte, lass es Anna sein! Ich hörte, wie Mama lachend weiterredete, ihre Stimme klang ganz weich: »Da gebe ich dir recht, das hätten wir vor Jahren schon tun sollen! Danke dir noch mal!« Sie kicherte. »Hast du alle Spuren beseitigt und alles wieder so ...?« – »Nur falls er ...« – »Wunderbar!« – »Und wegen des Gutachtens ...?«

Ich zog die Tür schnell wieder zu, bevor sie mich entdeckte. *Fuck!* Das war garantiert nicht Anna, dachte ich. Mama hat eine Affäre. Und zwar mit diesem Gutachter! Oh verdammt! Ich will kein Scheidungskind werden, mit zwei Zimmern in zwei Wohnungen und schweigenden Eltern auf dem Abiball ... Und was war mit Max?! Mein kleiner Bruder würde es noch viel weniger verstehen und wahrscheinlich erst einmal losweinen ... Mir kamen die Tränen und ich vermisste Papa plötzlich ganz schrecklich! Ob ich es ihm sagen sollte? Verdient hätte Mama es, auch wo sie hier so rumzickte mit dem blöden Geld! Ich drehte mich um und zog die Nase hoch. Wir standen bis zu den Knien in Arbeit und verschüttetem Popcorn und was tat sie? Telefonierte mit ihrer Affäre!

Ich holte mein Handy hervor, ging nach draußen und rief Papa an. »Der Teilnehmer ist zurzeit nicht erreichbar«, sagte die Stimme. So ein Mist! Ich stand da, bunt angeleuchtet von der Neonschrift, eingehüllt in den Duft des Lavendels, und sprach ihm aufs Band. Dass ich ihn total vermisste, dass Mama echt blöd und komisch sei und dass sie uns mit dem Kino nicht viel helfen würde. »Kannst du nicht mit ihr reden?«, sagte ich in die Stille der Mailbox. »Oder zurückkommen? Wir brauchen dich hier!«

So! Gleich fühlte ich mich besser. Da ertönte auch schon die Abspannmusik, ich ging zur Saaltür und öffnete sie. Die Zuschauer strömten hinaus. Ich schaute in die Gesichter. Was, wenn sie den Film zwar ganz nett, aber unseren Abend sonst superöde fänden? Das wäre eine Katastrophe, wie sollten wir den *Titania Palast* dann jemals wieder so voll bekommen? Doch meine Sorgen waren unbegründet, die meisten von ihnen schienen gut gelaunt.

»Mein Gott, was für ein Schinken! Aber geil, oder?«

»Abgefahren. Diese Typen sahen alle so alt aus, mit ihren

Anzügen und Hüten! Ey, dabei waren die höchstens dreißig damals.«

»Und die Frauen! Hauptsache heiraten!«

»Wie oft sind wir damals nach dem Kriege ins Kino gegangen, weißt du noch, Helga? Zwei- bis dreimal mindestens in der Woche!«

Ich ließ mich von dem Strom der Menschen mittragen.

»Hey, du flotter Käfer, wir sind dran. Rock ’n’ Roll ist angesagt!«

Horst stand auf einmal vor mir, seine Augen weit aufgerissen vor Begeisterung. Rock ’n’ Roll. Auch das noch. Das hatte ich bei dem Schock wegen Mama ja ganz vergessen …

»Dein Ernst? Jetzt?«, stammelte ich.

»Aber selbstverfreilich! Ich leg gleich die erste heiße Scheibe auf!«

»Und wer soll die Getränke machen? Guck mal, da steht schon eine lange Schlange!« Diana und Frans schienen die Theke im Griff zu haben, doch der Andrang war selbst für sie zu viel. »Das schaffen die beiden nicht alleine. Ist schon meganett, dass Diana uns hilft!«

»Wo ist deine Mutter?«

Ich winkte ab. »Rechnet Omas Schulden zusammen und macht die Buchführung … Und frag mich nicht, warum sie das ausgerechnet *jetzt* tut!«

»Okay, ich leg Musik auf, du versorgst die Leute und wenn der erste Ansturm vorbei ist, tanzen wir!«

»Gut. Muss ja wohl sein.« Ich seufzte und plötzlich hatte ich total Lampenfieber.

»Was ist eigentlich *Instagram?* Alle Leute fragen mich, ob ich da drauf bin? Wie kann ich da drauf sein? Ist das eine Anzeigetafel oder was? Und *jutjub?* ›Kenne ich von *jutjub*‹, sagen sie oft.«

»Das erkläre ich dir morgen! Siehst du deine Mädchen aus dem *Wintergarten* irgendwo? Sie sollen sich bitte wieder an die Tische stellen! Wie heißen die eigentlich?«

»Die beiden Wuchtbrummen? Keine Ahnung. Aber wird gemacht!«

Ich hatte keine Zeit, mich über ihn aufzuregen, denn nun rief er auch schon laut durch das Foyer: »In zehn Minuten Rock-'n'-Roll-Darbietung auf der Bühne im Großen Saal!«

In meinem Bauch grummelte es vor Nervosität wie vor einer Klassenarbeit. Ich rekapitulierte die Figuren in meinem Kopf, alle würden uns zusehen. Auch Frans? Ich würde mit Frans lieber ... ja, was denn?

»Ava!«, rief Diana mir über die Leute hinweg zu. »Das Kaffeepulver für die Maschine ist alle.«

Ich kämpfte mich zu ihr durch. »Ich glaube, oben bei uns in der Küche ist noch eine Packung, die kann ich schnell holen.«

»Das wäre toll. Euer Kino gefällt mir übrigens sehr!« Sie pustete sich die pinken Stirnfransen aus dem Gesicht, dass sie flatterten. »Was für ein schöner Vorraum, und so riesig!« Sie zeigte mit dem Arm in die Runde. »Hier könnte man ja glatt meinen kleinen Salon einbauen und keiner würde merken, dass Platz fehlt.«

»Stimmt. Zieh doch wirklich hier ins Foyer ein! Du hättest allerdings keine vernünftigen Toiletten!« Wir schauten zu der Damentoilette hinüber, vor der die Leute immer noch anstanden. »Die Rohre und so ... das ist alles Schrott. Leider.«

»Ava! Wir müssen die große Spule mit *Vater braucht eine Frau* noch auf Projektor Nummer zwei bringen.« Oma war aus dem Vorführraum hinuntergekommen und zupfte mich nun am Ärmel.

»Ja, Oma. Ich schick dir gleich den Horst, der kann das, der hat zwei gesunde Arme.«

Ich machte mich auf den Weg, um schnell den Kaffee zu besorgen, und sah dabei, wie die Leute sich selbst mit den gläsernen Schöpfkellen aus den Bowleschüsseln bedienten und nach den Schmalzbroten grapschten. Was für ein Stress, wir waren einfach nicht gut vorbereitet, wir hatten zu wenig Leute, die uns halfen! Wo waren die Langhaarmädchen? Hingen wahrscheinlich bei Horst herum. War das Eifersucht, was da gerade in mir hochstieg wie überschüssige Magensäure? Egal, dachte ich. *Ich* tanze gleich mit Horst, nicht die beiden Tussen. Und die Leute lachen und unterhalten sich doch! Läuft bei uns im *Titania Palast!*

»Habt ihr davon noch mehr?«, fragte mich ein älterer Typ und zeigte auf die Aufsteller mit den Filmplakaten. »Damit könnt ihr richtig Geld machen!«

»Ja, ein paar sind noch in der Scheune ...« Ich wollte schon weiterlaufen, doch dann besann ich mich. »Rufen Sie mich morgen an, dann weiß ich, was wir haben, und kann Ihnen die Preise sagen! Die Telefonnummer steht auf unserer Website.« Die Gelegenheit, Geld einzunehmen, konnten wir uns nicht entgehen lassen.

»Ava, gibt es noch irgendwo Tüten mit Mais für das Popcorn?«, rief Frans mir zu, der gerade mit einem Kasten Bier vom Hof in das Foyer kam.

»Im Getränkelager.«

»Da habe ich schon geschaut, finde aber nichts.«

»Unten im Regal neben der Tür. Es sind flache braune Päckchen.« Ich grinste ihm zu, schon auf halber Treppe nach oben. »Du bist super«, formte ich mit den Lippen, ohne ihn aus den Augen zu lassen.

»Was?!« Er stellte den Kasten nun doch ab und sprang die paar Stufen hoch auf mich zu. »Was hast du gesagt?« Er stellte sich dicht vor mich und hielt mich an den Schultern fest.

Weil er eine Stufe unter mir stand, war er nun so groß wie ich.

»Du bist super«, flüsterte ich. »Dass du uns hilfst, dass du gar nicht fragst, sondern einfach mit anfasst.«

»Morgen ist Sonntag«, raunte er in mein Ohr, »da fasse ich hier gar nichts mehr an, außer vielleicht dich!«

»Ach ja? Und wenn ich dich nicht lasse?« Ich grinste ihn an.

»Ich glaube schon, dass du das tun wirst.«

Seine Stimme war so tief und warm, dass mir Schauer über die Haut liefen.

»Tja. Das kann ich leider nicht versprechen!«, sagte ich gespielt bedauernd und zuckte mit den Schultern.

»Du bist ganz schön frech, weißt du das?«

Seit ein paar Sekunden schaute er mir nur noch in die Augen. »Wenn wir hier nicht mitten auf der Treppe stehen würden, würde ich dich jetzt küssen.«

»Ist das ein Versprechen?«

»Ich denke schon!« Er grinste mich an und in meiner Brust schmolz etwas, von dem ich gar nicht wusste, was es war und dass es überhaupt da gewesen war. Aber es fühlte sich wunderschön an.

Als ich mit dem Kaffeepäckchen wieder hinuntergelaufen kam, lief im Saal schon laute Musik. *Good Golly, Miss Molly* von Little Richards. Mittlerweile kannte ich die meisten von Omas Singles. Ich half Diana und Frans beim Getränkeverkauf, bis der erste Ansturm nachgelassen hatte.

»Ich befürchte, ich muss tanzen gehen.« Das war ein bisschen übertrieben. Erstaunlicherweise freute ich mich in diesem Moment darauf, von Horst herumgewirbelt zu werden. »Kommst du hier alleine klar, Diana? Frans hilft dir.« Ich beobachtete, wie er drei Bierflaschen öffnete und sie für *Wintergarten*-Gregor über die Theke schob.

»Ich würde euch ja schon gerne tanzen sehen«, sagte Diana.

»Geh ruhig, ich bleibe freiwillig hier!« Frans kassierte die drei Flensburger und einen Kaffee. »Habe dich ja schon gesehen … und deinen Cousin, tut mir leid, den muss ich jetzt nicht dauernd anschauen.«

»Oh! Klare Worte«, sagte Diana nur und grinste.

Ich ging in den Großen Saal, wo Horst gerade neue Musik auflegte und sie lauter stellte. *One, two, three o'clock, four o'clock, rock!*

Das Saallicht war aus, nur die drei Scheinwerfer für die Bühne waren angeschaltet. Horst kam auf mich zugelaufen. »Komm, wir fangen an!«

Er stützte sich auf und sprang mit einem eleganten Satz auf die Bühne, ich dagegen nahm die schmale Treppe an der Seite. »Schau nicht auf die Leute, schau auf mich!« Er gab mir die Hand und zog mich die letzte Stufe hoch, da war es wieder, dieses superschöne Kribbeln, das ich jedes Mal aufs Neue spürte, wenn er mich anfasste. Vergessen war die mühsam einstudierte Choreografie, wir tanzten einfach los. Erst langsam, einfache Figuren wie das *Lasso,* doch dann führte er mich in die *Doppelgrätsche* und irgendwann machten wir den *Teller* und danach den *Hochzeitssprung,* bei dem er mich einen Moment auf den Armen hatte, als ob er mich über eine Schwelle tragen wollte, und ich hörte lauten Applaus. Mein Petticoat schwang unter dem Kleid hin und her und ich lachte. Ich lachte sowieso die ganze Zeit beim Tanzen, es war so eine Art Glück, das in mir hochsprudelte und unbedingt hinauswollte. Das hier geht nie vorbei, dachte ich voller neuer Hoffnung, irgendwas wird passieren und der *Titania Palast* wird auch die nächsten Jahre überstehen.

Nachdem das Lied vorüber war, hielten wir außer Atem inne. Begeisterte Pfiffe und Beifall, sie klatschten so lange, bis wir noch zwei Lieder als Zugabe spielten und zeigten, wie man dazu den guten alten Rock 'n' Roll tanzte.

»Danke! Ihr seid ein großartiges Publikum, doch nun machen wir weiter mit dem zweiten Werk der hohen Filmkunst!«, rief Horst.

»Tanzen!«, rief es unter uns.

»Ihr wollt tanzen?! Am Dienstag haben wir einen Tanzabend für euch geplant. Eintritt fünf Mark, Getränke zum Sonderpreis!« Horst stand am Rand der Bühne und formte seine Hände zu einem Trichter: »Einzige Bedingung, ihr müsst die Bude vollmachen! Damit der formidable *Titania Palast* weiter bestehen bleibt!«

»Fünf Mark ist cool!«, grölte jemand. »Ich poste das auf Facebook, wir kommen!«

Mensch Horst! Ich funkelte ihn an. Wie wäre es mal mit einer kleinen Absprache, zum Beispiel mit mir?! Doch er dachte gar nicht daran: »Das wird eine Schwarz-Weiß-Party! Direkt aus den Fünfzigern! Und einen Kurs im Rock 'n' Roll gibt es auch!«

Nun hatte ich endlich meine Überraschung überwunden und schaffte es, auch etwas dazu zu sagen: »Näheres dazu ab morgen auf unserer Website: *www.Titania-Palast.de*.«

»Endlich ist hier mal was los!«, rief jemand. Wir nahmen uns an den Händen und verbeugten uns.

»Mir ist schlecht«, murmelte Horst mir zu. Ich schaute ihn alarmiert an. »Schaffst du den Vaterfilm noch?«, fragte ich so leise, dass niemand es hören konnte. »Der geht nur zweiundsechzig Minuten.«

»Ich glaube nicht. So ein Scheibenkleister! Ich wollte doch unbedingt vorher oben noch die Ansage machen!«

»Aber dann bekommen wir dich nicht mehr zurück in den *Herzensbrecher.*« Ich lächelte, doch ich war besorgt.

»Also treiben wir jetzt möglichst alle schnell aus dem Saal, du gehst hoch, wirfst den Film an, ich schließe von innen ab und verschwinde.«

Ich schaute auf die vielen Köpfe vor uns. Ich sah Dianas pinken Haarschopf und den erhobenen Daumen, den sie mir zeigte, als sich unsere Blicke jetzt trafen. Der Mann, der ihr den Arm um die Schultern gelegt hatte, musste ihr Freund sein. Ich sah die Journalistin mit dem auffälligen Brillengestell und jede Menge Mädchen mit glatten langen Haaren. Nur Frans sah ich nicht, der stand ja lieber hinter der Theke! Horst führte mich zu den Stufen an der Seite. »Es sei denn, du küsst mich. Dann kann ich vielleicht noch 'ne halbe Stunde länger rausschinden.«

Ich grinste ihn an. »Na gut, aber nur, damit du noch zehn Minuten bleiben kannst, dann musst du wirklich zurück, Junge in Schwarz-Weiß!«

Sobald der zweite Film lief und ich die Saaltür hinter mir geschlossen hatte, suchte ich nach Frans. Erfolglos. Hinter der Bar war er nicht, auch nicht draußen. Verdammt, jetzt wo Horst sicher in den *Herzensbrecher* zurückgekehrt war, hätte ich so gerne weiter mit Frans geflirtet, wie vorhin auf der Treppe. Vielleicht würde er mich endlich küssen. Ich wartete da jetzt schon ziemlich lange drauf! Wie sollte ich mich sonst jemals entscheiden können?

»Hast du Frans gesehen?«, fragte ich Oma.

»Der ist mit seinem Handy und seiner Jacke rausgelaufen.« Sie schenkte sich einen Kaffee ein und überblickte zufrieden das Chaos aus leeren Flaschen und Gläsern, das sich vor ihr auf der Theke ausbreitete.

Handy! Daran hatte ich gar nicht gedacht. Es waren gleich fünf Nachrichten, die er mir geschickt hatte. Ich las sie und schüttelte den Kopf. Sein Großvater schien genauso schräg drauf zu sein wie Oma, denn obwohl er schwer erkältet war, hatte er sich ausgerechnet an diesem Abend dazu entschlossen, ein bisschen frische Luft zu schnappen, und sich dabei den Knöchel verknackst. Gott sei Dank hatte er sein Handy dabei und nun war Frans gerade unterwegs, um ihn auf einer Pferdewiese außerhalb von Bierbeek zu retten.

Ich lächelte, als er mir eine halbe Stunde später Fotos schickte. Eins von den Neonröhren der Notaufnahme, eins von einem älteren Herrenbein mit einem bandagierten Knöchel und später eins von den Bratkartoffeln, die er für seinen Opa machte. Schöne, knusprige Bratkartoffeln, auch ohne Filter sahen sie superlecker aus.

Ich schickte ein Foto von »Popcorn auf Teppichboden« zurück. Es kam ein Smiley zur Antwort. Ich freute mich total darüber und wusste endlich, dass er Smileys nicht ganz bescheuert fand.

Und dass ich beide Jungs total mochte. Sowohl Horst in Schwarz-Weiß als auch Frans in Dauerfarbe. Aber dass noch immer nicht entschieden war, in wen ich verliebt war, wusste ich ebenfalls.

18

Der Samstag war vorbei! Wir hatten die große Wiedereröffnung geschafft – und nun? Ging es einfach weiter! Das war ein komisches Gefühl und ich fühlte mich irgendwie kraftlos, als der Sonntag mit Aufräumen und Filmvorführen vorbeirauschte. Eine Kindervorstellung um 14 Uhr (10 Personen) und dann der Hauptfilm um 17 Uhr (12 Personen) und um 20:30 Uhr (20 Personen, unser Tagesrekord bis jetzt!).

Horst war gut darin, oben im Vorführraum die Ansagen zu machen und über die großartige Schwarz-Weiß-Party zu plaudern, die er plante, aber sobald es ans Putzen ging, musste er zufällig immer in den *Herzensbrecher* zurück. So stand ich größtenteils mit Oma alleine da und schrubbte Toiletten, schleppte Bier- und Wasserkästen, und weil der alte Staubsauger endgültig den Geist aufgab, blieb mir nichts anderes übrig, als den gesamten Zuschauerraum zu fegen.

Am Montagmorgen schlief ich bis zehn Uhr und war natürlich überhaupt nicht ausgeruht. Ich gähnte dauernd, als ich an den Frühstückstisch kam. Horst saß bereits dort, trank schon seinen Kaffee und scherzte mit Oma. Mama war mal wieder nach Hamburg gefahren. Sie hätte dort etwas sehr Wichtiges zu tun. Ach, so nannte man das jetzt? Mein Magen zog sich zusammen, sobald ich an sie dachte, denn ich wusste ja nun, was sie dort machte. In unserer Wohnung auch noch! In dem Bett, in dem sie sonst mit Papa lag?! Ich wollte nicht daran denken!

Ich ließ mich auf den Stuhl neben Horst fallen. Meine Güte, alles, jeder Muskel in meinem Körper tat mir weh. Das kam davon, wenn man einen ganzen Kinosaal mit Besen und Kehrblech von Popcorn und sonstigem Müll befreite. »Also, jetzt sag: Wie stellst du dir das vor mit dieser Schwarz-Weiß-Party? Was brauchen wir dafür noch?«

Horst schaute versonnen von seinem Milchkaffee auf und in meine Augen. »Ava! Ich will, dass es ein besonderer Abend wird. Dass wir so etwas können, wissen wir ja nun!« Musste er mich so angucken? Ich tauchte in seinen Blick und wusste nicht, was ich erwidern sollte. Endlich riss ich meine Augen von seinen los und hoffte, dass er seinen halb begonnenen Satz von vorgestern wieder vergessen hatte.

»Wir haben es sozusagen schwarz auf weiß!« Oma lachte und schlug mit ihrer gesunden Hand auf die Zeitung. Nun lächelte ich doch. Zu dritt beugten wir uns über den Artikel und lasen. Die Journalistin hatte mit ihrem Kollegen nicht nur ein Kilo Popcorn verschlungen, sondern auch einen supertollen Text über den *Titania Palast* verfasst.

»Wir sind ›eine Stätte der Kultur, die es zu erhalten gilt‹! Jippiie!« Horst warf seine Faust in die Luft, wie immer, wenn er sich tierisch freute. »Und meine Stimme ist ›melodisch und gleichzeitig wohltuend frech‹, hahaa, und ›rundete den Abend aus den Fünfzigern mit einem verblüffend authentischen Wortschatz ab‹! Menschenskinder, da kriegst du doch die Tür nicht zu!«

»Ja, okay. Besser hätte ich es nicht ausdrücken können, Horst!«, bestätigte ich und brach in Lachen aus. Horst lachte mit und es dauerte eine Weile, bis wir wieder aufhörten. Oma murmelte etwas von der *wunnerbaaren* Leichtsinnigkeit der Jugend oder so.

Ich räusperte mich und wischte mir die Lachtränen aus dem Gesicht. »Also: Wir waren gerade dabei zu überlegen, wie es jetzt weitergeht.«

»Keine Ahnung, aber was heißt eigentlich ›authentisch‹?« Horst schaute ratlos in seine leere Kaffeetasse, als ob er darin die Lösung ablesen könnte. »Bin ja bloß zur Volksschule gegangen …«

Ich grinste. Manchmal war er einfach nur süß! »›Authentisch‹ heißt ›sehr echt‹, ›sehr glaubwürdig‹!«

»Gut. Hab's verstanden. Aber manchmal fühlt man sich wie ein Idiotenheini«, beschwerte er sich, »eure ganze Sprache besteht nur aus Englisch oder Fremdwörtern.«

»Ja, sorry!« Das Lachen stieg wieder in mir hoch. »Uups, schon wieder. Ich meine: Entschuldigung!« Ich packte Horst am Arm.

»Mach weiter«, sagte er nur und grinste.

»Was ist denn nur mit dir los, Ava?«, fragte Oma verwundert. »Hast du Kicherwasser getrunken?«

Das hörte sich so furchtbar altmodisch an, dass ich gleich wieder lachen musste. *»Sorry!* Wird nicht wieder vorkommen!«

»Ach, Kind, es ist doch herrlich, dass hier mal wieder jemand lacht!«

»Ich weiß, Oma. Aber jetzt wird es Zeit für unsere Berechnung: Gestern am Sonntag hatten wir 42 Besucher. Unser Saal hat 120 Plätze. Das waren genau …« Ich zögerte. »Was meint Mama denn eigentlich mit 60 Prozent Auslastung, Oma? 100 Prozent würde bedeuten, dass alle Plätze in jeder Vorstellung besetzt sind, oder?«

Oma zuckte nur mit den Schultern und gab mir ein Brötchen. »Kannst du mir das bitte streichen? Mit wenig Butter und viel Kirschmarmelade bitte. Von meinen Kirschbäumen! Aus meinem Kirschgarten. Von meinem Grundstück.«

»Natürlich.« Horst und ich sahen uns an. Wir lachten nicht mehr. Wenn der *Titania Palast* wirklich nicht mehr zu retten wäre, würde auch das daran klebende Wohnhaus dem Erdboden gleichgemacht werden. Und die alten Bäume sicher auch! Wo sollte Oma dann wohnen? Hatte Mama sich darüber überhaupt schon mal Gedanken gemacht? Das alles durfte niemals geschehen! Ich schüttelte den Kopf und rechnete laut weiter, während ich das Brötchen aufschnitt. »Das wären dann 120 Plätze mal drei Vorstellungen, macht 360, davon 60 Prozent sind …«

»Die haben wir gestern jedenfalls verfehlt«, sagte Horst.

»Sind …« Ich nickte, weil ich weiterrechnen wollte. »Sind also … nach dieser Berechnung 216 Plätze. Wenn Mama aber 60 Prozent von 120 Sitzen meint, dann wären wir bei 72. Das erscheint schon realistischer. Wie bekommen wir das hin?!«

»Ava, du liebes bisschen, kannst *du* aber rechnen!«

»Ja, Horst. Das lernen wir heutzutage in der Schule, selbst wenn wir Mädchen sein sollten.« Ich grinste ihn an.

»72 Karten? Jeden Tag? Das haben wir auch in den allerbesten Zeiten nie erreicht«, grummelte Oma. »Es gab immer mal schlechtere Tage.«

»Wie wir das hinbekommen? Ich weiß es, ich weiß es.« Horst streckte den Finger nach oben und schnipste, als ob er in der Schule säße. »Indem wir den Filmpalast auch als Tanzpalast nutzen! Wir machen hier einen Amüsierschuppen draus! Morgen fängt mit der Party eine neue Ära an.« Er streckte die Hände aus, als ob er uns segnen wollte. »Vertraut mir!«

Na gut, was sollten wir auch anderes tun, nachdem er die Veranstaltung schon so groß angekündigt hatte? Auch Oma nickte und biss in die bestrichene Brötchenhälfte, die ich ihr auf den Teller gelegt hatte.

»Aber eine Sache noch!«

Wir schauten beide auf Horst.

»Ich wünsche mir, dass alle meine Freunde dabei sein dürfen!«

»Welche Freunde? Bitte was?« Es war still am Frühstückstisch, man hörte die Küchenuhr ticken.

»Du willst sie doch nicht aus dem Film holen, lieber Horst?« Oma zog die Augenbrauen hoch und schaute ihn auf ihre unbewegliche Professor-McGonagall-Weise an.

»Aber ja doch, verehrteste Mutter Luise!« Horst sprang auf, dass der Tisch wackelte. »Nur für diesen einen Abend, ich verspreche es! Ich will sie ein Mal dabeihaben!«

»Du weißt doch selbst nur zu gut, was dann passiert!«, sagte ich.

»Nein, das weiß ich nicht, Frau Spielverderberin!«

»Sie werden nicht mehr zurückwollen. So wie du! Und was machen wir dann? Dann sitzen wir da!«

»Ach, nun male den Teufel nicht an die Wand, das ist doch *bullshit!«*

»Hey, woher kennst du dieses Wort?«

»Von Lilly und Noemi.«

Aha. Die Langhaarmädchen hatten doch Namen.

»Sie haben es mir beigebracht. Siehst du wohl!« Mit hängenden Schultern ließ er sich wieder auf seinen Stuhl fallen und fuhr sich mit den Fingern durch seine Haartolle.

»Krass.«

»Ja, das Wörtchen ›krass‹ und seine richtige Verwendung haben sie mir ebenso beigebracht. Komm, fass dir ein Herz, wir holen sie alle aus dem Film! Nur ein einziges Mal! Und außerdem sollst du Greta kennenlernen.«

Ich schaute ihn skeptisch an. »Wozu? Meinst du, das ist schlau?«

Mädchen spürten meistens ziemlich schnell, wenn eine andere ihren Typen geküsst hatte. Das kannte ich aus meinen Serien. Diesmal war *ich* diese andere. Wie unangenehm. So langsam musste ich mich entscheiden, was Horst für mich war, befürchtete ich. Und was Frans. Sonst gäbe es eine Katastrophe.

»Dann muss es aber strenge Regeln geben«, sagte ich laut. »Niemand darf das Kino verlassen. Niemand darf erzählen, woher ihr wirklich kommt! Ihr seid eine Schauspielertruppe, die die Fünfzigerjahre authentisch nachspielt und dabei nicht aus den Rollen fällt.«

»Aber Greta darf doch aus der Rolle fallen? Sie bittet herzlich darum, mit dir sprechen zu dürfen. Sie ist ein smarter Käfer und schon ganz neugierig darauf, dich kennenzulernen!«

Oh no. Ich schloss einen Moment die Augen. »Wie ich dich kenne, hast du dem ›smarten Käfer‹ schon versprochen, aus dem *Herzensbrecher* zu steigen, oder?«

»Nun, nicht direkt.« Er tat zerknirscht, aber ich durchschaute ihn, denn sein rechter Mundwinkel zeigte nach oben. »Na ja. Schon.«

Ich seufzte, doch dann übernahm Oma das Wort: *»Kinners!* Ich glaube, so eine *Fête* ab und zu ist unsere einzige Chance. Mit dem Kino allein kriegen wir den *Palast* niemals mehr voll. Und hier ist Platz, hier stören wir keinen. Wenn dann *hunnert, hunnertfünfzich* Leute kommen und das Dreifache des Eintrittspreises zahlen, haben wir eine Woche Kino schon wieder raus! Der olle Deneke wird sich natürlich beschweren, aber das tut er schon, seitdem ich ihn das erste Mal in seinen kurzen Buxen vom Roller geschubst habe. Also seit gut achtundsechzig Jahren!«

Hundert Leute? Oder sogar Hundertfünfzig? »Dann brauchen wir aber einen neuen Staubsauger oder gleich eine Reinigungsfirma. Noch mal fege ich den Großen Saal nicht!«

»Das können ja die Mädchen machen. Ingeborg, Helga, Anneliese …« Horst grinste. »Die bringe ich alle mit!«

»Und wir brauchen viel mehr Getränke! Massenweise Bier und so … wer soll das einkaufen, wer soll das schleppen?« Ich rollte mit den Augen. Ich war sechzehn und bisher noch nicht mal auf solchen Megapartys eingeladen gewesen. Und nun war ich gleich dabei, eine zu organisieren?!

Horst dagegen schien in seinem Element, wieder sprang er auf: »Das ist ganz einfach! Wir lassen uns das Bier liefern. Sagen wir für 30 Pfennig die Flasche. Wir verkaufen es aber für 50, dann machen wir schon einen Gewinn von 20 Pfennig pro Flasche!« Er bemerkte meinen abschätzigen Blick. »Na, oder eben mit dem Europageld. Aber du verstehst, was ich meine? Gewinn ist Gewinn! Wir kaufen auf Pump – und verdienen daran!«

In diesem Moment gab mein Handy einen Ton von sich und ich schaute neugierig, wer mir geschrieben hatte. Frans! Na endlich!

– *Muss mit meinem Opa für zwei Tage nach Hamburg! Sorry! Gerichtstermin.*

– *Zwei Tage! Das ist verdammt lang. Wie geht es dem Fuß?*

– *Geht so … oder besser gesagt, geht noch nicht wieder so gut. Komme mit ihm dann im Titania Palast vorbei, wenn wir zurück sind. Mittwoch? Damit er endlich mal deine Oma kennenlernt.*

– *Achtung, meine Oma vertreibt ihre Verehrer gerne mit Gewehren.*

– *Sie kennt ihn nur noch nicht …*

– *Und was ist mit deinem Versprechen?*, schrieb ich zurück.

– *Läuft!*

Ich musste grinsen. Zwei Tage. Das hieß, er würde morgen Abend nicht bei der Party dabei sein. Aber vielleicht auch ganz gut, wenn er mich nicht mit Horst tanzen sehen müsste.

»Was ist nun?«, riss Horst mich aus meinen Überlegungen.

»Was tippst du da eigentlich immer mit zwei Daumen auf deinem Kästchen rum?«

Ich zuckte mit den Schultern. »Wäre das denn okay für dich, Oma?« Ich schaute ihr in die hellblauen Augen, die wieder viel heller und wacher aussahen als am Tag unserer Ankunft. »Sorry, aber du bist hier im Moment die einzige Volljährige.«

Horst nickte. »Bei uns musst du einundzwanzig sein. Himmel noch mal, wann ändern die Herren Politiker das endlich?«

»1975«, sagte Oma trocken. Ich atmete tief ein und ohne dass ich es beabsichtigt hatte, entfuhr mir ein lauter Seufzer.

»Was ist los, *min Deern?«*, fragte Oma. »Wird dir das alles zu viel?«

»Ehrlich gesagt, ja! Stell dir vor, es kommen massig Leute und …«

»Ich kümmere mich um alles«, unterbrach Oma mich, »keine Sorge! Wir machen schließlich nur eine Tanzveranstaltung! Mehr nicht!«

Und wirklich, meine gehandicapte kleine Oma lief noch am Frühstückstisch zu Höchstform auf! Sie telefonierte, sie bestellte einen Putztrupp, sie verhandelte mit einem neuen Getränkelieferanten, bei dem sie keine Schulden hatte, über Preise und mit Horst über die Musik.

»Nur Rock 'n' Roll? Ob *dat* junge Volk *so wat* heute will?«

»Aber ja, Mutter Luise! Wenn meine Truppe erst mal abhottet, dann gibt es kein Halten mehr! Ava und ich machen einen kleinen Lehrgang zur Einführung!«

»Du meinst einen *workshop!«*

»Meinetwegen.«

»Brauchst du ein Mikrofon? Wenn wirklich viele Leute im Kino vor der Bühne stehen, hören die dich ja sonst nicht. Haben wir so was, Oma?«

»Natürlich, die Anlage hat dein *Grootvadder* noch gekauft, damals 1990, die neuste Technik! Er hat immer gerne investiert!«

»Okay.« Ich lächelte sie an. Damit würde selbst ein Horst aus dem Jahr 1956 klarkommen! »Funktioniert bestimmt noch!«

»Weiß die Zeitung Bescheid? Wir könnten sie mit diesem grünen Fernsprechgerät antelefonieren.« Horst nahm den Hörer von Omas altem Telefon und wedelte in der Luft herum, klar, damit kannte er sich noch aus. »Hier ist wenigstens noch eine Schnur dran! Ach Leute, ich glaube, wir werden einen richtigen Reibach machen!«

»Einen was?«

»Geld verdienen, wertes Fräulein! Und diesmal werden wir nicht zu wenig Personal haben. Du sagst ihnen, was zu tun ist, und alle meine Freunde arbeiten mit! Du bist die Chefin!«

Krass. Ich war plötzlich Partyveranstalterin! Das war so schräg, dass ich es natürlich sofort meinen Freundinnen nach Italien schreiben musste.

– *Riesenparty, Leute, und kein Getränkekistenschleppen, wir werden alles geliefert bekommen. Und morgen steht es auch in der Zeitung!*

– *Pass bloß auf, dass nicht jemand auf Facebook dazu einlädt und dann tausend Leute kommen und alles verwüsten. Hat es schon gegeben!*

O Gott, sofort holte ich meinen Laptop aus dem Gästezimmer und durchforstete Facebook. Ja, irgendein Patrick Westhues hatte *Rock-'n'-Roll-Party im Titania Palast* gepostet.

Dreiundzwanzig Leute waren interessiert, zehn hatten zugesagt. Ich atmete erleichtert auf. Das sah nicht nach Tausenden aus. Auch Gregor hatte es auf der Seite des *Wintergartens* geteilt. Ein paar Kommentare standen unter einem Schwarz-Weiß-Foto von Elvis.

– *It's now or never!*

– 5 Mark Eintritt! Cool!

– Bis morgen Abend!

Bis morgen Abend ... Ich rieb mir über die Stirn. Das war verdammt bald und wir hatten uns noch kaum etwas überlegt. Wenigstens auf unserer neuen Website sollten die wichtigsten Informationen bald zu finden sein.

»Wie viel Eintritt sollen wir nehmen?«, fragte ich Horst und Oma.

»Na, fünf Mark eben, wie ich angekündigt habe.«

»Haha. Sehr witzig. Nicht jeder hat dreitausend Mark in alten Scheinen in der Tasche, so wie du.«

»Ich weiß nicht. Wie viel wäre ein junger Mensch von heute denn bereit zu zahlen?« Oma kritzelte ein paar Zahlen auf den Block vor sich und strich sie gleich wieder durch.

Ich überlegte. »Zehn Euro? Ja, zehn Euro würde ich gerade noch für eine Party zahlen. Wir könnten also einen Umrechnungskurs von eins zu zwei festlegen und ein Schild an die Kasse stellen: *Zehn Euro sind heute fünf Mark.*«

»Gut!« Oma notierte die Summe. »Das hätten wir schon mal.« Seufzend wandte sie sich der letzten Seite der Zeitung zu. Sie liebte es, Todesanzeigen zu lesen.

»Ab wann soll es losgehen? Und wie sollen wir deine Freunde währenddessen wieder in den Film bekommen, Horst?«

»Langsam, junge Dame. Eins nach dem anderen.« Horst war die Ruhe selbst.

Doch ich insistierte: »Nach drei Stunden gehen unsere Partygäste noch nicht alle nach Hause ... Sollen sie dabei zusehen, wie die Truppe wieder in der Leinwand verschwindet?«

»Wir holen sie um sieben aus dem *Herzensbrecher,* damit

sie sich etwas eingewöhnen und uns helfen können. Um acht fängt unser Wörkschoppkurs an, da tanzen sie mit, das wird Pfeffer für die Augen!«

»Dann müssen sie spätestens um zehn wieder in der Leinwand verschwinden. Auch du, dein Zeitkontingent ist dann längst aufgebraucht!«

Horst grinste mich an und lehnte sich zu mir. »Es sei denn, du küsst mich wieder … und verlängerst es damit«, flüsterte er in mein Ohr und machte mir damit eine Gänsehaut. »Ich denke, das sollte es dir wert sein, außerdem kannst du die eine oder andere Nachhilfestunde gebrauchen.«

»Neulich im Hof hast du gesagt, ich würde sensationell küssen!«, tuschelte ich zurück, damit Oma mich nicht hörte, doch die war in das Ableben ihrer Mitmenschen vertieft. »Und am Samstagabend oben im Vorführraum hast du dich auch nicht beschwert, bevor du zurückgingst.«

»Nun ja, das im Hof habe ich gesagt, um dich zu ermutigen … Und am Samstag? Das waren lebenserhaltende Maßnahmen!«

Ich boxte ihm mit aller Kraft auf den Oberschenkel, so fest, wie ich es bei meinem Bruder Max niemals getan hätte. Aber das hatte er verdient.

»Aua! Himmelherrgott, Ava! Du bist ja *doch* ein Mannweib!«

»*Kinners.* Alles in Ordnung?« Oma faltete die Zeitung umständlich mit einer Hand zusammen.

»Ja«, sagten wir beide wie aus einem Mund und setzten uns aufrecht hin, als ob man uns in der Schule beim Reden erwischt hätte.

»Haben wir das jetzt geklärt?«

»Ja. Fast.«

»*Na, denn man tau!* Gehen wir also zurück an die Arbeit. Jetzt, wo ich weiß, wen ich heute wieder überlebt habe …«

Am nächsten Tag war das Wetter schlecht, es war kälter geworden und es regnete. »Umso besser«, sagte Horst, »dann trifft das Volk sich nicht abends am See, sondern man kommt zu uns!«

Ab sechs Uhr war ich total nervös. Ich war schon fertig angezogen, ein ausgestellter roter Rock mit tiefen Taschen (in der einen fand ich einen Manschettenknopf, wahrscheinlich von Opa), darunter natürlich der Petticoat, kurzärmelige Bluse, die Haare frisch gewaschen, was man bei meiner Pferdeschwanzfrisur nicht unbedingt sah, aber besser fürs Gefühl war es allemal.

»Hey, ich geh jetzt für ein Stündchen zurück und komm dann mit dem ganzen wilden Haufen wieder raus.« Horst strich sich seine Haartolle zurück. Ich schluckte vor Aufregung. Die Luft im Vorführraum war trocken und verbraucht. »Ich spule also vor bis zu der Szene in der Milchbar.«

»Genau, das ist die Szene, wo ich standhaft blieb und draußen vorbeigegangen bin, da sind alle anderen beisammen, und die Greta, die hole ich vorher ab.«

»Und was, wenn es nicht klappt? Dann stehe ich hier auf einer Rock-'n'-Roll-Party ohne Tänzer, aber mit Gästen, die etwas sehen wollen, na super!«

»Wird schon klappen, keine Sorge! Du siehst übrigens toll aus, Baby. Sagte ich das schon?« Er kam näher und sah mir ins Gesicht. »Du hast so eine wunderschöne Alabasterhaut, so samtig und ebenmäßig, und dazu dieser rote Mund, so was kenne ich gar nicht.«

Was immer dieser Alabaster auch war, vom Matrix-Beauty-Powder, das ich heute aufgetragen hatte, hatte 1956 natürlich noch keiner Ahnung.

»Und wenn die anderen es nicht schaffen?, fragst du.« Er schaute mich mit lachenden Augen an. »Dann komme ich alleine raus! Du spulst zurück bis zur Roller-Szene und dann fällt uns schon was ein.«

»Horst! Ich habe trotzdem Schiss! Was, wenn etwas schiefgeht und sie später nicht wieder zurückkommen? Dann haben wir sie auf ewig hier bei uns im Kino!«

»Notfalls fällt uns schon was ein«, wiederholte er und kam noch näher. Er streckte die Hand nach mir aus und streichelte über meine Wange. Es fühlte sich gut an, seine Hand war warm und trocken. Oh Mann! Ich seufzte. Ich glaubte jetzt einfach mal daran: Alles würde supergut klappen, wenn Horst nur dabei war! Er zog mich an sich, sein Gesicht war ganz nah. Wir küssten uns. Einfach weil er da war und ich so verwirrt war und es sich gut anfühlte und mir Kraft gab.

»Lasset die Party beginnen«, murmelte er irgendwann. »Ich muss weg!«

Wir lachten und ich sah ihm nach, wie er aus dem Raum lief, während ich den Projektor anwarf.

»Wenn ich es nicht vor mir sähe, würde ich glauben, ich spinne!«

»Na, dann spinnen wir beide …«

Oma und ich schauten neugierig durch die eckigen Öffnungen in der Wand des Vorführraums, während unten im Großen Saal immer mehr schwarz-weiße Menschen aus der Leinwand stiegen und sich nach einem kurzen Moment bunt färbten. Die Mädchen trugen Kleider und dünne Strickjacken, die Jungs Rollkragenpullover oder brave Hemden.

»Ich habe die Türen nach draußen abgeschlossen, damit uns niemand überrascht, aber auch, damit sie uns nicht abhauen.«

Oma war ja echt schlau …

Ich zuckte zusammen und nahm die Augen von dem Durchguck. »Oh verdammt!«

»Was ist passiert?« Oma richtete sich auf. »Hast du einen Geist gesehen?«

»Ich habe Greta entdeckt! Sie ist tatsächlich dabei.«

»Na, sie ist schließlich seine Freundin. Komm, lass uns runtergehen, um die jungen Leute zu begrüßen.« Sie zog die Augenbrauen in die Höhe, als ich nicht antwortete. »Aha, verstehe! Da läuft ein kleines Techtelmechtel zwischen Horst und dir? Und mit Frans auch?«

»Du hast gesagt, ich soll mein Herz entscheiden lassen.«

»Ja, richtig. Und was sagt es?«

»Hhmm, eben noch nichts Eindeutiges. Es klopft mal schneller, setzt mal ganz aus oder tut plötzlich unbeteiligt. Keine Ahnung. Ich verstehe es nicht!«

»Dann gib ihm Zeit. Und lass dir bloß nix *Vernünftiges* von deinem Kopf sagen, um dem einen oder anderen den Vorzug zu geben!«

Ich grinste. »Auch wenn einer von ihnen nur eine Filmfigur ist, die alle drei Stunden schwarz-weiß wird?«

»Auch dann nicht!«

»Auch wenn der andere andauernd nicht dort ist, wo er sein sollte? Nämlich bei mir.«

»Auch dann nicht!«

»Auch wenn beide total toll sind und der eine gut küsst und der andere die besten Schultern der Welt zum Anlehnen hat?«

»Auch dann nicht!«

»Du bist die coolste Ratgeberin, die es gibt, Oma! Komm, wir gucken mal, wie die Crew da unten so drauf ist.«

19

Es waren elf Leute, die Horst mitgebracht hatte. Sechs Mädchen und fünf Jungen, mit ihm also zwölf. Man erkannte sie sofort an ihren erwachsenen Gesichtern, denn obwohl sie vielleicht nur drei, vier Jahre älter waren als ich, sahen sie alle verdammt vernünftig und brav aus. Und sie hatten schiefe Zähne! Besonders die Jungs. Zahnspangen waren 1956 wohl noch nicht erfunden.

»Hallo! Schön, Sie zu treffen!« Eines der Mädchen gab Oma die Hand und knickste. Bei mir machte sie es genauso! *Oh no,* hatte Horst denen denn nicht erzählt, dass man sich im 21. Jahrhundert unter Jugendlichen duzte?

»Angenehm, Norbert Schaske.«

»Udo Becker.«

»Martin.«

Ingeborg, Hannelore, Gerda. Alle siezten mich, alle gaben mir die Hand. Danach standen sie steif herum und schauten sich sprachlos um. Nichts war mehr übrig von der aufgeheizten Stimmung aus der Milchbar, aus der sie gerade entstiegen waren. Nur Horst versuchte, die Atmosphäre aufzulockern. »Will jemand ein Bier, Freunde? Oder Wermut für euch Mädels, das ist ein Eins-a-Gesöff. Kommt, ich zeig euch erst mal die Bude hier!« Er zog seine Jacke aus, hängte sie sich an einem Zeigefinger über die Schulter und ging voran. Greta beachtete er gar nicht.

Ich sah ihm nach und ein komisches Gefühl breitete sich in mir aus; ich mochte ihn plötzlich nicht mehr so wie vorher. War das normal, wenn man jemanden doch eigentlich ziemlich gut fand? Ich wühlte in meinem Herzen herum, doch die alten Empfindungen konnte ich nicht wiederfinden. Nur weil er seine Freundin nicht anschaute? Nur weil er seine Jacke so blöd angeberisch über die Schulter geworfen hatte?

Sie gingen ins Foyer. Ich folgte ihnen, stellte mich hinter die Bar und fragte automatisch, was sie trinken wollten, während ich über die plötzliche Veränderung in mir nachdachte.

»Alles umsonst für euch, Freunde der Nacht!«, rief Horst.

Ich presste die Lippen zusammen. Sein Bier war es ja nicht, das er hier so großzügig anbot! Obwohl, womit sollten sie auch bezahlen? Mit falschen D-Mark-Scheinen? Ich spürte Gretas Blick auf meinem Gesicht, als ich jetzt Bier für die Jungs und Limo für die Mädchen aus den Kühlfächern holte und öffnete.

Natürlich ahnte sie, dass zwischen mir und Horst etwas lief! Ich musste an seine Küsse denken und plötzlich sehnte ich mich wieder danach, egal wie blöd er seine Jacke an- oder auszog ... Greta blieb mit ihrer Flasche am Tresen stehen, auch als die Ersten von ihnen an den verschlossenen Türen rüttelten und hinauswollten.

»Warum ist hier zu? Wir wollen rrraus, die Welt sehen!«

Ach, echt jetzt? Auch Horst hatte als Erstes »die Welt sehen wollen«, außerdem rollten sie alle das R so fürchterlich wie er manchmal.

»Jetzt beruhigt euch, ihr Flitzpiepen, Mutter Luise ist so freundlich, mit uns eine Führung durch das Kino zu machen.«

»Steile Sache!«

»Das ist alles so bunt hier! Echt 'ne Wucht!«

»In Farbe, aber sonst gar nicht so viel anders als bei uns!«, hörte ich, als die Gruppe sich auf den Weg machte.

»Na eben, das ist ja gerade so oberprächtig am *Titania Palast!*« Horst hörte sich an, als ob er Werbung für das Kino machen wollte.

Langsam wurde das Gerede leiser. Nur Greta stand immer noch etwas *lost* vor mir, während ich die Theke abwischte und Kaffeepulver in den Filter der Kaffeemaschine häufte. Ich schüttete Wasser in den Behälter, summte vor mich hin und tat, als ob ich ihr Gestarre nicht bemerken würde. Wenn sie etwas von mir wissen wollte, musste sie mich schon ansprechen.

»Dass du auf ihn reingefallen bist, wundert mich ja nicht!«

Wow! Was für eine Gesprächseröffnung! Und warum reingefallen?

»Bitte?« Vor Erstaunen sah ich ihr das erste Mal voll in die Augen.

»Obacht! Ich warne dich! Der Horst ist ein netter junger Mann, aber er verspricht so manches, das er dann nicht hält.«

»Ein *netter* junger Mann?« Ich musste unwillkürlich grinsen, als ich jetzt an seine verschiedenen Tricks dachte, mir immer wieder einen Kuss abzuluchsen. Und nun mochte ich ihn wieder richtig. Ich war komisch, das war damit bewiesen, doch ich wischte zunächst einmal das Lächeln aus meinem Gesicht, um Greta nicht noch mieser gelaunt zu machen. »Was hat er dir denn versprochen?«

»Nichts! Wieso?! Was hat er *dir* denn versprochen?«

O Gott, war die drauf! So kamen wir ja niemals weiter. Aber irgendwie hatte sie mir im Film auch leidgetan und ich wollte ihr helfen. Wie war sie von dem frechen, selbstbewussten Mädchen, das seinem Chef den schweren Locher auf die Grapschhände fallen ließ, zu dem muffeligen Exemplar geworden, das sauer auf Horst war, bis der mit Blumen kam, um sie zu heiraten?

Ich musste irgendwie herausfinden, ob sie wirklich schwanger sein konnte. Doch wenn ich sie dazu befragen wollte, was denn tatsächlich mit Horst gelaufen war, musste ich erst Vertrauen aufbauen. Nur wie, auf die Schnelle? Sollte ich lieber abwarten? Aber wer weiß, ob wir an diesem Abend noch mal eine Gelegenheit hätten, miteinander zu reden.

»Was zu trinken? Was Richtiges, meine ich?« Ich stellte die Flasche so schwungvoll auf die Theke, dass es knallte und Greta zusammenzuckte. »Ich hätte hier Wermut, ein Eins-a-Gesöff«, imitierte ich Horst. »Das trinkt Du-weißt-schon-wer immer sehr gerne mit meiner Oma.«

»Ich …« Sie machte eine kleine, kaum wahrnehmbare Bewegung mit der Hand über ihr Kleid und den flachen Bauch darunter. »Ich glaube, ich darf nicht«, sagte sie leise und schlug die Augen nieder, als ob sie was völlig Peinliches gesagt hätte.

Aha! Da waren wir ja schon beim Thema! Sie glaubte also wirklich, schwanger zu sein und deswegen keinen Alkohol trinken zu dürfen, aber das wollte ich erst einmal direkt von ihr hören: »Ach komm, das Zeug ist lecker! Du bist doch keins dieser Mädchen, das nur deswegen keinen Alkohol trinkt, weil sich das für Frauen nicht gehört? Du bist doch eine selbstständige Frau und emanzipiert!« Ob sie dieses Wort schon gehört hatte? Keine Ahnung, sie schüttelte jedenfalls den Kopf.

»Es ist etwas passiert …

»… was nicht passieren darf«, vollendete ich den beknacktesten Satz *ever*, den ich je von Horst gehört hatte.

»Woher weißt du das?« Jetzt schaute sie echt erschrocken.

»Ich sehe so was!«, behauptete ich. Wie jetzt weiter? Ich brauchte etwas Mut. Schnell drehte ich den Deckel von der Flasche, goss eine Handbreit in ein Glas, angelte einen Eiswürfel aus der runden Box und nahm einen Schluck. Gar nicht so übel! Eins-a-Gesöff! Aus der Ferne hörte ich die Truppe oben vor dem Vorführraum, sie würden gleich wieder zurück sein – und meine Chance bei Greta vorbei. »Ich freue mich für euch! Dann stimmt es also, was Horst sagt, du wirst bald Mutter und ihr heiratet!«

Sie stöhnte auf, als ob ihr schlecht wäre. »Ich befürchte, den Antrag wird er mir heute noch machen, wenn wir zurück sind!«

»Tja«, sagte ich und nahm noch einmal einen tiefen Schluck. »Gut, dass ich ein anständiges Mädchen bin, nicht so leichtsinnig war und ihn nicht auch noch geküsst habe! Stell dir vor, dann würden wir hier zu zweit schwanger herumlaufen!« Ich musste mir ein Grinsen echt verkneifen.

Aber sie nickte ernst und ich sah, wie ihre vollen Lippen schmal wurden. »Dieses Wort würde ein wirklich anständiges Mädchen gar nicht erst in den Mund nehmen!«

»Ach, komm! Echt nicht?« Es war gemein, aber das Lachen platzte einfach so aus mir heraus, ich konnte es nicht verhindern. Sie warf mir einen tödlich beleidigten Blick zu, drehte sich um und rannte davon.

»Greta!« Ich lief hinter ihr her, in den Großen Saal. »Bleib doch mal stehen. Ich hab nur Spaß gemacht. Vom Küssen allein wird man nicht schwanger, niemals!«, rief ich. »Lauf nicht weg, sondern erzähl mir lieber, was ihr gemacht habt, dann …«

Kurz vor der Bühne drehte sie sich um und fauchte mich an: »Das werde ich dir gerade erzählen, du selbst ernannte Obernonne!«

Ich verdrehte die Augen. »Sorry, aber hör mir doch mal zu! Sag mir, was ihr gemacht habt, und ich sag dir, ob du dein Leben nicht auch noch anders verbringen kannst, als ihn zu heiraten und zu Hause mit einem Kind herumzusitzen!«

Sie schniefte und wischte sich über die Augen. »Wir haben …«

Ich wartete, obwohl sich in mir eine Welle der Ungeduld ausbreitete. Nun rede schon, Greta!, bat ich im Stillen, man hörte die Milchbargruppe schon im Foyer herumlärmen. Aber sie hatte anscheinend Wortfindungsstörungen. Ich sah mich um, hier im Großen Saal war niemand außer uns, vielleicht ging es ja auch ohne Worte. Ich packte mir mit den Händen an den Busen. Hier? Durfte er dahin? Sie nickte zögernd.

Da? Ich zeigte etwas tiefer.

Nein! Sie schüttelte vehement den Kopf.

Gar nicht? Ich zog eine zweifelnde Miene.

Nein!

Aber du bei ihm? Ich wies mit dem Zeigefinger auf sie.

Ich? Sie zeigte auf sich selber und riss die Augen auf. Niemals!

Na, dann wäre das ja geklärt. Ich grinste. »Um schwanger zu werden, muss man miteinander schlafen, Greta. Also nicht wirklich schlafen, sondern ... na ja.« Wie sollte ich ihr das jetzt erklären? »Vielleicht steht bei deiner Vermieterin ein Lexikon, wo du das unter G wie Geschlechtsverkehr nachlesen kannst.«

»Die Bücher, die bei der Pohl im Wohnzimmer stehen, sind alle nur aus Pappe und ganz leicht.«

Mist. Bei Frau Pohl gab es offenbar nur Requisiten im Regal, keine echten Bücher. »Oder du gehst zu deiner Frauenärztin und fragst die.«

»Ich war noch nie bei einer Frauen...? Ärztin?«

»Aber du bist noch Jungfrau?«

Sie schaute auf ihre Füße.

»Du weißt, was das bedeutet, oder?«

»Ja. Aber ich dachte, sich einem Manne hingeben hieße ...« Sie wagte es immer noch nicht, mir in die Augen zu schauen. »... hieße, ihn zu küssen.«

»Falsch.«

»Du bist, äh ... du bist ganz schön frühreif für dein Alter«, murmelte sie.

Ich lachte leise. »Versuche unbedingt, etwas darüber herauszufinden! Du wirst sehen, ich habe recht! Und dann sag das auch Horst! Er muss dich nicht heiraten, nur weil ihr mal in einem Hinterhof geknutscht habt.«

Sie schaute mich misstrauisch an. »Schwörst du mir das bei Leib und Leben?«

»Ich schwöre es! Und wenn du mir nicht vertraust, rede mit meiner Oma, ›Mutter Luise‹, wie Horst sie immer nennt. Die hat Ahnung davon und traut sich, die Dinge auszusprechen. Aber schön altmodisch, so, wie du das kennst.« Ich lächelte sie an. »Ich finde dich toll, Greta. Du bist stark und mutig, schon wie du deinen doofen Chef kleinkriegst – sehr cool!«

»Sehr cool«, wiederholte sie leise. Und jetzt klatschte sie in die Hände: »Na dann her mit diesem Wermut, Teufel noch eins!«

Auch in der Lobby war die Stimmung inzwischen ausgelassener. Horst stand breitbeinig mitten unter seinen Freunden und machte einen auf Alleinunterhalter: »Um acht kommen die ersten Leute. Um dem Laden einzuheizen, machen wir erst mal 'ne kurze Tanzvorführung und danach geben wir eine erste Tanzstunde: Die Geheimnisse des Rock 'n' Roll!« Alle lachten und klatschten in die Hände, standen aber voneinander getrennt in kleinen Jungs- und Mädchen-Grüppchen herum. Die Mädchen kicherten und tuschelten miteinander, die Jungs hauten sich gegenseitig auf die Schulter und grölten über jeden von Horsts Witzen.

Ich schaute zu Greta. Sie hatte die Arme vor der Brust verschränkt und starrte mit verächtlichem Blick zu Horst hinüber. Ob sie mit ihm tanzen würde, jetzt, wo sie sich nicht mehr schwanger fühlte, aber hochgradig genervt von ihm war? Viertel vor acht zeigte die Uhr, die über der Theke hing. Es war an der Zeit, die Türen zu öffnen, ohne dass der Filmtrupp das merkte.

»Wie wäre es, wenn ihr schon mal auf die Bühne geht und probt«, sagte ich leise zu Horst, »dann kann ich hier die Türen aufmachen. Da kommen schon die Ersten.«

Zwei Typen rüttelten von außen an den geschwungenen Griffen. Ich scheuchte Horst mit einer Handbewegung in Richtung Großer Saal. »Geht schon mal!«

»Dann werden wir mal ein bisschen übers frisch gebohnerte Linoleum schubbern. Kommt, Leute!« Die Truppe setzte sich mit raschelnden Petticoats und breitbeinig gehenden Helden in Bewegung, auch Greta ging mit.

Oma reichte mir mit einer würdevollen Handbewegung die Schlüssel. Ich sperrte die Tür auf und ließ die beiden ersten Gäste an mir vorbeigehen. Sie waren mittelalt. Einer war groß, dünn und gerade. Ein anthrazitfarbener Bleistift. Der andere groß und dick wie ein gemütliches Fass, dem man eine graue Wanderjacke angezogen hatte. Sie sahen nicht gerade nach Partymachen aus.

»Zehn Euro, bitte!«, sagte Oma und ließ die Kassenschublade mit einem lauten Klingeln aufspringen.

»Junge Frau, was ist denn das für eine Veranstaltung hier heute Abend?«

»Und wer war diese Gruppe da?« Der Dicke verdrehte sich den Hals, um die letzten Petticoat-Mädchen in den Saal gehen zu sehen. »Treten die hier auf?«

»Das ist eine Tanztruppe aus den Fünfzigern. Um genauer zu sein: Rock 'n' Roll!« Oma lächelte, als hätte sie ihm einen unanständigen Witz erzählt. »Sie dürfen gerne mitmachen. Kostet nich' extra.«

»Nein, danke. Ordnungsamt Buxtehude.« Der Dicke zog einen Ausweis hervor und sah plötzlich gar nicht mehr gemütlich aus. »Sind Sie die Besitzerin?«

»Ja! Luise Haffenstedter, guten Abend!«

»Sie haben hier eine nicht als solche deklarierte Tanzveranstaltung, Frau Haffenstedter! Außerdem haben Sie die Eingangstüren verriegelt. Bei einer Gruppenstärke von mehr als zehn Personen, die sich im Gebäude aufhalten, ist das absolut verboten, es sei denn, es gibt genügend gekennzeichnete Notausgänge. Dürfen wir die mal sehen?«

»Welche Art von Musik spielen Sie?«, mischte sich der andere jetzt ein. »Werden dabei Gema-Abgaben fällig?«

Oma zog die Augenbrauen hoch und sah die Ordnungsamt-Typen mehrere Sekunden reglos an, bevor sie zu reden begann: »Meine Herren! Dies ist nicht die erste Veranstaltung, die ich durchführe. Bisher war immer alles in Ordnung.«

»Sagen Sie, gibt es noch mehr Toiletten im Haus oder nur diese Damentoilette?«

Der Dünne hatte unser Schild am Herrenklo entdeckt und ging darauf zu.

»Nur übergangsweise, wir hatten da ein kleines Problem!«, sagte ich so freundlich, wie ich nur konnte, und lief dem Typ hinterher.

»Das ist ab einer Veranstaltungsgröße von zwanzig Personen untersagt!«

Aus dem Großen Saal kamen jetzt laut die Anfangstakte von *Lucille,* dann kratzte die Nadel über die Platte und die Musik brach wieder ab. Der Dünne verzog sein Gesicht. »Wie viele Besucher erwarten Sie?«

»Hundert? Tausend?« Omas Gesicht blieb ernst.

»Dieses Kino ist nur bis zu einer Stärke von hundertzwanzig Personen ausgelegt. Als Filmvorführstätte. Wenn Sie einen Nutzungswechsel anzeigen wollen, tun Sie das mit einem Antrag bei unserer Nutzungswechselstelle im Ordnungsamt.«

»Einen Teufel werde ich tun! Können Sie uns bitte einfach weitermachen lassen? An diesem Kino hängen viele Arbeitsplätze!« Wow, Oma haute hier Lügen heraus, ohne mit der Wimper zu zucken …

»Ich befürchte, wir müssen die Veranstaltung absagen! Zeigen Sie uns bitte die Notausgänge. Die dürfen nicht verschlossen sein. Das wissen Sie doch, Frau Haffenstedter!«

Oma seufzte und kam hinter der Kasse hervor. »Du hältst hier die Stellung!«, sagte sie zu mir. Als sie zwischen den beiden davonging, kam es mir vor, als würde sie abgeführt werden. Wegen einer unbenutzbaren Herrentoilette und vielleicht einem verdammten Notausgang zu wenig …

»Warum waren die Türen denn nun verschlossen?«, fragte der Dünne.

»Nu' mal halblang, Kinners, die Veranstaltung hatte noch gar nicht begonnen!«

»Das kann Sie eine hohe Strafe kosten, Frau Haffenstedter!«, hörte ich noch, dann kamen mir die Tränen. Im Großen Saal hatte man sich nun auf *Sweet little sixteen* geeinigt. Ich schniefte und fuhr mir unwillig über die Augen. Danke für die Erinnerung, Chuck Berry, dachte ich. Ich bin erst sechzehn und all meine Arbeit und Mühe ist vielleicht umsonst!

Ich sah mich schon abwehrend mit den Armen rudern, um die Leute vor dem Kino wieder nach Hause zu schicken. Wir würden keinen Cent Eintritt einnehmen und alle Getränke würden wieder abgeholt werden. Aus. Ende. Feierabend. Das war's dann wohl mit dem *Titania Palast*.

Wo war Mama, wenn ich sie brauchte? Sie hatte wieder den ganzen Tag in Hamburg verbracht, angeblich in ihrer Kanzlei. Ha! Dabei wusste ich es besser, wollte es mir aber nicht vorstellen! Nun saß sie oben in Omas Wohnung und brütete über irgendwelchen Papieren. Es war mir egal, welche das waren, ich brauchte Verstärkung von meiner Familie! Ich zog mein Handy hervor und rief Papa an, obwohl ich doch oft gesehen hatte, dass er sein Telefon am Anfang des Urlaubs ausmachte und in eine Schublade schmiss. Aber ich hatte Glück: Es klingelte!

»Ja?«

»Papa!«

»Ava, wie schön, das ist ja wohl Gedankenübertragung! In diesem Moment wollten wir zwei einsamen Kerle uns mal wieder bei euch melden!«

»Das ist toll!« Meine Stimme erstickte fast vor lauter Tränen.

»Wir braten uns hier gerade einen Fisch, den Max heute aus dem See gezogen hat.«

»Das ist …«

»Warum weinst du denn? Ist was passiert? Mit dir? Oder Mama? Ist wieder was mit Luise?«

Jetzt weinte ich wirklich, weil ich seine tiefe Stimme gehört hatte, weil ich ihn vermisste, weil Mama so fies war und weil er mir helfen würde, da war ich ganz sicher! »Es ist nur … wir wollen eine Tanzveranstaltung machen und jetzt sind hier zwei Typen vom Ordnungsamt aufgetaucht und Oma muss ihnen alles zeigen, und … und … es sieht aus, als ob sie sie verhaften wollen, weil die verdammten Toiletten übergelaufen sind und wir die Herrentoilette zusperren mussten.«

»Wo ist Mama?«

»Oben!«

»Warum oben? Hilft sie euch nicht?«

»Nee! Die hat was anderes im Kopf.« Ich wollte es nicht verraten, aber irgendwie hatte ich auch kein Mitleid mehr mit ihr.

»Was hat sie denn im Kopf?« Er lachte, doch es klang nicht so, als ob er wirklich Spaß hätte.

»Keine Ahnung, sie ist dauernd in Hamburg.«

»War der Gutachter-Sven noch mal da?«

»Nein, aber sie hat mit ihm telefoniert! Ziemlich oft, glaube ich.« So. Jetzt war es raus. Das hatte sie jetzt davon!

Er räusperte sich und seine Pause war ein bisschen zu lang, bevor er weitersprach: »Schätzchen, jetzt mal keine Panik. Die Leute vom Ordnungsamt machen nur ihren Job. Falls ihnen nicht irgendetwas ganz Gefährliches auffallen sollte, werden sie das Kino nicht ausgerechnet heute Abend schließen. Sie werden alles prüfen, sie werden Oma schriftlich ermahnen und ihr irgendwelche Auflagen machen, die sie bis zu einem bestimmten Datum erfüllen muss, aber das ist normal. Sag Luise, sie soll keinen Aufstand machen, sondern den geforderten Dingen vorläufig zustimmen!« Auch mein Vater kannte Oma Luise recht gut … »Sie kann alles nachreichen!«

»Okay! Danke für den Tipp!« Ich wischte mir meine Nase ab, die immer noch vor lauter Tränen lief, aber es ging mir schon besser. »Hab dich lieb, Papa!«

»Ich dich auch, meine Süße! Ich ruf jetzt mal Mama an. Bis ganz bald!«

Ich schaute auf, als ein Auto auf den Parkplatz einbog. Dahinter kam noch eins und noch eins. Die Schlange wollte gar nicht mehr aufhören. Sie fuhren langsam über den buckeligen Acker und stellten sich kreuz und quer hin. Wollten die alle zu uns? Offenbar schon …

Ich lief hinein und machte erst einmal die Tür hinter mir zu. Dann holte ich tief Luft. Wir würden diesen Abend durchziehen, egal mit wie viel Leuten sie uns überrollten! Sie zahlten zehn Euro Eintritt und an jeder verkauften Flasche Bier würden wir ungefähr 1,20 Euro verdienen.

»Oma!«, rief ich, als sie zwischen ihren Bewachern wieder im Foyer erschien. »Papa sagt, du sollst dir alles schriftlich zuschicken lassen! Wir stimmen dem zu! Wir reichen das nach!«

Die Herren waren damit seltsamerweise sofort zufrieden,

drückten Oma ein paar Zettel in die Hand und verabschiedeten sich mit einem »Sie hören von uns!«.

»Die Frau Haffenstedter kann es kaum erwarten!«, sagte Oma mit tonloser Stimme. »Noch is' die *nich' in de Mors!*«

Ich kicherte, auf Plattdeutsch hörten sich manche Sprüche viel besser an! Nein, noch war Oma nicht im Arsch! Doch dann hatte ich keine Zeit mehr zum Nachdenken, denn die Tür ging auf und die ersten Leute strömten herein.

So schnell ich konnte, rannte ich in den Großen Saal, kletterte auf die Bühne und nahm den Tonarm von der Platte. »Horst!«, rief ich in die entstandene Stille und freute mich, dass meine Stimme einigermaßen cool klang. »Ich brauche jemanden für die Kasse an der Tür, wir können sonst nicht kontrollieren, wer schon bezahlt hat, und außerdem brauche ich drei deiner besten Leute für die Bar!«

Ein Chaos brach über uns hinein, aber ein Gutes! An der Kasse saß der brave Norbert mit dem schlimmsten Haarschnitt der Welt und kassierte die fremden Euroscheine, die er immer wieder prüfend gegen das Licht hielt. Gewissenhaft stempelte er jedem Gast ein »Erledigt!« auf das Handgelenk. Den Stempel hatte ich in Omas Büro gefunden.

Doch damit nicht genug, wir bekamen auch noch von anderer Seite Unterstützung. Gregor aus dem *Wintergarten* brachte uns gegen halb zehn vier Flaschen weißen Rum, fünf Kilo grüne Limetten und drei Päckchen braunen Zucker sowie eine riesige Plastiktüte mit Crushed Eis, die es überall an Tankstellen zu kaufen gab. Ich hatte bisher nur noch nie gewusst, wozu man das Zeug gebrauchen konnte.

»So, für euch!«, sagte er, als er die Plastikbox auf den Tresen hievte. »Kostet euch den Einkaufspreis, damit bringen wir die Party hier mal 'n büschen auf Vordermann!« Er nahm ein

Stück Kreide und schrieb *Caipirinha: 6 Euro* an die Schiefertafel über der Kaffeemaschine.

»Das hat man damals in den Fünfzigern zwar nicht getrunken, aber glaub mir, das ist deinen Gästen egal!« Er griff noch einmal nach der Kreide. »So vielleicht besser: *Rock-'n'-Roll-Caipirinha*.

»Danke! Tolle Idee!«

Er schaute sich suchend um und musterte dabei interessiert Ingeborg, Helga und Anneliese, die im Akkord Bier, Cola und Wasser verkauften. »Coole Kostümierung habt ihr ja immer!«, murmelte er. »Und diese Frisuren, das sieht alles so verdammt echt aus! Aber nun brauche ich was, um die Limetten aufzuschneiden, und was zum Zerstampfen. Habe meine Holzstößel vergessen. Gibt es Gläser?«

»Na klar! Ich stell dir einen eigenen Tisch hin, dann hast du Platz und störst die drei hier nicht!« Ich nahm die Klappkiste von der Theke und drückte sie ihm wieder in die Hand. »Bringst du mir bei, wie man Caipirinha macht? Und was bekommst du für deinen Einkauf? Hast du eine Quittung?« Mama predigte Oma doch immer, dass sie alle Quittungen aufheben sollte.

»Na, geschäftstüchtig bist du ja!« Er grinste mich an. Ich grinste zurück. In wenigen Minuten hatte ich mithilfe von Udo und Martin und einem Tisch die neue Nebenbar für Gregor eröffnet.

Während Gregor mir zeigte, wie man die Limettenstücke mit dem braunen Zucker vermischte, erklärte er mir die goldenen Regeln der Gastronomie. »Mit Getränken machst du Geld, mit Essen nicht! Nimm zum Beispiel diese Flasche hier, das ist bester brasilianischer Rum. Dafür zahlst du im Großmarkt neun Euro und wenn du nicht damit herumplemperst, bekommst du aus 0,75 Litern 15 Gläser …«

Während er weiterredete, hörte ich aufmerksam zu und versuchte, alles genau so zu machen, wie er es mir zeigte. »Das heißt, wenn meine Oma mehr Getränke verkaufen würde, wäre das gut? Was ist mit Kaffee?«

»Kaffee ist super! Auf das, was du an Wareneinsatz für eine Tasse Kaffee berechnen musst, schlägst du 700 bis 1.000 Prozent drauf! Und lass die Kasse nie aus den Augen und deine Mitarbeiter auch nicht. Sie bescheißen dich! Alle!«

1.000 Prozent? Das hörte sich megaviel an! Vielleicht sollte Gregor Oma mal in Ruhe erklären, wie sie mit Getränken mehr Geld machen konnte. Ich sah zu, wie er den Rum lässig in die Gläser verteilte.

»Bitte schön!« Er reichte das erste Glas an eine Frau, die einen hochroten Kopf hatte und ziemlich schwitzte. Der Tanzkurs im Großen Saal mit Greta und Horst hatte über eine Stunde gedauert und allen offenbar unheimlich Spaß gemacht. Ich hatte nur Horsts Anweisungen über das Mikrofon gehört: »Rück. Platz. Kick. Kick! Rück. Platz. Kick. Kick! Ja, ihr Flitzpiepen, jetzt haben wir es langsam! Rechter Fuß zurück, wieder an den Platz, kick, kick ... Hallo, junger Mann! Ihre Begeisterung in Ehren, aber reißen Sie Ihrer Dame nicht das Handgelenk ab!« Greta war seine Partnerin gewesen, denn ich hatte mit der Theke und der Kasse mehr als genug zu tun gehabt.

»Ich nehme an, du bist schon achtzehn?«, fragte Gregor die Frau.

»Oh, Komplimente machen kann er auch!« Sie und ihre ebenso schwitzenden Freundinnen waren uralt, mindestens vierzig, sie kicherten und himmelten Gregor und seine gut trainierte Männerbrust unter dem engen T-Shirt an. Hörte das zwischen Männern und Frauen denn nie auf?

»Ava, so heißt du doch!« Greta war vor mir aufgetaucht.

Aus ihrer Frisur hatten sich einige Strähnen gelöst, sie sah erhitzt, aber auch entspannt aus.

»Ja. Immer noch.«

»Ich wollte dir nur sagen, dass ich dir verziehen habe!«

»Wofür jetzt genau?«

»Horst hatte so überschwänglich von dir erzählt. Aber nun werde ich ihn nicht heiraten!«

Logisch war das nicht, ich grinste sie trotzdem an. »Hast du es ihm gesagt?«

»Nein.« Ihr Gesichtsausdruck erinnerte mich an meine Lieblingsfilmszene mit ihr, genauso lächelte sie auch, bevor sie ihrem Boss im Büro den schweren Locher von ganz oben auf die Hand fallen ließ. »Das spare ich mir auf.«

»Du bist cool, Greta. Du glaubst nicht einfach irgendwas, sondern informierst dich! Solche Vorbilder wie dich brauchen die Frauen.«

Sie beugte sich zu mir vor. »Meinst du, ich könnte vielleicht hierbleiben?«, flüsterte sie laut. »Und kannst du mir deinen Lippenstift borgen? Ich liebe dieses Rot!« Bevor ich antworten konnte, nahm sie sich einen der fertigen Drinks und stürzte ihn halb hinunter. »Ich möchte noch so viel probieren!«

Als ich ihr das Glas aus der Hand nahm, merkte ich, dass ihre Finger ganz grau aussahen. Ein Blick auf die Uhr bestätigte meine Befürchtungen: Es war kurz vor zehn, höchste Zeit, den Saal zu leeren und alle wieder zurück in den *Herzensbrecher* zu schicken!

20

Ich bekomme das hin, gib mir nur das Mikro!«

»Hier! Mach schnell! Norbert und Udo sehen aus, als ob sie sich gleich übergeben werden!«

»Nee, die haben nur zu viel gesoffen!«

»Aber was ist mit Hildegards Kleid? Das war eben noch gelb und ist jetzt grau!«

»Mist. Du hast recht.« Horst stand mit mir zusammen auf der Bühne. Von oben schauten wir auf die Fläche vor der ersten Sitzreihe. Im schummrigen Licht sah man es noch nicht so gut, aber für unsere Augen waren die schwarz-weißen Flecken schon gut zu erkennen, die die Mitglieder der Milchbartruppe in der Menge bildeten.

»Wir bekommen den Saal nicht leer, nicht schneller als in fünf Minuten …«

»Mindestens! Wir brauchen eher zehn. *Shit!*« Ich drehte mich einmal im Kreis. »Und einen Feueralarm auszulösen, wäre jetzt auch nicht wirklich *nice* … Verdammt, warum hast du nicht mal auf die Uhr geschaut?«

»Ich war mit Tanzen und Auflegen beschäftigt. Und musste auch noch diese drei Nietenhosenmädchen abschütteln, die mir ihren verdrehten Hipp-di-Hopp-Tanz beibringen wollten. Die Mädchen sind komisch in dieser Zeit, Ava. Sie sind arrogant und haben keinen Respekt vor den Männern! Also nichts gegen dich, aber …« Auf einmal strahlte sein Gesicht auf. »Hey, da unten ist Greta! Die war eben wieder so frech und forsch wie zu Anfang, als ich sie kennenlernte. Ich mag es, wenn sie so ist! Was hast du mit ihr gemacht?«

»Aufgeklärt.«

»Aufgeklärt? Aber worüber denn?«

»Egal, erzähl ich dir später.« Es störte mich, dass er so über sie sprach. Außerdem war ich eifersüchtig, keine Frage. »Wir müssen uns was einfallen lassen. Sieh mal, sie merken es schon selbst.« Hildegard streckte ihre grauen Arme nach oben und schaute sie erstaunt an. Es sah aus, als ob sie jemanden anbeten wollte.

»Ich habe meine Schäfchen mal durchgezählt, vier fehlen. Verflixt! Es geht nicht anders, wir müssen den Film jetzt sofort anwerfen und sie hineinmarschieren lassen!«

»Vor aller Augen?!«

»Ja. Lauf nach oben! Und mach den Vorhang nur ein Stück weit auf, dann denken alle, sie verschwinden einfach nur hinter dem Vorhang! Beeil dich, bevor Norbert uns hier wirklich die Bude vollreihert! Wo ist Martin?«

»Sitzt für Norbert an der Eingangskasse. Ich schick dir alle rein, die noch vorne sind!« Ich gab ihm einen Kuss auf die Wange und sprintete davon. Was wollte ich? Gehörten Horst und Greta nicht doch zusammen, obwohl sie ihn jetzt nicht mehr heiraten musste und darüber echt erleichtert war? Konnte ich mich nicht endlich mal entscheiden? Ich freute mich doch auch wahnsinnig auf Frans, den ich morgen wiedersehen würde! Wie lange will mein Herz denn noch ausprobieren?, fragte ich mich und schlängelte mich zwischen den Gästen hindurch. Die Musik brach ab. Ein großes Raunen ging durch den Saal. »Oooohh!«

»Meine Damen und Herren, werte Gäste«, hörte ich Horst sagen. Das Mikrofon fiepte ein bisschen. »Die *Tanztruppe Herzensbrecher* verabschiedet sich von Ihnen, es war riesig, hier zu sein, bis zum nächsten Mal!« Pfiffe und Protestrufe wurden laut. Einer schrie »Zugabe!«, doch Horst ging darauf nicht ein. »Ich bitte alle fetzigen Rock-'n'-Roller ein letztes

Mal auf die Bühne, unser Bus wartet am Hinterausgang und fährt in zwei Minuten! Alle auf die Bühne bitte!«

Schnell sagte ich Ingeborg, Helga und Anneliese hinter der Theke Bescheid. Sie gaben mir die Hand und knicksten bei jedem Danke: »Danke, Ava, es war herrlich bei euch.« Sie wandten sich an Oma, die auf dem Hocker hinter der Kasse saß. »Danke, Frau Haffenstedter!«

Ich grinste, eigentlich hatten sie drei Stunden lang nur hinter einer altmodischen Theke gestanden und Getränke verkauft. Doch sie schienen das anders zu sehen: »Die Herren der Schöpfung sind im 21. Jahrhundert so höflich!«

»Und alle älteren Damen tragen Hosen und keine einzige von ihnen einen Hüfthalter ...«

»Und die Mädchen wollen immer diese Sell-Fies mit uns machen!« Die drei fielen sich kichernd in die Arme und hüpften auf der Stelle.

»Beeilt euch!«

»Jaja, husch, husch die Waldfee, wir sind schon weg!«

Ich wischte mir über die Stirn.

»Alles in Ordnung, *min Deern?*«

»Ja, ich hoffe!« Ich rannte hinaus und die Treppe zum Vorführraum hinauf. Als ich den Projektor anwarf und den Film einige Meter zurückspulte, musste ich an Horst denken. Er hatte mich noch nicht mal gefragt, ob ich seine Zeit mit einem ausdauernden Kuss um ein Stündchen verlängern wollte. War er jetzt etwa wieder hinter Greta her, nur weil die sich wieder normal und cool benahm, seitdem sie sicher war, nicht schwanger zu sein? Ob ich ihn je wieder küssen würde? Ich seufzte und löste die Metallabdeckung von der Linse, schob sie zurück und nun fiel das Bild auf die Leinwand. Weil der Vorhang davor war, erkannte man es nicht richtig, aber es war die Milchbar von außen. Bedrohliche Musik, Ort des Lasters und der Rebellion! Ich drehte den Ton lauter. »Woooouuhh!«, machte das Publikum. »Großes Kino!«, schrie einer.

Ich ließ den Vorhang ein kleines Stück auseinanderruckeln, sodass die schon auffällig schwarz-weiß gefärbten Schauspieler zwischen den Stoffbahnen verschwinden konnten, bevor sie in den Film eintauchten. Es waren nur ein paar Sekunden, die sie nutzen konnten! Aber Horst hatte ihnen vorher wohl sehr dringlich erklärt, was auf dem Spiel stand, denn es ging alles gut. Noch vor dem Schnitt zur nächsten Szene waren sie verschwunden.

Ich atmete auf. Das war knapp gewesen! Erschöpft schaltete ich den Projektor aus und fiel auf den einzigen Stuhl. Aus dem Saal kamen Pfiffe. Ihr könnt mich mal, dachte ich und hätte mich am liebsten nach oben in die Wohnung geschlichen. Dann musste ich an Oma denken, die alleine unten saß. Sollte sie alleine die Theke machen? Auch die Kasse an der Tür war nicht besetzt. Und wer hatte eigentlich die Musik aufgelegt, die jetzt wieder lief? Elvis Presley, *Jailhouse Rock*.

Es gab noch so viel zu tun, die Party hatte gerade erst angefangen ... Plötzlich sprang ich auf. Oh verdammt! Es roch verbrannt, verschmort ... Ich hatte den Projektor zwar ausgeschaltet, doch vergessen, die Metallklappe vor die Lampe zu schieben. Die Hitze der Glühbirne hatte ausgereicht, um den Film durchschmoren zu lassen, dort war jetzt ein Loch und die beiden Enden kräuselten sich und schmolzen munter weiter! *Fuck!* Hastig riss ich einen alten Lappen von der Wand und schlug damit auf den Projektor ein. Mein Herz schlug panisch vor Angst. *Der Herzensbrecher* durfte nicht brennen! Ich hatte Schuld, wenn der *Titania Palast* hier vor meinen Augen abfackelte! »Oma«, rief ich, wohl wissend, dass sie mich nicht hören konnte. »Ich habe den Horst angebrannt!«

Am nächsten Morgen erwachte ich um elf. O Gott, ich wollte nie mehr aufstehen! Ging das denn immer so weiter? Oma hatte mich zwar beruhigt: Wir würden heute den *Herzensbrecher* von den Brandstellen befreien und einfach wieder zusammenkleben. Doch schon um 17 Uhr hatten wir eine Nachmittagsvorstellung und um 20 Uhr lief *Der dritte Mann*. Das war ein spannender Krimi aus dem Jahr 1949, auf den Oma besonders stolz war, und vielleicht würden ja auch ein paar mehr Männer vorbeikommen als bei den Liebesfilmen. Vorher mussten wir allerdings den *Palast* durchputzen und aufräumen, um wieder ein Kino daraus zu machen. Mist, dazu hatte ich überhaupt keine Lust! Ich schloss die Augen und verkroch mich unter der Decke. Moment, hatte Oma nicht versprochen, eine Reinigungsfirma zu engagieren? Aber hatte sie gestern schon jemanden angerufen?

Ich sprang aus dem Bett. Die Sache war zu wichtig! Wenn Oma das nicht richtig vereinbart hatte, würde es an mir hängen bleiben, den ganzen Saal zu fegen und zu wischen! An den Teppich im Foyer wollte ich gar nicht denken! Ich rieb mir die Augen und taumelte in die Küche.

»Na, sieh mal einer an, wer ist denn da schon wach?«

Die Stimme meiner Mutter, die vor ihrer Tasse Kaffee am Frühstückstisch saß, war ganz weich. Hatte sie vielleicht ein schlechtes Gewissen?

»Moin, Moin!« Oma thronte auf ihrem Stuhl und sah unheimlich fit und ausgeschlafen aus. Das große Chaos an einem Abend mit über hundert Gästen und ein fast abgefackelter Film wirkten bei ihr offenbar wie eine Verjüngungskur.

»Ich wollte nur fragen, ob die Putzleute heute wirklich kommen.« Ich gähnte. »Wir haben schon um 17 Uhr die nächste Vorstellung!«

»Sind schon da!« Oma klopfte triumphierend mit ihrer

gesunden Hand auf den Tisch. »Kaffee? Mit geschäumter Milch?«

»Äh, ja gerne. Was? Die sind schon da? Und wer ist unten?«

»Keiner. Ich habe sie eingewiesen und sie machen ihre Arbeit.«

»Und wenn die das nicht ordentlich machen? Oder unsere Singles klauen? Oder den restlichen Alkohol? Das steht da alles offen rum!« Ich schnappte mir ein Brötchen, biss hinein und goss mir viel Milchschaum in den Kaffeebecher. Hastig nahm ich einen Schluck. »Ich zieh mir was über und dann gehe ich runter! Wir müssen noch so viel wegräumen.«

»Den Inhalt der Kasse habe ich ja gestern mit nach oben genommen.«

»Aber nur, weil ich es dir gesagt habe, Oma!«

Mama sah kopfschüttelnd von ihrer Zeitung auf. »Ava!«

»Was? Was ist?« Ich zuckte mit den Schultern.

»Ich erkenne dich ja gar nicht wieder! Wie viel habt ihr denn eingenommen?« Ihre goldenen Locken leuchteten in der Sonne und sie sah aus wie eine Frau aus der Werbung für *reife* Haut, die keine einzige Falte hatte. Trotzdem war ich noch sauer auf sie. Wer weiß, was sie Papa gestern Abend erzählt hatte, warum sie dauernd in Hamburg war …

»Siebenhundert Euro und ein paar Zerquetschte«, sagte Oma stolz.

Ich sprang auf. »Das ist längst noch nicht alles! Ich habe das Restgeld noch nicht gezählt, aber ich weiß, wo es ist!«

Ich holte den roten Rock aus meinem Zimmer und wühlte in den Taschen. »Ich habe die Kasse mit den Eintrittsgeldern geleert, als ich Martin um kurz vor zehn in den Großen Saal schicken musste und ich niemand für die Tür hatte. Personal bescheißt dich immer, sagt Gregor!«

»Ach ja? Ich hatte nie welches.«

»Du müsstest mal mit Gregor vom *Wintergarten* reden, der weiß alles darüber. Auch über Wareneinsatz und Prozente, die man draufschlagen muss, um nach Abzug aller Kosten halbwegs Gewinn zu machen.« Immer wieder tauchten meine Hände aus den Taschen auf. »Hier und hier und das auch noch!« Zehn- und Zwanzigeuroscheine häuften sich zu einem Berg auf dem Frühstückstisch, die Oma mit einer Hand eifrig zählte.

»Ist das meine Tochter?« Mama schaute mich bewundernd an. Ich wehrte mich dagegen, musste dann aber doch grinsen.

»Fünfhundertvierzig Euro«, zählte Oma zu Ende. »Das bedeutet, wir haben über eintausendzweihundert Euro gemacht!«

»Den Einsatz für die Getränke müssen wir da noch abziehen! Und die Kosten für die Putzkolonne. Und den Notfall-Klempner. Hundertsiebenundvierzig Euro ...«

»Jaja, Miss Neunmalschlau!«

»Ich liebe dich auch, Oma!«

»Ich trage die Einnahmen dann mal ein.« Mama stellte ihren Laptop auf den Tisch und öffnete ihn. »Habe hier eine Tabelle angelegt ... Welches Datum hatten wir gestern? Ah, hier ...«

Oma und ich tauschten einen Blick. Sie war unerbittlich!

Ich merkte, wie total müde und fertig ich war, doch anstatt wieder ins Bett zu gehen, hatte ich es nur noch eiliger, hinunter ins Kino und von Mama wegzukommen. »Ich geh runter. Je früher ich mit dem Aufräumen anfange, desto besser.«

»Dann hol dir den Horst aus dem ...« Oma stockte im letzten Moment. Wir erstarrten und vermieden es, uns anzuschauen. Hatte sie es gehört oder nicht?

»Hol dir den Horst *woher*?« Mama lachte auf und konzentrierte sich nun dummerweise ganz auf uns. »Gibt es da etwas, was ich wissen sollte? Wohnt der etwa hier im *Titania Palast* in einem Verschlag unter der Treppe?«

Nein! Jetzt lachten Oma und ich auch, während ich mir den Kopf zermarterte, woher ich Horst »holen« konnte, doch meine Gehirnzellen weigerten sich, etwas halbwegs Brauchbares vorzuschlagen.

»Aus dem Studentenwohnheim!«, sagte Oma und versuchte gleichzeitig, Mamas Aufmerksamkeit umzulenken, indem sie sich zwischen den Geldscheinen möglichst ungelenk ein Brötchen schmierte.

»Genau«, sagte ich und hielt die eine Brötchenhälfte auf ihrem Teller fest.

»Hier, ruf ihn an, dein Handy macht schon den ganzen Morgen so komische Geräusche, weil es dir etwas mitteilen will«, sagte Mama und schob mir mein Telefon rüber, das ich gestern Nacht in der Küche vergessen haben musste. Wow! Sieben Nachrichten! Vielleicht eine klitzekleine von Frans dabei? Mein Herz klopfte. Ja! Sogar gleich zwei, verriet mir die rote Zahl neben seinem Profilbild! Er wolle heute zur Nachmittagsvorstellung kommen, schrieb er. Mit seinem Opa zwar, aber besser als nichts! Und ein Smiley hinterher! Er war so süß!

Natürlich bekam ich sofort extrem gute Laune. Einerseits wegen des Geldes, das wir gestern eingenommen hatten, und noch viel toller: Ich würde Frans heute sehen! Die Waagschale in meinem Herz kippte mal hierhin, mal dorthin – ohne dass ich genau sagen konnte, warum. Und jetzt kippte sie – zu seiner Seite hin. Ach, es war alles so kompliziert! Ein Gedanke machte sich in mir breit und wurde immer größer: Sollte ich Horst überhaupt wieder aus dem Film lassen? War das gestern nicht ein schöner Abschluss für ihn, für uns gewesen? Ein Wangenkuss? Freundschaftlich? Unkompliziert? Mir wurde ganz heiß bei dem Gedanken, so sehr schämte ich mich. Aber warum eigentlich? Wenn ich ihn nicht rausließe, würde er nichts davon wissen. Wenn der Film nicht gezeigt wurde, war er doch gar nicht existent. Oder etwa doch? Er war in seiner Welt, da ging es ihm doch gut, und ich würde meine Ruhe haben und mich ganz auf Frans konzentrieren können! War das fair? War das in Ordnung? Ich wusste gar nichts mehr.

»Nun gut!« Mama klappte ihren Laptop wieder zu. »Ein bisschen Geld ist zwar reingekommen, aber noch sind die zwei Wochen nicht um. Die Herren von Zalanx warten immer noch auf meinen Anruf!«

»Mensch Mama! Das ist so gemein von dir! Anstatt dich mit uns zu freuen, dass der *Palast* langsam wieder Plus macht, siehst du nur die Schulden!« Ich griff nach meinem Becher mit dem Milchkaffee. »Oma und ich versuchen alles und halten wenigstens zusammen, wie eine richtige Familie, die dir ja nicht mehr wichtig zu sein scheint!«

Ich hörte noch, wie Mama nach Luft schnappte, dann verließ ich die Küche.

Der Ärger mit Mama grummelte in mir, als ich durch den *Titania Palast* streifte. Ich schnalzte mit der Zunge. Popcorn schien nur zu einem einzigen Zweck erfunden worden zu sein, nämlich um über Teppichböden gestreut zu werden und sich dann festtreten zu lassen. Aber von irgendwo war das beruhigende Brummen eines Staubsaugers zu hören und es roch durchdringend nach Zitronenputzmittel. Wenn sie meinte, ich würde zurückgehen und mich entschuldigen, hatte sie sich getäuscht! Warum sollte ich? Sie sah gar nicht, dass wir uns tagelang abmühten, sondern wollte nur auf den Cent genau abrechnen. Wahrscheinlich wartete sie nur darauf, uns nach Ende der zwei Wochen sagen zu können, dass es doch nicht gereicht hätte.

Die Putzleute waren zu dritt. Drei Typen in braunen Kitteln

mit braunen doofen Mützen über bleichen Gesichtern, auf denen *Clean-Team Buxtehude* stand. Ich sagte ihnen Guten Tag und fühlte mich gleich noch ein bisschen schlechter, weil sie die Damentoiletten sauber machen mussten. Aber immerhin hatte das Clean-Team einen ultramodernen Staubsauger mitgebracht, der sich sehen lassen konnte. Die würden das schon wieder hinbekommen.

Ich stapfte durch die Verwüstung des vergangenen Abends und sammelte ein paar Bierflaschen ein, doch langsam beschlich mich ein ungutes Gefühl. Das Kino war merkwürdig leer ohne Horst. Er fehlte. Sein Lachen und seine komische Sprache fehlten mir!

Was hatte ich mir nur gedacht? Ihn einfach im Film lassen! Was für ein Quatsch! Natürlich würde ich ihn noch so oft wie möglich heraussteigen lassen. Ich wollte ihn unbedingt in meiner Nähe haben! In dieser Woche konnte er die Filme noch als Ansager begleiten. Später, wenn wir meine Mutter hoffentlich mit unseren Zahlen überzeugt hatten und ich mit ihr nach Schweden musste, würde immer noch Zeit genug für den Abschied sein. O Gott, wie sollte das gehen? Ich würde ihn und seine altmodische Art vermissen! Aber dann konnte Oma immer noch entscheiden, was sie mit ihm machte. Ich nickte vor mich hin. Es musste einfach klappen! Und nach den Ferien würde ich wieder in Hamburg sein, mit Frans auf dem AMG, fast nebenan also! Frans. Horst. Horst. Frans. Wer denn nun?

»*Moin, Moin*, junges Frollein! Können Sie uns sagen, ob wir die Bühne im Saal auch reinigen sollen?«

Ich drehte mich um. Der Typ war wohl der Clean-Team-Chef.

»Natürlich! Moment, ich räume eben den Plattenspieler für Sie beiseite!«

»War wohl ein rauschendes Fest!«

»Stimmt! Kommen Sie doch nächstes Mal auch mit Ihrer Firma. Sie bekommen natürlich ermäßigten Eintritt!«

»Ganz schön geschäftstüchtig, die Dame!«

Ich schnaubte. Schon der zweite Mensch, der das über mich sagte, langsam fing ich selbst an, es zu glauben. Aber nur, weil es um Omas *Titania Palast* ging. Für mich selbst war ich nie so zielstrebig …

Warum eigentlich nicht? Es machte total Spaß, für etwas zu arbeiten und an den Erfolg zu glauben! Na ja, meistens jedenfalls.

Horst sprang aus der Leinwand, während der Roller hinter ihm auf der Landstraße stand, und winkte zu mir hoch. Warum dachte er, ich würde ihn durch das Guckloch beobachten? Pfff. Verdammt, und er hatte auch noch recht. Ich schaltete den Projektor aus, ging nach unten und fand ihn in einem der Sessel im Foyer, die Beine weit von sich gestreckt.

»Meine Güte, das war 'ne Sause!«

»Und alles wieder sauber, hast du gesehen?« Ich schaute mich stolz um.

»Das ist ja mehr als picobello, waren die Putzfrauen da?«

»Die Putzmänner!« Ich grinste ihn an. »Ist alles gut gegangen? Wie fanden die anderen es hier draußen?«

»Für die war's auch 'ne dufte Schau! Baby, ich bin so froh, wieder bei dir zu sein!« Er stand auf.

»Und was ist mit Greta?«

»Greta ist wie verwandelt. Sie will nicht mehr, dass ich sie heirate! Sie hat da wohl was erfahren …«

»Tja.« Ich räusperte mich. »Da gab es einige Wissenslücken bei ihr.«

Horst lief rot an. »Wie dem auch sei. Und dadurch …« Er ging auf dem Teppich des Foyers hin und her und kickte wieder mit den Füßen hierhin und dorthin, wie immer, wenn er sauer oder verlegen, wie jetzt, war. »… dadurch wird sie wieder begehrenswert für mich. Das ist einerseits eine steile Sache, andererseits ärgert es mich auch kolossal!«

Begehrenswert. Aha. »Siehst du, es ändert sich doch etwas, wenn man will! Selbst in deiner schwarz-weißen Filmwelt.«

Er schaute mich an. »Aber jetzt ist sie nicht da! Und wir zwei haben Spaß miteinander. Wir haben doch immer Spaß miteinander, oder nicht?«

»Stimmt. Beim Motorradfahren.«

»Beim Tanzen.«

»Selbst beim Streichen oder Putzen.«

»Eben. Ich liebe Greta und ich weiß nicht mehr, ob sie mich noch liebt, aber ich nehme ihr ja nichts weg, wenn ich mit dir zusammen Spaß habe. Was sie nicht weiß, macht sie nicht heiß, so sagt man doch, oder?« Er lachte, aber ich wurde sauer.

»So einfach ist das für dich?« Mit einer kleinen Ausweichbewegung hielt ich ihn davon ab, mich richtig zu küssen, sodass nur ein kleiner Schmatzer auf meiner Wange landete.

»Ja klar! Was ist los? Bist du etwa eifersüchtig?«

Ja. War ich. Glaubte ich zumindest. Ich schaute auf den Boden und spürte, wie er meine Hände nahm: »Wenn ich draußen bin, bin ich mit dir zusammen, und im Film eben mit Greta … das ist etwas anderes, weißt du. Komm, gib mir deinen Mund!«

Seine Stimme klang heiser und ich mochte es auch, wie er meinen Kopf nahm und zu sich drehte. Wir küssten uns. Lange. Es hat keinen Sinn, die Entscheidung auf Horst abzuschieben oder empört über seine Moralvorstellungen zu sein, dachte ich irgendwann, als ich wieder denken konnte. Ich, ganz allein ich, muss mich entscheiden! Vorsichtig löste ich mich von ihm. »Also, um es richtig zu verstehen: Mädchen, die zu anhänglich sind und dir hinterherlaufen, sind furchtbar?«

»Du sagst es!«

»Das heißt, wer dem anderen hinterherrennt, hat schon verloren?«

Er grinste. »Es gibt Mädchen, mit denen kannst du Spaß haben, und es gibt welche, die willst du heiraten. Punktum und basta.«

Etwas in meinem Brustkorb zog sich zusammen wie ein kalter, nasser Schwamm, doch mein Kopf war klar, und das erste Mal seit Tagen wurden meine Gefühle zu Gedanken und die wiederum zu Sätzen, die wie gedruckt vor meinen Augen standen. Ich war »Spaß« für Horst und er auch für mich! Das war okay. Das war gut. Und echt lustig. Und weil wir nicht im Jahr 1956 lebten, durfte ich mir das auch erlauben, ohne gleich als leichtes Mädchen oder Flittchen zu gelten! Gott sei Dank!

Wir konnten dieses Spielchen bestimmt auch noch ewig weitermachen, wenn er hier draußen bei mir war. Gegenseitig ein bisschen ärgern, ein bisschen aufziehen, tanzen, Motorradfahren, streiten, lachen, und ja, auch küssen. Aber wen ich wirklich besser kennenlernen wollte, wer mir wichtig war, nach wem ich mich tief in meinem Inneren sehnte, war ein anderer.

»Schade, dass ich nicht bis zum Schluss dabei sein konnte!«, unterbrach Horst meine Gedanken. »Wie lange haben die Leute noch abgehottet?«

»Äh … Um eins sind die Letzten gegangen.«

»Wie viel haben wir eingenommen? Geht es dir nicht gut? Du guckst so komisch?«

»Nee, nee, alles gut.« Ich wollte einem Jungen nicht hinterherrennen und ich wollte auch nicht weglaufen, nur um mich interessant zu machen. Mit Frans war weder das eine noch das andere nötig. Es war ganz einfach, wenn man die Lösung mal kurz vor sich gesehen und verstanden hatte. *And the winner is:* Frans!

»Wir haben eintausendzweihundert Euro Umsatz gemacht!«

»Das ist 'ne Wucht, Ava! Dann setzt du dich heute ganz gemütlich in deinen Sitz, machst gar nichts und genießt den Film!«

Genau das habe ich vor, dachte ich und überlegte, ob ich Horst erzählen sollte, dass Frans höchstwahrscheinlich neben mir sitzen würde. Aber bevor ich mich dazu durchringen konnte, sprach er schon weiter: »Ich mache die Ansage! Ich kann ohne diesen Raum da oben, hoch über den Zuschauerreihen, gar nicht mehr leben, weißt du?«

Prompt hatte ich wieder ein schlechtes Gewissen. Meine Güte, ich hatte ihn im *Herzensbrecher* einsperren wollen.

»Ich habe nachher eine Überraschung für dich, Kleines!«

Kleines?! »Was denn?«, fragte ich misstrauisch.

»Na, du bist gut, dann wär's doch keine Überraschung mehr.«

Stimmte auch wieder. Hoffentlich kam er nicht wieder auf die Idee zu knutschen. Denn das wollte *ich* jetzt nicht mehr. Mein Herz hatte sich für Frans entschieden und das musste ich Horst unbedingt sagen! Und Frans?

Frans wollte ich es nicht sagen, sondern zeigen.

21

Eine halbe Stunde später drückte ich mich oben im Vorführraum herum, wo Horst heute zum ersten Mal allein, ohne Hilfe, einen Film aufbauen wollte. Wie sollte ich es ihm nur klarmachen, dass ich in Frans verliebt war? Denn ich *war* in ihn verliebt, mit jeder Minute, die ich Horst ansah, wurde mir das klarer. Ich versuchte, eine geschickte Überleitung zu finden, um über unsere Rock-'n'-Roll-Knutsch-Freundschaft, oder was immer das auch war, zu sprechen, doch Horst rätselte gerade wieder über Greta und ihren seltsamen Sinneswandel. »Versteh einer die Frauenzimmer!«

»Aber du wolltest sie doch auch nicht unbedingt heiraten. Es sei deine Pflicht, hast du gesagt, weil du nun mal ein ehrenhafter Mann bist, erinnerst du dich?«

»Ja, aber jetzt ist es *ihre* Entscheidung und das ist nicht recht! Es ärgert mich, dass ich jetzt wieder hinter ihr herlaufe.«

»Wie? Das ist nicht recht? Es fühlt sich plötzlich nur verdammt anders an, oder? Weil du dich wieder um sie bemühen musst?«

»Ach, was weiß denn ich«, sagte Horst und haute auf das Klebegerät, um die beiden Filmenden miteinander zu verbinden. »Scheibenkleister! Warum klebt das nicht mehr? Gestern ging es doch noch.«

»Vielleicht weil du den Kleber vergessen hast, den Filmkitt?« Plötzlich hatte ich eine Idee, wie ich ihn hier oben beschäftigt halten konnte, während ich unten mit Frans im Zuschauerraum saß. »Es ist schon halb fünf und der Film ist noch nicht aufgebaut. Außerdem ist das eine Kopie von *Casablanca,* die ist ziemlich wertvoll!«

»Meinst du etwa, ich mache ihn kaputt?«

»Vielleicht kannst du die kleinen Spulen auch abwechselnd auf beiden Projektoren abspielen wie ein echter Filmvorführer, wie mein Opa damals! Schaffst du das? Oder soll Mutter Luise dir helfen?«

Horst ließ sich in den Stuhl zurückfallen. »Überlass das nur mir. Mutter Luise soll sich an die Kasse setzen, denn da gehört sie hin!« Er seufzte tief. »Die Greta! Du hättest ihren Gesichtsausdruck sehen sollen, so triumphierend und überheblich! Ach, verstehe einer die Weiber!«

»Aber das findest du doch begehrenswert.«

Er nickte schuldbewusst.

»Verstehe einer die Typen, kann ich da genauso sagen!« Ich zuckte mit den Schultern. Noch immer hatte ich ihm nichts von meiner Entscheidung gesagt. Gleich würden Frans und sein Opa in den Palast marschieren. Egal, irgendwie würde ich es schaffen! Wenn nicht jetzt, dann gleich nach der Vorführung. Hatte ich in diesen Sommerferien bisher nicht alles erreicht, was ich mir vorgenommen hatte? »Ihr Jungs wollt euch doch immer anstrengen müssen! Mach was Tolles für sie, nur für sie! Das lieben wir Frauen!«

»Wem sagst du das!«

Ich stellte mich hinter die Theke und behielt die Tür im Auge. Den Gipsarm anmutig in der Schlinge, saß Oma auf dem Hocker hinter der Kasse, immer noch frisch und munter wie an diesem Morgen. Sie trug wieder das durchgeknöpfte Kleid, in das ich ihr vorhin noch hineingeholfen hatte. Der Kurzhaarschnitt, den Diana ihr verpasst hatte, ließ sie cool aussehen, wie eine alte Dame in einer Komödie, die ihre Bank ausraubt, weil die sie schlecht behandelt hatte. »Wir haben zehn Zuschauer, mit der Dame, die da gerade zu Tür hereinkommt, elf«, sagte sie.

Ich stieß die Luft aus und polierte die Theke mit einem Geschirrhandtuch. Elf! Das waren wie viel Prozent von hundertzwanzig Sitzplätzen? Wenig. Verdammt wenig! Gut, dass Mama nicht hier war. Die hätte die Einnahmen gleich in ihre doofe Tabelle eingetragen!

»Jetzt ist es fünf Minuten vor fünf. Viel mehr Leute kommen da wahrscheinlich nicht mehr.« Oma kassierte 4,50 Euro von der Frau, die aussah, als ob sie nur zum Weinen im Dunkeln hergekommen war, so traurig hing ihr viel zu großer Sommermantel an ihr herunter und so enttäuscht war ihr Gesicht.

»Doch. Zwei kommen noch!« Ich schaute auf mein Handy. Nichts, keine neue Nachricht. »Haben sie jedenfalls gesagt.« Prompt stiegen mir die Tränen in die Augen und ich las noch einmal schnell die beiden Nachrichten von Frans, um mich zu beruhigen.

Lieblingsmädchen! Komme heute in die 17-Uhr-Vorstellung in den TP.

TP sollte natürlich *Titania Palast* heißen. Und »Lieblingsmädchen«? Sollte natürlich Lieblingsmädchen heißen! Wie wahnsinnig süß und einzigartig. Nie hatte mich jemand so genannt!

Ich bringe Opa Heinrich mit. Der freut sich mega auf Humphrey und Ingrid.

Na gut, dann war Opa Heinrich eben dabei ... Aber dann sollten die beiden jetzt auch endlich kommen und sich nicht wieder mit anderen Dingen beschäftigen: DVD-Rekorder programmieren, tausend Besuche beim Amtsgericht machen, nachts Kuchen backen, um das eigene Geld kämpfen, über Wiesen spazieren, in Notaufnahmen herumsitzen ...

Jetzt war es zwei vor fünf! Gleich musste ich rein, das Saallicht löschen und Horst ein Zeichen geben. Da sah ich plötzlich ein Taxi vorfahren und mein Herz zuckte vor freudigem Schreck, als die Beifahrertür aufging und Frans heraussprang.

Einen Moment später kam er mit seinem Opa die Treppe hoch. Ohne nachzudenken, lief ich ihm entgegen! Kein Taktieren, kein Überlegen, ich wollte einfach nur in seine Arme fallen.

»Hallo!« Wir umarmten uns und ich schaute in seine Augen. Lange, zu lange, um einfach nur befreundet zu sein! Nein, das war mehr und ich wusste plötzlich, dass auch er es wusste. »Darf ich vorstellen: Mein Opa! Opa, das ist Ava!«

»Ava, das Mädchen, von dem ich schon so viel gehört habe. Genauso schön wie die unvergessene Ava Gardner!«

Wie süß, Frans hatte von mir erzählt! Ich gab ihm die Hand.

»Heinrich Matthiessen!«

Oh, sein Opa war groß, fast größer als Frans. Er hielt sich sehr aufrecht, obwohl er in der linken Hand eine Krücke trug und etwas hinkte. Sein Gesicht erinnerte mich an irgendeinen Schauspieler. Wir gingen hinein.

»Und das ist Avas Großmutter«, stellte Frans weiter vor.

Ich hielt den Atem an. Was würde Oma an Sprüchen raushauen? Doch zunächst mal sagte sie nichts, sondern sah ihm nur von ihrem Hocker aus entgegen. Als er eine Armlänge von ihr entfernt war, gab sie ihm huldvoll die Hand. Ja, so ungefähr würde auch die Queen einen ihrer Untertanen mit gebrochenem Arm begrüßen. »Soso. Der Mann, der ihm unbekannten Frauen Blumensträuße schickt.«

Das war zwar schon fast ein Kompliment in Omas Augen, doch das konnte der arme Heinrich Matthiessen ja nicht wissen.

»Sehen Sie, da steht er.« Sie winkte mit dem Kopf zur Theke, ohne den Strauß auch nur für eine Sekunde zu würdigen. »Schnittblumen! Zum *Doode* verdammt, die Köpfe dennoch stolz erhoben, obwohl schon leicht verblüht, wie alles in dem Kino hier! Mich eingeschlossen.«

»Wir haben uns sehr gefreut über die Blumen!«, sagte ich, um Omas ausdrucksvolle Unhöflichkeit etwas abzuschwächen. Ich lächelte Frans an. Sein Strauß für mich sah fast noch so frisch aus wie vor fünf Tagen.

»Seit zwei Jahren will ich mir dieses alte Lichtspieltheater einmal anschauen, doch wenn ich Ihnen erzählen würde, was leider alles dazwischengekommen ist, stünden wir heute Abend noch da.«

Oma schaute ihn an. Ihre Augen glitzerten. »Tja, und nun ist es zu spät! Weil *Sie* keine Filme sehen wollten, muss ich schließen!«

»Das ist allerdings unverzeihlich von mir, meine Dame!«

»Oma!«, mischte ich mich ein. »Du musst doch gar nicht schließen! Wir versuchen es jedenfalls zu verhindern!«

»Ach, na ja. Ich kann doch nicht *ewich* warten, bis jeder *Dösbaddel vom Dörp* mal auf die Idee kommt *vorbeizukieken.«*

Ich zog die Luft zwischen den Zähnen ein. »Sie meint es nicht so!«, flüsterte ich Frans zu.

»Mein Opa kann das ab!«, antwortete er, aber ich war mir nicht so sicher, denn Heinrich Matthiessen kaufte wortlos zwei Karten, drehte sich um und hinkte mit seiner Krücke Richtung Großer Saal.

Ich warf Oma einen strengen Blick zu. »Ich verstehe dich nicht!«, raunte ich ihr zu. »Warum musst du ihn so vor den Kopf stoßen?«

»Ich weiß ja nicht, was das für einer ist ...«

»Dann finde es heraus und blocke freundliche Menschen nicht von vornherein ab!«, zischte ich. Doch da kam der alte Herr schon wieder zurück und überreichte ihr eine Visitenkarte. »Hier steht drauf, wo Sie den *Dösbaddel vom Dörp* finden!«

Oma war für die nächsten Sekunden sprachlos. Sie senkte den Blick, lächelte ihn dann aber von unten an. So kannte ich sie ja gar nicht! Wollte sie etwa mit ihm flirten? Meine Oma? Die toughe Frau mit dem Gewehr?

»Respekt. Ich mag Schlagfertigkeit!«, raunte sie ihm zu. Ihre Augen lachten dabei und wurden von einem tiefen Fältchenkranz umrahmt.

»Da sind wir schon mal zwei!«

Ich wollte auf keinen Fall mehr von diesem peinlichen Gespräch mitbekommen und floh zu Frans, der in einiger Entfernung stehen geblieben war und nach meiner Hand griff, als ich zu ihm kam. Und obwohl ich noch dabei war, mich für die Flirterei der beiden dort an der Kasse zu schämen, zerfloss etwas in meiner Brust vor Freude.

Der Saal lag im Halbdunkel, die wenigen Besucher hatten sich so weit voneinander weggesetzt, dass man sie kaum wahrnahm. Die traurige Frau saß in Reihe vier, ihren hellen Mantel über die Lehne vor sich gebreitet.

»Geht ihr mal woandershin«, sagte der Opa von Frans, als er endlich hineingehinkt kam. »Ich sitz gerne Mitte, Mitte.«

Da sitzt Oma auch am liebsten, dachte ich.

»Komm, wir gehen nach hinten«, sagte Frans und zog mich mit sich. »Letzte Reihe?«

»Meinst du wirklich, wir sollen ihn da alleine sitzen lassen?«, erwiderte ich leise, ließ mich aber allzu gerne von ihm mitziehen. »Ich kann ihm auch noch was bringen. Einen Tee oder so? Jetzt hat er gar kein Getränk, weil meine Oma ihn wahrscheinlich völlig durcheinandergebracht hat. Erst war sie grob, dann plötzlich nett, wie soll der Arme das verstehen?«

»Du bist manchmal so süß, Ava!«

Ich war dankbar, dass es so dunkel war, denn ich wurde rot, richtig knallrot! Mein Magen spielte verrückt und in meiner Brust wurde es ganz warm. Ich war so verliebt! Das wusste ich jetzt. Richtig verliebt!

»Mach dir keine Sorgen, ich habe ihm schon von deiner etwas schrägen Oma erzählt. Er war gespannt und hat nichts anderes erwartet!« Frans schaute nach oben. »Sitzt dein Cousin dort in dem Kabuff?«

»Ja.« Ich schlängelte mich nach ihm durch die Reihe, bis ich neben ihm saß.

»Okay, da ist er gut aufgehoben. Und hinter uns nur noch die Wand. Bester Platz, oder?«

Ich nickte und wir sahen uns in die Augen. Unsere Köpfe kamen sich langsam immer näher, bis ich dachte, jetzt würde er mich gleich küssen – als uns plötzlich eine Stimme unterbrach.

»Fräulein Ava, ich sehe Sie nicht, bin mir aber sicher, dass Sie mich hören! Würden Sie bitte die Freundlichkeit haben, das Saallicht zu löschen? Der Knopf hier oben hat just im Moment seinen Geist aufgegeben.« Ein paar Leute lachten und ich sprang auf, um das kleine Türchen in der Wand neben dem Eingang zu öffnen, und den Schalter umzulegen. Dann tastete ich mich zurück. Zurück zu Frans.

»Ich habe heute zwei kleine Vorfilme für Sie, verehrtes Publikum, bevor wir *Casablanca* zeigen. Zunächst ein bisschen Werbung!«

Ich schaute nach oben an die Decke. Werbung? Wo hatte er das Material denn her? Der Vorhang öffnete sich. Die Leinwand wellte sich an einigen Stellen und sah ein bisschen mitgenommen aus, doch dann ging es auch schon los:

»Die kluge Hausfrau kocht vor! Im Dampfkochtopf von *Siwamat.«*

»Die kluge Hausfrau benutzt *Persil* ohne Vorwaschen!«

Horst hatte tatsächlich alte Schwarz-Weiß-Werbespots entdeckt.

Wahrscheinlich im Keller, wo er zwischendurch immer wieder in den alten Kartons mit den Filmrollen gewühlt hatte.

»Wenn Vati nach Hause kommt, möchte er sich entspannen, das kann er mit den neuen Radioröhren von *Braun!*«

Frans und ich hielten Händchen und bekamen uns nicht mehr ein vor Lachen. Ich hatte es ja schon gewusst, aber es war echt krass, noch einmal zu sehen, wie beschränkt das Frauenbild damals war. Plötzlich beugte Frans sich vor und nahm auch meine andere Hand. Er zögerte einen Moment und ich dachte nur noch: Jetzt! Jetzt endlich!

Dann trafen sich unsere Lippen und ich küsste ihn und er küsste mich und die Grenzen verschwanden und es war ein süßes, nie erlebtes Gefühl, so wundervoll harmonierten unsere Lippen und Zungen miteinander. Ich vergaß alles um mich herum, die Sitzreihen, die alberne Werbung auf der Leinwand … bis Horsts Stimme uns zurück in die Gegenwart katapultierte: »Und nun noch ein zweiter Vorfilm, ein kleines Werk für Fräulein Ava, die natürlich nicht mag, dass man sie so nennt. Baby, das hier ist nur für dich!«

Ich hielt zum zweiten Mal an diesem Tag die Luft an und kicherte verlegen zu Frans hinüber, der plötzlich eindeutig viel zu weit weg war. Was hatte Horst sich jetzt schon wieder ausgedacht?

Man sah Zahlen, vier, drei, zwei, eins, Kreise und Vierecke, alles natürlich in Schwarz-Weiß, und der Ton knackte. Und dann?

Ich traute meinen Augen nicht! Da küssten sich zwei! Ein Mann und eine Frau pressten ihre Münder aufeinander. So ungestüm und dennoch reglos, wie Horst es im *Herzensbrecher* vorgemacht hatte. Es folgten verzweifelte Küsse, leidenschaftliche Küsse, vorsichtige Küsse, immer mehr Filmküsse. Ich erkannte Curd Jürgens und Ingrid Bergman sowie einige andere bekannte Schauspieler, aber die meisten Gesichter sagten mir nichts. Fasziniert starrte ich auf die Leinwand – wo hatte er diese Filmschnipsel her? Bis ich merkte, dass Frans mich ansah. »Was soll das? Warum macht er das?«

»Ach, nur so, er weiß, dass mich das … na ja, ärgert.«

»Ärgert?« Frans' Stimme klang auf einmal anders, als ob ich ihn riesig enttäuscht hätte. »Beantworte mir nur eine Frage und lüg mich bitte nicht an!« Er hielt schon längst nicht mehr meine Hände und hatte sich in seinen Sitz zurückgeworfen. »Er ist gar nicht dein Cousin, oder?«

Seine Stimme war immer leiser geworden, und das war schlimmer, als wenn er mich wütend angebrüllt hätte. Ich zuckte mit den Schultern.

»Ja oder nein?« Er sah mich von der Seite an.

Ich konnte kaum reden, mein Hals war völlig zugeschnürt. »Nein. Ist er nicht«, brachte ich dennoch hervor, »aber …«

»Was ›aber‹? Warum hast du mich angelogen?«

»Ich wollte nicht, dass du denkst …«

Er beugte sich vor zu mir. »Glaubst du, dass ich das nicht gemerkt habe?«, sagte er ruhig. »Ich habe das gespürt.«

»Was?«

»Das da was zwischen euch war. Von Anfang an.«

Ich schämte mich plötzlich abgrundtief. Wie schaffte er es nur, mich nicht völlig zu verachten, sondern mir weiterhin in die Augen zu schauen?

»Nein, da war …«

»Ihr habt euch geküsst. Darum diese Kussszenen.« Es war keine Frage, eher eine Feststellung.

Ich antwortete nicht sofort. Ein Riesenfehler, denn er stand von seinem Sitz auf, der nach oben klappte. »Okay. Du wirst wissen, was du tust.«

»Wo willst du hin?« Mir stiegen die Tränen in die Augen.

»Ich bin ziemlich enttäuscht, Ava.« Wieder sprach er leise, aber ohne Betonung. »Ich dachte, du wärst anders. Und sag jetzt nicht, es ist nicht so, wie es aussieht!« Er wies mit dem Daumen auf die Leinwand, wo eine blonde Schauspielerin mit Wasserwellen gerade so tat, als ob sie sich das Kleid vom Körper reißen wollte. »Ich geh jetzt.« Er machte einen großen Schritt an mir vorbei und streifte dabei meine Knie.

Es ist aber nicht so, wie es aussieht!, wollte ich gerade rufen, da sah ich, wie sich im vorderen Teil des Saals ein schwarzes Viereck von der Decke löste und vor der Leinwand in den Zuschauerraum stürzte. Daneben noch eins, jedes ungefähr so groß wie unsere Plakatwände draußen im Foyer! Staub und kleine Teile wirbelten durch die Luft, über mir knackte es verdächtig und so was wie kleine Steine rieselten herab. Die Zuschauer schrien auf, ich sah schemenhaft die Umrisse der Leute, als sie aufstanden und aus den Sitzreihen liefen.

»Opa«, rief Frans, »alles in Ordnung? Ist jemand verletzt?«

»Es hat meinen Sommermantel erwischt«, rief die Frau von vorne, »mein Sommermantel ist komplett begraben!«

Und dieses Kino auch, dachte ich und fing an zu weinen und hörte nicht wieder auf.

22

Ich hörte doch ganz schnell wieder auf, denn ich war hier schließlich verantwortlich und musste mich um die Verletzten kümmern, wenn es welche geben sollte. Schniefend und nahezu blind tastete ich mich durch die dichte Staubwolke und öffnete die Tür, dann erst fand ich die Klappe in der Wand, hinter der man das Saallicht einschalten konnte. Gar nicht so einfach, denn meine Hände zitterten wie wild. »Alle raus!«, rief ich. »Schnell!«

Niemandem war ernsthaft etwas passiert, doch den Riesenschreck sah man uns an, als wir in der Lobby standen und uns gegenseitig betrachteten. Die Gesichter waren dunkel verschmiert und die Kleidung voller Staub und dunkelgrauem Gips, oder was immer es gewesen war, das von der Decke geprasselt war und sich auf uns gelegt hatte. Ich klopfte meinen Pullover ab, ich sah wahrscheinlich genauso schlimm aus wie die anderen.

»Das ist ja unverantwortlich!«, schimpfte ein älterer Herr und ging wild gestikulierend auf und ab. »Ich hätte tot sein können! Ich werde Sie verklagen!«

»Ich bin sehr froh, dass Ihnen nichts passiert ist!« Oma war zwar nicht dreckverschmiert wie wir, dafür war ihr Gesicht kreideweiß.

Horst kam aus dem Vorführraum gelaufen und packte mich besorgt an den Schultern, um in meine Augen zu schauen. »Was ist los? Ich habe dort oben nichts mitbekommen, sondern hörte nur einen Knall und dann eure Schreie. Was liegt da auf den Sitzen?«

»Einige von den Deckenplatten sind runtergekracht.« Ich

löste mich aus seinen Armen, schaute aber dabei nicht zu Frans rüber, der vor dem Sessel hockte, in dem sein Opa mit seiner Krücke saß. Es war egal, er dachte sowieso schon das Schlechteste von mir. Und hatte auch allen Grund dazu. Verdammt, ich war so eine Idiotin! Nun hatte ich endlich eine Entscheidung getroffen und es war zu spät!

»Ich werde das Ordnungsamt benachrichtigen!«, tobte der Mann weiter.

»Das kommt sowieso her, keine Sorge«, sagte Oma. »Die werden uns den Laden schon dichtmachen.«

»Das wird auch Zeit!«

»Alter, lass stecken, uns ist nichts passiert«, sagte ein jüngerer Typ, der seine Freundin an der Hand hielt. »Verdammt schade nur, dass wir *Casablanca* jetzt nicht sehen können.«

»Sie kriegen natürlich Ihr Geld zurück!« Oma stellte eine Flasche auf den Tresen. »Und einen Klaren auf den Schreck!«

Horst half ihr, die Gläschen zu verteilen, und nachdem ich das Zeug hinuntergekippt hatte, das wie Wasser aussah, aber ein fürchterliches Brennen in meiner Kehle verursachte, ließ auch endlich das Zittern meiner Hände nach. Ich schaute verstohlen zu Frans hinüber. Sein Großvater war aufgestanden und kam mit seinem leicht hinkenden Gang jetzt auf Oma zu. Er sah aus wie ein Kapitän. Leicht verletzt zwar, aber aufrecht und immer noch Herr der Lage. »Ich bewundere Ihre Standhaftigkeit, Madame! Und würde mich freuen, Sie bald wiederzusehen.« Damit stellte er sein Schnapsgläschen auf die Theke.

Oma sah aus, als ob sie etwas sagen wollte, doch da verbeugte er sich schon leicht und steuerte auf den Ausgang zu. Frans schaute mich kurz an, bevor er seinem Opa folgte. In seinen Augen konnte ich keine Wut erkennen. Nur Traurigkeit. Und vielleicht auch ein wenig Gleichgültigkeit, um sich zu schützen. Mein Magen wurde zu einem Eisklotz und zog sich so heftig zusammen, dass mir schlecht wurde. Ich lief in die Damentoilette, konnte mich aber nicht übergeben. Vor dem Spiegel atmete ich tief durch. O Gott, ich sah furchtbar aus! Nicht romantisch verschmiert, wie man mich vielleicht für einen Film geschminkt hätte, sondern mit Zementstaub gepudertes Haar und ein fahles Gesicht, in dem selbst die Wimpern grau waren. Meine Tränen hatten zwei verräterische Kanäle in diese Verwüstung hineingegraben. Vergeblich wischte ich mit einem Papierhandtuch an mir herum, ich musste unbedingt duschen!

Als ich ins Foyer zurückkam, quatschte Horst irgendwas von *Casablanca*. Am liebsten hätte ich ihn angeschrien, was ihm einfallen würde, diesen verdammten Kussfilm zu zeigen, doch hatte ich ein Recht dazu? Ich war es doch gewesen, die keine klaren Worte für ihn gefunden hatte. Ich war es gewesen, die sich einfach viel früher hätte entscheiden müssen. Nun war es zu spät. Mir kamen immer wieder nur die hellblauen Augen von Frans in den Sinn. Was sollte ich jetzt tun?

Oma zahlte den Zuschauern das Eintrittsgeld aus und verabschiedete sich an der Tür persönlich von jedem Einzelnen mit Handschlag. »Es tut mir außerordentlich leid! Der *Titania Palast* ist bis auf Weiteres geschlossen!«

Oben in der Küche bekam Mama erst einmal eine Schreiattacke, als sie mich sah. »Ava! Wo kommst du denn her?! Du siehst aus wie ein Erdbebenopfer!«

Wir erzählten ihr, was passiert war.

»Mein Gott! Gut, dass keiner verletzt wurde! Nicht auszudenken, was hätte passieren können! Ich muss mir das sofort anschauen, kommt mit!«

Wir schüttelten gleichzeitig die Köpfe. Niemand von uns hatte die Kraft und das Bedürfnis, sie bei ihrem Triumphzug durch den von Schutt verwüsteten Zuschauerraum zu begleiten und sich dabei ihre altklugen Ich-habe-es-ja-gewusst-Sprüche anzuhören.

»Nicht? Na gut, dann später!« Sie ließ sich auf einen Stuhl fallen. »Aber jetzt haben wir natürlich noch schlechtere Karten als vorher, um zu verkaufen. Seht ihr! Wir hätten es gleich in die Wege leiten sollen. Ich telefoniere sofort mit den Herren von Zalanx.«

Ich schaute Horst an, wir sahen zu Oma rüber. Sie sagte nichts. Schon seit ein paar Minuten nicht mehr.

»Und was macht der junge Schauspieler hier eigentlich schon wieder? Bezahlst du etwa Angestellte, Mutter?«

»Nein«, antwortete ich an Omas Stelle.

Oma verzog nur trotzig ihren Mund.

»Machen Sie sich keine Sorgen, Frau Advokat«, sagte Horst. »Es sieht zwar so aus, als ob meine Tage hier im *Titania Palast* gezählt sind, aber das täuscht! Alles wird gut ausgehen! Dafür sorgt ihr tapferes Fräulein Tochter schon! Und Mutter Luise hilft ihr dabei!«

Ich musste mich zusammenreißen, um nicht gemein aufzulachen. Meine Güte, Horst! Erst ruinierst du mir meinen Abend mit Frans und jetzt fantasierst du auch noch! Alles wird gut ausgehen! Tapferes Fräulein Tochter! Pfff, ja genau. Ich rieb mir meine immer noch staubige Stirn. Ich hasste ihn nicht, ich mochte ihn sogar immer noch recht gern. Doch bald würde es weder den *Titania Palast* noch irgendwelche Filmprojektoren geben. Was konnten wir also tun, als ihn für immer zurückzuschicken?

Eine halbe Stunde später standen Horst und ich im Vorführraum. Er ging unruhig auf und ab und strich sich alle zwei Sekunden die Haartolle aus dem Gesicht. »Mein Film hat dir nicht gefallen, nicht wahr? Dabei war das richtig viel Arbeit!

Und du hast doch gesagt, dass Frauen es lieben, wenn man etwas Tolles für sie macht, und *nur* für sie!«

»Ach, Horst … das war …« Ich zuckte mit den Schultern. Anscheinend war ich so fertig, dass ich noch nicht mal richtig wütend auf ihn werden konnte. »Es gibt eben Typen, mit denen kannst du Spaß haben, und es gibt andere, die willst du heiraten. Punktum und basta.«

»Wer sagt das?«

»Du!«

»Aber ich bin doch in der Kategorie ›andere‹, nehme ich an?«

»Nein. Du bist der zum Spaßhaben, sorry.« Ich umarmte ihn mit ziemlich viel Abstand zwischen uns und klopfte ihm freundschaftlich auf den Rücken. »Trotzdem danke für diese … Erfahrungen mit dir!«

Er machte sich von mir los, starrte auf den Boden und kickte mit seinen Füßen in die Luft. »Na ja. Ich hätte dir sowieso abgesagt. Da gibt es ja noch Greta …«

Genau. Das hatte er jetzt sagen müssen, um seine Ehre wiederherzustellen.

Er ließ sich auf den Stuhl fallen und streckte die Beine von sich. »Ich wage kaum, es auszusprechen, aber mir schwant, dass dies für lange Zeit das letzte Mal sein soll, dass ich mich hier draußen in der bunten Welt aufhalte …«

Ich brachte es nicht über das Herz, ihm die Wahrheit zu sagen. »Lange Zeit? Nein! Mir fällt schon irgendetwas ein! Oder Mutter Luise!« Ich hatte keine Ahnung, was das sein sollte.

»Prima! Ihr holt mich also raus, sobald etwas Neues passiert!«, sagte er und sprang wieder auf. »Das musst du mir versprechen!«

»Na klar. Sobald was Neues passiert!«

Kurz darauf bahnte Horst sich seinen Weg durch Staub und Mörtelbrocken im Großen Saal, um in den *Herzensbrecher* zurückzuschlüpfen.

»Du holst mich raus! Ich verlass mich auf dich!«, rief er laut, damit ich es oben im Vorführraum auch hören konnte.

»Aber sicher!«, rief ich durch das kleine Guckloch und war froh, dass er mich nicht sehen konnte.

Horst hatte sich getäuscht. Seine Tage im *Titania Palast* waren gezählt, waren vorbei – und unsere beinahe auch. Es war Mittwoch, am Samstag hatten Mama und ich Tickets für die Fähre nach Schweden. Dann würde auch wieder jemand aus dem *Club der ooln Lüüd* da sein und sich um Oma kümmern können.

Ich stibitzte die letzten drei Snickers aus der Vitrine, verzog mich mit meinem Laptop ins Bett und begann mit der neuen Staffel von *Guy next door*. Amandas vermisster Vater tauchte auf, der Junge *next door* beachtete sie immer noch nicht und das verursachte natürlich tausend neue Probleme. Nach dem Ende einer Folge klickte ich sofort die nächste an, um bloß schön tief abgetaucht in Amandas Welt zu bleiben und nicht an Frans oder Horst denken zu müssen. Zwischendurch stand ich nur auf, um an den Kühlschrank zu gehen und mir etwas zu essen zu holen. Pudding, Käsescheiben, ein Schälchen mit Kirschen, vier saure Gurken. Oma begegnete ich nicht und als ich am späten Nachmittag nach ihr schauen wollte, war ihre Schlafzimmertür abgeschlossen.

Sie trauerte. Genauso wie ich. Der *Titania Palast* war gestorben, unser schönes Kino war tot! Der erste Junge, in den ich mich richtig verliebt hatte, mein Frans – war weg! Mein lustiger Tanz- und Fahrlehrer Horst auch. Mein, mein, mein, stimmt ja gar nicht, beschimpfte ich mich. Du wolltest alle beide für dich haben und nun hast du gar nichts mehr!

Ich durfte nicht weiter darüber nachdenken, denn sonst würde ich anfangen zu weinen und wirklich nie wieder aufhören.

Auch Mama bekam ich nicht zu Gesicht. Sie war unterwegs und verscherbelte wahrscheinlich gerade voller Enthusiasmus unseren Filmpalast. Ich kehrte wieder zurück zu Amanda. Weiterklicken. Nächste Folge. Bloß nicht nachdenken.

Am nächsten Morgen wachte ich von meinen Kopfschmerzen auf. Mein Mund war ausgetrocknet. Ich hatte wirr auf Englisch in meiner Serie weitergeträumt und wusste einen Augenblick lang nicht, was am gestrigen Tag passiert war. Doch Sekunden später knallte die Erinnerung an Frans wie ein Meteorit in mein Gehirn und löschte alle anderen Gedanken einfach aus. Ich fühlte mich megaschuldig und unglücklich. Noch immer war ich ratlos, was ich tun konnte, um Frans wiederzusehen. Aber wie konnte ich ihm überhaupt gegenübertreten? Ich hatte ihn gar nicht verdient. Ich schämte mich so!

Unten im Foyer aufzuräumen, lohnte sich auch nicht. Der Filmpalast würde ja sowieso verkauft oder abgerissen werden. Ich schaute auf mein Handy. Es war gerade mal neun. Keine Nachrichten. Von niemandem. O Gott, ich sah Frans vor mir und spürte wieder, wie wir uns geküsst hatten, dort unten in der hintersten Reihe. Wer hatte eigentlich damit angefangen? Nicht darüber nachdenken, lieber umdrehen und wieder in unrealistische Träume abtauchen! Doch erst einmal hatte ich Durst.

Mama hantierte in der Küche und deckte den Frühstückstisch, Oma saß als kleines, schiefes Häufchen auf ihrem Stuhl, der Gips an ihrem Arm schien sie Richtung Boden zu ziehen. Schnell wieder raus hier, war mein erster Gedanke, zurück in mein Zimmer, weiterschlafen, irgendwann heute Nachmittag dann aufwachen und Serien glotzen.

Doch da fing Mama schon an zu sprechen: »Die Zalanx-Leute kommen heute Nachmittag. Und als ich gerade vom Brötchenholen kam, stand ein Mann vor der Tür, der wollte Filmplakate kaufen. Keine schlechte Idee, oder? Vielleicht können wir einige Sachen bei eBay einstellen. Die Theke oder sogar die alten Projektoren. Manche Leute sind ganz heiß auf altes Zeug für ihre Boutique oder stellen sich so was als Deko irgendwo auf.«

Ich ging wortlos zum Wasserhahn, füllte ein Glas und trank gierig, als ich sah, wie Oma sich plötzlich aufrichtete: »Also probst du schon für den Ausverkauf? *Na, denn man tau!«*

»Mutter! Du hast deine Chance gehabt.« Und mit einem Seitenblick auf mich: *»Ihr* habt eure Chance gehabt und nun hat uns das Gebäude selbst gezeigt, dass wir nicht einfach so weitermachen können! Die Sanierung kostet ein Vermögen! Wir haben aber kein Vermögen!«

Wir schwiegen. »Ich geh wieder ins Bett«, sagte ich, »ich möchte bei deinen Versteigerungen auf eBay nicht zuschauen müssen.«

»Warum bin ich hier eigentlich immer die Böse?! Meint ihr nicht, dass es mir auch leidtut?« Ich zog den Kopf ein, denn nun rastete Mama wirklich aus. »Es ist auch mein Zuhause!«, schrie sie. »Immer noch!«

»Ach ja? Es macht nicht den Anschein, als könntest du dich überhaupt noch daran erinnern!«

»Natürlich! Das ist so unfair, Mutter!«

»Kannst du dich denn an dein Zuhause in *Hamburg* erinnern?«, fuhr ich sie an. »Vielleicht gibt es das ja auch bald nicht mehr?«

»Was soll das denn jetzt heißen, Ava?«

Ich durchbohrte sie mit einem tödlichen Blick. Das weißt du ganz genau, du Betrügerin, sollte das heißen. Man musste sich das mal geben, sie ging in unserer Wohnung fremd und sah am nächsten Morgen völlig unschuldig aus!

Mama seufzte und sah mich kopfschüttelnd an. »War ich manchmal auch so ein anstrengender Teenager, Mutter?«

Oma winkte ab. »Es hielt sich in Grenzen. Aber *vertell* doch mal!«

»Was soll ich erzählen?«

»Was war der *Palast* damals für dich?«

»Was sollen meine Erinnerungen jetzt beweisen?«

»Kino war unser Leben!«

»Ja. Deins und das von Papa. Ich wurde da nur hineingeboren. Es war nicht meine Entscheidung!« Mama rannte vor der Spüle hin und her und knallte eine Faust in ihre flache Hand, wie immer, wenn sie etwas endgültig entschieden hatte. »Und bevor dieser Kasten uns jetzt alle ins finanzielle Verderben reißt, werden wir …«

»Wir haben deine Geburtstage unten im Großen Saal gefeiert! Du warst die einzige *Deern,* die immer die ganze Klasse einladen durfte!«

»Ja, Mutter. Ist ja gut jetzt.«

»Der *Palast* war dein Spielplatz, dein Schloss!«

»Puuuh, ja. Gott sei Dank hast du mich nicht zu den Nonnen in den Kindergarten geschickt, ein Tag dort hat mir gereicht.«

»Ich weiß noch genau, wie oft du *Bernhard und Bianca* gesehen hast!«

»Das ist doch Jahrzehnte her!«

»Manchmal habe ich dir den Film angestellt, obwohl nur wir beide im Kino waren. Und du hast immer meine lila Fellkappe getragen, um auszusehen wie Bianca.«

Mama blieb stehen.

»Ich habe dir Kakao in einer Kaffeetasse gebracht und du

hast so elegant wie die kleine Mäusedame, mit abgespreiztem Finger, daraus getrunken.«

»Oh! Richtig!« Mamas Augen wurden ganz groß und endlich setzte sie sich. Eine Minute lang war es still in der Küche. Oma und ich hatten nicht das Verlangen, Mama aus ihrer Reise in die Vergangenheit herauszuholen.

»Wo ist die Fellkappe eigentlich?«, fragte sie irgendwann und ich bemühte mich, unauffällig wegzuschauen, während sie sich Tränen aus den Augen wischte. Oma schaute sie mit einem verschmitzten Grinsen an. »Nicht weggeschmissen, jedenfalls.«

»Das ist ja … mal eine gute Nachricht.« Mama stand auf und bückte sich zu Oma, um sie zu umarmen. »Es tut mir doch auch so leid um unseren *Palast!*«, hörte ich sie murmeln.

»Mir auch!« Irgendwann befreite Oma sich aus Mamas Umarmung und erhob sich. »Gut, *Kinners!* Es ist so weit! Manchmal muss man einen Schnitt machen. Ich werde anfangen zu packen! Meine *ooln Lüüd* vom Club werden mir nächste Woche dabei helfen – und auch, eine kleine Wohnung zu finden. Aber die Kappe kommt mit, Marlene, versprochen!«

Ich lächelte und sah den beiden bei einer weiteren Umarmung zu, bis Oma sich mit einem Ruck an mich wandte. »Und du? Was hockst du hier herum? Hast du keinen Verehrer, der auf dich wartet?«

Ich schnaubte laut, um bloß nicht zu heulen. »Das ist wohl vorbei, wie alles hier!« Ich sprang auf und lief zur Tür, denn ich spürte, wie die Tränen, die ich seit dem vergangenen Abend mit aller Kraft zurückgehalten hatte, nun doch hervordrängten.

»Ach, schade, denn ich wollte eigentlich fragen, ob wir mal zusammen nach Bierbeek fahren«, rief Oma. »Zu diesem … diesem Matthiessen und seinem Enkel.«

»Das kann ich nicht!«, rief ich zurück und knallte die Tür zu. Heftig weinend ging ich über den Flur, als ich ein lautes Räuspern hinter mir hörte. Es kam von Oma. Was war denn nun noch? Unwillig drehte ich mich um und sah, wie sie sich mit ihrem gesunden Arm am Türrahmen abstützte.

»Manchmal muss man vielleicht einen Schritt vorwärtsmachen, auch wenn es einem vor Scham *de Puschen* auszieht, *min Deern.*«

»Ich habe mich völlig mies verhalten«, heulte ich. »Was soll Frans denn dazu noch sagen?«

»Find es heraus! Und blocke freundliche Menschen nicht von vornherein ab!«

Ich musste schluchzen und lachen und schluckte eine Menge salziger Tränen hinunter. »Mensch Oma, das war mein Satz!«

»Gehe los und erklär dem jungen Mann alles.«

»Dem Frans?« Meine Stimme klang, als ob ich den Namen vorher nie gehört hätte.

»Natürlich. Wem sonst? Oder hattest du noch einen dritten Kandidaten im Rennen?«

»Nein.«

»Dann hör auf zu weinen! Wir nehmen das Auto!«

»Du kannst mit einem Arm nicht fahren!«

»Dann lassen wir uns eben fahren! Jedenfalls werden wir Frans und seinem recht charmanten Großvater noch heute einen Besuch abstatten.«

23

Schnall dich an, Mutter!«

»Wieso? Früher, in den Fünfziger-, Sechziger-, Siebzigerjahren, waren wir auch nicht angeschnallt.«

»Ich fahre keinen Schritt weiter.«

Mama bremste tatsächlich ab. Ich reichte Oma den Gurt von hinten, den sie gnädig an Mama weitergab, damit die sie über ihrem Gips anschnallen konnte. Einfach und unkompliziert würde es mit Oma nicht werden, das hatte ich schon vorher gewusst. Aber ohne sie auch nicht. Und es bestand zumindest eine klitzekleine Möglichkeit, Frans zu sehen, ihn zu sprechen und alles klarzustellen. Und das wollte ich unbedingt!

»Ich verstehe immer noch nicht so recht, warum du da auf einmal hinwillst, Mutter!« Mama trommelte mit einer Hand auf das Lenkrad. »Bitte beleidige ihn nicht! Eine weitere Klage gegen dich kann ich jetzt kurz vor meinem Urlaub echt nicht gebrauchen!«

Ich grinste und meine Anspannung ließ etwas nach. Mama hatte ja nicht gesehen, mit was für einem verliebten Blick Oma Heinrich Matthiessen angeschaut hatte. Ich kannte mich damit jetzt ein bisschen aus …

»Er sagte, er würde sich freuen, mich bald wiederzusehen. Und nun ist ›bald‹.«

»Moment mal, Mutter! Wir sind jetzt aber nicht wieder bei der Rettung des *Titania Palasts?!*«

»Keinesfalls! Vielleicht hältst du mich ja für naiv, aber ich weiß, wann ich die Segel streichen und *dat Schipp* verlassen muss.«

»Dein Wort in Gottes Gehörgang!«

»Um genauer zu sein, hier geht es um ein erstes Kennenlernen. Ich habe da nämlich etwas gespürt bei diesem Mann!«

Mama räusperte sich. »Mutter, bitte.«

»Ja, was? Schließlich bin ich Single. Und ich habe nicht vor, dies bis an mein Lebensende zu bleiben!«

Mein kleines Grinsen wurde zu einem breiten Lachen auf meinem Gesicht, das aber schnell wieder in sich zusammenfiel. Würde Frans mir überhaupt zuhören?

Mama hielt an einer der beiden Ampeln von Kloppenbostel.

»Sagen Sie, Frau Advokat, warum geht der Motor immer aus, sobald Sie an einer Verkehrsampel halten? Das ist doch ein brandneues Modell? Sind die Zündkerzen vielleicht verrußt?«

Ja, ihr habt richtig gehört. Er war es! Horst begleitete uns und machte sich neben mir auf der Rückbank breit.

»Der Motor stellt sich automatisch ab. Spart Benzin. Davon sollten Sie im 21. Jahrhundert schon mal was gehört haben.« Mama lachte, doch sie klang ein wenig genervt.

»Nun ...!« Horst hob den Zeigefinger. Ich stieß ihn hinten auf der Rückbank in die Seite und funkelte ihn an. »Ich bin Automechaniker«, flüsterte er theatralisch. »Ich muss mir doch von einer Frau nicht ...«

»Doch! Musst du! Vor allem wenn die Technik einem mehr als sechzig Jahre voraus ist, sollte man die Klappe halten.« *Oh no*. Warum hatte ich mich von Oma überreden lassen, ihn gleich nach ein paar Stunden wieder aus dem Film zu holen? Ganz einfach, *min Deern* – es ist die einzige Lösung, hatte sie gesagt.

Ich hatte ein bisschen nachgedacht und ihr dann zugestimmt. Wenn ich Frans überzeugen konnte, dass Horst aus dem *Herzensbrecher* kam, hätte ich vielleicht noch eine Chance bei ihm! Denn diese Erklärung war so verrückt, dass alles andere danach hoffentlich zurücktreten und alles wieder wie vorher werden würde.

Ich seufzte und sah aus dem Fenster. Es war nach acht und noch richtig hell, ein lauer Sommerabend. Das Alte Land war ein Meer aus Bäumen, Blüten und Früchten, das ich aber nicht genießen konnte. Meine Hände waren ganz schwitzig, so nervös war ich, und in meinem Magen lag so etwas wie ein Ziegelstein. Wie würde Frans reagieren? Er würde es zunächst nicht glauben. Und dann, wenn die Verwirrung am größten wäre, würde ich ihm auch die Sache mit dem Film erklären können. Das musste ich gleich noch mal mit Horst durchproben. »Also, was sagst du, wenn er dich fragt, was das mit dem Kussfilm sollte?«, fragte ich ihn im Flüsterton.

»Muss ich das echt sagen, Ava? Das ist eine Lüge!«, wisperte er zurück.

»Na und?! Ich habe vor Greta auch dichtgehalten!«

»Also gut ...« Er rutschte auf der Rückbank hin und her. »Ich sage ... dass wir uns immer über die schlechten Filmküsse aufgeregt haben, und das war unser rennender Witz.«

»Unser *running gag*, genau!«

»Und dass du immer nur eine mütterliche Freundin warst und mir geholfen hast, Greta wieder rumzukriegen.«

»Mütterlich?! Ich? Das ist jetzt aber echt eine Lüge!«

»Stimmt. Vielleicht sollte ich dich eher als recht derbes, dennoch sympathisches Mannweib beschreiben!«

»Horst!«

»Das wird er akzeptieren, der Bengel!«

»Wo soll das denn nun sein?«, fragte Mama, als wir neben dem *Wintergarten* in eine kleine Gasse einbogen. »Elbeckweg 10? Das ist eine Sackgasse, da kommt nur noch meine alte Bierbeeker Grundschule!«

»Die sie geschlossen haben. Keine Kinder mehr. Nicht genug für volle Klassen oder Nachmittagsvorstellungen … *jau jau.*« Oma nickte gedankenvoll.

Mama hielt an. »Nummer 10. Tja, das ist tatsächlich die Schule.«

»Meint ihr, er wohnt da drin?«

»Muss ja wohl.«

»Was ist aus dem Schulhof geworden?«

»Was für ein Garten, *Kinners!* Kirschbäume! Und so schöne Dahlien!«

»Ist der Mann Gärtner oder was?«

Wir redeten wild durcheinander, bis Mama genug davon hatte und uns rauswarf. Mit quietschenden Reifen setzte sie zurück und fuhr davon, sie schien erleichtert, uns loszuwerden. Angeblich wollte sie den Abend in Hamburg mit Arbeit verbringen, aber ich wusste es besser – und auch, mit wem sie sich traf … Ich hatte einen Kloß im Hals, aber was konnte ich machen? Max und ich wären bald Scheidungskinder und ich hätte noch nicht mal einen festen Freund, der mich trösten würde. In meinem Magen landete ein weiterer Ziegelstein.

»Wir hätten uns ankündigen sollen«, sagte ich zu Oma, als wir durch den üppig wuchernden Garten gingen. »Man kann doch nicht einfach so bei diesen Leuten um Viertel nach acht reinplatzen.«

»Doch! Hier auf dem Dorf machen wir das.« Viel zu schnell standen wir vor der alten Schulpforte und sie drückte auf die Klingel.

Mein Herz klopfte wie verrückt. Hoffentlich ist keiner da, hoffentlich ist keiner da, dachte ich. Es ist so schön warm, bestimmt sitzen die irgendwo draußen. Wie zur Bestätigung zwitscherte eine Amsel in einem der Kirschbäume.

»Aufgeregt, mein Fräulein?«

Ich zuckte mit den Schultern, als Horst mich ein wenig beiseitenahm: »Mach dir keine Sorgen! Auch wenn Mutter Luise schon aufgegeben hat, ich werde weiterhin alles tun, damit wir den *Palast* retten!«

Wenn ich mir bis jetzt keine Sorgen gemacht hätte, wäre es spätestens jetzt an der Zeit gewesen. »Du machst am besten nicht viel, am besten NICHTS, Horst, hörst du? Deine *Mutter Luise* ist nicht geschäftlich hier!«

»Na hör mal! Der Mann ist immerhin *Réalisateur*. Das steht zumindest auf seiner Visitenkarte, die Mutter Luise so stolz rumgezeigt hat.«

»Ja und? Was macht ein *Réalisateur?«*

»Das weiß ich doch nicht! Ich dachte, das wäre so was Neumodisches, was jeder kennt.«

»Achtung!«

Die Tür ging auf und ein Mädchen stand vor uns. Sie war etwas älter als ich und sah ziemlich gut aus. Rote Haare, tolle Haut, grüne Augen. Auch ihre Figur war super, erkannte ich auf einen Blick, obwohl ich schräg hinter Oma stand. Selbst Oma schien beeindruckt, denn sie verzichtete auf ihr gewohntes *Moin, Moin.* »Guten Abend, wir wollten zu Heinrich Matthiessen, ist der denn wohl zu Hause?«

»Ah, oui? Une moment, isch muss nachschauen, ob diese Zeit ist günstisch.«

Fuck! Sie war auch noch Französin mit einem beschissen süßen Akzent!

»Wen darf isch melden?«

»Luise Haffenstedter, bitte!«

»Isch bedauere, aber isch muss Sie bitten, zu warten einen Augenblick 'ier draußen. *Merci!«*

»Kein Problem.« Oma wandte sich zu uns, während die große Eingangstür wieder geschlossen wurde.

»Wen darf isch melden?«, rief Horst begeistert. »Der alte Herr hat eine französische Gouvernante! Was sagt man dazu? Und was für eine Granate! Stellt euch die mal mit weißem Schürzchen und Staubwedel vor!«

»Gouvernante?! Schürzchen! Hast du sie nicht mehr alle?« Das ist wohl eher Frans' Freundin aus Hamburg, so wie die ausgesehen hat, dachte ich und wäre am liebsten sofort in Tränen ausgebrochen. All der Schmerz um Frans und all die Hoffnung, unsere gestern Nachmittag gestorbene Liebesgeschichte vielleicht doch noch wiederbeleben zu können, war umsonst. Er hatte längst eine andere. Besser gesagt, schon immer gehabt! Und mir mit keinem Wort davon erzählt. Wie gemein! »Kommt, wir gehen wieder!«

»Bis du verrückt! Ich denke, du willst deinen Frans zurückgewinnen?«

»Du hast doch gesehen, wer da bei ihm wohnt!«

»Nun seid ruhig, *Kinners*, da kommt jemand!«

Wieder wurde die Tür geöffnet und da stand Frans! Er streifte mich mit einem ultrakurzen, ernsten Blick und lächelte dann nur noch für Oma. »Frau Haffenstedter! Dominique hat Sie so gut beschrieben, ich wusste sofort, dass Sie es sind! Kommen Sie doch rein. Mein Opa freut sich, dass Sie da sind!« Frans trat beiseite, um Oma hineinzulassen, die sogleich an ihm vorbeimarschierte, als ginge sie hier jeden Tag ein und aus. *Dominique?* Ich hasste diesen Namen jetzt schon!

»Äh! Frans?« Ich hob die Hand wie in der Schule. Äh! Frans? Ich war so peinlich bescheuert, aber das wusste ich ja schon.

Er schaute mich ruhig an, ganz freundlich, aber auch so, als ob er sich kaum an mich erinnern konnte. »Ja?«

»Können wir kurz ... äh, reinkommen?«

»Wir haben zu reden, Sportsfreund!« Horst baute sich mit

verschränkten Armen breitbeinig vor der Tür auf. »Und zwar über das Fräulein Ava!«

Frans schüttelte den Kopf. »Schon mal was von Emanzipation gehört, *Fräulein* Ava?«, fragte er mich in reserviertem Ton. »Oder findest du das jetzt lustig?«

»Das ist Horst, so redet der nun mal. Das ist es ja eben, was ich dir über ihn erzählen muss!«

»Ja, genau! Da gibt es etwas ungemein Wichtiges! Über mich!« Horst stand immer noch wie ein Türsteher vor Frans, als ob er ihn nicht reinlassen wollte, dabei war es doch umgekehrt! Das ging ein paar lange Sekunden so, bis Frans schließlich nachgab. »Na, meinetwegen.« Es klang gleichgültig. »Aber nicht lange, ich muss gleich weg.«

»Wo ist die kleine Französin?«, fragte Horst und sah sich neugierig um. »Diese Dominique? In der Küche?«

Frans antwortete natürlich nicht, dafür schaute er mich an, als ob ich für die dummen Sätze von Horst verantwortlich sei. War ich ja auch, irgendwie. Ich ertrug seinen Blick nicht, sondern tat so, als ob ich mich für die Innenarchitektur des Schulhauses interessieren würde. Wir standen in einem recht hohen und breiten Flur, von dem anscheinend die ehemaligen Klassenzimmer abgingen. Die Mauern waren unverputzt, man konnte die roten Backsteine sehen. Ein zierlicher Sekretär und noch ein paar andere antike Möbel standen herum, es gab gleich zwei Blumensträuße in Vasen, ein bunter Teppich breitete sich auf dem Steinboden aus. Ziemlich gemütlich für eine alte Schule. An den Wänden hingen gerahmte Fotos von Heinrich Matthiessen. Man sah ihn mit verschiedenen Leuten im Smoking, einsam auf einem Berg mit Megafon und wie ein Dirigent auf einer Theaterbühne. Auch Horst entgingen die Bilder nicht. Er legte die Hände auf den Rücken und beugte sich wie ein Besucher im Museum vor. »Aha. Da haben wir also einen *Réalisateur!* Ganz eindeutig!« Er schaute sich um. »Aber wo ist Mutter Luise?«

Frans schüttelte den Kopf. »Mach dir um die keine Sorgen!«, knurrte er. »Kommt mit!«

Im Gänsemarsch gingen wir hinter ihm her und gerade als mir das auffiel, blieb Horst vor einer offen stehenden Flügeltür so abrupt stehen, dass ich in ihn hineinlief. »Donnerlittchen, das ist ja fast ein Ballsaal«, sagte er.

»Das war mal die Aula der Schule«, antwortete Frans tonlos. Ich rieb mir meine schmerzende Nase und sah über Horsts Schulter. In der Mitte des großen Raums standen zwei Ledersessel und ein Tischchen auf dem Parkett. Das muss Oma doch gefallen, dachte ich.

»Hab sie schon gefunden!«, sagte Horst. Und richtig, Oma und Heinrich Matthiessen standen weiter hinten, vor einem riesig hohen Bücherregal. Oma hielt ein Glas in ihrer gesunden Hand, schaute zu ihm hoch und prostete ihm sehr elegant zu. Sie bemerkten uns nicht, so sehr waren ihre Blicke ineinander versunken.

Frans ging weiter. »Wir gehen in mein Zimmer, muss ja nicht jeder mitkriegen, was der schräge Horst an Geheimnissen hat.«

»Ich könnte auch Dominique in der Küche besuchen und du erzählst ihm den ganzen Kram allein, Ava!« Horst hatte die Hände in seiner grauen Anzughose vergraben und pfiff gut gelaunt die Anfangstakte von *Lucille*. Seine Lederjacke hatte er zu Hause gelassen, sich zur Feier des Tages aber eine schmale dunkle Strickkrawatte von Opa umgebunden.

Frans zuckte mit den Schultern. »Wieso denkst du, dass sie in der Küche steht?«

War sie seine Freundin? Natürlich war sie das.

»Das muss ja was Besonderes sein, wenn ihr hier gleich zu zweit aufkreuzt ...«, redete Frans weiter, während wir über den ehemaligen Schulflur gingen. Endlich schaute er mich etwas länger an. Er sah so erwachsen aus, alle Wärme war aus seinen Augen verschwunden. Er wusste nicht, was mein Auftritt mit Horst hier sollte. Er vertraute mir nicht. Ich lächelte schwach.

»Lehrerzimmer«, las Horst die verblasste Aufschrift an der Tür. »Mensch, du wohnst in einer alten Penne im Lehrerzimmer, das ist ja 'ne Schau! Aber ihr hattet wohl kein Geld mehr für neue Türen?«

»Ein paar Sachen hat mein Opa so gelassen. Ich find's cool!«

»Es ist total schön hier.« Ich funkelte Horst böse an, weil Frans gerade nicht herschaute. Wir traten ein. Sein Zimmer war der Hammer!

In einer Ecke stand ein cooles, wahrscheinlich selbst gebautes Bett, Stapel von Büchern türmten sich daneben, ich sah ein grünes Samtsofa und sogar einen altmodischen Kühlschrank. An den Wänden hingen ein paar große Schwarz-Weiß-Fotos mit Landschaften und weiter hinten stand ein Schlagzeug auf einem dicken Teppich. Eine Glastür führte direkt in den Garten, sie stand offen, und ich hörte, wie die Amsel da draußen ihre komplizierte Abendmelodie weitersang.

Gott sei Dank lag kein Mädchenkram wie Schmuck oder BHs oder so herum. Aber vielleicht war Dominique auch nur sehr *ordentlisch?*

»Oh, ich wollte schon immer mal einen flotten Knüppel schlagen, darf ich?!« Schon lief Horst auf das Schlagzeug zu.

»Meinetwegen«, brummte Frans. Horst griff nach den Stöcken und schlug sie aneinander. *»One, two, three, four!«* Wie ein kleines Kind begann er, auf die verschiedenen Trommeln einzuschlagen. Leider ohne Rhythmus, es hörte sich grausam an. Selbst *er* merkte das, denn er hörte sofort wieder auf. »Das ist ja wuchtig!«, sagte er. »Oder wie sagt man heute? *Krass!«*

»Womit wir beim Thema wären«, sagte ich seufzend und setzte mich auf das grüne Sofa.

»Jemand ein Bier?«, fragte Frans und öffnete den Kühlschrank. »Ich habe auch Cola, Bier trinkst du ja nicht so gerne, oder, Ava?«

Er mochte mich zwar nicht mehr, und Horst schon gar nicht, aber er hatte immer noch Stil! Er war so cool! Und gleichzeitig süß! Kein Wunder, dass Dominique ihn sich geschnappt hatte.

Horst und ich nippten an unseren Flaschen und sahen zu Frans hoch, der stehen geblieben war und nichts trank. »Also?«

»Ja. Wie fange ich an?« Ich strich mir durch mein Haar, das ich heute übrigens offen trug. Überhaupt hatte ich mir einige Gedanken gemacht, was ich anziehen sollte. Weil es so warm war, hatte ich mich für den roten Rock von der Tanzparty und ein einfaches schwarzes Top entschieden. Dazu schwarze Sandalen von Mama, mit halbhohen Pfennigabsätzen, auf denen ich aber trotzdem gut laufen konnte.

Alle Achtung, junge Dame, damit wirst du ihn bezirzen!, hatte Horst gesagt und einen anerkennenden Pfiff ausgestoßen. Ich spürte den Blick von Frans auf meinem Haar und meinen nackten Schultern. Er wartete.

»Wahrscheinlich wirst du es sowieso nicht glauben, aber ich versuch es einfach mal«, begann ich. »Also: Horst ist aus einem Film herausgestiegen. Einem Schwarz-Weiß-Film, *Der Herzensbrecher*. Kennt heute niemand mehr.«

»Das glaube ich nicht!«, protestierte Horst.

»Das glaube ich nicht«, wiederholte Frans.

»Siehst du, er glaubt es auch nicht!« Horst schaute mich kopfschüttelnd an. »Tsss. Kennt heute niemand mehr … von wegen!«, murmelte er.

»Nun sei mal still, Horst, und lass mich erklären!« Ich stand auf. »Es war wirklich so, der Film lief und er kam plötzlich raus. Bei meiner Oma passierte es zum ersten Mal. Ich konnte es ja selbst nicht glauben, bis ich es dann mit eigenen Augen gesehen habe. Und seitdem ist er öfter bei uns im Kino. An einer bestimmten Stelle steigt er raus, alle drei Stunden muss er allerdings wieder rein, sonst wird er schwarz-weiß und löst sich auf … Und er ist eben, na ja, so anders, weil er aus den Fünfzigerjahren kommt.« Ich ruderte mit den Händen in der Luft herum, um meinen Worten mehr Glaubwürdigkeit zu verleihen. »Ich weiß, das hört sich *erfunden* und verrückt an, aber es ist wirklich so! Sorry, Horst, dass ich das jetzt so sage, aber du verstehst manche Dinge einfach nicht, wie man sich benimmt und so, und deswegen kam es manchmal zu Missverständnissen …«

»Ich kann mich schon benehmen!« Jetzt stand auch er auf.

»Horst!«, warnte ich.

»Lass es mich so erklären, Kumpel. Die Ava ist wie eine Mutter für mich, sie hat mir alles beigebracht, was ich von eurer Zeit nicht wusste. Und den Film mit den vielen Kussszenen, den habe ich nur zusammengeklebt, um mit ihr den rennenden Witz zu machen. Verstanden, *amigo?«*

Ich verdrehte die Augen.

»Nein! Vergiss es. Das ist mir zu blöd, Ava.« Frans rieb sich die Stirn. Garantiert überlegte er, wie er uns am schnellsten loswerden konnte.

»Du glaubst mir nicht.« Ich ließ mich wieder auf das Sofa fallen. »Ja, klar. Würde ich vielleicht auch nicht.«

»War kein feiner Zug von mir mit dem Kussmarathon, ich gebe es ja zu! Und außerdem bin ich doch auch mit der Greta zusammen«, sagte Horst entschuldigend und blinzelte mir dabei zu, weil Frans uns gerade den Rücken zukehrte, während er im Zimmer auf und ab ging. »Greta ist meine Verlobte«, rief Horst ein bisschen lauter, »aber wir werden erst einmal nicht heiraten, weil man von gewissen Dingen nicht in andere Umstände kommt!« Er lachte auf. »Weiß ich von Ava!«

»Ey, hört mal zu: Ich habe keine Ahnung, was das hier soll, und ich finde, ihr geht jetzt besser!« Frans guckte echt genervt. Verdammt, wer würde unser völlig durchgeknalltes Gestammel auch ernst nehmen?

Ich wollte gerade noch einen letzten Versuch wagen: »Sorry, aber …!«, da klopfte es und die Tür ging einen Spalt weit auf. »Frans?«

Sie sprach es *Frons* aus. Es klang wahnsinnig verführerisch. »*Excusez-moi,* aber bist du fertisch? Wir wollten um 'alb neun los.«

Dominique schob sich ins Zimmer. Sie hatte sich umgezogen und trug jetzt ein schwarz-silbern glitzerndes kurzes Kleid, hohe Schuhe und natürlich auch ein passendes Handtäschchen dazu. Sehr schick. Sehr französisch.

»Mein lieber Herr Gesangverein!« Horst blieb der Mund offen stehen.

Frans lächelte die Französin an. »Komme gleich. Ava und Horst wollten uns gerade verlassen.«

»Nein! Erst musst du … Also wenn du uns nicht glaubst, frag doch meine Oma!« Meine Stimme klang schrill.

Frans machte eine abwehrende Bewegung mit seinem Kopf. »Ich habe deine Oma schon etwas kennengelernt, Ava. Ich mag sie, echt, aber sorry, *glauben* würde ich dieser coolen alten Lady kein Wort!«

»Dann komm mit in den *Titania Palast!* Ich mach's dir vor! Da kenn ich nix.« Horst machte einen Satz auf Frans zu, der zurückwich.

»Jaja. Übertreib's nicht!« Und mit einem Blick zu der Französin: »*Excusez-moi,* Dominique, du hast schon lange genug gewartet, wir gehen jetzt!«

»Nein! Das kannst du nicht machen! Frans!« Ich war aufgesprungen.

»Natürlich kann ich das machen. Auf Zaubertricks habe ich nämlich keine Lust! Falls Horst schrumpfen und in einem iPad verschwinden wollte.«

»Was ist ein *Eipätt«?*

»Schöner Versuch, Horst.« Frans grinste, aber seine Augen lachten nicht mit.

»Er weiß es wirklich nicht, Frans. Er kommt aus dem Jahr 1956!«

»Na klar.«

»Worum geht es 'ier?« Dominique ließ ihr Handtäschchen pendeln. »Ein Palast und Zauberertricks und einer verschwindet? Das klingt wie eine, wie nennt man das … eine Märschen?«

»Ein Märchen, genau!« Frans schaute mich böse an.

»Ein Albtraum wohl eher.« Innerlich weinte ich mir bereits die Augen aus. Gegen diesen französischen Charme hatte ich keine Chance.

»Richtig! Und du bist die gute Fee!« Horst grinste Dominique an. »Angenehm, Horst Winterfeld.« Er knallte die Hacken zusammen, nahm ihre Hand und machte eine formvollendete Verbeugung. Ich sah, wie Frans ihn dabei beobachtete, und auf einmal bemerkte ich, wie sein Blick anders wurde. »Fünfzigerjahre …«, murmelte er und schüttelte unmerklich den Kopf.

»Glaubst du mir jetzt?«, fragte ich ihn voller Hoffnung.

»Nein«, sagte er und ging zu seinem Schlagzeug. *Fuck!* Ich zählte die Sekunden. Einundzwanzig, zweiundzwanzig, dreiundzwanzig … »Aber sei froh, dass ich Regie studieren will«, er wandte sich zu mir um und kam auf mich zu, »und Tim Burton und abgedrehte Fantasyromane mag.« Er lächelte nicht etwa, nein, er guckte immer noch total misstrauisch.

Ich spürte, wie meine Liebe zu ihm hochstieg und alles in mir überflutete. »Das heißt, du kommst mit?«

»Meinetwegen. Aber ich sage dir, das ist eure letzte Chance! Wir nehmen Opas Mercedes, fahren zum *Filmpalast* und ich schau mir das an. Einen Führerschein hat der Horst hier ja wohl, oder?«

»Aber selbstverfreilich! Wenn Madame *Fronkreisch* mitkommt!« Horst hielt immer noch die Hand der rothaarigen Superschönheit. Ich schaute Frans nicht an, sondern starrte auf meine Fingernägel. Wenn er darauf bestand, sie mitzunehmen, dann ...

»Dominique kümmert sich um meinen Opa, wenn ich demnächst wieder in Hamburg bin. Sie ist sozusagen seine Assistentin und seine ... Großnichte oder so.«

»*Oui!* Isch bin die Tochtèr der Tochtèr von der Schwester von der *grand-père* von *Frons!«*

»Das ist verwirrend, aber dennoch ganz reizend, mein Fräulein!« Horst verbeugte sich noch einmal.

»Gib dir keine Mühe, Horst!« Frans sah auf sein Handy. »Dominique, du kannst Marlon auch ohne mich im *Wintergarten* treffen. Ich hätte da eh nur gestört ...«

»Ah, oui? Très bien!« Sie lächelte und tätschelte Horsts Hand wie ein kleines Haustier. »Lieber 'orst, isch muss gehen!«

»Verflixte Welt hier draußen im 21. Jahrhundert! Jede Menge Nebenbuhler, das bin ich nicht gewohnt.«

Wir suchten Heinrich Matthiessen und fanden ihn und Oma schließlich in der Küche. Alles an diesem Gebäude war riesig, aber nicht alles war alt. Oma hockte wie eine Prinzessin auf einem Barhocker vor dem ultramodernen Küchenblock, ein Glas Weißwein vor sich, während Heinrich Matthiessen Garnelen in eine gigantische Pfanne schmiss und ein paar Kräuter hackte.

Der Opa von Frans war cool, er lieh uns seinen Mercedes, ohne auch nur den Führerschein von Horst sehen zu wollen. »Macht, dass ihr wegkommt, ihr jungen Leute! Wir halten hier die Stellung!«

»Kommt aber nicht gleich wieder …« Oma lächelte Heinrich an. »Wir brauchen Zeit für Zweisamkeit.« Wow, wie sanft sich ihre Stimme anhörte.

»Ja. Das könnte man so sagen, Luise. Wir haben schon zu viel Zeit verstreichen lassen …« Er sah sie an, das Messer mit den Kräutern an der Klinge schwebte in der Luft.

O Gott, schnell weg hier! Das war nicht nur mein Gedanke, wir rempelten einander an, so eilig hatten wir es, aus der Küche zu kommen.

»Booah, was ist denn mit denen los?«

»Sie wird sich den älteren Herrn doch nicht als *Galan* nehmen?«

»Ich gönn's ihnen ja, aber …«

»Man mag da nicht zuschauen, oder?«

»Wir sind fies.«

»Nee, nur jünger.« Ich lachte, Frans auch. »Fang!« Er warf Horst den Autoschlüssel zu.

»Was macht dein Opa überhaupt? Was war er früher mal?«, fragte ich Frans, während wir zur Garage gingen, vor der der dunkelgrüne Wagen stand.

»Er *ist* heute noch Fotograf. War früher mal Theater- und Filmregisseur.«

»Filmregisseur!« Ich stutzte. »Aber da ist er doch perfekt für sie!«

»Auch schon gemerkt?!« Er schaute mich nicht an, sondern öffnete mir die hintere Autotür und setzte sich dann auf den Beifahrersitz.

»Es tut mir so leid!« Ich rutschte auf der Bank nach vorne.

»Ich habe dich nie nach deinem Opa gefragt! Also, ich wollte es, aber es kam immer …«

»… was dazwischen, so wie der hier!«, beendete Frans meinen Satz, als Horst sich andächtig hinter das Lenkrad gleiten ließ.

»Aber wie war das jetzt, wie ging die Sache mit dem zweiten Sohn aus? Und das Problem mit der Erbschaft?«

»Interessiert dich nicht wirklich, oder?«

»Doch!« Verdammt, er glaubte mir ja gar nichts mehr!

»Der sogenannte *zweite Sohn* hatte einen DNA-Test vorgelegt, den wir angezweifelt haben. Dabei kam raus, dass nicht mein Großvater, sondern dessen Vater der Erzeuger von ihm war. Er ist also nicht der Sohn von Heinrich, sondern der Halbbruder. Seinen Anteil kann der Halbbruder aber nicht mehr einklagen. Ist über dreißig Jahre her. Also verjährt.«

»Was für ein genetisches Durcheinander …«, murmelte ich.

»Beide, Vater und Sohn, hatten was mit der Haushälterin … Tja.« Er warf mir einen unfreundlichen Blick zu. »Eine Frau. Zwei Männer. Zur selben Zeit. So was gibt's.«

Ich schnappte nach Luft, doch bevor ich etwas erwidern konnte, unterbrach uns Horst, der andächtig über das Armaturenbrett des Wagens strich: »Mensch, Kinder! Dass ich so einen modernen Hobel auch mal fahren darf! Ist ja unglaublich!«

»Mann, Horst, das ist ein 230 E, Baujahr 1985!«

»Ja, sag ich doch! Der ist schnittig und hat Klasse! Und die Scheinwerfer! Die sind rechteckig!«

»1956«, sagte ich nur und verzog mich wieder auf meine Rückbank. Frans glaubte mir immer noch nicht und war noch sauer wegen Horsts Kussfilm. Er würde schon sehen, was im Großen Saal gleich passieren würde! Und dann? Würde er mir alles verzeihen und wir würden uns küssen und wären zusammen! Ich seufzte und ballte die Hände zu Fäusten. Es musste einfach gelingen!

24

»Nee, nee. Ich bleib schön hier unten!« Frans verschränkte die Arme vor der Brust und sah an die Decke. »Was mache ich eigentlich schon wieder in diesem Kino?! Ich habe mir doch geschworen, diesen Saal nicht mehr zu betreten ...«

»Vom Vorführraum kannst du es auch sehen. Und da kann dir nichts auf den Kopf fallen.« Ich machte es ihm nach und legte den Kopf in den Nacken. Das Gewölbe dort oben sah wirklich nicht sehr vertrauenerweckend aus, zwei große, rechteckige Löcher gähnten uns an und einige der benachbarten Platten hingen schief herab. Ich senkte den Blick. Sitzreihen und Boden waren mit Mörtelbrocken übersät und man sah Fußspuren im Zementstaub, die zur Bühne führten. Die von Horst und die von den Investment-Typen, die Mama hier hineingelassen hatte.

»Sicherer ist es bestimmt. Aber ich will ja genau sehen, wie er es macht.«

»Dann bleibe ich bei dir!«

»Um mich im richtigen Moment abzulenken, oder warum?«

»Wenn es ein Trick wäre, würde ich es zumindest versuchen, ja.« Ich grinste. Ich war so verliebt in ihn! Jeden Moment sank mein Herz tiefer in dieses Gefühl hinein wie ein Amarettokeks, den man auf den Milchschaum eines Cappuccino gelegt hat. Wie sollte mein Keksherz da jemals wieder rauskommen? Und was wäre, wenn er nicht mehr mit mir zusammen sein wollte, auch wenn er begriffen hatte, dass Horst eine Figur aus einem Film von 1956 war? Bei der Vorstellung wurde mir ganz flau, aber ich ließ mir nichts anmerken. Damit würde ich mich später beschäftigen, jetzt musste Horst erst einmal zurück!

»Er kann den Film oben starten, er hat genau berechnet, wie lange er braucht, um herunterzulaufen, damit er es im richtigen Moment schafft.«

»Na gut, dann gehen wir mal näher dran!« Mit einem erneuten Blick zur Decke tastete Frans sich weiter zur Leinwand vor und ich folgte ihm. Da ging oben auch schon der Projektor an. Ich wusste, Horst spulte jetzt bis zu der Stelle vor der Motorroller-Szene.

»Irgendwie absurd, oder? Dass ich überhaupt mitgekommen bin.« Frans schüttelte den Kopf. »Manchmal mache ich solche Sachen, obwohl ich genau weiß, dass es totaler Quatsch …«

Der Ton setzte ein, gleichzeitig fiel Licht auf die Leinwand, es war die Szene mit dem verlassenen Roller auf der Landstraße. Frans sah sehr konzentriert zu, doch als nach kurzer Zeit Schritte zu hören waren, wandte er sich um. Horst kam an uns vorbeigelaufen, seine Halbschuhe ganz staubig vom Mörtel. Er trug seine Lederjacke und bedachte uns mit einem selbstbewussten Blinzeln, als er jetzt Richtung Leinwand spurtete. »Will ja nix auf den Kopf kriegen!«, rief er und hechtete mit einer sportlichen Flanke auf die Bühne. Er richtete sich auf und lief auf die Leinwand zu, auf der der Roller stand, Kratzer und Flecken trübten das Bild etwas, der Ton rauschte und knackte wie bei einer alten Schallplatte. »So habe ich ihn auch kennengelernt, ich habe heimlich zugesehen und es nicht glauben wollen …«, rief ich und stieß Frans aufgeregt in die Seite, jetzt würde er es gleich mit eigenen Augen erleben, jetzt …!

Aber was war das? Anstatt im Bild zu verschwinden, gab es einen kleinen Klatscher, Horst prallte zurück und lag plötzlich mitten auf der Bühne, alle viere von sich gestreckt.

»Echt lustig, Ava!« Frans sah mich verächtlich an, drehte sich um und ging.

»Nein! Moment! Was?!« Ich schaute zwischen ihm und

der Bühne hin und her, mehrmals, als ob ich einem Tennismatch folgen würde. »Verdammt noch mal, Horst, was ist los? Horst?!«

»Haha! War nur gespielt, war nur Spaß!« Horst sprang auf und klopfte sich die Hosenbeine ab. »Hab mir nix getan, also falls das jemanden von euch interessieren sollte!« Er grinste und warf seine Tolle zurück. »Danke für eure Fürsorge! Ich hätte mir eine Gehirnerschütterung holen können!«

»Du bist so ein Idiot, Horst!«, platzte es aus mir heraus. »Da! Er geht! Wenn du ihn jetzt nicht zurückholst, bring ich dich um!«

Mein Blick musste wohl für sich sprechen, denn Horst sprang von der Bühne. »Hey, Sportsfreund, nun mach hier nicht den beleidigten Macker, bleib stehen!« Er rannte aus dem Saal. »Stopp, warte!«

»Verarschen kann ich mich alleine!«, kam die Antwort. Schon weit weg.

Ich schüttelte den Kopf. Die Tränen liefen von ganz alleine aus meinen Augen und fielen auf den schmutzigen Boden. Okay, war das jetzt die Szene, wo der Held oder die Heldin ihre Liebe endgültig verloren hat, wo der Feind die Kerkertür hinter ihnen zuschmeißt, wo der letzte Hoffnungsfunke auf Rettung von einem der Bösen fies lachend im Staub zertreten wird? Ich wusste, dass die Autoren das absichtlich machten, denn umso mehr freute man sich dann mit seinen Helden, wenn alles überstanden war und alles wieder gut wurde.

Alles wurde wieder gut? Ja, Scheiße! Nicht bei mir! Ein Happy End gab es nur im Film. Mein Leben war eine Aneinanderreihung von trostlosen Szenen, ohne Hoffnung auf Erlösung! Eine Endlosschleife von unerwarteten Ereignissen, die alle schiefgingen, inklusive kleinen Hoffnungsschimmern, die mich noch tiefer hineinrissen in mein Unglück!

Ich sah auf die Leinwand. Dort war immer noch die unbelebte Landstraße mit dem Roller zu sehen. Der Film lief zwar weiter, aber die Szene wechselte nicht. Vermutlich weil der Hauptdarsteller draußen herumrannte …

Und ich? Wie in Zeitlupe ließ ich mich an der stoffbespannten Wand herunterrutschen und kauerte dicht am Boden. Rannte ich in meinem eigenen Film auch draußen herum oder spielte ich wirklich mit? War ich die Hauptdarstellerin oder ließ ich das andere übernehmen? Ich starrte vor mich hin und tat mir selbst leid. Nach zwei Minuten kribbelten meine Beine vom Hocken. Na super, noch nicht mal Einsamsein hielt ich richtig lange durch … und von den beiden schien es auch niemand nötig zu finden, nach mir zu schauen. Ich richtete mich auf und wischte mir die Tränen ab. Langsam ging ich an den Sitzreihen vorbei auf den Ausgang zu.

Hatte ich denn wirklich alles falsch gemacht? Vielleicht hatte ich mich ein bisschen spät entschieden, aber doch nicht absichtlich! Und das würde ich Frans sagen, auch wenn es meine letzten Worte an ihn waren!

Ich schlug meine Faust in meine flache Hand, dass es klatschte, und wusste sofort, warum Mama das manchmal machte. Es tat gut, wenn man etwas beschlossen hatte und damit besiegelte! Mit erhobenem Kopf ließ ich die Trümmer des Großen Saals hinter mir und betrat die Lobby.

Niemand zu sehen … na toll. Die waren weg. Nein, doch nicht! Dahinten zwischen den großen Filmplakaten saßen zwei Gestalten entspannt und gemütlich vor der Fensternische in den Sesseln und hielten ein typisches Männergespräch. Das heißt, sie schauten sich nur an und nickten beide wie zwei Wackeldackel mit den Köpfen.

»Äh, was ... was macht ihr da?!«

»Ava!« Frans schaute hoch und lächelte mich an. Er lächelte!! Was hatte Horst mit ihm gemacht? »Ganz schön krass die Sache ...« Er beugte sich vor und schlug Horst mit der Hand aufs Knie.

»Tja, mein lieber Scholli, ich sage dir ...« Horst strich sich seine Haartolle zurück und bedachte mich mit einem ernsten Blick, nur sein rechter Mundwinkel zuckte nach oben. Ich hatte mich ja schon an seine krasse Ausdrucksweise gewöhnt, aber das Wort »Scholli« hatte ich noch nie gehört. Horst eben. Immer gut für eine Überraschung ...

»Was für ein Leben, wir müssen eine Lösung finden. Für dich!« Frans stand auf.

»Was hast du ihm ...? Glaubt er es ...? Auch ohne dass du ...?« Ich sah Horst fragend an. Wie hatte er Frans in dieser kurzen Zeit überzeugen können, nur eine Filmfigur zu sein, die einfach aus einem Film marschiert und später wieder hinein? Aber schon im nächsten Moment konnte ich nicht mehr darüber nachdenken, denn da hatte Frans mich schon in die Arme genommen. »Verzeih mir!«

»Nein, verzeih du lieber *mir!*«

»Ich hatte ja keine Ahnung und es tut mir leid, dass ich gestern so völlig genervt aus dem Kino abgehauen bin.«

»Ich hätte dir die Sache mit Horst viel früher erzählen sollen!«

»Na, ihr Turteltäubchen, da mach ich lieber die Biege, wenn ich euch so sehe! Ich gehe zurück! Wär doch gelacht, wenn sich nicht auch in der Welt des *Herzensbrechers* ein bisschen am Rad der Geschichte drehen ließe ...« Horst gab Frans die Hand. »War mir ein Vergnügen!«

Frans grinste, während er mich immer noch im Arm hielt. »Ganz meinerseits.«

»Das Bild auf der Leinwand zeigt immer noch den Roller«,

sagte ich zu Horst. Es war übrigens ein herrliches Gefühl, in Frans' Armen ... »Vielleicht kannst du einfach so hineinschlüpfen, ohne zurückzuspulen.«

»Klaro! Ich versuch's. Kinder, bis bald! Holt mich raus, wenn ihr einen Kerl mit Grips in der Birne braucht!«

»Aber klar, immer.« Ich löste mich nun doch, umarmte ihn kurz und er spurtete los. Hand in Hand schlenderten Frans und ich ihm hinterher.

»Bereit für die große Sause?«, rief Horst von der Bühne.

»Ja!«, riefen wir wie aus einem Mund und ich hielt vor lauter Spannung die Luft an. Doch alles ging gut und nur eine Sekunde später winkte Horst uns von der anderen Seite der Leinwand zu.

»Krass!« Frans ging noch näher an die Bühne heran, wo Horst auf dem Roller eine Kurve drehte und verschwand. »Das ist er! Er hat die Wahrheit gesagt!«

»Sollen wir ihn noch mal rauslassen? Willst du es noch mal sehen? Er kann bis zu drei Stunden am Stück draußen sein.« Nun kam die Szene mit Greta in der Küche, doch ich guckte schon nicht mehr hin, denn ich sah nur noch Frans!

»Rauslassen? Ja, aber später«, sagte er. »Erst mal möchte ich sicher sein, dass hier nicht irgendwas auf dich drauffällt!«

In der Lobby blieben wir gleichzeitig stehen, er drehte mich zu sich und nahm mein Gesicht ganz behutsam in seine Hände und dann küssten wir uns. Endlich küssten wir uns wieder und diesmal war es noch besser als beim ersten Mal, weil es sich so richtig anfühlte und ich wusste, dass ich niemandem, nicht mal einem Jungen in Schwarz-Weiß aus den Fünfzigern, damit wehtat. Wir hätten bestimmt noch stundenlang dort so gestanden, als ich plötzlich eine Stimme hörte, die mir außerordentlich bekannt vorkam: »Papa? Warum knutscht Ava mit dem Jungen da?«

Wir drehten uns um und sahen, wer dort in der offenen Tür stand.

»Das ist mein kleiner Bruder«, sagte ich lachend zu Frans, bevor ich ihn losließ und auf die beiden zustürmte. »Papa! Max! Was macht ihr denn hier?« Wir umarmten uns und ich küsste Max auf den Kopf, was er mit einem Schreien quittierte. »Ich dachte, ihr seid in Schweden!«

»Och, *wir* dachten, hier mal nach dem Rechten schauen zu müssen, bevor noch *alles* zusammenstürzt …« Er lachte und seine Stimme brummte melodisch wie ein Bass, doch ich hörte, dass ihn unser letztes Telefongespräch über Mama beunruhigt hatte. »Und wer sind Sie?«

Wow, er siezte Frans!

»Das ist Frans!« Mein Freund, hätte ich am liebsten gesagt, aber ich wusste nicht, ob Frans sich auch so vorstellen würde.

»Frans Matthiessen. Sie können ruhig Du sagen.«

»Okay, dann aber auch andersrum. Ich bin Jan.« Sie gaben sich die Hand.

»Hallo! Nett, dich kennenzulernen.« Papa gab ihm einen kleinen Klaps auf die Schulter, er mochte Frans, doch ich erkannte auch, dass er nicht wirklich wegen des zusammenstürzenden Kinos gekommen war, sondern wegen seiner Ehe mit Mama, die gerade ebenfalls zusammenzukrachen schien. Und da kam seine Frage auch schon: »Wo sind denn alle?«

»Ähm.« Ich lächelte schwach. »Oma ist bei dem Großvater von Frans.«

»Luise?« Papa kannte Omas Geringschätzung gegenüber Männern, die sie nicht mindestens fünfzig Jahre kannte. Und auch gegenüber Männern, die sie schon seit fünfzig Jahren kannte.

»Ja«, sagte ich und sah Frans an. »Und die beiden verstehen sich ziemlich gut, oder?«

»Sah so aus!«

»Bist du jetzt Avas Freund?«, meldete sich Max und schaute zu uns hoch.

»Das hoffe ich doch!« Frans legte den Arm um mich. Dass er sich das vor meinem Vater traute, war so cool! Das hieß, er wollte wirklich mein Freund sein, sonst hätte er doch so was Mutiges nicht getan, oder? Na ja, beim Knutschen hatte Papa uns ja schon gesehen. Das war natürlich ziemlich unnötig. Und peinlich.

»Wie kommt meine Oma eigentlich wieder her?«, sagte ich schnell, bevor die Rede auf Mama kommen konnte. »Dein Opa hat ja das Auto nicht.«

»Das Auto? Der 230 E vor der Tür? Das heißt, du kannst schon fahren?« Papa zog die Stirn in Falten, als ob Frans irgendwie gefährlicher für mich würde, wenn er einen Führerschein hätte.

»Nein. Den hat ... jemand anderes gefahren.«

»Der musste aber weg!«, sagte ich und spürte, wie Frans mich unmerklich an sich drückte.

»Baureihe W123. Schöne Karre!«

»Ja, finde ich auch. Der 230 E wurde bis November 1985 hergestellt.«

»Und er hat noch diese eckigen Scheinwerfer. Ich glaube, nach der Modellpflege im September 1982 hatten das sogar alle 123er.«

Na super, mein Vater und Frans unterhielten sich über Autos! Ich grinste, schlüpfte unter Frans' Arm hinweg und fiel über meinen kleinen Bruder her, weil ich sonst vor lauter Liebe für ihn und alle Menschen und die ganze Welt geplatzt wäre: »Hey, du kleiner Spacko! Alles klar bei dir?«

»Bääh, küss mich nicht!« Max wand sich zappelnd aus meinen Armen, doch er lachte. »Kann ich Popcorn haben?«

Ich ging mit ihm hinter die Theke. »Die Maschine ist nicht an, aber wir könnten sie anwerfen.«

»Bist du in den verlie-hiebt?« Max zeigte rüber zu Frans.

»Mmmh. Ja. Findest du das schlimm?«

»Nö. Ich bin auch verliebt, in Rosa aus meiner Klasse, aber das weiß die nicht. Und der Frans ist cool!«

Ich atmete auf – da stellte Papa die Frage, mit der nun alles seinen Lauf nehmen würde: »Und wo ist Mama?«, rief er. »Oben?«

Shit! Manchmal gibt es Momente, bei denen weiß man sofort, dass man sich immer an sie erinnern wird.

»Ich konnte sie nicht erreichen.« Wie zum Beweis holte Papa sein Handy hervor und probierte es noch einmal.

»Nein, sie ist in Hamburg. Sie wollte noch was in der Kanzlei vorbereiten.« Was konnte ich tun? Am liebsten hätte ich Mama herkommandiert. Aber wie denn, wenn sie nicht an ihr Handy ging? Und außerdem waren das *ihr* Leben und *ihr* Film, oder?

»Okay.« Jetzt schaute er richtig grimmig, versuchte aber, sich nichts anmerken zu lassen. »Kommt Luise noch zurück, hat sie was gesagt?«

»Nein, keine Ahnung.«

Er zog die Augenbrauen hoch und kam zu uns. »Ava? Kannst du heute Nacht mit Max hierbleiben?«

»Na klar.«

»Kann der Frans auch bei uns bleiben? Ich habe sonst Angst«, behauptete Max. »Und Hunger habe ich auch und Ava kann nicht kochen!«

»Ich mache uns die weltbesten Pfannkuchen!«

Papa schaute sich zu Frans um. »Na, meinetwegen. Aber ihr kümmert euch um Max und – macht keinen Unsinn!«

»Papa!«

»Ich kann mich auf dich verlassen, Ava?«

»Na klar, was denkst du denn?«

»Gut, dann fahre ich los!« Er gab uns noch die Tasche von Max aus dem Auto und fuhr eilig davon, Richtung Hamburg.

Was für ein Tag, dachte ich, als ich dem Auto hinterhersah. Mein kleiner Bruder, von dem ich gar nicht wusste, wie sehr ich ihn vermisst hatte, ist plötzlich hier, Papa ist drauf und dran, sich eine böse Überraschung bei Mama abzuholen, und ich habe seit ein paar Minuten einen Freund!

25

Als Max nach vier Nutella-Pfannkuchen, einer Zockerrunde mit Frans und unfreiwilligem Zähneputzen in Mamas Bett eingeschlafen war, räumten wir die Küche auf und wuschen sogar ab.

»Ob wir die *Frau Haffenstedter* wohl noch heute Abend hier begrüßen dürfen?« Frans griff nach den letzten Gabeln, um sie abzutrocknen.

Ich zuckte die Schultern. »Sie wird doch wohl beim ersten Mal nicht gleich bei diesem fremden Mann übernachten? Ja, gehört sich das denn?«

»Mein Opa, der Hallodri!« Wir lachten, doch Frans merkte sofort, dass ich mir um etwas anderes Sorgen machte, und fragte, was los sei. Ich winkte ab, doch da er darauf bestand und keine Ruhe gab, warf ich den Lappen schließlich in das Spülbecken und erzählte ihm von Mamas Fremdgeherei.

»Bist du sicher?«

»Leider ja. Und wahrscheinlich wird mein Vater das noch an diesem Abend herausfinden.«

»Das ist übel! Meine Eltern sind auch getrennt, aber nicht weil meine Mutter, sondern weil mein Vater sich neu verliebt hat.«

»Echt? Warum machen die das? Warum reicht ihnen eine Liebe nicht, wenn sie sie gefunden haben?«

»Keine Ahnung.« Er nahm mich in die Arme und dann küssten wir uns. Wir küssten uns hinüber ins Wohnzimmer, landeten auf dem lang gestreckten braunen Dackelsofa und ich dachte nichts mehr, sagte nichts mehr, ich fühlte und roch und sah nur noch Frans. Er duftete so lecker, er schmeckte so gut und er war so superzärtlich mit seinen Händen.

Irgendwann sah ich zufällig auf die Uhr, die auf dem Fernseher stand. Es war schon nach eins! Immer noch angezogen, lagen wir auf dem Sofa. »Was machen wir jetzt?«, fragte ich. Mit ihm in mein Bett zu gehen, hätte sich nicht richtig angefühlt. Frans breitete eine von Omas Wolldecken über uns und legte sich wieder hinter mich. »Ist das okay so?«

»Sehr okay!«

»Ich würde gerne mehr machen, das hast du vielleicht schon gemerkt, aber dafür haben wir noch Zeit. Viel Zeit.«

Ähm, ja, das hatte ich wirklich schon an seinem Körper bemerkt, aber er hatte mich nicht gedrängelt und mir bis jetzt auch noch nicht irgendwohin gefasst, noch nicht mal unter mein Top, ohne vorher dreimal zu fragen. Dafür liebte ich ihn umso mehr!

»Zeit für Zweisamkeit!« Ich imitierte Omas dahinschmelzende Stimme so perfekt, dass ich loslachen musste und Frans auch. Wir lachten so heftig, bis ich keine Luft mehr bekam und mit den Beinen strampelte, und auch er konnte nicht mehr aufhören. Obwohl wir uns gegenseitig ermahnten, leise zu sein, wegen Max, kicherten und prusteten wir immer wieder los und brauchten lange, um uns zu beruhigen. Dann küssten wir uns wieder.

Ich dachte, ich könnte überhaupt nicht schlafen, aber eingekuschelt in seine Arme, seine Brust an meinem Rücken, war ich doch plötzlich weg. Im nächsten Augenblick war es offenbar Morgen, denn draußen war es schon ganz hell und Max stand vor dem Sofa. »Hat Frans hier geschlafen? Kann er gleich mit mir auf dem Handy zocken?!«

»Ja, aber er hat Hunger, also vergiss es bis nach dem Frühstück«, sagte eine verschlafene Jungenstimme hinter mir. Ich freute mich, als Max jetzt wie wild aus dem Zimmer lief und »Frühstück ist gleich fertig, Alter!« rief.

Wir hörten ihn in der Küche mit dem Geschirr klappern. Ich lehnte mich an Frans und spürte seinen Atem in meinen Haaren.

»Ich werde unsere erste Nacht auf dem ollen Cordsofa hier nie vergessen«, sagte er, küsste mich auf mein Ohr und knabberte ein wenig daran, sodass mir ein wohliger Schauer über den Rücken lief. »Aber nun lass uns aufstehen, bevor deine Oma noch reinkommt!«

»Ja, oder mein Vater!« Ich setzte mich auf. Ich hatte immerhin noch das Top und meinen Rock an, wie es sich für ein sittliches Fräulein gehörte ...

»Ich freue mich schon, wenn du bei mir in Hamburg sein kannst.« Frans streichelte mir über den Rücken und spielte mit meinen Haaren.

»Ich auch! Wohnst du bei deiner Mutter oder deinem Vater?«

»Bei beiden. Mal hier, mal da. Winterhude oder Blankenese. Du hast die Wahl ...«

Ich versuchte, meine Haare ein bisschen zu glätten, und schaute ihn dabei nicht an. Ja, das würde Max und mir dann wohl auch bevorstehen ...

Ich fand eine eingepackte Zahnbürste für Frans in Omas Badezimmerschränkchen und nachdem ich mich selbst ein bisschen frisch gemacht hatte, stand ich in der Küche und sah den beiden Jungs zu, wie sie den Tisch deckten. »Du darfst nichts machen, Ava, Frans und ich erledigen das schon!«

Ich trat ans Fenster. »Da kommt ein Taxi!«, sagte ich. »Komisch. Es hält vor dem Kino, nicht vor der Haustür!«

»Zeig her, wer ist das?«, rief Max. Zu dritt sahen wir, wie sich die Wagentüren öffneten und Oma und Heinrich rechts und links aus dem Wagen stiegen. Arm in Arm erklommen sie die drei Treppenstufen zum *Titania Palast*.

»Booah, geht das langsam«, sagte Max. »Einer mit Krücke und einer mit Gips! Also Oma.«

»Aber sie passen zusammen. Guck sie dir an!« Frans stand hinter mir und drückte mich bei diesen Worten an sich. Ich genoss seine Berührung, doch dann zuckte ich unwillkürlich zusammen: »*Fuck*, da kommt auch Papas Auto.«

»Wieso *fuck?*«, fragte Max treuherzig und schaute mit großen Augen zu mir hoch. »Papa hat doch erlaubt, dass Frans hier ist, oder? Und guck mal, er hat Mama mitgebracht.«

»Okay, Kaffee und Kakao und Frühstück gibt's später«, sagte ich schnell, denn unser Auto hielt direkt vor der Haustür. »Sehen wir doch erst mal nach, was Oma da unten im Kino macht. Komm, Max!« Ich hatte keine Lust auf eine grässliche Wiedersehensszene mit den beiden hier in der Wohnung. Auf einen schweigsamen, tief verletzten Papa und eine Mama mit Engelslocken über ihrem entschlossenen, abweisenden Anwaltsgesicht konnte ich noch ein paar Minuten verzichten.

Wir trappelten die Treppe hinunter und fanden Oma und Heinrich in der Lobby. »Es wird fantastisch, Luise!«

»Das kannst du wohl laut sagen, Heinrich!«

Oma schmiegte sich an den großen Mann, er mit der Krücke rechts, sie mit dem Gipsarm links. Es folgte ein großes Hallo und wir umarmten uns mit halb verlegenem, halb belustigtem Lachen, als hätten wir uns seit dreißig Tagen nicht gesehen, während Max uns wie ein Satellit umkreiste. »Na, macht ihr schon Pläne für den *Palast?*« Frans grinste, als ob er das alles längst vorausgesehen hatte.

»Du warst gar nicht zu Hause, oder?«, fragte sein Großvater statt einer Antwort.

»Na, du ja aber auch nicht, Oma!«, sagte ich, während nun auch Frans den Arm um mich legte. Wir lachten wie bei einem Happy End einer Vorabendserie, nur schöner. Echter.

»Seit ihr jetzt alle Verliebte?«, fragte Max und guckte von einem zum anderen. Wir nickten und lachten lauter, was ihn dazu veranlasste, seine Hände auf den Kopf zu legen und zur offenen Eingangstür zu rennen. »Oh nee, das ist ja ekelig. Und da kommen Mama und Papa, die sind ja *auch* Verliebte!«

Wohl kaum, dachte ich automatisch und starrte auf den fleckigen schwarzen Teppichboden unter meinen Schuhen, die sich plötzlich total schwer, wie aus Eisen, anfühlten.

»Schau mal, Luise, diesen Bereich können wir locker für Dianas Salon einplanen«, hörte ich Heinrich sagen. »Die sanitären Anlagen werden komplett erneuert und die Theke nach links verschoben, so, wie ich es dir aufgezeichnet habe.«

»Heinrich hat die Sanierung des *Titania Palastes* schon vor Augen. Ava, *min Deern,* das wird *wunnerbaar!*«

Und obwohl meine Füße so schwer waren, musste ich hinüber zu Oma springen und sie umarmen. »Wirklich? Alles neu? Oh, ich freue mich so!«

»Gelder sind vorhanden«, sagte Heinrich, der meinen etwas skeptischen Blick bemerkt haben musste.

»Und du hast ein großartiges Auge dafür, Heinrich! Sprich doch gleich mal mit meinem Schwiegersohn, dem Architekten, der da gerade zur Tür reinkommt. Und kennst du eigentlich schon Marlene, meine Tochter?«

»Guten Morgen!«, kam es von der Tür. »Was macht ihr denn alle hier?«

Okay, es war so weit, ich musste den Tatsachen ins Auge sehen. Beinahe wäre ich allerdings mit offenem Mund vornübergekippt. Da kamen sie hinein, mein Vater und meine Mutter, und zwar Hand in Hand! Was war passiert? Was hatte Mama Papa erzählt? Konnte sie so gut lügen, dass er ihr nicht nur verziehen hatte, sondern sogar verliebter in sie war als vor den Ferien?

»Welch eine Versammlung!« Papa grinste in die Runde, umarmte Oma vorsichtig und gab Heinrich Matthiessen die Hand. »Familie und Freunde vereint, wie schön!«

»Angenehm, Matthiessen.« Der Opa von Frans ließ Papas Hand gar nicht wieder los. »Wir müssen uns bald mal zusammensetzen!«

»Aber natürlich. Ich frage mich sowieso, warum man mich nicht gleich in die Problematik einbezogen hat. Schließlich bin ich Architekt!«

»Der in seinem Büro nun endlich auch etwas wiederfindet!«, meldete sich Mama.

»Der *immer noch* alles wiederfindet!« Papa umarmte sie zärtlich. »Stellt euch vor, was diese unverschämte Frau hinter meinem Rücken getan hat!«

Ja? Was? Das würde mich schwer interessieren!

»Sie hat Handwerker organisiert und mein Studio auf den Kopf gestellt, hat Wände streichen lassen und neue Regale aufgebaut ...«

»Du musst zugeben, die dabei entstandene Ordnung gefällt dir auch!« Mama strahlte ihn an.

»Du hattest seit Jahren Hausverbot da oben und nutzt meine Abwesenheit schmählich für dich aus, um mir dein System aufzudrücken!«

»Ach, mein liebster Jannemann, diese Chance konnte ich nicht verstreichen lassen!«

»Hört ihr, alles ohne mir einen Ton zu sagen!« Er küsste sie auf den Mund.

Ich sah Frans an, aber nicht, weil meine Eltern mir peinlich waren, dazu war ich viel zu erleichtert. Deswegen war Mama dauernd in Hamburg gewesen! Mithilfe von diesem Sven hatte sie in Papas chaotischem Arbeitsbereich klar Schiff gemacht. Ich schämte mich ein bisschen, weil ich sie sofort verdächtigt und verurteilt hatte. Alles, ihre Abende in Hamburg und auch ihre Sätze am Telefon, von denen ich jeden einzelnen noch genau im Kopf hatte, gaben jetzt einen anderen Sinn! »Das hätten wir vor Jahren schon machen sollen«, »Hast du alle Spuren beseitigt und alles wieder so …?«, »Nur falls er …«

Es war um Renovierung gegangen und nicht ums Fremdgehen.

»Bin ich froh!«, flüsterte ich Frans zu. »Das mit dem *Palast* ist obergenial, aber das mit meinen Eltern auch!«

»Ich freue mich auch für dich«, tuschelte er in mein Ohr. »Eltern, die sich lieben, sind mit das Beste, was einem passieren kann.«

Ich nickte, aber irgendwie merkte ich, dass ich Mama immer noch ein bisschen böse war, weil sie den *Palast* hatte verkaufen wollen. »Und was machen wir jetzt«, fragte ich in die Runde. »Müssen wir echt noch mal nach Schweden oder bleiben wir hier und fangen sofort mit Heinrichs Superplänen an?«

»Wir gehen in Omas Wohnung und jeder darf so viele Toasts mit Nutella essen, wie er will!«, rief Max.

»Überredet«, sagte Papa. »Ein Kaffee wäre jetzt klasse. Und dann feiern wir die Auferstehung dieser Filmruine.«

»Ein Film mit Happy End, oder?«, sagte Frans hinter mir auf der Treppe.

»Für mich okay! Ich mag solche Filme ja.«

»Nur einer ist auf der Strecke geblieben.«

Ich schwieg, ich wollte jetzt an niemand anderen denken als an Frans. Dennoch war der Satz wie eine kleine, versteckte Nadel in einem Kleidungsstück, die in meine Haut pikste. War Horst wirklich auf der Strecke geblieben, wie Frans es nannte?

Doch ich vergaß ihn gleich wieder, denn als wir oben in der

Küche ankamen, redeten alle durcheinander und wir übertönten uns gegenseitig, um uns Gehör zu verschaffen. Mama fragte Max aus und knuddelte ihn andauernd, was er nicht mochte, Oma rief nach einem Kaffee für ihren Gast, Frans versuchte, seinen Opa auszufragen, und ich, den Frühstückstisch zu Ende zu decken, bis Papa lautstark vorschlug, zurück nach Schweden zu fahren. Plötzlich wurde es still und alle hörten ihm zu. »Der *Titania Palast* rennt uns ja nicht davon«, sagte er. »Unsere Hütte ist noch zwei Wochen frei, bevor Frida und Kalle kommen. Es wäre doch reine Verschwendung, die Zeit nicht dort oben bei herrlicher Wärme inmitten von Preiselbeeren zu verbringen und auf die unfassbar langen Abende auf dem Steg am See zu verzichten!«

»Zeit für Zweisamkeit!«, wisperte Frans in mein Ohr und sofort sammelte sich ein Kichern in meiner Brust und war schon kurz davor auszubrechen, aber dann sah ich ihn verzweifelt an. Nein, jetzt bloß nicht nach Schweden! Ich drehte ein Glas von Omas Kirschmarmelade in den Händen. Bei ihm wollte ich sein, nur bei ihm!! Klar, es war toll in den schwedischen Wäldern und für die nächsten zwei Wochen war im Alten Land nur Regen und Temperaturen um die 17 Grad angesagt, aber das kümmerte mich nicht.

Ich sah, wie Mama uns mit ernstem Gesichtsausdruck beobachtete, *mich* beobachtete. Ja, dachte ich und guckte ihr einen Moment lang in die Augen, ich bin verliebt! Und zwar in ihn hier, den tollsten Jungen *ever*, und wenn du was dagegen hast, dann ist mir das auch egal, denn ich will hierbleiben, bei ihm und …

Sie hielt meinem Blick stand. »Ava sieht nicht so begeistert aus«, sagte sie im nächsten Moment.

»Und ich glaube, ich weiß, woran das liegt.« Jetzt endlich lächelte sie mich an und wurde Sekunden später wieder zu meiner geliebten Mama, denn sie fragte Frans einfach, ob er nicht mitkommen wollte! Wie fantastisch war das denn?!

»Es sei denn, du brauchst Wellen und ein Surfbrett, das kannst du bei uns am See vergessen.«

Frans schüttelte den Kopf. »Brauche ich nicht! Ich brauche nur Ava!«

»Meinst du wirklich, Marlene?«, mischte sich Papa nun ein. »So viel Platz ist in dem Häuschen dort ja nun auch nicht …« Mensch, Papa!

»Na, warum denn nicht?«, erwiderte Mama und nun war es wirklich mucksmäuschenstill. »Wenn eine Person hier eine Belohnung verdient hat, dann unsere Tochter! Sie hat echt hart gearbeitet, sie hat Verantwortung übernommen und wirklich alles getan, um den *Palast* zu retten!« Mama räusperte sich und ihre Stimme klang etwas belegt. »Sie ist im Regen mit dem Rad gefahren, um Zettel aufzuhängen, sie hat Tonnen von Broten geschmiert, hat wenig geschlafen, aber viel geputzt, Wände gestrichen, Ideen für die Werbung ausgebrütet und Geld von ihrem Taschengeld vorgestreckt!«

Ich schüttelte den Kopf. Woher wusste sie das mit dem Geld? Mama zog die Augenbrauen hoch und machte eine Kopfbewegung in Richtung Tisch. Hat Oma mir erzählt, sollte das heißen.

»Sie hat ihre Freunde zum Arbeiten eingeteilt und ist immer total freundlich geblieben …« O Gott, die Truppe von Horst, dachte ich.

»Sie hat ein Auge auf die Einnahmen gehabt und gut darauf aufgepasst, sie hat tanzen gelernt und ihre Angst vor der Bühne überwunden.«

Ich nickte, davor hatte ich wirklich Schiss gehabt …

»Sie hat gekämpft, um das Kino am Leben zu halten«, fuhr Mama fort und sah jetzt wirklich so aus, als ob ihr gleich die

Tränen kämen, ihre Stimme war jedenfalls kaum mehr da, und auch Oma schniefte ein bisschen. »Es war ein ziemlich aussichtsloser Kampf, den sie dennoch geführt hat! Und dafür bewundere ich sie!«

Alle fingen an zu klatschen, verdammt, ich freute mich, wusste aber nicht, wohin ich gucken sollte.

Mama tupfte an ihren Augen herum. »Natürlich konnte sie noch nichts von unserem überraschenden Familienzuwachs ahnen …«

»… dem *wunnerbaaren* Heinrich Matthiessen!«, beendete Oma den Satz. Wir alle schauten auf ihre gesunde Hand, die auf dem Tisch lag und von seiner viel größeren Männerhand gehalten wurde. Wieder klatschten alle, diesmal auch ich, und vielleicht wäre es bei einem anderen Mann peinlich gewesen, denn jeder von uns wusste, dass der *Titania Palast* nur mit seinen Millionen gerettet werden konnte. Aber das da war echt, die beiden hatten sich gefunden!

»Meine Güte, Ava, ich bin beeindruckt! Dann kann dein Frans … na ja, meinetwegen mitkommen.«

»Yesss!«, rief Max und jubelte. Papa druckste noch ein bisschen rum, wie komisch war das denn? Aber Väter waren wohl so, wenn es um den ersten Freund ihrer Tochter ging. »Aber er schläft im Zelt und nicht in deinem Zimmer!«

Pff, dass würden wir ja noch sehen. Ich sprang auf und umarmte Mama und dann Papa und Max und Oma und auch den *wunnerbaaren* Heinrich Matthiessen und zum Schluss, ganz lange, Frans!

26

Ein Jahr später

Was soll ich bloß anziehen? Ich habe alles Mögliche in meine Reisetasche gestopft, mich aber noch nicht entschieden. Ich werde mich erst in Omas Wohnung umziehen. Gepunktetes Kleid und Petticoat? Frans findet es immer super, wenn ich im Fünfzigerjahre-Look unterwegs bin. Ich habe mir im letzten Sommer von Oma alles mitnehmen dürfen, was in den großen alten Koffer von ihr hineinpasste.

Sie wohnt mittlerweile mehr bei Heinrich als im *Titania Palast,* weil sie den Lärm der Baustelle nicht aushält, zu der das Kino seit einem Jahr geworden ist. Dennoch will sie nicht ganz zu ihm ziehen. »Meine Freiheit ist mir heilig!«, sagt sie ab und zu. Oder: »Ich muss doch schauen, dass dort alles richtig gemacht wird.«

Heinrich schmunzelt dann nur und antwortet jedes Mal: »Wir haben doch einen sehr fähigen Bauleiter, Luischen! Und einen großartigen Architekten!«

Mit dem Architekten ist natürlich Papa gemeint. Oma setzt ihren Kopf trotzdem durch, aber Heinrich stört das nicht. Sein *Luischen* kann bei ihm nichts falsch machen, er vergöttert es und behandelt es nachsichtig wie ein Kätzchen, das eben manchmal ein paar Vorhänge zerreißt, dem man aber nicht böse sein kann.

Ich habe Papa im vergangenen Jahr nicht allzu oft begleitet, nur zweimal, glaube ich. Ich war total neugierig gewesen, doch es war kein schönes Gefühl, durch den entkernten *Titania Palast* zu gehen. Ja, wirklich, Papa hat ihn entkernen und aushöhlen lassen wie eine Melone. Nur die Außenwände standen noch und einige wenige innen drin. Sie machten auch irgendwas an den Grundmauern, damit es in Zukunft keine Risse mehr in den Wänden gab. Und dann der Große Saal ohne Sessel! Ich konnte es kaum ertragen, auf der abschüssigen Fläche entlangzulaufen – wenigstens die alte Bühne sollte wieder vor die Leinwand zurück, die natürlich auch erneuert wurde. Der vergilbte Stoff war von den Wänden gerissen worden und den Teppich im Foyer gab es nicht mehr. Na gut, um den war es ja nun wirklich nicht schade ... aber das ungute Gefühl in mir blieb.

Beim zweiten Mal waren noch immer viele blanke Rohre zu sehen und dicke Bündel von Stromleitungen und überall roch es scharf nach Lösungsmitteln. Die Böden waren mit Planen abgedeckt oder zementverschmiert und die neuen Fensterrahmen waren mit gelbem Schaum verziert und sahen aus, als ob sie nicht passten – wie zu große, zu weiße Zähne in einem Gebiss. Ich wollte das alles nicht sehen, es sah einfach furchtbar aus.

Und nun sind wir auf dem Weg zur großen Einweihungs- und Premierenparty! Ich bin so aufgeregt und kribbelig wie schon lange nicht mehr. Frans ist schon seit gestern in Bierbeek, ihn werde ich erst dort treffen. Er soll mit der Band Musik machen und wollte Heinrich vorher noch ein bisschen helfen. Wie es mit Frans läuft? Richtig super! Wir sind im vergangenen Jahr sehr oft zusammen gewesen, haben für die Schule gelernt, stundenlang im Bett gelegen und geredet (nicht nur ...) und gefeiert. Ja, ich gehe jetzt auf Partys! Auf einmal werde ich überall eingeladen. Jana und Elena finden ihn natürlich auch mega! Ich habe seine Freunde (sehr cool) und seine Eltern (etwas schwierig, alle beide) getroffen. Am Wochenende übernachten wir meistens bei mir, es sei denn, seine Mutter oder sein Vater bestehen darauf, ihren Sohn zu sehen. Langweilig ist es bei uns also nie!

»Da vorne isses!«, ruft Max. *»Lichtspielhaus!«* Das große, altmodische Schild am Straßenrand weist uns den Weg. Dahinter ebenso groß: *Diana's Cut – Friseursalon.* Und ein kleineres: *Hier Blumen pflücken!* Endlich sind wir da. Der Parkplatz ist mit feinem Kies bedeckt und viel kleiner als früher, denn ein großer Teil davon ist zu einem Blumenfeld geworden. Ein Blütenmeer, das wohl Heinrichs Werk ist, mit Dahlien und Margeriten und tausend anderen Sorten, die ich nicht kenne. Dort kann man sich seine Sträuße selbst pflücken und zusammenstellen. Das Geld dafür legt man dann einfach in einem Häuschen in eine Kasse. Laut Oma klappt es *wunnerbaar,* die Touristen finden das Blumenpflücken prima und es sieht auch noch schön aus.

»Wow, der Palast ist echt cool von außen, Papa«, sage ich und spähe von hinten durch die Windschutzscheibe, um besser sehen zu können.

Die Ziegelsteine sind sandgestrahlt worden, unter dem gräulichen Schwarz ist wieder ihre ursprüngliche Farbe hervorgekommen, das Wohnhaus hat nun einen einheitlichen Anstrich, ein warmes Backsteinrotbraun, und ein paar weiße Flächen gibt es auch, sodass sich der *Filmpalast* wie ein überdimensionaler Zimtkuchen mit Zuckerguss präsentiert.

»Wartet, bis ihr es drinnen seht! Wisst ihr, es macht einfach Spaß, umzubauen und neu zu entwerfen, wenn genug Geld da ist und die Bauherrin es mit vollen Händen ausgeben darf.«

Ich grinse. Oma ist bestimmt eine anstrengende Bauherrin gewesen …

»Hat das viel gekostet? Ist Oma jetzt arm?«, will Max wissen. Ja, das frage ich mich auch gerade und ich versuche, Papas Augen im Rückspiegel zu erwischen.

»Na, reich war sie noch nie«, sagt Mama und schnallt sich ab.

»Keine Angst, Heinrich hat mir Einblick in seine Finanzen gewährt.« Papa stellt den Motor ab und wir steigen aus. »Auch nach der Sanierung hat er noch genug. Sein Vater hat damals in den Zwanzigerjahren als Inhaber einer Hamburger Reederei mit Schiffsanleihen richtig viel Geld gemacht. Das heißt, Heinrich konnte sich als Künstler und Regisseur austoben, hat das Vermögen aber auch noch vermehrt.«

»Und den reichen Macker hat Oma jetzt als Freund!« Max rennt einmal um unser Auto herum.

»Tja, wer hätte das gedacht?«, fragt Mama, während Papa ihr mit ihren hohen Schuhen galant aus dem Wagen hilft.

»Sag nichts gegen Heinrich!«, verteidige ich den Großvater von Frans. »Der ist superlieb und hat total interessante Sachen gemacht!«

»Ja, er ist wirklich ein toller Mensch! Aber man muss sagen, nur seine unverhoffte Liebe hat Luise gerettet!« Mama sieht sehr schick aus in ihrem roten Kleid und den hohen Schuhen, mit denen sie jetzt durch den Kies stakst. »Nicht dass meine Mutter ihn nicht auch liebt! Ihr wisst alle, wie viele Macken sie hat, aber berechnend ist sie nicht!«

»Für Geld – macht Oma *gar* nichts …«, sage ich. »Wenn er ihr nicht gefallen hätte, hätte sie ihn mitsamt Geld davongejagt, die Flinte im Anschlag …«

Wir lachen, als wir jetzt in einer Reihe auf den Eingang des *Palastes* zugehen. *Heute Wiedereröffnung!* prangt in großen Lettern über dem Eingang. Ein großer Lieferwagen von Schmitz Catering steht davor. Der Neonschriftzug *Titania Palast* ist geblieben, doch nun hängt auch noch ein alter vergoldeter Schaukasten darunter und zeigt, welche Filme ab morgen gespielt werden.

»Ey, hier gibt's sogar *Zoomania 3*«, ruft Max. »Und *Star Wars!* Und dann noch so Zeug in Schwarz-Weiß.«

»Woher kommt der Schaukasten, Papa?«, frage ich. »Der sieht super aus!«

»Der hing wirklich früher da, auf alten Fotos kann man ihn sehen. Wir haben ihn in der Scheune gefunden. Überhaupt haben wir so einiges in der Scheune gefunden …«

»Oh, richtig, die Scheune! Auch das alte Motorrad von Opa?« Ich muss an meine ersten Fahrversuche denken. Mein Gott, ist das lange her!

»Na klar, das steht da immer noch. Aber das gehört ja dir.«

»Mir?!« Ich bleibe wie vom Schlag getroffen stehen.

»Luise hat gesagt, sie vererbt es dir …«

»Wow, wie geil ist das denn!« Ich mache einen Luftsprung.

»… wenn du achtzehn bist, aber mal langsam, darüber reden wir noch!«

»Wieso reden? Klar werde ich damit fahren, sobald ich einen Führerschein habe! Oder, Mama?« Ich schaue mich nach Mama um, die sich mit ihren Absätzen endlich auf die glatten Treppenstufen gerettet hat. Als Kind ist sie zwischen ihren Eltern auf der alten Maschine herumgefahren, sie wird mir recht geben. Und richtig, sie blinzelt mir zu!

»Und was kriege ich?«, ruft Max.

»Nichts«, sage ich und strubbel ihm über seine blonden Locken. Kleine Brüder warten ja nur darauf, geärgert zu werden, man darf sie nicht dauernd enttäuschen.

»Das Schild von Dianas Salon passt ausgezeichnet an die Fassade, als ob es schon immer dort gehangen hat!«, sagt Mama bewundernd.

»Was soll das eigentlich heißen, *Diana's Kutt?«*, fragt Max.

»Das spricht man *katt* aus, wie ›schneiden‹ auf Englisch. Es gibt Filme, die vom Regisseur höchstpersönlich noch einmal geschnitten wurden, meistens sind sie länger als die normale Version, weil Regisseure ja immer besonders lieben, was sie gedreht haben, und nichts wegschneiden wollen.« Mama greift nach der Hand meines Vaters.

»Das heißt dann auf Englisch *director's cut*«, erkläre ich meinem kleinen Bruder weiter. »Na, verstanden? *Diana's Cut* ist ein Wortspiel.«

Er grinst nur und stemmt die Tür auf. »Klar! Ich kann schon Englisch!«

Von drinnen hören wir jetzt Schlagzeugstöcke aneinanderschlagen: *»One, two, three, four!«* Ein Trommelwirbel setzt ein, aber keine Musik. Ich renne hinein. Mikrofone und Instrumente sind links im Foyer aufgebaut, aber nur eine Person hockt hinter dem Schlagzeug. Frans! Ich fliege auf ihn zu und auch er steht sofort auf, um mich in die Arme zu nehmen, so sehr haben wir uns nach zwei Tagen Getrenntsein vermisst.

Erst dann schaue ich mich um. Wie sieht es hier denn aus?! Kein Teppichboden mehr unter meinen Füßen! Stattdessen schimmern dort dunkle Steinfliesen, die Theke dagegen in einem satten Rot. In den Ecken stehen Tischchen und Stühle aus den Fünfzigerjahren, mit ihren gewölbten Rückenlehnen. Mehrere weiß gedeckte Tische mit Häppchen und Getränken von Schmitz Catering finden auch noch ihren Platz. An den Wänden hängen goldene Schaukästen, in denen alte Filmplakate dezent beleuchtet werden. Überhaupt das Licht! Es gibt Strahler an den Wänden und an der Decke, die den Raum zusammen mit den alten Hängeleuchten in etwas Festliches verwandeln.

»Es ist der Hammer!«, kann ich nur flüstern. »Die Lobby ist ganz verändert, auch durch Dianas Salon! Der sieht hier drinnen so cool aus!« Für den Friseursalon hat mein Vater ungefähr ein Drittel des Foyers abgezweigt und noch immer ist es mehr als großzügig.

»Moin, Moin. Ist das nicht super?« Da ist Diana auch schon,

ihr pink gefärbtes Haar glänzt unter den Strahlern, als sie mich umarmt. »Heinrich wollte ein bisschen mehr Leben in den Palast bringen. Junge Leute, ältere Leute, wir brauchen hier dringend ein buntes Gemisch, sagte er. Deswegen hat er die Scheune ja auch sofort zum Proberaum für die *Triple B's* umgebaut.«

»Proberaum? Scheune? Echt, das wusste ich noch gar nicht.«

»Luischen findet es herrlich, sie zu bemuttern, und was meinst du, wie glücklich die Jungs sind«, sagt Frans und schüttelt den Kopf. »Unfassbar! Da steht immer ein selbst gebackener Kuchen, wenn sie kommen. Und das Flensburger kriegen sie zum Einkaufspreis …«

»Und das mit dem Salon funktioniert!« Diana lächelt. »Die gesamte Band war schon da, Jungs gehen ja heute alle drei Wochen zum Friseur … und die Kunden rennen mir die Bude ein, ich habe eine lange Warteliste, noch bevor ich überhaupt eröffnet habe.«

Nach einem kurzen Blick in Dianas neues Reich (natürlich alles aus den Fünfzigern) will ich unbedingt den Großen Saal sehen. Hand in Hand gehe ich mit Frans hinein. Und dann vergesse ich wirklich einen Augenblick lang zu atmen, so schön ist es geworden! Die Wandbespannung ist wieder orange, doch der neue Stoff leuchtet mit dem samtenen Rot des Vorhangs vor der Leinwand um die Wette. Die altmodischen tütenförmigen Wandlampen brennen alle und am dunklen Deckengewölbe sind kleine Strahler eingelassen, die von oben herunterblinken wie Sterne.

»Willst du die Sitze mal testen, die sind echt megabequem!« Frans zieht mich leicht an der Hand. »In welcher Reihe haben wir beim ersten Mal gesessen?« Gemeinsam schauen wir über die neue dunkelrote Bestuhlung.

»Bei unserem ersten Mal? Da haben wir *gelegen*, meines Wissens …« Ich lache. Mein erstes Mal werde ich immer mit einer Luftmatratze, einer blauen Zeltwand und einer lauen schwedischen Sommernacht verbinden. Und absolutem Verliebtsein, vielen Küssen, weicher Haut auf meiner …

»Sag so was nicht, sonst sehe ich gewisse Bilder in meinem Kopf und will … na, du weißt schon …«, murmelt er hastig, denn meine Eltern kommen herein, gefolgt von Max, gefolgt von Oma und Heinrich. Andächtig stehen wir ein paar Sekunden zusammen, bevor alle gleichzeitig anfangen, sich zu begrüßen und zu reden.

»In zwei Stunden geht es los. Wie viele Leute werden erwartet?«, fragt Mama.

»Viele! Es ist mehrfach groß in der Zeitung gewesen«, antwortet Oma. Sie trägt keinen Gips mehr und sieht einfach großartig aus in ihrem lindgrünen Kostüm. »Hach! Das ist eine solche Genugtuung, *Kinners!* Endlich wird sich der Bürgermeister von Kloppenbostel einmal herbequemen und eine Rede halten und der *Rock-'n'-Roll-Club Hamburg* wird erst vorne im Foyer und dann später auch noch mal auf der Bühne tanzen!«

Die gute alte Bühne ist tatsächlich wieder vor der Leinwand aufgebaut worden. »Und wem verdanke ich das? *Min Jung!«*, sagt sie und lächelte Heinrich verliebt an. Sie nennt ihn »meinen Jungen«, das finde ich süß.

»Es ist toll, dass du alles so schön alt gelassen hast«, sage ich zu meinem Vater, während wir zu zweit auf die Leinwand zugehen.

»Ja, auch den Steinboden im Foyer, der da unter dem Teppich zutage kam, haben wir wieder aufbereitet. Und die alten Wandlampen und Schaukästen wieder aufgehängt. Heinrich hat da beinahe mehr Wert drauf gelegt als Luise.«

»Er ist ein cooler Typ, oder?«, frage ich leise.

»Finde ich auch. Er hat in seinem Leben ja schon alles Mögliche gemacht, aber als Theaterregisseur hat er seine Stücke damals immer ganz besonders fantasievoll ausstatten lassen.«

»Das sieht man. Aber obwohl es jetzt alles so toll und modern und trotzdem alt ist – glaubst du, dass Oma das Kino immer voll bekommt?« Ich schaue Papa zweifelnd an.

»Muss sie ja nicht. Das ist ja das Schöne!« Er dreht sich um und breitet die Arme aus. »Der ganze Laden könnte jahrelang auch ohne einen einzigen Zuschauer Filme zeigen, Privatvorstellung, nur für die beiden. Auch das könnten sie finanzieren. Aber Heinrich hat große Pläne. Es wird Eventnachmittage geben und Themenwochen und er wird spezielle Filmabende organisieren, damit Luise ihre alten Schätzchen zeigen kann.«

Ah, nach den alten Schätzchen, die da noch in Omas Keller lagen, habe ich ihn die ganze Zeit schon fragen wollen.

»Das heißt, oben gibt es noch die beiden alten Projektoren?« Ich schaue hoch und sehe tatsächlich die vier rechteckigen Löcher in der Wand des Vorführraums, die von den gefältelten Stoffbahnen ausgespart werden. »Oder wenigstens einen?«

»Nein. Wir haben uns dagegen entschieden.«

»Was?! Wer, wir? Oma doch nicht!« Ich rufe so laut, dass die anderen auf mich aufmerksam werden und sich uns zuwenden. »Also, ich dachte …«, stottere ich. »Ich dachte, du würdest auch in Zukunft unbedingt die alten Schwarz-Weiß-Filme zeigen wollen, Oma?« Ich funkele sie an. Was wird denn sonst aus *ihm?*, fragen meine Augen und ich sehe, dass sie weiß, wen ich meine.

»Nun ja«, sagt sie. »Das mit den alten Rollen … das ist doch schon recht umständlich. So schwer und klobig, das schaffe ich bald nicht mehr auf meine alten Tage. Und Heinrich hat mir gezeigt, wie bequem so ein neues Abspielgerät ist. Du stellst es ein, zack, zack, zack, drei Knöpfe am Computerdings, und die Schärfe verstellt sich nicht mehr und du gehst Kaffee trinken!«

»Außerdem ist die digitale Qualität natürlich sensationell im Vergleich zu den alten Projektoren«, setzt Heinrich hinzu und fährt fort, als er mein entsetztes Gesicht sieht: »Wir haben es uns nicht leicht gemacht, Ava. Die meisten Filme aus dem Keller sind mit den Jahren leider kaputtgegangen, vor allen Dingen, weil sie nicht optimal gelagert wurden. Und die Nitrofilme haben wir von einer Spezialfirma entsorgen lassen. Die haben die Hände über dem Kopf zusammengeschlagen, als sie Omas Keller sahen …«

»Ja, aber… und *Der Herzensbrecher?«*

»Den zeigen wir doch heute Abend als Erstes!« Oma strahlt und legt ihren Kopf an Heinrichs Brust und umarmt ihn. Sie sieht aus wie ein Kind, das einen großen Baumstamm umschlingen will.

»Aber wie, ohne Projektor …?«

»Ich habe den Film für deine Großmutter digitalisieren lassen. Jetzt kann ihm nichts mehr passieren!«

»Ja.« Oma lächelt ihren Heinrich an. »Komm, *min Jung«*, sagt sie dann. »Die Leute vom Catering wollen, dass wir das Buffet abnehmen, da müssen wir hin. Bis gleich, Ava.«

»Aber hast du es kontrolliert, Oma?«, rufe ich. »Also, ich meine, ist der Film genauso … außergewöhnlich wie der alte? Mit den Figuren und so?«

»Er ist heller und hat weniger Kratzer, wenn du das meinst. Und das mit den Figuren … nein, leider nicht. *Leidergotts* gar nicht.«

Sie lässt mich mit offenem Mund stehen und auch meine Eltern gehen hinaus. Was war das denn jetzt? Meine Beine werden ganz zittrig. Das kann sie doch nicht ernst meinen!

27

Ich lasse mich in einen der Sessel fallen. Ja, mein Gott, sie sind wirklich superbequem, aber Oma hat mir soeben gestanden, dass sie Horst in die Tonne gehauen hat. Sie hat ihn für immer eingesperrt und damit getötet! Ich werde ihn nie mehr wiedersehen!

Frans, der mit Max durch die neuen breiten Sitzreihen getobt ist, kommt auf mich zu. »Worum ging's?«

Ich beeile mich, nicht ganz so verdattert auszusehen. »Um … na ja, um Horst. Sorry, aber ich dachte echt, sie hätte ihn, wie soll ich das sagen …? Behalten.«

Natürlich habe ich gehofft, ihm heute hier zu begegnen. Ich hatte mich das ganze Jahr darauf gefreut, merke ich plötzlich, doch das sage ich Frans nicht. Er hat sich Horst gegenüber so toll verhalten, so null eifersüchtig, es wäre dumm, ihn ein Jahr später auf unnütze Gedanken zu bringen. Ich bin und will mit *Frans* zusammen sein, nicht mit Horst. Dennoch vermisse ich diesen komischen Typ aus den Fünfzigern mit seiner Haartolle und der Lederjacke … *Strange* und manchmal nervig. Wie man einen Freund eben vermisst!

Ich laufe nach oben in Omas Wohnung und ziehe mich um, Petticoat, weißes Kleid mit dunklen Punkten, und dann schauen wir uns auch noch den Rest des *Palastes* an. Den Vorführraum mit seinem Minivorführgerät, das aussieht wie ein schwarzer Tintenstrahldrucker und auch genau so groß ist, die neuen, schicken Toiletten mit verspiegelten Wänden und Schalen mit getrockneten Rosenblüten und die neue Ecke, die durch den Einbau des Friseursalons rechts vor dem Großen Saal entstanden ist. Hier gibt es einen Teppich, ein altes

Plüschsofa, eine Stehlampe und noch ein paar der lederbezogenen Stühle, die auch vorne im Foyer herumstehen.

»Wie ein echtes Wohnzimmer! Wer hat sich das denn einfallen lassen?«

»Und was ist das da?« Frans zeigt auf ein rotes Tuch, mit dem ein zylinderförmiges, ziemlich großes Etwas abgedeckt ist. »Keine Ahnung, vielleicht eine verkleinerte Litfaßsäule, die sie mit Plakaten beklebt haben? Kann sein, dass Oma die gleich noch einweihen wird.«

Ich zupfe an dem Stoff, doch bevor ich darunterspähen kann, tönt der Gong warm und dezent durch die Vorhalle. Bing! Bang! Bong! Die Cateringleute binden sich weiße, bodenlange Schürzen um und stellen sich hinter den Tischen auf.

»Weißt du noch, unsere selbst geschmierten Schmalzbrote?«, wispere ich Frans zu. »Und das Chaos drum herum?«

»War krass, der Abend!« Er grinst. »Und dort oben auf der Treppe, die Gott sei Dank immer noch so schön altmodisch wie vorher aussieht, wollte ich dich echt küssen.«

»Hast du aber nicht. Warum eigentlich?«

»Du warst so stark, so witzig und selbstbewusst. Ich habe zwar einen auf cool gemacht, mich aber nicht getraut.«

»Und heute?«

»Heute bist du immer noch stark und witzig und selbstbewusst, aber nun traue ich mich!« Er küsst mich kurz auf den Mund, denn im nächsten Moment kommen die Mitglieder der *Triple B's* und die ersten Gäste herein. Die Typen vom Catering tragen Tabletts voller Sektgläser nach draußen und wir greifen im Vorbeigehen zu. Der Dreiergong geht noch einmal und alle werden wieder hinaus vor den Eingang geschickt. Oma zerschneidet das rote Band, das jemand vor die Tür gespannt hat, mit ihrer schweren Schneiderschere und hält eine kleine, sehr bewegte Rede über alte Zeiten und ihr neues Glück in Form von Heinrich Matthiessen, der sich nur schweigend verbeugt. Wir applaudieren. Der Bürgermeister labert endlos über die Landschaft und die Elbe und Kloppenbostels Aufgabe in der Kulturpolitik, bis Oma ihm auf die Schulter klopft und sagt: *»Is' man gut,* Hinnerk, hast jetzt genug erzählt, *din Vadder* war auch so *ne olle Sabbelsnut.«*

Sabbelschnute … Ich grinse über Omas Worte, die Menge applaudiert dankbar und drängt herein, Frans setzt sich hinter das Schlagzeug und die *Triple B's* spielen *Good Golly, Miss Molly,* während zehn Tanzpaare vom *Rock-'n'-Roll-Club Hamburg* mächtig mit komplizierten Figuren angeben. Sie sehen gut aus, obwohl die Kostüme übertrieben bunt sind.

So was hatte damals niemand an, denke ich trotzig, und das ist ja nicht Tanzen, sondern eher Akrobatik, mit der sie sich da gegenseitig durch die Luft werfen. Horst erscheint vor meinen Augen. Hey, wir waren auch gut, dadrinnen im Saal auf der Bühne, wir haben die Massen bei Laune gehalten! Ja, das stimmt, sage ich mir, gleich wieder besser gelaunt.

Doch als ich endlich neben Frans und Max in einer der vorderen Reihen sitze und das Licht nach dem dritten melodischen Gong langsam ausgeht, kriecht die Nervosität in mir hoch. Oma sagt aus dem Vorführraum den Film an. *Der Herzensbrecher* von 1956 sei ein ganz besonderer Film für sie, auf den sie sich jetzt sehr freue! Ich freue mich auch, denke ich und wippe unruhig mit den Füßen, ich werde Horst wiedersehen. Wenigstens auf der Leinwand. Tatatataaaa! Der endlose Vorspann mit nerviger Musik. Frans drückt meine Hand und ich merke, wie Max uns beobachtet. »Knutscht ihr jetzt?«

»Nein, keine Angst!« Ich lache, doch dann bringe ich meinen Mund ganz dicht an Frans' Ohr. »Das ist das erste Mal, dass du den ganzen Film siehst.«

»Ja klar, ich hab ja damals nur die eine Szene gesehen, in die er zurückging.« Er flüstert nun ebenfalls direkt in mein Ohr, dass es kitzelt. »Und was passiert, wenn er jetzt vor allen Leuten raussteigt? Der wird doch nur drauf warten, über ein Jahr steckt er da schon drin!«

»Ich habe Oma gerade gefragt. Geht nicht. Beim Digitalisieren ist wohl was schiefgelaufen, sie hat den Film bis zur Roller-Szene laufen lassen. Er kommt nicht mehr raus, er guckt nicht einmal mehr in die Kamera!« Ich werfe mich zurück in meinen Sitz und unterdrücke ein Seufzen. Verdammt … und da ist er auch schon: Horst Winterfeld mit Lederjacke und Haartolle, als angeberischer Anführer seiner Gang. Die anderen Lederjacken sitzen auf ihren Rollern, geben im Leerlauf Gas und scheuchen spießige Kopftuch-Muttis mit albernen Sprüchen von der Straße. Sie sind umringt von jüngeren Bewunderern, von denen einige noch mit kurzen Hosen, Kniestrümpfen und Sandalen herumlaufen.

»Was hat er dir damals eigentlich erzählt, dass du ihm die Sache mit dem Film geglaubt hast?«, frage ich Frans leise.

»Du meinst, dass er tatsächlich rausgestiegen ist?«

Ich nicke. Ich hatte ich ihn das immer fragen wollen, aber nie war der Moment passend gewesen.

»Na ja. Erst beschwerte er sich, dass alles so schwierig für ihn sei. Der Wechsel zwischen den Zeiten, 1956 und jetzt und so weiter. Armer Typ, habe ich da nur gedacht. Mehr als die Mitleidsschiene fällt dir als Erklärung nicht ein? Aber dann …«

Das Publikum lacht und pfeift, als der magere Horst in diesem Augenblick mit seiner großzügig geschnittenen Badehose im Freibad auftaucht. Ich grinse, bringe mein Ohr aber noch dichter an Frans' wunderschönen Mund, um keins von seinen Worten zu verpassen.

»… habe ich so getan, als ob ich den ganzen Blödsinn ernst

nähme, und ihn gefragt, was seine peinlichste Erfahrung gewesen sei, hier bei uns in der Zukunft. Regisseure stellen manchmal so schräge Fragen, um zu prüfen, ob ihre Schauspieler schon voll in der Rolle sind. Und da ich ja Regisseur werden will …«

»Und?« Ich lasse meine Erinnerungen an Horst durch meinen Kopf rattern, oje, hoffentlich hat seine peinlichste Erfahrung nichts mit mir zu tun!

»Er sagte mir, wie sehr er über diese kleinen und großen bunten Kästchen gestaunt hätte. Das war ihm echt unangenehm, sein Gesicht hättest du dabei sehen sollen … Handys und Computer, kleine bunte Kästchen … na ja, kein schlechter Einfall, dachte ich. Aber vielleicht ist er auch nur ein verdammt guter Schauspieler.«

»Und weiter?«

»Dann beschwerte er sich über die Mädchen.«

Ich halte die Luft an. Was hatte Horst über mich erzählt?

»Die Puppen von heute wären nichts für ihn. Er sagte echt *Puppen*. Die wären frech und kein bisschen sittsam, so nannte er das. Eine hätte ihm auf der Party nur Widerworte gegeben und ihn erstaunt angeschaut, als er ihr etwas über die Krone der Schöpfung erklärt hätte, die es nun mal auf dieser Welt gäbe. Hä? Wer soll das sein, ›Krone der Schöpfung‹, habe sie gefragt. Etwa *Maikel Schecksohn?«* Frans lacht bei der Erinnerung. *»Maikel Schecksohn!* So hat er den Namen tatsächlich ausgesprochen. Ich dachte, den haben sie entweder zwanzig Jahre im Keller eingesperrt und vor Bildschirmen mit Fünfzigerjahrefilmen aufwachsen lassen oder er kommt tatsächlich aus dem *Herzensbrecher!* Und ab da glaubte ich es und hatte echt Mitleid mit ihm …«

Er legt den Arm um mich und drückt meine Schulter und dann küsst er mich. Als wir wieder aufhören, küsst Horst gerade auch Greta im Hinterhof, die Leinwand wird dunkel und ein Raunen und Kichern geht durch das Publikum. Nein, sie tun es eben nicht, denke ich, also nicht richtig, und ich muss an Greta denken, die erleichtert ihren Caipirinha in sich reinkippte, weil sie wusste, dass sie nicht schwanger war.

Die Roller-Szene! Kein Zeichen von Horst, nicht das leiseste Augenzwinkern, als er in Großaufnahme zu sehen ist. Und aus der Leinwand kommt er natürlich auch nicht gestiegen. Doch als er schließlich mit den Blumen bei Greta erscheint, fällt sie ihm nicht um den Hals, sondern lacht ihn nur fröhlich an. »Heiraten? Nein, mein Lieber. Ich werde den höheren Schulabschluss nachmachen und auf die Universität gehen. Ich werde Arzt. Also Ärztin. Für Frauen.«

Was?! Wieso spricht Greta denn plötzlich diesen Text? Ich setze mich auf und rutsche ganz vorne an die Kante des Sitzes. Auch Horst scheint ähnlich zu denken: »Wer hat dir denn diese Flausen in den Kopf gesetzt?« Er marschiert durch die Wohnküche und stößt seine Schuhspitzen in das Linoleum auf dem Boden.

»Es gibt hier bei uns keinen Arzt für Frauensachen, ich habe nachgeschaut. Es gibt nur ein Schild an der Wand von einem Doktor. Da ist aber nichts dahinter. Keine Praxis.« O Gott, ich halte mir die Hand vor den Mund. Sie hatte tatsächlich in den Filmkulissen nach einer Frauenarztpraxis gesucht!

»Aber ich verdien doch genug Geld!«

»Du meinst, ich mach das wegen des Geldes? Ich mach das, weil ich meinen Kopf benutzen und Frauen helfen will.«

Greta! Ich grinse und rüttele aufgeregt am Knie von Frans. Greta hat ihre Geschichte verändert!

»Aber Baby, ich kann dich doch glücklich machen.« Jetzt kniet er vor ihr. »Außerdem ist das Gehirn von Frauen eh …« Er stockt und ich merke, wie ich den Atem anhalte. »Na ja, es ist zwar kleiner, aber von der Gehirnleistung her absolut gleich, denn ihr habt mehr … mehr Neutronen und mehr Gene und so weiter! Und wusstest du, dass ihr besser riechen und besser Schmerzen ertragen könnt?«

Neuronen, Horst!, denke ich, doch sofort höre ich wieder gebannt zu.

»Donnerwetter, was du alles weißt, Horst, dabei hast du doch auch nur die Volksschule besucht. Ach, ich wäre so glücklich, wenn ich als Mädchen studieren könnte! Und du tust auch, was dich glücklich macht, und zusammen geben wir dann ein echtes Traumpaar ab!« Sie zieht ihn vom Boden hoch, die beiden fallen sich in die Arme und küssen sich. Wow, das sieht aber nicht nach einem züchtigen Kinokuss aus …! Die Kamera schwenkt weg von den Gesichtern, als ob sie nicht länger Zeuge dieser Ungehörigkeit sein mag, blendet ab und alles wird schwarz. Schon kommt der Abspann. Das Publikum applaudiert.

»Was war das denn? Das Ende war komplett anders!« Ich springe auf. »Ich muss unbedingt Oma sprechen!«

Doch der Saal ist total voll und ich komme nicht raus. Als ich sie dann endlich sehe, ist sie umringt von Gästen und trinkt Sekt oder schreitet an Heinrichs Arm elegant dahin, bis die nächste Menschentraube sie stoppt. Sie wird mir nicht zuhören können. Frans spielt noch ein paar Rock-'n'-Roll-Stücke mit den *Triple B's* und ich sehe, wie meine Eltern im Takt mitwippen. Mit einem Lächeln lade ich mir einen Berg köstlicher Häppchen auf einen großen Teller, für Frans gleich mit, und schließlich landen wir mit der Band auf dem Sofa in der Wohnzimmerecke und essen und trinken. Ich mag die Bandmitglieder, wir sind in Hamburg schon öfter miteinander ausgegangen.

»Die Jugend, wie schön!«, sagt Heinrich, als er uns sieht. Er hat seine Kapitänsmütze auf und ist offenbar auf dem Weg zu den Toiletten.

»Was ist das übrigens für ein Ding, Opa?«, fragt Frans, auf dessen Schoß ich sitze, und zeigt auf die verhangene Litfaßsäule.

»Das musst du Luischen fragen. Sie hat es mir nicht verraten wollen.«

»Dann warten wir, bis sie vorbeikommt! Luischen ist die Beste!« Der Bassist der Truppe nuschelt etwas, denn er hat schon ziemlich viel Bier getrunken.

»Luischen!«, grölt die ganze Band, als meine Oma nur eine Minute später an der Seite des Bürgermeisters auf den Großen Saal zustrebt. Oma wendet sich um und lächelt. »Die nächste Generation hat den *Titania Palast* für sich entdeckt, siehst du wohl, Hinnerk!« Damit geht sie weiter.

»Bürgermeister, frag sie, was da unter dem Tuch ist!«

Oma dreht sich wieder um, dabei schaut sie mir fest in die Augen. »Unter dem Tuch ist etwas ganz Besonderes, was ich in Ehren halten will!« Sie hält meinen Vater an, der an ihr vorbeiläuft. »Jan! Sei so nett und ruf die Leute zusammen, ich habe etwas zu verkünden!«

Als sich der größte Teil der Menschen um uns versammelt hat, greift sie nach dem Mikrofon, das Frans ihr reicht. »Hallo, hallo? Hört man mich? Man hört mich! Gut. Ich hab nich' viel zu *vertellen,* ich dachte nur, ich muss *dat wunnerbaare* Ding da retten, wenn es dort oben schon nicht mehr gebraucht wird.« Damit zieht sie an dem Tuch und nachdem sie auch die Schutzröhre abgezogen hat … kommt einer der Filmprojektoren zum Vorschein. Sogar eine große Filmspule ist darauf noch aufgebaut. Ohne hinzuschauen weiß ich, dass es eine mit einem rosa Papierschnipsel in der Mitte ist.

»Wow, so riesig sind die damals gewesen …?«

»Funktioniert der denn noch?«

»Hat er Strom?«

»Na sicher, die Dinger sind ja nicht *doot*zukriegen! Achtung, *da nu' mal nich' mittemang reinkieken!«* Beherzt legt Oma den Hebel um, die Spulen setzen sich in Bewegung und ein starker Lichtstrahl bahnt sich durch die Menschen, von denen die meisten sofort die Hände über die Augen legen und auseinanderdriften.

»Aber wo landet das Bild?«

»Ach, irgendwo dahinten«, sagt Oma und weist auf die großen Türen der neuen Toiletten am Ende des Ganges. Und richtig, die beiden Türen sind in schwarz-weißes Geflimmer getaucht, das nun zu einer dunklen Straßenschlucht wird, da Oma an dem Schärfering dreht.

»Gibt es keinen Ton?« Nein, Lautsprecher gibt es an dem Projektor nicht, was für unsere Zwecke aber keine Rolle spielt.

»Ist das denn überhaupt scharf?«

»So scharf, wie ein Schwarz-Weiß-Film aus den Fünfzigern eben sein kann ...«, ruft jemand und alle lachen.

Wer den Film so gut wie ich kennt, weiß, dass wir uns nur ein paar Minuten vor der einsamen Roller-Szene befinden. Natürlich hat Oma das geplant. Ich bin längst aufgestanden, doch nun nehme ich Frans bei der Hand.

»Komm mit!«, sage ich leise und ziehe ihn durch die Menge, die einen großen Kreis um den ratternden Projektor gebildet hat, der schon jetzt seine Wärme verströmt. »Ich kümmer mich drum, Oma«, sage ich und streiche ihr über die Schulter.

Sie blinzelt mir zu. »Figuren ...«, sagte sie gerade zu einem kleinen dicken Mann, »Filmfiguren können ein Leben lang deine Freunde bleiben!«

»Lass uns da vorne etwas rumstehen, damit es nicht zu sehr auffällt«, sage ich zu Frans. »Er wird da sein, er wird versuchen herauszusteigen, hundertprozentig!«

»Mag sein, aber vielleicht ist es ja nicht egal, ob es eine Leinwand oder eine Klotür ist, aus der er kommt …«

Ich zucke mit den Schultern. »Ich habe im letzten Jahr echt 'ne Menge gelernt, aber dafür bin ich immer noch keine Expertin …« Wir drücken uns vor den Toiletten herum, als ob wir auf jemanden warten. Unsere Haut und auch die Haare sind schwarz-weiß gefleckt und sehen etwas *spooky* aus. Wir sind so nahe dran, dass ich kaum etwas erkennen kann, aber das da muss er auf seinem Roller sein, der jetzt in Sicht kommt. Frans und ich starren auf die ebene Fläche. Da! Sie bewegt sich, beult sich ein wenig aus, als ob jemand hinter einem Vorhang den Ausgang sucht. Sofort stelle ich mich noch dichter vor die Wand, damit bloß keiner sieht, was hier geschieht.

»Hoppla! Junge Dame?« Er fällt praktisch in meine Arme.

»Horst! Da bist du ja endlich!« Ich umarme ihn und schnuppere eine Sekunde lang an seiner Lederjacke.

»Wir haben schon gedacht, du kommst gar nicht mehr raus!« Frans klopft ihm auf die Schulter.

»Da bin ich, ihr Flitzpiepen! Was ist hier los?« Er hält sich theatralisch die Hände vor die Augen. »Wo ist die Bühne? Ich sehe keine Bühne! Ich sehe keinen Saal!«

»Alles bestens, lass uns nur aus dem Geflimmer gehen!«

Er lässt sich von uns in die Mitte nehmen, ich zeige Oma einen erhobenen Daumen, als wir an ihr vorbeikommen, und sie stellt den Projektor aus.

»So, Leute, das Prachtstück geht noch, ihr habt es gesehen! Lasst uns darauf anstoßen! Und kann mir jemand ein paar Häppchen bringen? Ich brauche dringend etwas zu essen!«

Zu dritt stehen wir im Foyer. Fasziniert schaut Horst sich um: »Das ist ja ungeheuerlich! Der Projektor mitten zwischen den Leuten. Ist das etwa unser alter *Palast?!*«

Ja! Stolz folgen wir seinen Blicken. »Der Opa von Frans hat

das Geld und Ideen gegeben, deine *Mutter Luise* hat gesagt, wie sie es haben will, und mein Vater hat es geplant und umbauen lassen.«

Horst schaut sich um und schüttelt den Kopf, als er Oma mit Heinrich am Arm sieht. »Sie hat ihn sich tatsächlich als Galan genommen! Und das alles nur für die schnöden *Penunzen …«*

»Horst! Sie sind verliebt!«

»Sie sind in einem biblischen Alter!«

»Ist doch fuckegal. Liebe geht immer.« Ich umarme Frans und küsse ihn, um beide Jungs daran zu erinnern, in wen *ich* verliebt bin.

»Eine feste Musikkapelle gibt es also auch und die Friseuse ist auch eingezogen?« Horst schnaubt durch die Nase. »Ja, aber was soll ich dann hier?«

Frans und ich schauen uns erstaunt an. »Wir dachten, du freust dich!«

»Nun, ich befürchte eher, ihr braucht hier jemanden, der geistig nicht unter den Teppich gerutscht ist und die ganze Arbeit macht.« Er zieht seine Lederjacke aus und wirft sie mir zu. »Ich habe zwar auch dort, wo ich herkomme, wichtige Dinge zu tun, will aber mal nicht so sein.« Mit diesen Worten krempelt er sich die Hemdsärmel hoch und steuert auf Oma zu: »Mutter Luise, Ihr treuer Diener stets zu Diensten! Dann wollen wir den Laden hier mal aufmischen!«

Ich sehe Frans an, der mit den Schultern zuckt.

»Drei Stunden«, sage ich lachend. »Dann muss der Junge in Schwarz-Weiß wieder zurück!«

Stefanie Gerstenberger / Marta Martin

978-3-401-51013-2

Zwei wie Zucker und Zimt

Charlotte, genannt Charles, ist einfach nur wütend! Wie kann man nur so nachgiebig sein wie ihre Mutter Marion? Da passiert es: Am Morgen nach einem Streit wacht Charles plötzlich in Marions Jugendzimmer auf. Charles ist in der Zeit zurückgesprungen und sieht sich ihrer fünfzehnjährigen Mutter gegenüber! Charles ist erst fassungslos – und dann fasziniert. Wird sie jemals zurück in die Zukunft gelangen? Und will sie das überhaupt?

978-3-401-60218-9

Muffins & Marzipan

Ella will das große Glück. Da passiert es: Sie wird für eine Hauptrolle bei einem Kinofilm gecastet! Dabei bekommt sie Unterstützung von unerwarteter Seite. Familienhund Ewan spricht plötzlich mit ihr! Er hilft Ella mit trockenen Kommentaren durch den Alltag am Set und bewahrt sie vor peinlichen Szenen mit Jeremy, in den sie sich verliebt hat. Doch was beim Dreh gelingt, führt noch lange nicht zum Happy End ...

978-3-401-60324-7

Summer Switch

Bei der schlanken Felicia und der rastazöpfigen Catta ist es Krieg auf den ersten Blick. Schon am ersten Ferientag am Hotelpool auf Elba geraten die beiden aneinander. Und dann passiert es: Durch einen magischen Switch finden sich die beiden am nächsten Morgen im Körper der jeweils anderen wieder! Die coole Catta liegt im Bett von Felicia, in einem schmalen Körper und mit einem Kleiderschrank voll langweiliger Klamotten. Die brave Hotelierstochter Felicia hingegen erwacht im klapprigen VW-Bus von Cattas Familie. Der Horror! Wenn doch bloß Cattas Bruder Jacques nicht so süß wäre ...